BÜCHER VON TINA

Die Allianz der Werwölfe

Frisches Blut

Purpur Herz

Scanguards Vampire

Samsons Sterbliche Geliebte (1)

Amaurys Hitzköpfige Rebellin (2)

Gabriels Gefährtin (3)

Yvettes Verzauberung (4)

Zanes Erlösung (5)

Quinns Unendliche Liebe (6)

Olivers Versuchung (7)

Thomas' Entscheidung (8)

Ewiger Biss (8 1/2)

Cains Geheimnis (9)

Luthers Rückkehr (10)

Brennender Wunsch

Blakes Versprechen (11)

Schicksalhafter Bund (11 1/2)

Johns Sehnsucht (12)

Ryders Rhapsodie (13)

Damians Eroberung (14)

Graysons Herausforderung (15)

Isabelles verbotene Liebe (16)

*Ein herzliches Dankeschön an meine deutschsprachigen Leser*innen und viel Vergnügen beim Lesen!*

Tina Folsom

FRISCHES BLUT

DIE ALLIANZ DER WERWÖLFE – BAND 1

TINA FOLSOM

1

Drei Monate zuvor – Marin County, Nordkalifornien

Danielle war sich nicht sicher, was genau sie geweckt hatte, vielleicht ein Ast, der gegen das Cottage schlug, oder das traurige Jammern eines Kojoten oder vielleicht sogar das entfernte Heulen einer Sirene, das von der mehrere Meilen landeinwärts gelegenen Autobahn kam.

Sie setzte sich ruckartig auf und schob dabei die Bettdecke von sich. Die kühle Nachtluft umhüllte sie sofort, drang durch ihren Flanellpyjama und machte ihr bewusst, dass sich die Heizung nicht eingeschaltet hatte, als es über Nacht kälter geworden war. In Nordkalifornien konnten die Temperaturen im November auf unter null Grad fallen, besonders ein paar Meilen im Landesinneren, wo der mildernde Einfluss des Pazifischen Ozeans fehlte.

Schnell schwang sie ihre Beine aus dem Bett und ihre nackten Füße fanden im Dunkeln mühelos ihre Pantoffeln.

In dem Moment, als sie aufstand und zur Tür ging, erwachten ihre Lykanersinne und machten sie auf einen Geruch aufmerksam, der Gefahr bedeutete. Er war schwach, doch als sie mehr kalte Luft durch ihre Nasenlöcher in ihre Lunge sog, wurde der Geruch intensiver und löste Alarmglocken in ihrem Inneren aus: Gas! War die Zündflamme der alten Heizung erloschen, sodass sich das Gas nicht entzünden konnte und stattdessen das kleine Häuschen füllte?

Danielle eilte zur Tür und riss sie auf. Sie machte sich nicht die Mühe, nach dem Lichtschalter zu greifen – dank ihrer überlegenen Werwolf-Sehkraft konnte sie im Dunkeln gut genug sehen. Außerdem wollte sie nicht riskieren, dass eine der alten Kristallsicherungen, mit denen das Häuschen aus den 1920er Jahren ausgestattet war, durchbrannte und das Gas entzündete, das sich bereits in ihrem Haus angesammelt hatte.

Im Wohnzimmer konnte sie es noch intensiver riechen. Sie hielt sich den Ärmel vor Nase und Mund, um zu verhindern, dass sie zu viel von dem giftigen Gas einatmete, während sie zu der Stelle eilte, an der der Geruch am stärksten war: dem alten Gaskamin mit seinem Steinsims.

Sie hörte das Zischen des Gases, das aus den kleinen Löchern in der Rohrschlange unter den künstlichen Holzscheiten entwich. Verdammt! Sie bückte sich und griff neben dem Kamin nach rechts, um den Schlüssel auf „Aus" zu drehen. Entsetzt erkannte sie, dass der zehn Zentimeter lange alte Metallschlüssel, der normalerweise in dem kleinen Loch in der Wand steckte, verschwunden war. Verzweifelt tastete sie mit den Händen den Boden ab und fragte sich, ob er vielleicht herausgefallen war, als sie ihn zuletzt benutzt hatte. Ihre Suche war zwecklos. Der Schlüssel war weg. Sie hatte keine Möglichkeit, das Gas von innerhalb des Hauses abzuschalten.

Sie musste zum Hauptabsperrventil außerhalb des Häuschens gelangen. Der schnellste Weg führte durch die Küche, die eine Hintertür nach draußen hatte. Mit klopfendem Herzen rannte Danielle durch den kurzen Flur und riss die Küchentür auf. Sie stürmte hinein und eilte in Richtung Hintertür, als sie aus dem Augenwinkel etwas Helles bemerkte. Mitten im Lauf drehte sie den Kopf. Was sie sah, ließ ihr das Blut in den Adern gefrieren: Auf einem der vier Brenner des Gasherds flackerte eine Flamme.

Danielle hatte den Herd in der vergangenen Woche überhaupt

nicht benutzt, weil sie im Haupthaus der Gallaghers, dem Werwolf-Rudel, dem sie angehörte, gegessen hatte. Warum war also einer der Brenner eingeschaltet? Wie konnte ihr das entgangen sein?

Innerhalb von Sekundenbruchteilen analysierte ihr Gehirn die Situation: Der Geruch des aus dem Kamin im Wohnzimmer entweichenden Gases verbreitete sich schnell im Rest des kleinen Hauses, und sie konnte spüren, wie es die Küche erreichte. Hatte sie Zeit, den Herd auszuschalten, bevor sich das Gas entzünden konnte? Zwischen ihr und dem Herd stand eine kleine Früheninsel. Um sie herumzulaufen, um den Herd zu erreichen, würde sie wertvolle Sekunden kosten, die sie nicht hatte. Das Risiko war zu groß.

Da sie wusste, dass die Flucht aus dem Häuschen ihre beste Überlebenschance war, rannte sie zur Tür und drehte den Griff. Sie zog daran, aber die Tür ließ sich nicht öffnen.

„Scheiße!"

Während der feuchten Wintermonate dehnte sich das Holz aus und die alte Holztür klemmte oft. So wie jetzt. Schweißperlen bildeten sich in ihrem Nacken; sie biss die Zähne zusammen, stemmte ihren Fuß gegen den Türrahmen und riss die Tür auf, sodass sie fast aus den Angeln sprang.

Bevor sie einen Schritt nach draußen machen konnte, entzündete sich das Gas in der Hütte und verursachte eine Explosion, die die Fenster zerschmetterte. Eine heftige Schockwelle traf sie von hinten, schleuderte sie nach draußen und warf sie mit dem Gesicht nach unten auf den feuchten Erdboden. Der Schock raubte ihr den Atem und der Aufprall auf dem harten Boden lähmte sie für einen Moment. Wäre sie ein Mensch gewesen, hätte sie sich ein paar Knochen gebrochen – wenn nicht sogar Schlimmeres –, aber einen Werwolf zu verletzen war schwieriger.

So schnell sie konnte, schaute sie über ihre Schulter. Die Küche brannte und soweit sie sehen konnte, hatte die Explosion ein Loch in das Dach und ein noch größeres in die Wand zum Schlafzimmer neben der Küche gerissen. Hätte sie in ihrem Bett geschlafen, hätte das Feuer sie jetzt schon umschlungen.

Sie rappelte sich auf und versuchte, sich von dem brennenden Gebäude zu entfernen, aber ihre Knie gaben nach und sie musste sich an einem Stapel Brennholz abstützen. Ihr Herz pochte. Jetzt, wo das Adrenalin, das ihr geholfen hatte, die Tür aufzureißen und mit ihrem Leben davonzukommen, nachließ, wurde ihr die Realität bewusst. Sie hätte heute Nacht sterben können.

Bevor sie sich in diesen Gedanken verlieren konnte, hörte sie Stimmen und schnell näherkommende Schritte. Als Danielle den Fußweg erreichte, der von ihrem Häuschen zum etwa fünfhundert Meter entfernten Haupthaus führte, waren bereits mehrere Mitglieder ihres Rudels bei dem Häuschen angekommen.

Cameron, der älteste Sohn von William Gallagher, dem Anführer des Rudels, kam als Erster. Seine Tante Flora, Williams Schwägerin, erschien gleich hinter ihm. Cameron war komplett angezogen, was wahrscheinlich bedeutete, dass er noch nicht im Bett gewesen war, aber Flora trug ein Nachthemd und darüber einen dicken Parka.

„Oh mein Gott, Danielle. Geht es dir gut?", fragte Flora und atmete schwer.

„Wir müssen das Feuer löschen, bevor es auf die Bäume übergreift!", rief Cameron und warf ihr einen flüchtigen Blick zu.

Weitere Leute, unterschiedlich angezogen, kamen angerannt. Owen, einer von Floras Söhnen, hatte einen Feuerlöscher für kleine Küchenbrände dabei, während sein Bruder Spencer eine Schaufel trug.

William Gallagher war direkt hinter ihnen und brüllte schon Befehle über seine Schulter: „Byron, Thaddeus, holt die Schläuche!"

Aus der anderen Richtung, wo weitere kleine Häuschen auf dem Anwesen standen, hörte sie ebenfalls Stimmen und Schritte. Auch die Bewohner dieser kleinen Häuser waren durch den Lärm alarmiert worden. Danielle konnte nur geschockt zusehen, wie die Mitglieder des Gallagher-Rudels alles einsetzten, was sie konnten, um das Feuer zu löschen: den kleinen Feuerlöscher, eine Schaufel, um nasse Erde auf die Flammen zu werfen, und schließlich die Schläuche, die an eine Standleitung angeschlossen waren.

„Du musst frieren", sagte Flora neben ihr und legte einen Arm um ihre Schultern.

Danielle wusste diese nette Geste zu schätzen. „Wenn ich nicht aufgewacht wäre ..."

Flora tätschelte ihr die Schulter.

Nachdem seine Söhne und Neffen das Feuer nun unter Kontrolle hatten, drehte sich William endlich zu ihr um und sprach sie zum ersten Mal an: „Geht es dir gut? Was ist passiert?"

Besorgnis stand ihm ins Gesicht geschrieben und zum ersten Mal, seit sie ihn vor sechs Jahren kennengelernt hatte, konnte sie sein Alter in den tiefen Furchen seines Gesichtes erkennen. Er war immer noch attraktiv und männlich und würde dies auch noch viele Jahre lang bleiben. Das Werwolf-Gen, mit dem er geboren worden war, sorgte dafür, dass sein Körper langsamer alterte als der eines Menschen, auch wenn Werwölfe nicht unsterblich waren.

„Danielle?", fragte er und packte sie an den Armen.

Endlich fand sie ihre Stimme wieder. „Mir geht es gut. Ich bin nur erschrocken."

„Was ist passiert?"

„Ich bin aufgewacht und habe Gas gerochen."

Sie schaute an ihm vorbei, um zu sehen, ob das Feuer unter Kontrolle war. Es schien, als hätten die Küche und das Schlafzimmer erhebliche Schäden davongetragen, aber das Wohnzimmer und das Badezimmer waren noch intakt, obwohl die Fenster zerbrochen waren. Sie wandte ihren Blick davon ab und zitterte unwillkürlich.

„Aus dem Kamin ist Gas ausgetreten und ich konnte es nicht abschalten."

Cameron unterbrach sie: „Wie schwer kann es schon sein, das Gas für einen Kamin abzudrehen?"

„Halt die Klappe!", knurrte William und seine Augen blitzten kurz rot auf, wie immer, wenn er genervt war und seine Wolfsseite versuchte, unter der zivilisierten Oberfläche hervorzubrechen.

„Ich hab's versucht. Wirklich", beharrte Danielle schnell, um ihn nicht zu verärgern. Schließlich war er ihr Alpha und ein strenger

Anführer, der keine ungehorsamen Rudelmitglieder duldete. „Aber es gab keinen Schlüssel zum Drehen. Er war weg."

William nickte und runzelte die Stirn. „Wir werden uns das ansehen, wenn die Sonne aufgegangen ist."

„In der Zwischenzeit", fügte Flora hinzu, „richten wir dich in dem Cottage neben Heath und Priscilla ein."

„Nein!", protestierte William, was nicht nur Danielle, sondern auch Flora überraschte. „Danielle wird von jetzt an im Haupthaus wohnen."

„Aber das Cottage steht leer, und ..."

Er unterbrach Flora mit einem Blick, der keine Widerrede duldete. Flora ruderte schnell zurück und Danielle tat die Frau leid.

„Natürlich, wie du willst, William", sagte sie und zwang sich zu einem Lächeln.

„Das Schlafzimmer neben Thaddeus' Zimmer ist leer", fügte William hinzu.

„Aber das ist auf der Familienetage", sagte Flora.

Sie hatte recht. Die neun Mitglieder der Familie Gallagher – William und seine Tochter und drei Söhne sowie Flora und ihre Tochter und zwei Söhne – wohnten im ersten und zweiten Stock des Haupthauses und seines neuen Flügels, der in den letzten zwei Jahrzehnten angebaut worden war. Alle Rudelmitglieder, die nicht direkt mit den Gallaghers verwandt waren, wohnten in kleineren Häuschen auf dem Grundstück. Andere wohnten, je nachdem, welche Aufgabe sie innerhalb des Rudels ausführten, außerhalb des Grundstücks. Aber bisher hatten nur Köche und anderes Hauspersonal in einem der beiden Gästezimmer im Erdgeschoss des Herrenhauses gewohnt und derzeit standen beide Zimmer leer. Priscilla, eine junge Frau, die zusammen mit Danielle den Großteil der Hausarbeit wie das Putzen und Kochen erledigte, wohnte mit ihrem Bruder Heath in einem der Häuschen.

Bevor sie sagen konnte, dass es ihr nichts ausmachte, im Erdgeschoss zu wohnen, wo sich die Küche und alle Gemeinschaftsräume befanden, sprach William erneut.

„Die Entscheidung ist gefallen. Danielle bleibt dort, wo ich es bestimme."

Flora protestierte nicht weiter. Sie wandte sich von William ab.

„Ich helfe dir, das Bett zu überziehen", sagte Flora und sah sie an.

Danielle legte eine Hand auf Floras Arm und drückte ihn. „Das ist sehr nett von dir, aber ich schaffe das schon. Ich bin sowieso zu aufgewühlt, um jetzt schlafen zu können."

Flora atmete hörbar durch die Nase ein. „Na gut. Aber morgen früh bringe ich dir ein paar Kleidungsstücke, die dir passen dürften."

Flora drehte sich um und ging zurück zum Haus. Danielle warf einen letzten Blick auf das Häuschen, das heute Nacht ihr Grab hätte werden können, bevor sie ihr folgte. Sie hatte es gemocht, in dem kleinen Häuschen zu wohnen. Es war ihr eigenes kleines Zuhause gewesen, wo sie niemand gestört hatte. Es würde anders sein, unter den wachsamen Augen der Familie Gallagher zu leben, ohne einen wirklich privaten Rückzugsort zu haben. Sie hatte sich noch nicht daran gewöhnt, Teil eines Rudels zu sein, denn lange Zeit hatten sie und ihre Mutter allein gelebt, ohne den Schutz eines Rudels. Aber ihre Mutter war nicht mehr da, und allein zu bleiben war keine Option mehr.

2

Heute – *außerhalb von Bozeman, Montana*

„Bist du dir hundertprozentig sicher?", fragte Jude den Mann am anderen Ende der Leitung.

„Habe ich mich jemals geirrt?"

Er zögerte nur einen Sekundenbruchteil. Obwohl Striker Reed ein Vampir war und daher weder ein Verbündeter noch ein Freund der Werwölfe, hatte der wortkarge Tracker ihn noch nie in die Irre geführt.

„Okay", sagte Jude. „Schick mir per E-Mail, was du hast. Ich werde die Allianz informieren."

„Beeil dich. Sie werden bei Sonnenuntergang angreifen."

Ein Klicken in der Leitung. Striker hatte das Gespräch beendet, ohne sich zu bedanken oder zu verabschieden. Nicht, dass Jude das erwartet hatte. Der Anruf war nicht freundschaftlich gemeint gewesen, sondern eher eine Warnung, die er nicht ignorieren würde. Zeit war von entscheidender Bedeutung.

Jude sprang von seinem Schreibtisch in dem über 700 Quadratmeter großen Haus im Blockhausstil auf, das der Allianz der Werwölfe gehörte und von dem aus deren Führungsgremium agierte. Es lag auf einer mehrere hundert Hektar großen Ranch. Alle, die in dem Haus wohnten oder auf der Ranch arbeiteten, waren Werwölfe und Mitglieder der Allianz, deren einziger Zweck darin bestand, alle Werwolf-Rudel unter Kontrolle zu halten, damit ihre gemeinsamen Geheimnisse gewahrt blieben und die Menschen nichts von ihrer Existenz erfuhren. Um diese Aufgabe zu bewältigen, nutzten Mitglieder wie Jude ein umfangreiches Netzwerk von Informanten, das Internet und Nachrichtenquellen sowie andere Überwachungsgeräte, um sich über schwerwiegende Verstöße zu informieren, die ein Eingreifen der Allianz erforderten.

Jude verließ sein Büro und klopfte kurz an die halb geöffnete Tür des Büros seines Bruders. „Austin, wir haben etwas."

Sein jüngerer Bruder sprang sofort auf und kam auf ihn zu. Er war genauso groß wie Jude selbst, 1,90 Meter, hatte sonnengebräunte Haut, tief schokoladenbraune Augen und einen Dreitagebart. Im Gegensatz zu Jude, dessen Gesichtszüge als markant beschrieben werden konnten, mit einer harten Stirn, die ihm einen strengen Ausdruck verlieh, hatte Austin die feineren Gesichtszüge ihrer Mutter geerbt. Zusammen mit seinem lockeren Charme machte dies Austin zu einem Liebling bei den Frauen. Nicht, dass Jude nicht auch seinen Anteil an hübschen Frauen hatte, aber man hatte ihm mehr als einmal gesagt, dass er einschüchternd wirkte und daher nur eigensinnige Frauen anzog. Das machte ihm nichts aus. Er mochte es genauso wie jeder andere Werwolf, eine Frau zu zähmen, solange dabei eine weiche, flache Oberfläche und kräftige körperliche Aktivitäten, die man nackt ausführte, mit ins Spiel kamen.

„Was ist los?", fragte Austin und unterbrach damit seine abschweifenden Gedanken.

Als sein Bruder sich zu ihm gesellte, deutete Jude auf das Ende des Flurs. „Lass uns mit Hendrick reden. Wir haben einen Abtrünnigen, der in Nordkalifornien Ärger macht."

Gemeinsam gingen sie zum Ende des rustikalen Flurs, der mit indianischer Kunst und Artefakten sowie Ornamenten geschmückt war, die eine besondere Bedeutung in der Geschichte und Kultur der Werwölfe hatten. Hendricks Tür stand einen Spalt offen. Jude klopfte kurz an und als er ein Grunzen hörte, das ihn zum Eintreten aufforderte, stieß er die Tür auf und ging mit Austin an seiner Seite hinein.

Ohne von den Papieren vor ihm aufzublicken, atmete Hendrick, einer der Ältesten, der zum Führungsgremium der Allianz der Werwölfe gehörte, sichtbar ein – eine Angewohnheit, die es ihm ermöglichte zu erkennen, wer sich in seiner Nähe befand, ohne aufblicken zu müssen.

„Jude, Austin, was gibt's?"

„Wir haben ein Problem unweit von San Francisco", antwortete Jude.

„Welches Rudel?"

„Das Gallagher-Rudel."

Hendrick hob sofort den Kopf. Seine dunkelbraunen Augen waren wachsam, seine Lippen waren zusammengepresst, und sein Bart zeigte immer mehr graue Strähnen zwischen den dunkelbraunen Barthaaren. Er war viel älter, als er aussah. In Menschenjahren sah er aus, als wäre er Ende fünfzig, aber in Wirklichkeit war er fast 150 Jahre alt. Seine Werwolf-Gene verliehen ihm zwar keine Unsterblichkeit und ewige Jugend wie die eines Vampirs, aber sie beschenkten ihn mit einer mehr als doppelt so langen Lebensdauer wie der eines Menschen, während er nur sehr langsam alterte.

„William Gallagher", sagte Hendrick mit einem Nicken und zeigte damit, dass er wusste, von wem Jude sprach. „Was hat er jetzt wieder angestellt?"

„Sein Sohn Cameron hat mindestens drei Wanderer und Jogger in und um San Francisco brutal umgebracht und eine menschliche Frau gegen ihren Willen verwandelt. Laut meiner Quelle hat William den Tod seines Sohns vorgetäuscht, um die örtliche Polizei abzulenken. Aber Cameron hat die Aufmerksamkeit einer Gruppe von Vampiren auf das Rudel gelenkt. Die Vampire arbeiten im Sicherheitsbereich."

Hendrick hob die Augenbrauen. „Vampire?"

Jude nickte. „Ja, eine Sicherheitsfirma namens Scanguards, die von

Vampiren und Vampirhybriden geleitet wird, ist hinter Cameron her. Sie planen, das Rudel heute Nacht anzugreifen."

„Wie bist du an diese Informationen gekommen?"

„Ein Vampir namens Striker Reed hat mich informiert. Er arbeitet gelegentlich mit ihnen zusammen."

„Und warum sollte er uns darauf aufmerksam machen, was seine Vampirfreunde vorhaben?"

Jude verlagerte sein Gewicht von einem Bein aufs andere. „Weil es eine kleine Komplikation gibt. Letzte Nacht war der erste Vollmond für die Frau, die Cameron gegen ihren Willen verwandelt hat."

Sowohl Hendrick als auch sein Bruder schnappten hörbar nach Luft. Sie alle wussten, was das bedeutete.

„Sie versuchen, Cameron zu töten, bevor die drei Vollmondnächte vorbei sind", meinte Hendrick.

„Um sie wieder in einen Menschen zu verwandeln", fügte Austin hinzu.

Jude nickte. „Sie brauchen unsere Hilfe. Und da Cameron bereits drei Menschen getötet hat, ist es unsere Pflicht, dort aufzuräumen."

„Haben wir Beweise für seine Verbrechen?", fragte Hendrick.

Jude zog sein Handy aus der Tasche und scrollte zu seinen E-Mails. Er tippte auf die neueste. „Striker hat mir per E-Mail geschickt, was sie haben. Ich schicke sie dir."

Einen Moment später ertönte ein Ping von Hendricks Computer und er navigierte mit der Maus zu der E-Mail. Einige Augenblicke lang sagte niemand etwas, und Jude tauschte einen Blick mit seinem Bruder aus, während Hendricks Augen über die Informationen auf dem Bildschirm flogen.

Es kam ihm wie eine Ewigkeit vor, bevor Hendrick ihn und Austin wieder ansah. „Okay. Das reicht mir. Und da William Gallagher hier mitmischt, gebe ich dir die Erlaubnis, alles zu tun, was nötig ist. Stell dein Team zusammen. Ich sorge dafür, dass euch ein Hubschrauber zum Flugplatz bringt. Ihr fliegt in dreißig Minuten ab. Sobald ihr in San Rafael gelandet seid, bringt euch ein Hubschrauber zum Anwesen der Gallaghers."

„Danke, Hendrick."

„Vermassele das nicht. Jetzt liegt es in deinen Händen. Du weißt, was zu tun ist."

Jude nickte und schlug sich mit der Faust auf die Brust. „In nomine Lupinotuum Societatem."

„In nomine Lupinotuum Societatem", antwortete Hendrick mit ihrem üblichen Schwur: *Im Namen der Allianz der Werwölfe.*

Jude drehte sich um und verließ mit Austin an seiner Seite das Büro.

„Wen willst du mitnehmen?", fragte Austin fast sofort.

Jude musste grinsen. Sein Bruder war heiß auf Action, und um ehrlich zu sein, ging es ihm genauso.

„Schnapp dir deine Reisetasche. Wir gehen mit einem Team von acht Leuten rein. Ich schicke allen eine Nachricht. Wer zuerst am Hubschrauber ist, darf mitkommen. Wir haben nicht viel Zeit, um nach Kalifornien zu kommen."

„Wann wollen die Vampire angreifen?"

„Bei Sonnenuntergang in Kalifornien." Jude schaute auf seine Armbanduhr. „Das ist in nur drei Stunden. Hoffen wir, dass wir Rückenwind haben."

„Wir sehen uns am Hubschrauber!", sagte Austin und verschwand in seinem Büro.

Jude ging zu seinem eigenen. Wie alle, die bei der Allianz der Werwölfe im aktiven Dienst waren, hatte er eine Reisetasche mit allem, was er brauchte, in seinem Büroschrank. Er war seit ein paar Monaten nicht mehr auf Missionen gewesen. Tatsächlich war es ziemlich ruhig gewesen, und es hatte sich wie die Ruhe vor dem Sturm angefühlt. Nun schien der Sturm endlich da zu sein, auch wenn er nicht erwartet hatte, dass dieser Sturm in Form einer Horde von Vampiren kommen würde. Der Umgang mit seiner eigenen Spezies war schon gefährlich genug. Eine ganze Bande von Vampiren machte alles noch viel unberechenbarer.

Es war wichtig, dass er und sein Team rechtzeitig ankamen, um große Verluste an Leben zu verhindern, sowohl auf ihrer Seite als auch auf der der Vampire. Er konnte nicht zulassen, dass dieser Streit, der eigentlich nur zwei Personen betraf – Cameron und William Gallagher –, sie alle in einen regelrechten Krieg mit den Vampiren hineinziehen würde. Das wollte niemand. Zumindest hatte Striker ihm versichert, dass die Vampire von Scanguards ehrenhaft waren und nur Gerechtigkeit suchten und keine Rache am ganzen Rudel nehmen wollten. Er hoffte, dass Striker recht hatte. Und dass sie rechtzeitig ankamen, um ein Massaker zu verhindern.

3

———

Einige Stunden später – Marin County, Kalifornien
Der Privatjet, einer von vielen, die der Allianz der Werwölfe gehörten, landete auf einem privaten Flugplatz in der Nähe von San Rafael. Während des Fluges hatte Jude sein Team darüber informiert, was sie in Kalifornien erwarten würde und was ihre Aufgabe war.

Sein Team bestand aus ihm und seinem Bruder Austin sowie sechs Werwölfen, mit denen er schon lange zusammenarbeitete und die er noch länger kannte. Sein Cousin Mason *Storm* Beaumont, oder einfach *Storm*, wie ihn fast alle nannten, war darunter. Begleitet wurden sie von Wendell Loveland, einem schwarzen Werwolf von gewaltiger Statur, sowohl in seiner humanoiden als auch in seiner Tiergestalt, Ransom Howe, einem Asiaten aus San Francisco, und Francisco Ramirez, einem Lateinamerikaner. Parker Monroe und Grant Decker, zwei Werwölfe aus Montana, hatten es ebenfalls rechtzeitig zum Jet geschafft, um sich ihnen auf dieser Mission anzuschließen.

Jeder der sieben Männer, die ihn begleiteten, war der Allianz der Werwölfe und ihrer Mission, ihre Lebensweise zu schützen, gegenüber äußerst loyal. Das bedeutete, deren Geheimnisse zu bewahren, damit die Menschen niemals von der Existenz der Werwölfe erfuhren und deren Existenz gefährdeten. Ihre Entdeckung würde nur Angst und Chaos unter der menschlichen Bevölkerung verursachen und zu vielen unnötigen Todesfällen führen.

Als der Jet auf dem Rollfeld zum Stehen kam, löste Jude seinen Sicherheitsgurt und stand von seinem Sitz auf. Während er zum vorderen Teil des Flugzeugs ging, öffnete sich die Tür zum Cockpit und Clive, einer der Piloten, der exklusiv für die Allianz der Werwölfe arbeitete – und selbst ein Werwolf war –, erschien.

„Der Hubschrauber wartet schon auf der anderen Seite des Rollfelds", sagte Clive. „Viel Glück, Leute! Ich wünschte, ich könnte mitkommen."

Während seine Teammitglieder mit ihren kleinen Reisetaschen und Rucksäcken an ihm vorbeieilten, blieb Jude stehen, um kurz mit Clive zu plaudern.

„Wie weit ist es mit dem Hubschrauber?"

„Sieben Minuten. Er wird euch auf einer Lichtung etwa eine halbe Meile von der Gallagher Villa absetzen. Den Rest der Strecke müsst ihr laufen. Tut mir leid."

Jude nickte. „Kein Problem. Es ist sowieso besser, wenn sie uns nicht zu früh sehen. Danke für den Flug."

Er folgte seinen Männern aus dem Jet und sprintete über die Landebahn. Er konnte den Hubschrauber bereits sehen. Es war ein Sikorsky S-76, der neben dem Piloten bis zu acht Passagiere befördern konnte. Auch er gehörte der Allianz der Werwölfe und wurde von einem der vielen Mitglieder der Allianz betrieben, die an verschiedenen Standorten in den Vereinigten Staaten stationiert waren, von wo aus sie jederzeit eingesetzt werden konnten. Sie nannten diese Mitglieder „einsame Wölfe", weil sie nicht in einem Rudel lebten. Es bedurfte einer besonderen Art von Werwolf, um sich für diese Art von Job innerhalb der Allianz zu bewerben, denn nicht jeder war für ein einsames Leben fernab vom Rudel geeignet. Da Werwölfe Rudeltiere waren, arbeiteten die einsamen Wölfe nur einige Jahre in ihrer Jugend in dieser Position, bevor sie zu einem Rudel zurückkehrten und ihren Hubschrauber an einen jüngeren Wolf übergaben.

Die Rotorblätter drehten sich, wirbelten die Luft und trockene Pflanzen und Staub um den Helikopter herum auf. Jude sprang in den Hubschrauber, ließ sich auf den letzten freien Sitz fallen und schloss die Tür. Eine Sekunde später hoben sie ab.

Inzwischen war die Sonne untergegangen, was bedeutete, dass die Vampire wahrscheinlich schon das Anwesen der Gallaghers angriffen. Trotz des Rückenwindes, den sie auf dem ganzen Weg von Bozeman gehabt hatten, waren sie nicht schneller hierhergekommen. Er konnte nur hoffen, dass sie nicht zu spät waren.

Jude warf einen Blick auf sein Team und bemerkte deren ernste Gesichter. Auch sie hatten Angst, dass sie zu spät kommen würden. Er schaute aus dem Fenster, um sich zu orientieren. Es dauerte nicht lange, bis er in der Ferne eine kleine Lichtung inmitten eines dichten Waldes sah.

„Macht euch bereit", sagte der Pilot über die Kopfhörer. „Ich werde in etwa neunzig Sekunden landen. Steigt so schnell wie möglich aus, damit ich sofort wieder abheben kann. Ich kann nicht lange hierbleiben. Wahrscheinlich haben sie überall Überwachungskameras."

„Die sind zu beschäftigt damit, die Vampire abzuwehren, um nachzuschauen, warum ein Hubschrauber auf ihrem Grundstück landet", sagte Jude ruhig.

Alle machten sich bereit und hielten ihre Taschen fest. In dem Moment, in dem der Hubschrauber aufsetzte, öffneten seine Männer die Türen auf beiden Seiten und sprangen hinaus. Es dauerte nicht länger als fünfzehn Sekunden, bis alle draußen waren. Mit einem Daumenzeichen für *okay* hob der Pilot genauso schnell ab, wie er gelandet war.

Jetzt waren sie auf sich allein gestellt.

Jude gab das Zeichen und sie rannten alle in Richtung der Gallagher Villa. Sie waren alle in Topform, und keiner kam ins Schwitzen. Innerhalb weniger Minuten erreichten sie den Waldrand und konnten die Villa direkt dahinter sehen. Von ihrem

Aussichtspunkt aus hatten sie Blick auf das Haus, einen Teil seines Haupteingangs und den Seitenflügel, wo ein Auto auf einem Kiesweg stand. Die Tür war offen und der Motor lief noch. Aber das war es nicht, was Jude für einen Moment innehalten ließ. Es war vielmehr das Heulen des Windes und das Donnern und Blitzen, das von der Vorderseite kam, wo die Vampire das Rudel angriffen.

„Scheiße, die Vampire haben Hexen mitgebracht!", grunzte Austin. „Das ist eine Falle!"

Jude streckte seinen Arm aus und hielt Austin davon ab, etwas Dummes anzustellen. „Das ist keine Falle. Striker meinte, die hätten ein paar Hexen in ihren Diensten."

„Das hättest du früher sagen können", meinte Wendell von der anderen Seite. „Ich kann Hexen nicht ausstehen."

„Welcher Werwolf tut das nicht?", sagte Jude mit einem Schulterzucken. „Zeit, einzugreifen. Alle zusammen, verwandelt euch!"

Sie zogen schnell ihre Kleidung aus und verwandelten sich dann in ihre Wolfsgestalt. Es war Zeit, diesen Kampf zu beenden und unnötiges Blutvergießen zu verhindern. Jude stieß ein Heulen aus, das jeder Werwolf als Befehl zur Kapitulation erkennen würde, bevor sie aus dem Schatten des Waldes heraustraten und auf den Kampf zuliefen.

Ohne dass er seinem Team konkrete Anweisungen geben musste, verteilten sie sich und sprinteten zu strategischen Punkten, von denen aus sie das Gallagher-Rudel einkreisen und gleichzeitig von den angreifenden Vampiren abschneiden konnten.

Jude wollte sich gerade zum Einfahrtsbereich begeben, als er zwei Werwölfe sah, die in einen ungleichen Kampf verwickelt waren. Ein schwarzer Werwolf hielt eine kastanienbraune Werwölfin auf dem Kiesweg fest, während die Scheinwerfer des Autos sie in allen Details beleuchteten. Es konnte nur einen Grund geben, warum ein Werwolf aus dem Gallagher-Rudel gegen einen anderen Werwolf kämpfte. Obwohl er noch nie jemanden aus der Gallagher-Familie persönlich getroffen hatte, wusste er, dass es sich um Cameron handeln musste, der versuchte, die Frau zu unterwerfen, die er gegen ihren Willen verwandelt hatte. Und keiner der Vampire konnte ihr zu Hilfe kommen.

Ein paar Meter entfernt kämpften ein Vampir und ein weibliches übernatürliches Wesen, dessen Aura er nicht erkannte, gegen einen riesigen Werwolf, während ein kahlköpfiger Vampir mit einem anderen Mitglied des Gallagher-Rudels kämpfte.

Jude stürmte auf den Kiesweg zu, wo die beiden Werwölfe kämpften, und seine starken Hinterbeine katapultierten ihn regelrecht nach vorne. Cameron hatte seine Reißzähne bereits in den Hals der Frau geschlagen. Noch eine Sekunde und er würde ihr die Kehle herausreißen und sie töten.

Jude stürzte sich fliegend auf Cameron, grub seine Krallen in dessen dichtes Fell und versenkte seine scharfen Reißzähne in dessen Nacken. Camerons Reaktion war reflexartig: Er ließ den Hals der Frau los und wich zurück. Doch Cameron hatte keine Chance, ihn abzuschütteln, denn zusammen flogen sie mehrere Meter weiter den Weg hinunter. In dem Moment, als sie auf dem Kies aufschlugen, drückte Jude Cameron mit seinen messerscharfen Krallen und seinem ganzen Gewicht zu Boden, während er seine Zähne tiefer rammte, bevor er die Kehle des Wolfes herausriss. Blut spritzte überall hin, als Camerons Blut schnell aus seinem Körper floss und nur noch eine leblose Hülle zurückblieb. Eine Hülle, die sich nun wieder in die Gestalt eines Mannes verwandelte. Jude blickte auf sein Opfer hinunter und erkannte das Gesicht von den Fotos, die er gesehen hatte. Das war Cameron. Er war jetzt tot. Keine Gefahr mehr.

Jude, immer noch in seiner Wolfsgestalt, hob den Kopf und blickte in den Nachthimmel, wo der Vollmond hing. Er heulte. Ein Heulen des Triumphes, das seinem Team signalisierte, dass ihr Hauptziel eliminiert worden war. Andere Heullaute drangen an seine Ohren. Einer kam von der Frau, die Cameron zu töten versucht hatte und die, wie es aussah, schwer verletzt war.

Sein Blick schoss zu ihr, und er beobachtete, wie ihr Körper zuckte und sich verkrampfte, bis sie schließlich ihre Wolfsgestalt ablegte.

Damit verschwand auch ihre übernatürliche Aura: Sie war wieder ein Mensch – ein Mensch, der stark blutete.

Der Vampir, der ihr am nächsten stand, schrie: „Fallon!"

Der Vampir rannte auf sie zu, zog die nackte Frau in seine Arme und streckte bereits seine Reißzähne aus. Er biss sich in sein eigenes Handgelenk und drückte es an Fallons Mund, damit sie das Blut trinken konnte, das daraus tropfte, während er seine andere Hand auf ihre Halswunde drückte, um die Blutung zu stoppen.

Jude heulte erneut, diesmal so laut, dass der ganze Wald ihn hören konnte. Seine Teammitglieder stimmten in das Heulen ein und signalisierten damit dem Gallagher-Rudel, dass es Zeit war, sich zu ergeben. Jude schaute zur Vorderseite des Hauses und bemerkte, dass sowohl die Wölfe als auch die Vampire langsam aufhörten zu kämpfen.

Jude verwandelte sich von seiner Wolfsgestalt in seinen humanoiden Körper, und sein Team sowie die Mitglieder des Gallagher-Rudels, die er von seinem Standpunkt aus sehen konnte, machten es ihm nach. Splitternackt und ohne sich darum zu kümmern, ging er ein paar Schritte auf den Vampir zu, der die menschliche Frau in seinen Armen hielt. Er bemerkte, dass der Vampir ihn anstarrte, genauer gesagt, das Tattoo auf seiner Brust. Es war das eines Wolfes mit den Worten Lupinotuum Societatem – was „Allianz der Werwölfe" bedeutete – darunter. Alle Mitglieder der Allianz der Werwölfe hatten das gleiche Tattoo.

„Wird sie überleben?", fragte er den Vampir.

Der Vampir nickte. „Dank dir."

„Und deinem Blut", fügte Jude hinzu und nickte in Richtung des Handgelenks des Vampirs.

Mason tauchte neben ihm auf und reichte ihm seine Klamotten. Jude zog seine Hose an, nahm aber das Hemd und gab es dem Vampir.

„Für sie."

Der Vampir nahm es und deckte Fallon damit zu.

„Du kannst deine Hexen zurückrufen", meinte Jude. „Wir werden dir und deinen Leuten nichts antun."

Der Vampir zögerte. „Warum sollte ich dir vertrauen?"

„Weil Striker Reed es tut."

„Du bist Strikers Intervention?"

„Hat er es so genannt?" Er zuckte mit den Schultern. „Jude Beaumont von der Allianz der Werwölfe. Ich würde dir gerne die Hand schütteln, aber ..."

Der Vampir nickte. Seine Hände waren anderweitig beschäftigt: Er hielt Fallon in seinen Armen, drückte auf deren Wunde und gab ihr sein Blut zu trinken.

„Patrick Woodford, Scanguards", stellte er sich vor und fügte dann über sein Mikrofon hinzu: „Leute, legt eure Waffen nieder. Wir haben einen Waffenstillstand."

Jude sah zu, wie die Vampire langsam seinem Befehl folgten und die beiden Hexen ihre Zaubersprüche beendeten. Frieden und Ruhe kehrten um ihn herum ein.

Er nickte Patrick zu und wandte sich dann an die Versammelten: „Im Namen der Allianz der Werwölfe befehle ich dem Gallagher-Rudel, sich hinzuknien."

„In nomine Lupinotuum Societatem", verkündeten seine Teammitglieder.

„Niemals!", schrie jemand aus der Menge. „Ihr habt kein Recht, euch in unsere Angelegenheiten einzumischen."

Jude erkannte William Gallagher von den Fotos, die er gesehen hatte.

Mit Gelassenheit und Selbstvertrauen und in dem Wissen, dass das Gesetz hinter ihm stand, trat Jude näher an den älteren Gallagher heran.

„Das haben wir, wenn ein Rudel zu einer Gefahr für alle Werwölfe wird. Du hättest deinen Sohn zügeln sollen, als du die Chance dazu hattest. Sein Tod geht auf deine Kappe."

„Du hast Cameron getötet? Du hast meinen Sohn umgebracht?", schrie Gallagher und stürzte sich auf ihn.

Aber Mason und Austin packten Gallagher und hielten seine Arme fest, damit er nicht zuschlagen konnte.

„Ich bin der Anführer dieses Rudels!", schrie er, und aus den Augen des hartnäckigen Mannes sprühte purer Hass.

Jude ignorierte seinen Ausbruch und wandte sich an Patrick. „Nimm deine Leute und verschwindet. Kommt nie wieder hierher zurück."

„Welche Garantie habe ich, dass das Gallagher-Rudel sich nicht rächen wird?", fragte Patrick.

„Es ist nicht mehr das Gallagher-Rudel", verkündete Jude. „Es ist das Beaumont-Rudel. Ich bin ihr neuer Anführer. Und wir wollen euch nichts Böses. Im Namen der Allianz der Werwölfe schwören wir das."

„In nomine Lupinotuum Societatem", sagten seine Begleiter einstimmig.

„Und William Gallagher?", fragte Patrick und runzelte die Stirn. „Er wird Rache nehmen."

„William Gallagher ist nicht mehr dein Problem. Er ist meins."

Mit einem Nicken und mit der Hilfe der Frau, deren übernatürliche Aura er nicht erkannte, stand Patrick mit Fallon in seinen Armen auf.

„Los", sagte Patrick zu seinen Kollegen. „Wurde jemand getötet?"

„Nein", antwortete ein riesiger Vampir. „Ein paar Verletzte, nichts Ernstes."

„Okay, Jude Beaumont", sagte Patrick. „Solange dieses Rudel keinen weiteren Ärger macht, haben wir keinen Grund, wiederzukommen."

„Verstanden."

Er sah Patrick an und erkannte Ehrlichkeit in seinen grünen Augen. Der Vampir würde sein Wort halten. Jude nickte kurz, bevor Patrick den Vampiren und Hexen, die er mitgebracht hatte, ein Zeichen gab. Mit skeptischen Blicken auf die Werwölfe machten sie sich auf den Weg die lange Auffahrt hinunter, die zum Eingangstor führte. Jude gab Francisco ein Zeichen, um sicherzustellen, dass alle Vampire das Grundstück tatsächlich verließen, bevor er sich wieder dem Gallagher-Rudel zuwandte.

Einige von ihnen halfen jetzt den Rudelmitgliedern, die in an Bäumen befestigten Netzen gefangen waren, sich zu befreien. Er musste zugeben, dass es eine geniale Idee der Vampire war, Netze zu verwenden, um ihre Gegner in Wolfsgestalt zu fesseln.

Jude sah, dass weniger als zehn Rudelmitglieder vor dem Haus versammelt waren, alle nackt, da sie sich erst kurz zuvor aus ihrer Werwolf-Gestalt zurückverwandelt hatten. Nacktheit war nichts, worüber sich jemand in der Werwolf-Gemeinschaft Gedanken machte. Es gehörte zu ihrer Natur, und in einem eng verbundenen Rudel hatte jeder jeden schon einmal nackt gesehen. Seine eigenen Männer waren schon teilweise angezogen, da Mason ihre Klamotten aus dem Wald geholt hatte, wo sie sie zurückgelassen hatten. Für das Gallagher-Rudel waren Jude und seine Leute aber Fremde, und es war einfach höflich, ihnen die Chance zu geben, sich anzuziehen. Schließlich wollte er nicht, dass sie ihn und sein Team als Feinde ansahen.

„Zieht euch an. Dann versammelt euch im Gemeinschaftsraum im Haus. Ihr habt zwanzig Minuten Zeit", befahl Jude.

William Gallagher versuchte, sich aus Masons und Austins Griff zu befreien, schaffte es aber nicht. „Lasst mich los!"

„Mason und Austin helfen dir beim Anziehen", schlug Jude vor. „Bringt ihn in sein Schlafzimmer und lasst ihn nicht aus den Augen."

Als sich mehrere Mitglieder des Rudels abwandten und zur Eingangstür des Hauses gingen, nickte Jude in Wendells Richtung.

Der massive Werwolf trat näher. „Was brauchst du?"

„Hast du die Liste der Rudelmitglieder, die auf dem Anwesen wohnen?"

Wendell nickte und zog sein Handy aus der Tasche.

„Sorg dafür, dass alle da sind. Und dann nimm Ransom und Parker mit und durchsucht das ganze Haus, falls sich jemand versteckt. Ich will keine Überraschungen."

„Das will ich auch nicht", antwortete Wendell und ging zum Haus.

Jude blieb stehen, bis alle im Haus waren. Dann ließ er seinen Blick schweifen und nahm jeden Geruch und jedes Geräusch in sich auf. Der Geruch der Vampire verblasste langsam, und seiner Einschätzung von

Patrick Woodford nach war er zuversichtlich, dass sie nie wieder ein Problem darstellen würden. Das Gallagher-Rudel war jedoch eine ganz andere Sache.

Er rechnete mit Widerstand und Gegenwehr. Es lag nun an ihm, das Nötige zu tun, um das Rudel unter seiner Führung zu vereinen. Darauf hatte er sein ganzes Leben lang hingearbeitet. Alle männlichen Mitglieder der Allianz der Werwölfe, die noch keinen Partner hatten, wurden darauf vorbereitet, eines Tages die Führung eines Rudels zu übernehmen, das einen neuen Anführer brauchte. Er hatte sein ganzes Leben darauf gewartet, seine Loyalität gegenüber der Allianz der Werwölfe zu zeigen und das von ihm erwartete Opfer zu bringen. Aber jetzt, wo der Tag gekommen war, konnte er die Begeisterung, die er eigentlich fühlen sollte, nicht aufbringen. Denn es war nichts Aufregendes daran, einen anderen Werwolf – selbst wenn es ein mörderischer war – zu töten und einen Alpha zu entthronen.

4

***

Ransom Howe stand in der beeindruckenden Eingangshalle der Gallagher-Villa, als sein Kollege und Freund Wendell von seinem Handy aufblickte.

„Ransom, eine der Frauen fehlt."

Er warf einen Blick auf Wendells Handy. „Welche?"

„Eve Gallagher."

„Mist", fluchte er.

Eve war William Gallaghers Tochter. Wenn sie weg war, wollte sie wahrscheinlich irgendetwas unternehmen, um ihren Bruder zu rächen. Sie musste unbedingt schnell gefunden werden.

„Du und Parker durchsucht die beiden oberen Stockwerke. Sie ist nicht auf dieser Etage, also übernehme ich den Keller und die Garage", meinte Ransom.

Wendell nickte und holte sein Handy aus der Tasche. Als er die Treppe erreichte, war der Anruf bereits verbunden.

„Parker, ich komme hoch. Eve Gallagher ist nicht auffindbar. Sei vorsichtig da oben. Sie könnte einen Hinterhalt planen."

Ransom ging auf eine geschlossene Tür im Foyer zu. Er hatte sich bereits mit dem Erdgeschoss vertraut gemacht und vermutete, dass diese Tür zum Keller führte. Er hatte recht. Als er die Tür öffnete und das Treppenhaus betrat, schlug ihm abgestandene Luft entgegen. Neben dem muffigen Geruch drangen noch andere Gerüche in seine Nase: Vor nicht allzu langer Zeit waren Vampire hier unten gewesen, obwohl ihr Geruch schwach war und langsam verflog.

Als er das Ende der Treppe erreichte, nahm er den Geruch eines weiteren Werwolfs wahr, was nicht ungewöhnlich war, da jeder aus dem Gallagher-Rudel jederzeit hierherkommen konnte, um vielleicht eine Flasche Wein oder etwas Brennholz zu holen. Er ging am Weinkeller vorbei und drang tiefer in das Untergeschoss der Gallagher-Villa vor. Dabei zog er sein Silbermesser aus der Scheide, bereit es einzusetzen, falls er auf ein feindseliges Rudelmitglied treffen sollte, insbesondere auf Eve Gallagher.

An einer offenen Tür hielt er kurz inne und blieb ganz still stehen. Er hörte deutlich, wie jemand atmete. Er atmete tief ein und bemerkte, dass der Geruch eines Werwolfs jetzt intensiver war. Eine Frau, stellte er fest. Stand Eve hinter der Tür und war bereit, ihn anzufallen, sobald er den Raum betrat? Er war darauf vorbereitet, und wenn sie versuchte, ihn anzugreifen, würde sie sehr schnell feststellen, dass er in mehreren Nahkampftechniken ausgebildet war und in jeder davon hervorragende Leistungen erbrachte.

Er bereitete sich mental vor und beschloss, nicht länger zu zögern. Mit ein paar schnellen Schritten stürmte er in den Raum und drehte sich nach links, um diejenige anzugreifen, die hinter der Tür auf ihn lauerte. Zu seiner Überraschung war niemand da. Er drehte sich blitzschnell um und ließ seinen Blick durch den ganzen Raum schweifen, um sich zu orientieren. Das auffälligste Merkmal des Raumes war ein massiver, am Boden verschweißter Eisenkäfig. Er wusste, dass dieser Käfig gebaut worden war, um einen Werwolf einzusperren, denn dessen Stäbe waren so dick, dass selbst die überlegene Kraft eines Werwolfs sie nicht verbiegen oder zerbrechen konnte. Viele Rudel hatten ähnliche Käfige, um abtrünnige Werwölfe einzusperren, die zu einer Gefahr für ihr Rudel oder sich selbst geworden waren.

Der Käfig war nicht leer. Eine nackte Frau kauerte in einer Ecke; ihre Aura und ihr Geruch verrieten, dass sie eine Werwölfin war.

„Eve? Eve Gallagher?", fragte Ransom, als er nähertrat.

Sie regte sich, erwachte plötzlich aus einem scheinbar tiefen Schlaf, als sie ihn endlich zu sehen schien. Sie sprang auf und stürzte nach vorne, aber die Gitterstäbe des Käfigs hielten sie zurück. Sie packte sie und rüttelte daran, offenbar erst jetzt bewusst, wo sie sich befand.

„Verdammte Arschlöcher!", fluchte sie in einem Tonfall, der jeden Hafenarbeiter stolz gemacht hätte.

„Du bist Eve Gallagher", sagte Ransom erneut, während er seinen Blick über ihren nackten Körper gleiten ließ.

Sie war muskulös, hatte aber genug weiche Kurven, die jeden Mann willkommen heißen würden. Ihre Brüste waren voll und hatten dunkelrosa Brustwarzen, die aufgrund der kalten Luft im Keller hart waren. Ihre Beine waren wohlgeformt und straff, ihre Haut gebräunt und glatt. Verdammt, diese Frau war wunderschön. Und absolut unerreichbar. Schließlich war er nicht der neue Alpha. Er war ein gewöhnliches Mitglied der Allianz der Werwölfe und als solches hatte er geschworen, Jude Beaumont zu gehorchen.

„Hast du genug gesehen, du Perverser?", knurrte Eve. Ihre Augen glühten jetzt wie Feuer, nicht wie das, das wärmte, sondern wie das, das zerstörte.

Ransom räusperte sich und wandte den Blick ab, als er ein paar Meter vom Käfig entfernt auf dem Boden liegende Kleidungsstücke bemerkte.

„Wer zum Teufel bist du? Lass mich hier raus!"

„Ich suche den Schlüssel", antwortete er, genervt von ihrem Benehmen.

„Da an der Wand!", sagte sie und zeigte auf die gegenüberliegende Wand.

Ransom griff nach dem Schlüssel, hob dann die Klamotten vom Boden auf und ging zur Tür des Käfigs. Zu seiner Überraschung wich Eve zurück und beobachtete ihn misstrauisch.

Sie kniff die Augen zusammen. „Gehörst du zu den Vampiren?"

„Sind das die Typen, die dich eingesperrt haben?"

Er brauchte keine Antwort, um zu wissen, dass er richtig lag, und nickte einfach, bevor er die Tür aufschloss.

„Ich gehöre zur Allianz der Werwölfe. Die Vampire sind weg."

Sie atmete erleichtert auf. „Wir haben sie besiegt. Gott sei Dank!"

Sie griff nach ihren Kleidern, und er reichte sie ihr, bevor er ein paar Schritte zurücktrat, um ihr etwas Privatsphäre beim Anziehen zu gewähren.

„Nein, wir haben den Kampf beendet. Wir haben Frieden mit den Vampiren geschlossen. Sie werden euch nicht mehr belästigen."

Jetzt, wo sie fertig angezogen war, starrte sie ihn ungläubig an und runzelte die Stirn. „Mein Vater würde niemals Frieden mit den verdammten Vampiren schließen. Diese Mistkerle haben uns angegriffen!"

„Dein Vater hat nicht mehr das Sagen."

Eve starrte ihn mit offener Feindseligkeit an. „Du scheinst nicht zu wissen, wer mein Vater ist. Er ist der Alpha. Er entscheidet, was ..."

„Wie ich schon sagte, er hat nicht mehr das Sagen", unterbrach Ransom sie und machte einen weiteren Schritt auf sie zu. Er würde sich von dieser verführerischen, aber eigensinnigen Schönheit nicht überrumpeln lassen. „Die Allianz der Werwölfe übernimmt dieses Rudel."

Ihre Augen weiteten sich. „Mein Vater und meine Brüder werden das niemals zulassen."

Ransom holte tief Luft und atmete dabei den verführerischen Duft der Werwölfin ein, der sein Blut in Wallung bringen könnte, wenn er es zuließ. Aber das würde er nicht zulassen. Er musste sich beherrschen.

„Dein Vater ist unser Gefangener. Was deine Brüder angeht ..." Er hielt inne.

Verdammt! Wenn Eve von den Vampiren eingesperrt worden war, bedeutete das, dass sie keine Ahnung hatte, dass ihr Bruder Cameron tot war. Scheiße! Er wollte ihr nicht die schlechte Nachricht überbringen. Aber er wusste auch, dass es am besten war, es ihr im Keller zu sagen, wo niemand ihre Schreie, ihre Flüche und noch weitere

Reaktionen hören würde und wo sie ihm nicht irgendwelche Gegenstände an den Kopf werfen konnte.

„Was ist mit meinen Brüdern?"

Unbehaglich angesichts der vor ihm liegenden Aufgabe verlagerte er sein Gewicht von einem Fuß auf den anderen. Dennoch zögerte er noch immer und suchte nach Worten, die ihn nicht wie einen gefühllosen Arsch klingen lassen würden. Er hatte selbst Geschwister. Er wusste, dass es verheerend wäre, eines davon zu verlieren, und er würde tief trauern. Werwolf-Familien waren eng verbunden und patriarchalisch, verbunden durch Blut und die Notwendigkeit, ihre Geheimnisse vor Außenstehenden zu bewahren.

„Was verschweigst du mir?"

Er wandte seinen Blick wieder Eve zu. Ihr Gesichtsausdruck verriet ihm, dass sie wusste, dass die Nachricht, die er ihr überbringen würde, schlecht war. Jetzt konnte er nicht mehr zurück. Weiterhin zu zögern wäre grausam.

„Es tut mir leid, dass ich dir das sagen muss, aber dein Bruder Cameron ist tot."

Für einen Moment war es völlig still in dem staubigen Raum. Jetzt konnte er Schritte von oben hören. Alle versammelten sich, um zu hören, was Jude zu sagen hatte.

„Du lügst!", schrie Eve, und Wut blitzte in ihren schönen Augen auf, die gelb leuchteten, ein Zeichen dafür, dass ihr innerer Wolf zum Vorschein kommen wollte. „Nein! Nein! Sag, dass du lügst! Sag es!"

Mit jedem Wort wurde ihre Stimme lauter, ihr Tonfall aufgeregter. Feuchte Tränen traten ihr in die Augen, und sie blinzelte, als wollte sie sie wegwischen.

„Es tut mir leid", sagte er mit ruhiger, leiser Stimme. „Aber Cameron ist tot."

„Nein!", jammerte sie.

Plötzlich hob sie die Arme, ballte die Hände zu Fäusten und schlug mit solcher Wucht auf seine Brust, dass er fast rückwärts umfiel. Es dauerte eine Sekunde, bis er sein Gleichgewicht wiedergefunden hatte, während sie ihn weiter benutzte, als wäre er ein Boxsack und sie eine

MMA-Kämpferin. Sie war stark, was nicht überraschend war. Werwolf-Frauen waren genauso stark wie ihre männlichen Artgenossen, und wenn das Sprichwort stimmte, dass die weiblichen Mitglieder der Spezies gefährlicher waren als die männlichen, dann war Eve der lebende Beweis dafür.

Ein paar Sekunden lang reagierte er nicht und ließ sie einfach den Schmerz verarbeiten, den die Nachricht verursacht hatte. Aber selbst er konnte nicht ewig hier stehen bleiben und sie nach Belieben auf ihn eintrommeln lassen. Es war Zeit, sie zu stoppen.

Er packte Eves Handgelenke, umfasste sie fest mit seinen Händen, drückte sie dann zurück und schüttelte sie, damit sie wieder zu sich kam. Sie starrte ihn an, Tränen liefen ihr über das Gesicht, ihr Mund war geöffnet, als wollte sie erneut schreien, doch es kamen keine Worte heraus, nur das gurgelnde Geräusch eines Schluchzens, das aus ihrer Brust aufstieg.

Als das Geräusch des ersten Schluchzens endlich von den kahlen Wänden widerhallte, zog Ransom sie an seine Brust, um sie zu trösten. Er spürte ihren warmen Atem auf seiner Haut; ihre Tränen benetzten sein Hemd, während sie weinte. Zögernd strich er ihr mit der Hand über den Rücken, eine tröstende Geste, die er schon oft bei seiner eigenen Schwester angewendet hatte. Ihr hatte es immer geholfen. Vielleicht würde es auch Eve helfen.

Plötzlich spürte er Eves Hände auf seiner Brust, und bevor er begreifen konnte, was sie vorhatte, wurde er mit solcher Wucht zurückgestoßen, dass er gegen die Wand hinter ihm prallte.

Eve starrte ihn mit tränenüberströmten Augen an. „Wenn du jemandem erzählst, was hier unten passiert ist, schneide ich dir die Kehle durch, das schwöre ich!"

Ihre Drohung traf ihn wie ein Stich ins Herz. So viel zum Versuch, einer trauernden Frau Trost zu spenden. Er hätte es besser wissen müssen: Eine Frau wie Eve würde niemals als schwach angesehen werden wollen.

Er kniff die Augen zusammen. „Keine Sorge. Ich möchte nicht, dass jemand erfährt, dass ich genug Mitgefühl für dich aufgebracht habe, dass ich dich berührt habe. Glaub mir, diesen Fehler werde ich nicht noch einmal machen.“

Sie hob ihr Kinn; ihre Augen brannten immer noch vor Wut. „Wenn du das tust, wird es dein letzter sein.“

Arrogante Zicke!

5

Jude sah zu, wie immer mehr Leute das große Wohnzimmer der Gallagher-Villa betraten. Sie waren mittlerweile alle bekleidet, aber nicht weniger feindselig als während des Kampfes mit den Vampiren. Er blieb in der Nähe des Kamins, von wo aus er alle sehen konnte, die hereinkamen, stehen. Anhand der Fotos der Familie Gallagher, die die Allianz der Werwölfe in ihrer Datenbank hatte, erkannte er die meisten Anwesenden. Die Männer – die beiden verbliebenen Söhne des Alphas, Byron und Thaddeus, sowie seine Neffen Spencer und Owen – sahen kampfbereit aus. Wenn sie so stark waren, wie ihre muskulösen Körper vermuten ließen, würden sie sich als gefährliche Gegner erweisen. Um die Situation jetzt nicht eskalieren zu lassen, musste er jedoch vorsichtig sein, wie er mit diesen vieren umging.

Er tauschte einen kurzen Blick mit Parker und Grant aus, zwei seiner Teammitglieder, die in der Nähe der Tür standen und Wache hielten, um für Ordnung zu sorgen. Sie kannten ihre Aufgabe und würden schnell handeln, sollte jemand aus dem Gallagher-Rudel Ärger machen wollen.

Zwei Frauen kamen nebeneinander herein und ihre körperliche

Ähnlichkeit war sofort offensichtlich. Es waren Mutter und Tochter, Flora und Violet Gallagher. Violet, William Gallaghers Nichte, war hübsch und hatte zarte Gesichtszüge, obwohl er wusste, dass sie als Werwölfin stärker war als eine menschliche Frau. Ihre Augen waren geschwollen und es sah aus, als hätte sie geweint. Es war nicht schwer zu erraten, warum: Sie hatte in Cameron einen Cousin verloren, und er musste davon ausgehen, dass sie sich nahegestanden hatten.

Ihre Mutter Flora zeigte keine Anzeichen von Tränen; ihr Gesicht war eine stählerne Maske, wahrscheinlich ein Schutzmechanismus, um sich vor schlechten Nachrichten zu schützen. Sie wirkte wie jemand, der in seinem Leben schon viel durchgemacht hatte und wusste, wie man trotz aller Hindernisse weitermachte. Sie vermittelte auch den Eindruck, dass sie hier das Sagen hatte. Er würde gut daran tun, sie frühzeitig zu seiner Verbündeten zu machen, denn sie konnte ihm entweder den Weg für einen reibungslosen Übergang ebnen oder ihn mit Hindernissen torpedieren.

Ein großer schwarzer Mann betrat den Raum, gefolgt von zwei Frauen und einem weiteren männlichen Rudelmitglied. Die Frauen blieben hinter den beiden Männern stehen, und er konnte nur einen flüchtigen Blick auf sie erhaschen. Es schien, als wollten sie lieber unbemerkt bleiben. Das war nicht ungewöhnlich. Die Frauen mit dem niedrigsten Rang in einem Rudel arbeiteten oft, ohne aufzufallen, und waren es gewohnt, keine Aufmerksamkeit auf sich zu ziehen. Dieses Rudel war sicherlich keine Ausnahme. Die Jüngsten und Schwächsten wollten nicht auffallen. Auf jeden Fall hatte die Allianz keine Fotos von diesen Rudelmitgliedern, um sie zu identifizieren. Er würde später mehr Informationen über sie einholen müssen.

Es gab laute Schritte und Flüche, als Austin und Mason endlich mit William Gallagher zwischen ihnen hereinkamen. Letzterer knurrte ihn an und versuchte, Austins Hand abzuschütteln, mit der dieser seinen Ellbogen festhielt.

„Nimm deine verdammte Hand von mir!"

Jude fing Austins Blick auf und nickte zustimmend, um ihm zu signalisieren, dass er Gallagher nicht festhalten musste. Er würde nirgendwo hingehen, zumindest nicht im Moment. An seinem Gesichtsausdruck war deutlich zu erkennen, dass er zu einer Konfrontation bereit war.

Als Jude weitere Geräusche aus dem Foyer hörte, schaute er an Gallagher vorbei. Eine junge Frau mit wehenden Haaren stürmte in den Raum, Ransom dicht auf ihren Fersen. Er erkannte die Frau von ihrem Foto. Das war Eve, William Gallaghers Tochter. Anscheinend hatte sie sich bereits einen Feind gemacht: Ransom. Sein verärgerter Gesichtsausdruck war kaum zu übersehen. Und Ransom zu verärgern war keine leichte Aufgabe. Der Asiate, der ursprünglich aus San Francisco stammte, war nicht leicht zu beleidigen und scherte sich keinen Deut darum, was andere von ihm hielten. Er hatte kein bisschen Groll in sich. Was hatte diese wunderschöne Frau also angestellt?

Und sie war umwerfend, das musste er zugeben. Eine schlanke Figur mit Kurven an den richtigen Stellen, ein feines Gesicht, langes welliges Haar und atemberaubende Augen, die jeden Mann an die Wand nageln und ihn dort für immer hängen lassen konnten. Ja, sie war der personifizierte Ärger. So viel war klar. Trotzdem wusste er, was seine Pflicht war. Sie war die ranghöchste Frau im gebärfähigen Alter und musste daher seine erste Wahl sein. Es spielte keine Rolle, dass sich nichts bei ihm regte, wenn er sie ansah. Schönheit allein reichte ihm nicht. Er brauchte mehr von einer Frau. Er wusste nur nicht, worin dieses *Mehr* bestand. Offensichtlich hatte er es noch nicht gefunden.

Jude ließ seinen Blick wieder über die Versammelten schweifen, als die letzten Mitglieder seines Teams, Wendell und Francisco, hereinkamen und auf ihn zugingen.

„Das Haus ist gesichert", berichtete Wendell.

Jude nickte zustimmend. „Und die Vampire?"

„Die sind weg", meinte Francisco. „Dafür habe ich gesorgt. Das Tor ist geschlossen, aber wir müssen später das Alarmsystem *rebooten*. Sieht so aus, als hätten die Vampire es gehackt."

„Okay. Kümmere dich darum, wenn wir hier fertig sind."

Jude richtete seinen Blick wieder auf die Versammelten und räusperte sich.

„Jetzt, wo alle hier sind, können wir anfangen", sagte er.

Die privaten Gespräche und das Gemurmel verstummten, und alle schauten ihn direkt an.

„Ich bin Jude Beaumont und bin im Auftrag der Allianz der Werwölfe hier."

„Wir erkennen die Autorität der Allianz der Werwölfe nicht an", sagte Gallagher mit erhobener Stimme und starrte ihn mit offener Feindseligkeit an. „Wir sind unabhängig von ihnen. Und ich bin hier der Alpha."

Als seine Söhne und Neffen zustimmend grunzten, hob Jude die Hand, um um Ruhe zu bitten. Als sie seiner Bitte nicht nachkamen, knurrte er leise und düster, und der Wolf in ihm wollte an die Oberfläche brechen, um ihnen zu zeigen, dass ihr Versuch, seine Autorität oder die der Allianz anzufechten, im Keim erstickt werden würde.

„Da irrst du dich, William Gallagher." Er fixierte den alten Alpha mit seinem Blick. „Wegen deiner Untätigkeit, deinen Sohn nicht im Zaum zu halten, war die Allianz gezwungen, einzugreifen. Ich wäre nicht hier, wenn du deine Aufgabe als Alpha erfüllt hättest."

Gallagher machte einen Schritt auf ihn zu, aber Austin und Mason packten ihn an den Armen und hielten ihn zurück.

„Jetzt musst du dich mit den Konsequenzen deines Versagens auseinandersetzen. Indem du Cameron freien Lauf gelassen hast, Menschen zu töten, und dann seine Verbrechen vertuscht hast, indem du sogar seinen Tod vorgetäuscht hast, hast du dir das selbst zuzuschreiben."

Jude zeigte mit dem Zeigefinger auf Gallagher und fixierte ihn gleichzeitig mit zusammengekniffenen Augen.

„Wie kannst du es wagen?", spuckte Gallagher. „Erst bringst du meinen Sohn um und dann gibst du mir die Schuld? Fick dich!"

Bevor er antworten konnte, eilte Eve zu ihrem Vater, ihre Augen vor Entsetzen geweitet.

„Er hat Cameron getötet? Nicht die Vampire?" Sie drehte ihren

Kopf und starrte Ransom an. „Du hast mich glauben lassen, es wären die Vampire gewesen, obwohl es er war?"

Sie zeigte in Judes Richtung.

Ransom hob trotzig das Kinn. „Es ist nicht mein Problem, dass du Vermutungen angestellt hast." Er musste den Satz nicht mit *Zicke* beenden, denn dieses Wort war impliziert.

Eve wandte ihren Blick wieder Jude zu, ihre Augen voller Hass. „Du hast meinen Bruder umgebracht!"

„Ich hatte keine andere Wahl." Er zwang sich, ruhig zu sprechen. „Er wollte die Frau töten, die er in einen Werwolf verwandelt hatte. Sie war unschuldig."

„Du –"

„Und damit hat sich die Sache erledigt", unterbrach er sie.

Er war ihr keine Erklärung schuldig und würde sich nicht auf eine Diskussion darüber einlassen, warum er Cameron getötet hatte. Er hatte Wichtigeres zu besprechen.

Er holte tief Luft und ließ seinen Blick über die Versammelten schweifen. „Es wird folgendermaßen weitergehen: William Gallagher wird als Alpha abgesetzt und der Allianz der Werwölfe übergeben. Sie werden über sein Schicksal entscheiden. Wenn er unschuldige Menschen getötet hat, wird er hingerichtet. Wenn er jedoch selbst keine Menschen getötet hat, während er Camerons Morde vertuschte, wird er verbannt. Die Allianz wird entscheiden, wohin. Sollte einer von euch ihn ins Exil begleiten wollen, steht es euch frei, dies zu tun. Ihr habt bis morgen Mittag Zeit, eine Entscheidung zu treffen."

Leises Gemurmel und unzufriedene Grunzlaute hallten von den Wänden wider. Zusammen mit den wütenden Blicken der Gallagher-Familie war die Atmosphäre im Raum giftig.

„Und ich nehme an, du wirst das Amt des Alphas übernehmen", spottete Byron.

„Da liegst du richtig", antwortete Jude und sah den hitzköpfigen jungen Werwolf an. „Dieses Rudel wird jetzt von der Allianz der Werwölfe regiert, und sie haben mich ermächtigt, euer neuer Anführer zu werden. Ich verstehe, dass das eine gewisse Umstellung sein wird ..."

„Eine gewisse Umstellung?", schrie Byron mit hochrotem Gesicht.

Jude ignorierte die Unterbrechung. „Deshalb werde ich alles tun, was ich kann, um das Rudel zu vereinen und es wieder auf den richtigen Weg zu bringen. Und wie ich schon sagte ..." Jetzt fixierte er Byron mit seinem Blick. „... wenn dir das nicht passt, kannst du dich deinem ehemaligen Alpha ins Exil anschließen."

Byron schnaubte. „Als ob das eine Wahl wäre!"

Thaddeus legte eine Hand auf den Arm seines Bruders, um ihn zu beruhigen, aber Byron schüttelte sie einfach ab.

„Du kannst hier nicht einfach übernehmen!", fuhr Byron fort.

„Ich bin noch nicht fertig!", grollte Jude und überbrückte die Distanz zwischen ihm und Byron, um ihm direkt ins Gesicht zu sehen. „Verwechsle meine Höflichkeit und Gelassenheit nicht mit Schwäche. Ich verspreche dir, das wird dein letzter Fehler sein."

Für einen Moment war es still im Raum, und er konnte fast Byrons Herzschlag hören. Ein weiterer Atemzug und noch ein Herzschlag, und Byron wich zurück.

„Gut", sagte Jude ruhig. „Jetzt, wo wir das geklärt haben, wird Folgendes passieren: Nach einer angemessenen Trauerzeit werde ich mich mit der ranghöchsten Frau im gebärfähigen Alter paaren. Das wird sicherstellen, dass die Gallagher-Blutlinie weiterbesteht und der Alpha nach mir Gallagher-Blut in sich hat."

Ein Keuchen hallte von den Wänden wider. Mehrere der Anwesenden schauten in die Richtung, aus der es gekommen war. Er musste nicht hinsehen, um zu wissen, wessen Reaktion das war, aber er tat es trotzdem. Eve stand da und starrte ihn ungläubig an. Damit hatte sie nicht gerechnet.

Er fühlte sich verpflichtet, sie direkt anzusprechen. „Wie ich schon sagte, es wird eine Trauerzeit geben, um dir Zeit bis zur Paarung zu geben."

Eve antwortete nicht. Sie schien über diese Nachricht nicht glücklich zu sein. Und warum auch? Sie kannte ihn nicht, und zu erfahren, dass sie seine Partnerin fürs Leben werden sollte, war eine Nachricht, die nicht leicht zu verdauen war. Wären sie allein gewesen, hätte er ihr gesagt, dass dies für sie beide eine schwierige Situation sein würde, da es sich nicht um eine Liebesheirat handeln würde. Aber auch seine Eltern hatten nicht aus Liebe geheiratet. Ihre Verbindung war arrangiert worden, obwohl sie sich später verliebt hatten und glücklich zusammen waren.

Er hatte immer gewusst, dass es eines Tages so kommen würde, als er sich der Allianz der Werwölfe angeschlossen hatte, wo er darauf vorbereitet wurde, ein Alpha zu werden, um ein abtrünniges Rudel zu übernehmen. Man hatte ihm eingetrichtert, diese Bedingung zu akzeptieren, denn der einzige Weg, ein Rudel wirklich zu vereinen, war, hineinzuheiraten. Königreiche in ganz Europa hatten dies seit Jahrhunderten getan und Prinzessinnen zur Heirat mit ausländischen Königen geschickt, damit ihre Länder nicht miteinander Krieg führten.

Das hier war nicht anders. Er war bereit, dieses Opfer für das Wohl aller Werwölfe zu bringen, obwohl er sich nicht zu Eve hingezogen fühlte.

„Das ist alles für heute Abend", fügte er hinzu, bevor er Flora ansah. „Wer ist für den Haushalt zuständig? Meine Männer und ich brauchen Unterkünfte."

Wie erwartet nickte Flora und trat näher. „Wir haben ein paar freie Zimmer im Seitenflügel, und einige der Cottages bieten ebenfalls Platz ..."

„Meine Leute und ich werden in diesem Haus bleiben", unterbrach er sie. „Bitte bereite das Quartier des Alphas für mich vor. Mein Bruder wird Camerons Zimmer beziehen. Such Zimmer für den Rest meiner Leute in diesem Haus und im Seitenflügel. Nicht in den Cottages. Falls nötig, müssen einige deiner Rudelmitglieder sich ein Zimmer teilen."

„Aber", sagte Flora und ließ ihr Kinn sinken. „Du kannst nicht in die Unterkunft des Alphas ziehen. William wohnt dort."

„Euer ehemaliger Alpha wird die Nacht in der Zelle verbringen, bewacht von zwei meiner Männer. Das ist zu jedermanns Sicherheit."

Er würde Gallagher keine Chance geben, sich an ihm und seinen Männern zu rächen.

Flora nickte mit ausdruckslosem Gesicht. „Natürlich. Ich werde Bettwäsche und Handtücher für dich und deine Leute besorgen."

„Vielen Dank", antwortete Jude.

Als sie sich von ihm abwandte, winkte er Austin und Mason zu sich. „Bringt ihn in die Zelle und bewacht ihn. Wechselt euch ab. Wendell kann euch bei Bedarf ablösen."

Als Austin und Mason den alten Alpha an den Armen packten, warf dieser ihm einen finsteren Blick zu. „Das wirst du bereuen."

Jude ließ sich von seinen Worten nicht aus der Ruhe bringen. Er wusste, dass die Drohung leer war.

„Das Einzige, was ich bereue, ist, dass wir nicht früher gekommen sind, sonst hätten wir drei, wenn nicht sogar noch mehr unschuldige Menschenleben retten können."

6

____

Danielle schaute weiter über Chases breite Schultern hinweg. Sie und Priscilla hatten sich teilweise hinter ihm und Priscillas Bruder Heath versteckt, während der neue Alpha zum Rudel gesprochen hatte. Sie war froh, dass sie so weit wie möglich von dem imposanten Fremden mit der sanften Stimme und den durchdringenden Augen entfernt stand. Froh wegen der Wirkung, die er auf sie hatte.

Sie hatte erwartet, Angst vor Jude und den anderen Neuankömmlingen zu haben, weil sie hier waren, um aufzuräumen und höchstwahrscheinlich alle möglichen neuen Regeln einzuführen. Sie hatte sich gerade erst an das Leben mit dem Gallagher-Rudel gewöhnt, aber Jude und seine Leute würden weitere Veränderungen mit sich bringen, und sie mochte Veränderungen nicht. Ihrer Erfahrung nach gingen Veränderungen oft mit etwas Negativem, etwas Schlechtem einher.

Was sie nicht erwartet hatte, als sie Jude sah und seine Stimme hörte, war, dass keine Angst in ihr aufkam. Stattdessen kribbelte es in ihrem Bauch, als würde sie auf einem Trampolin Saltos schlagen. Sie hätte nie gedacht, dass es sich so anfühlte und war völlig unvorbereitet darauf. Gleichzeitig waren die Gefühle, die in ihr aufstiegen und sich an die Oberfläche drängten, unbestreitbar.

Lange vor ihrem Tod hatte ihre Mutter ihr beschrieben, wie es sich angefühlt hatte, als ihr innerer Wolf ihren Partner erkannt hatte, aber Danielle hatte die Geschichte als Märchen, das jedes Mädchen hören wollte, abgetan. Sie hatte zu viel Schmerz und Leid gesehen, um zu glauben, dass es so etwas wie Seelenverwandte wirklich gab. Ausgerechnet ihre Mutter war ein lebendes Beispiel dafür gewesen, dass selbst Partner, die füreinander bestimmt waren, am Ende allein und unglücklich sein konnten. Seinen Seelenverwandten zu finden, garantierte kein Happy End.

Doch das Gefühl blieb, auch wenn sie versuchte, es zu verdrängen. Ein Blick in seine Augen, ein Hauch seines männlichen Duftes, der zu ihr herüberwehte, als würde er sie suchen, ein seidiges Wort, das in ihrer Brust nachhallte, und das Wissen hatte sich in ihr Herz eingebrannt. Sie war froh, dass der Raum voll war und dass sie hinten stand, nahe der Tür, für den Fall, dass sie schnell fliehen musste. Trotzdem blieb sie stehen; ihre Füße waren wie festgeklebt am Boden, ihr Körper fühlte sich an wie ein überhitzter Ofen. Sie wusste, was das bedeutete: Sie geriet spontan in Brunst; ihr Körper ignorierte ihren normalen Zyklus. Das passierte weiblichen Werwölfen nur, wenn sie zum ersten Mal ihrem wahren Partner begegneten oder nachdem sie lange Zeit getrennt gewesen waren.

Meiner.

Auch wenn ihr Herz erkannte, dass Jude ihr Partner war, versuchte ihr Verstand, dies zu ignorieren, da sie wusste, dass die Zukunft, die ihr Herz sich wünschte, unmöglich war. Jude würde niemals ihr gehören. Sie war nicht nur eine der rangniedrigsten Frauen des Rudels, sondern er hatte auch gerade angekündigt, dass er sich mit Eve paaren würde, um das Rudel zu vereinen. Und der bestimmende Ton in seinen Worten bestätigte, dass er nicht an einer Liebesbeziehung interessiert war. Das war rein geschäftlich.

Laut Heath und Chase, die beide einiges über die Allianz der Werwölfe wussten, gelang es der Organisation auf diese Weise, Rudel zu übernehmen und unter ihrer Kontrolle zu halten. Der Anführer verband sich mit der ranghöchsten Frau des Rudels, um mögliche Aufstände zu unterdrücken, und zeugte schnell einen Wurf Wolfswelpen, alles im Namen der Bildung enger Bindungen, die schwer zu lösen waren. Hier würde es nicht anders sein.

Sie wollte fluchen, schreien, in den Wald rennen und alles herauslassen: ihre Frustration, die Ungerechtigkeit und den Schmerz zu wissen, dass es für sie kein märchenhaftes Happy End geben würde. Aber sie behielt alles für sich, blieb äußerlich ruhig und gelassen und verriet nichts von dem Sturm, der in ihr tobte. Das konnte sie gut. Das war ihr von klein auf eingetrichtert worden.

Zieh keine Aufmerksamkeit auf dich, das geht nur schlecht aus.

Die Worte ihrer Mutter hallten in ihrem Kopf wider, und zum ersten Mal wollte sie sich dagegen auflehnen.

„Danielle?" Floras scharfe Stimme riss sie aus ihren Gedanken.

Sie schaute sie an.

„Ja?"

„Nach oben! Du kommst mit mir", sagte Flora barsch und zeigte dann auf Priscilla. „Priscilla wird Camerons Zimmer vorbereiten."

Sie nickte schnell und folgte Flora aus dem Wohnzimmer, Priscilla an ihrer Seite. Sie konnte Floras Unmut spüren, wusste aber, dass er nicht ihr galt. Vielmehr musste ihr Gespräch mit Jude der Grund dafür sein. Sie hatte nicht gehört, was sie gesagt hatten, aber sie hatte den angespannten Austausch gesehen, und es hatte den Anschein, als hätte Flora etwas vorgeschlagen, das Jude nicht gefiel.

Oben ging Priscilla zu Camerons Zimmer und Danielle folgte Flora in die Master-Suite, die aus einem großen Schlafzimmer mit einer Sitzecke vor einem rustikalen Kamin und einem großen Bad bestand. Es war das größte Schlafzimmer im Haus und hatte sogar einen kleinen Balkon mit Blick auf den Hinterhof und das riesige Waldgebiet, das zum Anwesen gehörte. Von der Westseite aus hatte man an klaren Tagen einen wunderschönen Blick auf den Sonnenuntergang oder an anderen Tagen auf den dichten Nebel, der vom Meer herüberzog.

„Hilf mir, die Bettwäsche abzuziehen", wies Flora sie an.

Danielle machte sich sofort an die Arbeit, da sie wusste, dass Flora es nicht mochte, Zeit zu verschwenden. Als sie anfing, den Bettbezug aufzuknöpfen, sah sie Flora an, die bereits die Bezüge von den Kissen abzog.

„Der neue Alpha zieht heute Abend hier ein? Aber William ..." Sie wusste nicht, wie sie den Satz beenden sollte und das musste sie auch nicht.

Flora schnaubte. „Er hätte ihn wenigstens noch eine Nacht hierbleiben lassen können, anstatt ihn unten einzusperren. Das ist einfach nicht würdig."

„Das tut mir leid", sagte Danielle mit einem Nicken. Obwohl William ein strenger Anführer gewesen war, hatte er sie immer fair und manchmal sogar freundlich behandelt. „Was wird jetzt mit uns allen passieren, wo die Allianz die Macht übernimmt? Das wird für alle sehr schwer werden."

Ihre Stimme zitterte leicht, und Flora schien das zu bemerken, denn sie nickte ihr sanft zu.

„Du brauchst dir keine Sorgen zu machen, Danielle. Für dich wird sich nichts ändern. Du wirst deine Arbeit weiterhin so machen wie bisher." Sie zuckte mit den Schultern und schien an etwas anderes zu denken. „Du wirst wahrscheinlich wieder in das Cottage ziehen müssen, da alle Männer von Jude Zimmer brauchen. Das muss natürlich zuerst repariert werden. Wir werden eine Lösung finden."

Danielle nickte, obwohl ihr diese Aussicht nicht gefiel, obwohl sie es nicht mochte, im Haupthaus zu wohnen, wo sie kaum Privatsphäre hatte. Der Gedanke, wieder in das Cottage zu ziehen, in dem sie beinahe durch eine Gasexplosion ums Leben gekommen wäre, ließ sie jedoch erschauern. An dem Ort, an dem sie fast gestorben wäre, würde sie sich nie wieder sicher fühlen. Aber sie beschloss, ihre Bedenken hinsichtlich der Sicherheit des Cottages nicht zu äußern, da sie wusste, dass Flora in einer Stimmung war, in der sie sich nicht umstimmen lassen würde. Zumindest nicht heute Abend.

„Es wird besser für dich sein, vertrau mir", fuhr Flora fort, während sie eine Kommode öffnete und frische Bettwäsche herausholte. „Du bist dann aus dem Weg und gerätst nicht in Schwierigkeiten. Wer weiß, wie diese Männer sich benehmen."

„Du hast wahrscheinlich recht", antwortete Danielle widerwillig, während sie ihr beim Bettenmachen half. Vielleicht war es wirklich das Beste. Schließlich würde sie dann weniger Kontakt zu Jude haben.

„Natürlich habe ich recht. Du wirst schon sehen. Bleib einfach im Hintergrund, dann wird alles gut."

Gemeinsam schüttelten sie die Bettdecke auf und zogen den neuen Bezug darüber. Danielle ordnete die Kissen auf dem Bett neu und glättete ein paar Falten im Bettlaken.

„Mach schon, putz das Badezimmer", befahl Flora. „Ich packe in der Zwischenzeit Williams private Sachen zusammen."

Mit einem Nicken drehte sich Danielle um und ging ins Badezimmer. Sie nahm die gebrauchten Handtücher vom Handtuchhalter und warf sie auf den Boden, dann holte sie frische aus dem Wäscheschrank. Sie griff nach einem Eimer mit Putzutensilien, der unter dem Waschbecken stand, bevor sie begann, alle Oberflächen abzuwischen.

Während der monotonen Arbeit wanderten ihre Gedanken zurück zu Jude und dem Moment, als er verkündet hatte, dass er sich mit Eve, der einzigen Tochter des abgesetzten Alphas, paaren würde. Sie hatte Eves Reaktion nicht sehen können, da ihr die Sicht durch mehrere Mitglieder der Familie Gallagher versperrt gewesen war. Allerdings hatte sie Eves Keuchen gehört, auch wenn sie aus dem Geräusch keine Rückschlüsse auf Eves Gefühle ziehen konnte. War ihr Keuchen ein Ausruf der willkommenen Überraschung oder des Grauens gewesen? Sicherlich war Eve nicht blind und konnte sehen, dass Jude Beaumont ein großer, attraktiver Mann war, der aus jeder Pore seines Körpers Sexappeal versprühte. Dazu kam noch die Macht, die er jetzt in diesem Rudel hatte – welche Werwölfin würde da nicht seine Auserwählte sein wollen? Sicherlich würde keine Frau, die bei klarem Verstand war, ihn ablehnen, nicht einmal Eve, die dafür bekannt war, wählerisch zu sein. Und warum sollte sie nicht wählerisch sein, wenn es um den Mann ging, den sie sich aussuchte?

Sie war umwerfend schön, hatte einen hohen Rang im Rudel inne und war obendrein noch intelligent.

Unter ihrer Führung hatte das Pferdegut der Gallaghers mehrere Auszeichnungen für seine Pferde gewonnen. Eve würde sich niemals mit einem x-beliebigen Mann zufrieden geben, so viel war klar. Aber das musste sie auch nicht, denn Jude wäre die erste Wahl jeder anspruchsvollen Frau.

Genug!

Es brachte ihr nichts, weiter an ihn zu denken. Tatsächlich war es am besten, wenn sie ihn ignorierte, ebenso wie die beharrliche Stimme in ihrem Herzen, die darauf bestand, dass sie den Mann für sich beanspruchte, den die Natur als ihren Partner ausgewählt hatte. Doch wenn sie ihrem Wunsch nachgab, sich mit Jude zu paaren, würde sich das Rudel in verschiedene Fraktionen spalten und jede Chance, es unter Judes Führung zu vereinen, wäre dahin. Das wäre ein Schlag ins Gesicht der Familie Gallagher, und die würden das nicht einfach hinnehmen. Es würde Krieg bedeuten. Und sie wollte nicht der Grund dafür sein.

7

───────

Nachdem er dafür gesorgt hatte, dass alle in seinem Team wussten, was sie zu tun hatten, folgte Jude Chase Crowleys Anweisungen zur Master-Suite. Der kräftige, muskulöse Werwolf war leise und überhaupt nicht so, wie sein raues Äußeres vermuten ließ. Er täte gut daran, sich die Loyalität dieses Mannes zu sichern. Er war kein Mitglied der Gallagher-Familie, daher wäre es einfacher, ihn auf seine Seite zu ziehen.

Die Tür zur Master-Suite stand weit offen und das Licht erhellte den großen Raum, als wäre es Tag. Als er eintrat, sah er Flora, die Schubladen öffnete und Sachen in einen Karton packte. Sie hörte ihn hereinkommen und schaute auf.

„Ich packe nur Williams persönliche Sachen zusammen", sagte sie.

Er nickte. „Sind die Bettlaken frisch?"

„Ja, und das Badezimmer ..."

„Gut. Bitte mach morgen mit dem Packen weiter. Ich möchte mich für heute Nacht zurückziehen."

„Aber ich bin noch nicht fertig", protestierte sie.

Er unterdrückte einen Seufzer, weil er der Frau, die offensichtlich den Haushalt führte, nicht offen feindselig begegnen wollte. „Glaub mir, wenn ich dir sage, dass alle persönlichen Sachen von William morgen noch hier sein werden. Ich brauche sie nicht."

„Aber die …"

„Bitte", beharrte er und ließ seine Stimme streng klingen, um ihr klar zu machen, dass seine Geduld am Ende war.

„Natürlich", sagte sie schnell mit angespannter Stimme.

Sie hätte genauso gut *„na gut"* sagen können. Er wusste genau, was das bedeutete, wenn es aus dem Mund einer Frau kam. Aber er war nicht in der Stimmung für eine langwierige Diskussion. Er musste sich entspannen.

Als sie die Schachtel nahm und zur Tür ging, fügte er hinzu: „Danke schön, Flora."

„Gute Nacht", antwortete sie, und es klang genauso gezwungen wie sein eigenes *Danke schön*. Anscheinend war er nicht der Einzige, der eine gute Nachtruhe brauchte, um die Anspannung der letzten Stunden abzuschütteln.

Die Tür schloss sich hinter ihr und endlich umgab ihn Stille. Er knöpfte sein Hemd auf und zog es aus. Sein Blick fiel auf seine Reisetasche, die jemand zuvor ins Zimmer gebracht hatte. Er wollte gerade danach greifen, um seine Toilettenartikel herauszunehmen, als er ein Geräusch aus Richtung des Badezimmers hörte.

Sofort war er in Alarmbereitschaft und hielt den Atem an. Ohne ein Geräusch zu machen, schlüpfte er aus seinen Schuhen und näherte sich, nur mit seiner Cargohose und Socken bekleidet, der Badezimmertür. Er war auf alles vorbereitet, nicht dass er glaubte, das Gallagher-Rudel hätte bereits Zeit gehabt, eine Rebellion zu starten, aber da war immer noch Byron, der Hitzkopf der Familie. Jude traute es dem zweitältesten Sohn durchaus zu, die Dinge selbst in die Hand zu nehmen, um der Allianz die Kontrolle über das Rudel wieder zu entreißen, egal wie dumm der Plan auch sein mochte.

Die Tür stand einen Spalt offen. Das Licht im Badezimmer war an, und er sah eine Bewegung durch den Spalt zwischen Tür und Rahmen. Mit einer schnellen Bewegung stieß er die Tür ganz auf und stürmte in den Raum, bereit, den potenziellen Attentäter außer Gefecht zu setzen.

Er packte die Person an den Schultern und drehte sie zu sich herum, aber schon mitten in der Bewegung wurde ihm klar, wie falsch er gelegen hatte. Zunächst einmal waren die Schultern unter seinen Handflächen weicher und viel kleiner als die eines Mannes. Tatsächlich war der gesamte Körper der Person im Badezimmer viel kleiner als der aller männlichen Mitglieder des Gallagher-Rudels – denn diese Person war kein Mann. Es war eine Frau. Eine Werwölfin. Als er Luft holte, reizte ihr verführerischer Duft seine Nasenlöcher.

Er stand immer noch wie erstarrt da, die Hände auf den Schultern der jungen Frau, und ließ seinen Blick über sie gleiten. Auf den ersten Blick wirkte sie unscheinbar, wie jemand, an dem er auf einer belebten Straße vorbeigegangen wäre, ohne sie überhaupt zu bemerken. Sie war hübsch, aber nicht auf eine auffällige Art und Weise, nicht so, dass Männer sich nach ihr umdrehten, um einen Blick auf sie zu erhaschen. Sie war zierlich, und ihr dunkles Haar, das ihre Schultern berührte, glänzte. Ihre Haut war gebräunt wie die von jemandem, der viel Zeit draußen in der Sonne verbrachte, nicht am Pool liegend, sondern mit den Händen arbeitend. Ihre Lippen waren voll und einladend, die Art von Lippen, die er als „schwanzlutschend schön" bezeichnet hätte, wenn er noch ein geiler Teenager mit wenig Respekt für Frauen gewesen wäre.

Aber er war ein Mann, ein erwachsener Mann, der keine so niedrigen Gedanken haben sollte, ein Mann, der sich jederzeit unter Kontrolle hatte. Ein Mann, der seine Entscheidungen mit dem Kopf traf, nicht mit dem Herzen und schon gar nicht mit seinem Schwanz. Doch als er vor dieser Frau stand und den verführerischen Duft einatmete, der sie wie ein Kokon umgab, machte sein Gehirn Feierabend, und plötzlich übernahm sein Schwanz das Kommando. Seine Manieren hatten sich ebenso abgeschaltet, sonst hätte er sie jetzt losgelassen und sich dafür entschuldigt, dass er sie so grob gepackt hatte. Er wusste, dass er ihr nicht wehtat. Werwolf-Frauen waren fast so stark wie ihre männlichen Gegenstücke, auch wenn sie ihn angesichts seiner Größe niemals besiegen könnte. Es wäre ein sehr ungleicher Kampf.

Diese Frau hatte sich nicht in sein Badezimmer geschlichen, um ihn zu überfallen, wenn er im Bett war. Nein, wie es aussah, hatte sie das Badezimmer geputzt. Selbst als ihm das klar wurde, lockerte er seinen Griff kaum. Er konnte es nicht: Ihre Augen fixierten ihn, als könnten sie ihn lähmen. Sie – und ihr Duft – waren der Grund, warum er wie erstarrt dastand und sich nicht entscheiden konnte, was er als Nächstes tun sollte. Ihre Augen waren eisblau, und während diese Farbe eine andere Frau als unnahbar und kalt wirken lassen würde, lud sie ihn bei dieser Frau dazu ein, tief einzutauchen und sich in dem unsichtbaren Netz, das sie spann, zu verfangen. Als wäre sie eine Hexe und hätte ihn verzaubert. Das konnte ihm doch nicht passieren.

Verdammt!

Bevor er weiterdenken konnte, fand er seine Stimme wieder.

„Wer bist du?"

Die Worte kamen heraus, als hätte er sie gebellt, als hätte sein innerer Wolf versucht zu sprechen.

Die Frau blinzelte und holte hörbar Luft, als hätte auch sie den Atem angehalten. „Danielle. Ich bin Danielle."

Ihre Stimme zitterte, aber sie hob das Kinn, als wollte sie ihm zeigen, dass sie keine Angst vor ihm hatte. Ihre Stimme hallte in seiner Brust wider, prallte hin und her wie ein Querschläger, und der Klang beruhigte ihn und gab dem Wolf in ihm zu verstehen, dass sie keine Gefahr darstellte. Zumindest nicht für seinen Körper. Was sie seinem Herzen antun konnte, war eine ganz andere Sache.

„Ich bin J–Jude."

In dem Moment, als er ihr seinen Namen nannte, wusste er, wie dumm er klang. Verdammt! Natürlich wusste sie, wer er war. Sie hatte hinten im Wohnzimmer gestanden, als er seine Ankündigungen gemacht hatte. Und er hatte sie kaum bemerkt, weil er zu sehr damit beschäftigt gewesen war, herauszufinden, wer die Mitglieder der Familie Gallagher waren. Er hatte ihr nicht einmal einen zweiten Blick geschenkt. Warum konnte er sich jetzt also nicht von ihr losreißen?

Er lockerte seinen Griff um ihre Schultern ein wenig, nicht um sie loszulassen, sondern um sanft mit seinen Daumen über ihre Schlüsselbeine zu streichen.

„Es tut mir leid", sagte sie und senkte den Blick. „Ich bin mit dem Badezimmer fertig. Ich lasse dich jetzt allein."

Als sie sich zur Tür bewegte, trat er nicht beiseite, sondern näherte sich ihr. Warum er plötzlich eine ihrer Schultern losließ und mit Daumen und Zeigefinger ihr Kinn anhob, sodass sie ihm in die Augen sehen musste, wusste er nicht. Er war sich kaum bewusst, was er tat. Als befände er sich in Trance, hypnotisiert von etwas oder jemandem.

Danielle öffnete die Lippen und ein süßer Atemzug entwich ihr. Sie wich nicht zurück, befreite sich nicht. Wollte sie das, wollte sie ihn genauso, wie er sie wollte? Stand sie unter dem gleichen Bann wie er? War das eine Einladung, sie zu küssen? Versuchte sie, ihn zu verführen? Die Tatsache, dass sie sein Badezimmer geputzt hatte, bedeutete, dass sie eindeutig zu den rangniedrigeren Mitgliedern des Rudels gehörte. War das ein Versuch ihrerseits, den neuen Alpha zu umwerben, um innerhalb des Rudels eine Machtposition zu erlangen? Und was, wenn es so wäre? Es war ihm egal, denn in diesem Moment wollte er nur mit dieser Frau schlafen, sie in sein Bett nehmen und seine Pflicht gegenüber der Allianz der Werwölfe vergessen. Vergessen, dass er sich seine Partnerin nicht frei aussuchen konnte.

In diesem Moment wurde ihm die Wahrheit klar. Danielle war die Frau, mit der er zusammen sein sollte. Er wollte schreien, den Mond anheulen, weil er ihm einen so grausamen Streich gespielt hatte: ihm seine Partnerin zu zeigen, obwohl seine Pflicht bereits die Entscheidung getroffen hatte, dass er sich mit einer anderen paaren musste. Er war nicht frei. Aber selbst dieses Wissen konnte ihn nicht dazu bringen, zurückzutreten und sie loszulassen.

Er senkte seinen Kopf zu ihrem, und ihre Blicke trafen sich erneut. Er füllte seine Lunge mit ihrem Duft und das köstliche Aroma der Erregung durchdrang seinen ganzen Körper. Ihre Erregung? Sie musste ihn auch als ihren Partner erkennen, denn eine solche Offenbarung war selten einseitig. Das Schicksal war nicht grausam, wenn man der Natur ihren Lauf lassen konnte. Aber als Mitglied der Allianz der Werwölfe war es ihm nicht freigestellt, dem Lauf der Natur zu folgen. Er hatte eine Pflicht, eine Pflicht, die er erfüllen würde. Aber vielleicht konnte er nur dieses eine Mal kosten, wie es war, seine Partnerin zu finden. Nur für ein paar gestohlene Momente wollte er erleben, was das Schicksal für ihn vorgesehen hatte. Nur dieses eine Mal.

Noch ein Atemzug, und ihre Lippen waren nur noch wenige Zentimeter voneinander entfernt. Seine Lider wurden schwer und senkten sich. Nur noch ein paar Zentimeter, dann würden sich ihre Lippen berühren. Sein ganzer Körper verspannte sich vor Verlangen, sein Schwanz wurde noch härter und ein angenehmes Kribbeln breitete sich auf seiner Haut aus, als Danielle sich plötzlich aus seinem Griff befreite und aus dem Badezimmer stürmte. Fassungslos zuckte er zurück und stieß gegen die Wand, bevor er begreifen konnte, was passiert war: Danielle war geflohen.

Ein zitternder Atemzug entrang sich seiner Brust, und er fuhr sich mit bebender Hand durch sein volles Haar. Er hatte sie gerade küssen wollen, und sie war vor ihm geflohen, hatte ihn in seine Schranken verwiesen und ihm klar gemacht, dass sie keinen Kuss akzeptieren würde, da sie wusste, dass er sich nicht mit ihr einlassen konnte, sie nicht zu seiner Partnerin nehmen konnte, weil er bereits versprochen hatte, sich mit einer anderen zu paaren.

Gleichzeitig hatte Danielle ihm gezeigt, dass sie stärker war als er, nicht körperlich, sondern emotional, weil sie der Versuchung widerstehen konnte, während er sein Verlangen nach ihr nicht unterdrücken konnte. Hätte sie ihn nicht aufgehalten, hätte er sie jetzt in seinem Bett gehabt und alles zerstört, wofür er so schwer gearbeitet hatte. Er sollte froh sein, dass sie die Besonnenere war, aber er war nicht glücklich darüber. Frust breitete sich in ihm aus, und er wusste, dass keine noch so intensive Selbstbefriedigung das Verlangen stillen konnte, das Danielle in ihm erweckt hatte.

Verdammt!

8

Außerhalb des Schlafzimmers des Alphas spürte Danielle, wie ihr das Herz bis in den Hals pochte und ihr den letzten Atem raubte. Sie hätte fast den größten Fehler ihres Lebens begangen: den Alpha ihres Rudels zu küssen. Hätte sich ihr Verstand nicht im letzten Moment, bevor sich ihre Lippen berührten, wieder eingeschaltet, hätte sie sich nicht nur blamiert, sie hätte ihre Zukunft im Rudel gefährdet. Jude hätte das Recht gehabt, sie zu verbannen und ohne den Schutz des Rudels auf sich allein gestellt zu lassen. Das hätte sie zu einem einsamen Wolf gemacht, verletzlicher und einsamer als je zuvor. Kein Werwolf, der bei klarem Verstand war, wollte das. Sie brauchten das Rudel und so konnte sie nur hoffen, dass Jude über ihren Fehltritt hinwegsehen würde.

Mit dem Putzeimer und den schmutzigen Handtüchern noch in der Hand ging sie zur Treppe. Als sie um die Ecke bog, sah sie einen der Neuankömmlinge, Austin, vor der Tür zu Camerons Zimmer stehen. Er nickte ihr zu und musterte sie von oben bis unten. Wusste er, dass sie im Zimmer seines Bruders gewesen war? Stand ihr ins Gesicht geschrieben, dass sie ihn fast geküsst hätte? Waren ihre Wangen noch gerötet? Es fühlte sich jedenfalls so an.

„Guten Abend, ich bin Austin", sagte er mit einem freundlichen Lächeln und streckte ihr die Hand entgegen.

Danielle nahm den Eimer in die linke Hand und schüttelte seine. „Ich bin Danielle."

Sie fühlte sich sofort wohl in seiner Gegenwart. Er hatte nichts Bedrohliches an sich, nichts Eindringliches. Obwohl er und Jude sich sehr ähnlich sahen, war er ganz anders als sein Bruder, vielleicht weil er nicht der neue Alpha war. Austin war einfach nur ein neues Mitglied des Rudels, auch wenn er als Bruder des Alphas einen hohen Rang einnahm.

„Schön, dich kennenzulernen, Danielle."

„Gleichfalls", antwortete sie. Sie fühlte sich entspannt und lächelte zurück. „Kann ich dir irgendwie helfen?"

„Nein, nein", sagte er und deutete auf die offene Tür. „Priscilla bereitet gerade das Zimmer für mich vor."

Danielle schaute in den Raum, gerade als Priscilla mit einer großen Schachtel in den Armen aus dem begehbaren Kleiderschrank kam. Ihre Blicke trafen sich.

„Oh, Danielle, könntest du mir bitte helfen und diese Schachtel in den Lagerraum bringen? Ich habe noch eine, die genauso voll ist."

„Klar", sagte Danielle.

„Lass mich das machen", unterbrach Austin sie.

Beide betraten gleichzeitig den Raum und stießen in der schmalen Tür aneinander.

„Entschuldigung!"

„Meine Schuld", antwortete er.

Trotz der Berührung mit seinem Körper und der Tatsache, dass Austin genauso gut aussah wie sein Bruder, fühlte sie nichts, keinen Funken, keine Anziehungskraft, nichts, was sie zu ihm hinzog.

„Nein, nein, du musst nicht helfen", sagte Priscilla schnell mit einem Anflug von Angst in der Stimme. „Danielle und ich kümmern uns darum."

Hatte Priscilla Angst vor Austin? Angst davor, was die Allianz der Werwölfe ihr und ihnen allen antun könnte, wenn sie mit irgendetwas,

was das Gallagher-Rudel tat, unzufrieden wären? Oder war sie einfach nur erschöpft und stand noch unter Schock wegen dem, was heute Abend passiert war?

„Ich nehme die Schachtel", sagte Danielle und griff danach. Sie nahm die Schachtel mit beiden Händen, ihren Eimer in der linken Hand, der nun unter der Schachtel baumelte.

„Danke, Danielle", sagte Priscilla und ging zurück, um die zweite Schachtel herauszuholen.

„Danke", sagte Austin. „Euch beiden. Ich bin es wirklich nicht gewohnt, so bedient zu werden."

Sie ignorierte die Bemerkung und nickte schnell, bevor sie den Raum verließ und nach unten ging. Trotz Austins Worten wusste sie, dass alle im Rudel dafür sorgen würden, dass Jude und seine Leute alles bekamen, was sie brauchten, bevor sie danach fragen mussten – alle außer einigen Familienmitgliedern. Nachdem sie Byrons Ausbruch während der Besprechung miterlebt hatte, war klar, dass er es dem Team der Allianz der Werwölfe so schwer wie möglich machen würde, sich zu integrieren. Oder vielleicht war es auch umgekehrt: Vielleicht musste sich das Gallagher-Rudel in die Allianz der Werwölfe integrieren, weil es von nun an nach deren Regeln leben musste.

Der kleine Lagerraum befand sich im Erdgeschoss. Danielle drückte mit dem Ellbogen die Türklinke nach unten und stieß die Tür auf. In dem fensterlosen Raum war es stockdunkel. Wieder benutzte sie ihren Ellbogen, um den Lichtschalter zu betätigen. In dem winzigen, sechzehn Quadratmeter großen Raum standen mehrere Regale und zahlreiche Schachteln, die mit einer dünnen Staubschicht bedeckt waren. Danielle stellte den Eimer ab und suchte nach einem Platz, um die Schachtel aus Camerons Zimmer unterzubringen. Als sie sah, dass kaum noch Platz für irgendetwas vorhanden war, schloss sie die Tür fast vollständig, um zu sehen, ob dahinter noch Platz war. Sie hatte Glück und fand eine Stelle, an der sie die Schachtel verstauen konnte.

Sie drehte sich um, griff nach ihrem Eimer und machte das Licht aus. Doch bevor sie die Tür öffnen konnte, hörte sie gedämpfte

Stimmen direkt vor dem Lagerraum. Mit der Hand am Türgriff erstarrte sie.

„Hör mir zu", zischte Eve. „Er hat Cameron umgebracht. Das können wir nicht einfach so durchgehen lassen."

„Cameron war ein Arschloch, und das weißt du auch." Sie erkannte Byrons Stimme.

„Er war unser Bruder! Nur weil du und er sich ständig gestritten haben, ändert das nichts daran!"

„Das sage ich ja nicht."

„Weißt du was? Das ist typisch für dich! Große Klappe und keine Taten! Du wirst einfach tatenlos zusehen, wie sie Dad verbannen, ohne etwas dagegen zu unternehmen, oder?"

„Was soll ich denn dagegen tun? Du hast wenigstens einen einfachen Ausweg! Du musst dich nur mit dem Alpha paaren und schon bist du wieder an der Macht!"

„Mich mit ihm paaren? Nicht in einer Million Jahren! Ich verachte ihn! Er kommt mit seinen Schlägern hierher, macht eine große Ankündigung und denkt, ich würde mich freiwillig unterwerfen. Puh! Ich würde ihn nicht mal vögeln, wenn er der letzte Mann auf Erden wäre!"

„Sei nicht dumm", knurrte Byron. „Ich muss dir doch nicht sagen, dass es eine Beleidigung für jeden Alpha ist, wenn man sich weigert, sich mit ihm zu paaren."

Eve grunzte, und es klang, als wollte sie protestieren.

„Ich bin noch nicht fertig! Denn wenn du dich weigerst, dich mit ihm zu paaren, weißt du genau, wer als Nächste an der Reihe ist: Violet. Willst du wirklich, dass das passiert? Willst du dich vor unserer Cousine und ihrer herrischen Mutter verneigen müssen?"

„Was hast du gegen Tante Flora?"

„Nichts. Aber wenn Violet sich mit Jude paart, ist sie hier die Chefin. Sie ist halb so klug und schön wie du. Willst du wirklich, dass sie einen höheren Rang hat als du?" Byron spottete. „Ja, das habe ich mir gedacht. Du solltest die Matriarchin im Rudel sein, nicht Violet. Es ist schon schlimm genug, dass Tante Flora diese Rolle nach Mamas

Tod übernommen hat. Geben wir ihr nicht die Chance, diese Rolle weiter auszuüben.“

„Sie war da, als ich sie brauchte.“

„Also hat sie dir eine Schulter zum Ausweinen angeboten, buuhuu!“

„Wenigstens habe ich geweint, als Mama starb! Und was hast du gemacht? Dich jeden Abend betrunken! Und im Wald gejagt und wer weiß was noch alles! Mach das nicht zu Tante Floras Schuld!“

„Wir trauern alle auf unterschiedliche Weise!“, schnauzte Byron. „Nur weil du und Thaddeus wie kleine Babys an Floras Schulter geweint habt, heißt das nicht, dass wir anderen das auch tun mussten.“

„Du bist so ein Idiot, Byron!“

„Nein, ich bin Realist. Wir müssen einen Plan machen, wie es jetzt weitergeht. Wir können das nicht einfach so hinnehmen.“

„Ach wirklich?“, schnaufte Eve. „Aber ich soll es tun, oder? Hast du das nicht gerade gesagt? Ich soll meine Beine für den Alpha spreizen, aber du und die anderen, ihr werdet den moralischen Hochweg einschlagen! Ist das wieder mal nicht typisch?! Ich muss das Opfer bringen, während ihr große Reden schwingt.“

„Opfer? Erzähl mir keinen Mist. Du könntest einen Schlechteren als Jude erwischen. Zumindest ist er jung und sieht gut aus. Erzähl mir nicht, dass ein Schäferstündchen mit ihm ein Opfer ist. Ich habe dich schon mit hässlicheren Typen als ihm vögeln sehen.“

Ein lauter Schlag hallte von den Wänden wider, und Danielle schnappte instinktiv nach Luft und presste schnell ihre Hand auf den Mund, um sich davon abzuhalten, die Luft herauszulassen und ihre Anwesenheit zu verraten.

Hatte Eve wirklich ihren Bruder geschlagen?

„Schlampe!“, fluchte Byron. „Na gut! Mach doch! Finde es selbst heraus. Ich wollte dir nur helfen, aber anscheinend brauchst du meine Hilfe doch nicht. Jetzt tut mir der Typ fast leid. Er hat keine Ahnung, was ihn mit dir erwartet.“

Ein paar Schritte hallten den Flur entlang und verstummten dann.

Danielle lauschte auf weitere Geräusche. Anhand der Schritte nahm sie an, dass Byron derjenige war, der weggegangen war.

„Scheiß drauf!"

Der Fluch war leise. Trotzdem erkannte sie Eves Stimme. Einen Moment später waren leichtere Schritte in die entgegengesetzte Richtung zu hören, zum Waschraum, in dem sich die Rudelmitglieder auszogen, wenn sie vorhatten, als Wölfe laufen zu gehen. Danielle atmete tief durch. Auch sie wollte in ihrer Wolfsgestalt laufen, um die Anspannung in ihrem Körper loszuwerden, aber sie hielt es für besser, das nicht zu tun, denn sie wollte Eve da draußen nicht begegnen, wenn sie in schlechter Laune war.

Als sie hörte, wie sich die Tür zum Waschraum schloss, kam Danielle aus dem Lagerraum. Sie stellte ihren Eimer mit den schmutzigen Handtüchern in die Waschküche und ging in den Seitenflügel des Herrenhauses, wo sie die Hintertreppe zum ersten Stock benutzte. Sie hörte Stimmen und Schritte von oben, ignorierte sie aber und ging stattdessen zu ihrem Zimmer. Bevor sie es erreichte, öffnete sich die Tür neben ihrer und Thaddeus kam heraus.

Ihre Blicke trafen sich. Von allen Mitgliedern der Gallagher-Familie mochte sie ihn am liebsten. Er war ruhig, redete nicht viel mit anderen und zog sich oft früh in sein Zimmer zurück, statt mit seinen Geschwistern und Cousins etwas zu trinken. Er war anders als die anderen, nicht leicht zu provozieren, obwohl sie ihn ein paar Mal hinter verschlossenen Türen einen Streit mit seinem Vater hatte führen hören, dessen Grund sie nicht kannte.

„Gute Nacht, Thaddeus", sagte sie.

„Ich gehe joggen", sagte er mit einem Nicken.

Sie hätte ihm sagen können, dass Eve auch draußen joggen war, aber sie wollte nicht, dass jemand erfuhr, dass sie ein privates Gespräch belauscht hatte.

„Viel Spaß", sagte sie stattdessen und ging in ihr Zimmer.

9

Jude hatte überraschend gut und lange geschlafen, trotz des ungewohnten Bettes und der erotischen Träume, in denen Danielle eine Hauptrolle gespielt hatte. Kein Wunder, dass er mit einer rasenden Erektion aufwachte, die nach Befriedigung verlangte. Aber er gab diesem Bedürfnis nicht nach, weil er wusste, dass es die Situation nur verschlimmern würde, wenn er diesen Weg einschlug. Stattdessen sprang er unter die Dusche und ließ das warme Wasser seinen Körper umspülen. Das half nicht viel, um seine Erektion zu lindern, aber er besaß mehr Selbstbeherrschung als das. Er würde nicht schwach werden. Außerdem hatte er einen anstrengenden und langen Tag vor sich, mit Aufgaben, die selbst den geilsten Mann von seinen sexuellen Bedürfnissen ablenken würden.

Er drehte das Wasser ab, stieg aus der Dusche, trocknete sich schnell ab und wickelte sich das große Badetuch um die Hüften. Er wischte den Beschlag vom Spiegel und griff nach seinem Rasierer, als er ein Geräusch aus seinem Schlafzimmer hörte. Kam Austin nach ihm sehen, ungeduldig darauf wartend, dass es endlich losging?

Jude verließ das Badezimmer und erwartete, seinen Bruder vollständig angezogen und bereit zum Loslegen vorzufinden.

Stattdessen kam Violet auf ihn zu, einen Stapel Handtücher in den Armen. Als sie ihn sah, blieb sie stehen und senkte schnell den Blick.

„Entschuldige", murmelte sie.

„Was machst du hier?", fragte er.

„Ich sollte dir Handtücher bringen, damit du genug hast."

Er brummte. „Wie du sehen kannst, habe ich ein Handtuch. Danielle hat sich gestern Abend darum gekümmert."

„Oh." Eine leichte Röte breitete sich auf ihren Wangen aus. „Das wusste ich nicht ..."

„Und wenn ich mehr Handtücher bräuchte, warum bringt Danielle sie mir dann nicht?"

War sie vielleicht diejenige, die Violet gebeten hatte, mehr Handtücher zu bringen, weil sie nach dem, was gestern Abend fast passiert wäre, sein Zimmer nicht betreten wollte?

„Ich weiß es nicht", stammelte Violet.

Es war ihm egal, dass er Violet sichtlich nervös machte. „Schick sie hoch. Ich möchte mit ihr sprechen."

„Ja, natürlich." Sie drehte sich um.

„Und leg die frischen Handtücher auf die Kommode", rief er ihr nach.

Sie kam seiner Aufforderung nach. Als sich die Tür hinter ihr schloss, stand er einen Moment lang regungslos da, während sich Wassertropfen um seine nackten Füße sammelten. Violet, die seinen halbnackten Körper betrachtet hatte, hatte nichts in ihm ausgelöst. Tatsächlich hatte es seinen halb erigierten Schwanz unter dem Handtuch in Rekordzeit schlaff werden lassen. Das war auch gut so. Er wollte Danielle nicht mit einem Ständer begrüßen, wenn sie in sein Zimmer kam. Vielleicht sollte er sich anziehen. Das wäre das Klügste. Allerdings gehorchte sein Körper seinem Verstand nicht und weigerte sich, nach seinen Kleidern zu greifen und sich anzuziehen. Nein, er wollte, dass ihre Augen über seinen Körper wanderten. Er wollte wissen, wie es sich anfühlte, wenn sie ihn ansah und ihn mit ihren Augen streichelte.

Er wusste nicht, wie lange er schon mitten in seinem neuen Schlafzimmer stand, als es an der Tür klopfte.

„Herein!"

Die Tür öffnete sich, aber zu seiner Überraschung und Enttäuschung war die Person, die hereinkam, Flora, Violets Mutter.

Er hob eine Augenbraue.

„Guten Morgen", sagte sie mit einem Lächeln, das wahrscheinlich aufgesetzt war. „Ich hoffe, du hast gut geschlafen."

„Ja, danke", sagte er knapp. Er zwang sich, nicht genervt über ihre Anwesenheit zu klingen, und verlieh seiner Stimme einen freundlichen Ton. „Ich war überrascht, dass deine Tochter heute Morgen hier aufgetaucht ist, um mir Handtücher zu bringen."

„Ja, ich dachte mir, dass du wahrscheinlich mehr als nur eines brauchst, also habe ich sie geschickt."

„Das weiß ich zu schätzen, aber ich finde es nicht angemessen, dass Violet mich bedient."

„Aber du bist der Alpha", protestierte sie sofort. „Ich dachte, es wäre am besten, wenn Violet sich um deine Bedürfnisse kümmert, damit du weißt, dass du hier willkommen bist."

Willkommen? Er wollte spotten, hielt sich aber zurück. „Das ist nicht nötig. Deine Tochter hat einen hohen Status in diesem Rudel. Ich würde es vorziehen, wenn du stattdessen Danielle mit der Reinigung meiner Suite beauftragst."

„Aber Danielle ..."

„Ja, was ist mit ihr?"

„Nun ..." Flora trat näher und seufzte. „Du musst wissen, dass Danielle sehr schüchtern ist. Sie lässt sich leicht von jemandem mit deinem Status einschüchtern. Und du bist ihr fremd, weißt du. Mit Fremden kommt sie nicht gut zurecht. Sie braucht Zeit, um sich daran zu gewöhnen."

Er glaubte Flora kein einziges Wort. Für ihn war ziemlich klar, dass sie wollte, dass Violet sich um ihn kümmerte, damit er *sie* besser kennenlernen würde. Die Tatsache, dass Eve nicht gerade erfreut ausgesehen hatte, als er verkündet hatte, dass er sich mit ihr paaren würde, konnte Flora nicht entgangen sein. Er war nicht dumm. Flora war wahrscheinlich schon dabei, ihre eigene Tochter als seine zweite Wahl für eine Partnerin zu positionieren, falls Eve sich aus irgendeinem Grund weigern sollte, sich mit ihm zu paaren.

Aber keine Ausrede würde ihn dazu bringen, seine Meinung darüber zu ändern, wen er in sein Zimmer lassen wollte, um aufzuräumen.

„Ich fürchte, ich muss auf Danielle bestehen. Bitte teile ihr meine Entscheidung mit. Ich erwarte, dass sie mein Zimmer aufräumt und dafür sorgt, dass ich alles habe, was ich brauche. Ist das klar?"

Er warf ihr einen entschlossenen Blick zu und hielt seine Stimme ruhig.

„Ja, natürlich. Ich werde mit ihr sprechen."

Als sich die Tür hinter Flora schloss, atmete er tief aus. Er war sich sicher, dass dies nicht das letzte Mal war, dass Flora sich in seine Angelegenheiten einmischen würde. Nicht, dass er ihr das übel nahm. Sie war nur eine Frau, die tat, was sie für sich und ihre Familie für das Beste hielt. Und dazu gehörte auch, ihre Tochter so zu positionieren, dass sie nicht übersehen würde, falls die Dinge nicht wie geplant liefen.

10

Die Beerdigung fand im Familienkreis statt. Obwohl das Gallagher-Rudel aus mehr als nur der Familie sowie Heath, Priscilla, Chase und Danielle bestand, waren die anderen Mitglieder des Rudels, die nicht auf dem Anwesen lebten, sondern für die verschiedenen Gallagher-Unternehmen arbeiteten, nicht über Camerons Tod informiert worden. Für sie war Cameron Monate zuvor bei einem schweren Autounfall ums Leben gekommen. Nur die Familie wusste zu jenem Zeitpunkt, dass er noch am Leben war.

Danielle war schon vor Sonnenaufgang aufgestanden. Sie hatte Geräusche von der großen Lichtung hinter dem Haus gehört und aus dem Fenster geschaut. Die vier Gallagher-Männer hatten Holzscheite und kleinere Äste zu einem Oval aufgestapelt und darauf geachtet, dass zwischen den Holzstücken genügend Luftspalten waren, damit es nach dem Anzünden hell brennen würde. Das hatte Stunden gedauert.

Danielle hatte das Frühstück vorbereitet und dafür gesorgt, dass es Kaffee, Brot, Speck und Eier gab. Sie machte sich nicht die Mühe, den Tisch im Esszimmer zu decken. Stattdessen hielt sie den Kaffee in großen Thermoskannen in der Küche warm und stellte das Essen in Edelstahl-Auflaufformen auf kleiner Flamme bereit, wie bei einem

Buffet in einem Motel, wo sich die Leute bedienen konnten, wann immer sie wollten.

Es gab einen stetigen Strom von Rudelmitgliedern und Mitgliedern der Allianz der Werwölfe, die in die Küche kamen, schnell etwas aßen und einen Schluck des starken Kaffees tranken, ohne zu lange zu bleiben. Sie füllte den Kaffee und das Essen mehrmals nach und war froh, dass Priscilla erst ein paar Tage zuvor den wöchentlichen Einkauf erledigt hatte. Da jetzt so viel mehr Leute auf dem Anwesen waren, mussten sie öfter einkaufen gehen, um genug Essen für alle zu haben. Sie würde später mit Flora darüber reden.

Als es endlich Zeit für die Beerdigung war, versammelten sich alle und bildeten einen Kreis um den Holzstapel. Vom Küchenfenster aus hatte sie kurz zuvor beobachtet, wie Byron und Thaddeus den Leichnam ihres Bruders, eingewickelt in weiße Leinentücher, auf den Holzstapel trugen und ihn und die Holzscheite mit Brennstoff übergossen.

William Gallagher wurde von seinen Kindern und dem Rest der Familie flankiert. Er sah aus, als hätte er schlecht geschlafen, was keine Überraschung war. Schließlich gab es in der Zelle im Keller nur ein kleines Feldbett, keine richtige Matratze, keinerlei Komfort. Zum ersten Mal seit sie ihn kennengelernt hatte, sah er seinem Alter entsprechend aus. Ein paar Meter hinter ihm standen zwei seiner Wärter, Austin und Francisco, und schauten zu. Die anderen Mitglieder von Judes Team hielten sich ebenfalls zurück, um der Familie ihren Freiraum zu lassen, ohne sich einzumischen, und sie dennoch im Auge zu behalten. Rechneten sie mit Ärger seitens der Gallaghers?

Danielle stand neben Priscilla und vermied es, in Judes Richtung zu schauen. Sie wollte nicht, dass er sie bemerkte, nicht nach ihrem Verhalten in der vergangenen Nacht. Stattdessen beobachtete sie still die Gallaghers und ihre stoischen Gesichtsausdrücke. Die einzigen Familienmitglieder, die Tränen in den Augen hatten, waren Eve, Violet und Flora. Die Männer zeigten keine solchen Emotionen, obwohl sie bemerkte, dass Thaddeus' Iris von einem feuchten Schimmer überzogen waren.

Neben ihr schniefte Priscilla, bevor sie sich die Nase putzte und den Kragen ihrer Jacke enger um sich zog. Danielle streckte die Hand nach ihr aus, tätschelte ihr zur Unterstützung den Unterarm und erntete ein dankbares Lächeln von ihr. Priscilla war ein Jahr jünger als sie, und sie waren Freundinnen geworden, da sie beide weibliche Gesellschaft brauchten.

Es war ein kalter, bewölkter Januarmorgen. Der Nebel hing tief über der Wiese und den Bäumen und ließ das Anwesen wie aus einem Horrorfilm wirken. Danielle spürte, wie die feuchte Luft in ihren Körper eindrang, obwohl sie als Werwolf weniger kälteempfindlich war als ein Mensch. Trotzdem mochte sie die Kälte nicht, weil sie sie mit Traurigkeit und Einsamkeit verband. Sie hatte ihre Mutter während eines Winters verloren und seit jenem Tag hasste sie die Kälte.

Sie verdrängte die Gedanken an ihre Mutter und wie sehr sie sie vermisste und sah William an. Er hielt jetzt eine brennende Fackel in der Hand und ging auf den Holzstapel zu, auf dem Camerons Leiche lag. Er hob die Fackel, drehte sich dann um und sah die Versammelten an.

„Cameron sollte in meine Fußstapfen treten. Er war zu Großem bestimmt ... dazu, ein starkes Rudel anzuführen, Herrscher über dieses Land und alles zu sein, was ich aufgebaut habe. Sein Tod ist eine Tragödie für meine Familie und mein Rudel. Er hat das nicht verdient."

William drehte sich leicht zur Seite und richtete seinen Blick diesmal auf Jude und seine Männer.

„Er wurde kaltblütig ermordet."

Es herrschte völlige Stille. Niemand antwortete, niemand seufzte oder schnaubte oder machte irgendein Geräusch, fast so, als hätten alle aufgehört zu atmen, während William Jude weiterhin finster anstarrte. Aber Jude ging nicht auf die Provokation ein und antwortete nicht.

Sie bewunderte seine Selbstbeherrschung. Ein schwächerer Mann hätte sofort etwas gesagt und Williams Worte zurückgewiesen. Selbst sie wusste, dass Cameron nicht kaltblütig ermordet worden war. Jude hatte ihn getötet, um die Frau zu retten, die er in einen Werwolf verwandelt hatte. Es war eine gerechtfertigte Tötung gewesen. Cameron hatte schlimme Dinge getan.

Sie hatte ihn immer gemieden, weil sie die Dunkelheit in ihm gespürt hatte wie einen Apfel, der von innen heraus verfaulte. Er hatte sie nie gemocht und ihr immer das Gefühl gegeben, dass sie eine Außenseiterin war, ein Niemand, der dankbar sein sollte, dass die Gallaghers sie aufgenommen hatten. Sie war nicht traurig, dass er tot war. Sie war erleichtert, denn das bedeutete, dass sie nicht mehr ständig über ihre Schulter schauen musste. Oder die beiläufigen Grausamkeiten ertragen musste, mit denen er ihr das Leben schwer gemacht hatte. Sie hatte keine Tränen für ihn.

11

———————

Eve sah, wie ihr Vater Jude anstarrte, als befänden sie sich in einer Pattsituation, in der derjenige, der zuerst blinzelte, verlieren würde. Sie hasste es, dieses Testosteron-Spektakel mitanzusehen. Die Beerdigung ihres Bruders war nicht der richtige Ort dafür. Außerdem hatte ihr Vater diesen Kampf nach allem, was sie gesehen hatte, schon verloren. Er hatte eine Nacht in der Zelle im Keller verbracht, bewacht von mehreren Männern, und weder ihre Brüder noch ihre Cousins hatten versucht, ihn zu befreien. Wie Feiglinge hatten sie den Schwanz eingezogen und keinen Finger gerührt, um ihrem Anführer zu helfen.

Sie konnte das nicht länger mitansehen. Sie machte ein paar Schritte, um die Distanz zwischen ihr und ihrem Vater zu überbrücken, und nahm ihm die Fackel aus der Hand. Er war zu überrascht, um sie aufzuhalten. Ohne ein Wort zu sagen, drehte sie sich um, ging zu dem Holzstapel und warf die brennende Fackel darauf. Die mit Brennstoff getränkten Laken um Camerons Körper fingen sofort Feuer. Es breitete sich schnell auf das Holz darunter aus. Sie trat zurück, bevor die Flammen sie erreichen konnten. Die Hitze, die von dem Holzstapel ausging, wärmte ihr Gesicht, als würde sie sich sonnen.

Aber es war nicht angenehm wie ein Tag am Strand. Dies war der Tod. Dies war endgültig. Ihr Bruder würde nie wieder zurückkommen.

In diesem Moment hasste sie ihn, denn es war Camerons Schuld, dass die Allianz der Werwölfe ihnen im Nacken saß und alles, was sie jemals gekannt hatte, auf den Kopf gestellt hatte. Ihre Familie wurde auseinandergerissen, ihre Position im Rudel war ungewiss, ihre finanzielle Freiheit in Gefahr. Alles nur, weil ihr Bruder seine Triebe nicht unter Kontrolle halten konnte und zu dumm gewesen war, seine Verbrechen zu vertuschen.

Und ihr Vater? Er hatte immer Ausreden für Cameron gefunden und ihn stets so behandelt, als könne er nichts falsch machen. Bis es zu spät war. Hätte ihr Vater ihn doch nur früher bestraft, bevor alles außer Kontrolle geraten war. Aber der Teenager, dem sein Vater nie etwas verboten hatte, war zu einem Mann herangewachsen, der glaubte, er könne tun, was er wolle, ohne jemals die Konsequenzen seines Handelns tragen zu müssen.

„Ich hoffe, du bist jetzt glücklich", flüsterte sie mit zusammengebissenen Zähnen und starrte ins Feuer.

Wie immer würden sie und ihre Geschwister für die Sünden ihres Bruders büßen müssen.

Sie spürte, wie sich jemand zu ihr gesellte, einen Arm um sie legte und sie sanft drückte: Thaddeus.

„Bist du okay, Schwesterchen?", fragte er mit sanfter Stimme.

Sie hob den Blick, um ihn anzusehen, und zwang sich zu einem kleinen Lächeln. „Das werde ich sein."

„Ich weiß, dass du das sein wirst. Du bist stärker als wir alle zusammen."

Sie liebte ihn dafür, dass er immer die richtigen Worte fand und immer wusste, wann sie jemanden brauchte, der sie aufmunterte, wenn sie niedergeschlagen war. Er war der Jüngste der Geschwister, und sie hatte ihm gegenüber immer einen Beschützerinstinkt gehabt, und jetzt, wo er erwachsen war, beschützte er sie genauso, wie sie es für ihn getan hatte, als sie Kinder waren.

„Jemand sollte ein paar Worte sagen", sagte sie zu Thaddeus.

Ihr Bruder drehte den Kopf, um hinter sich zu schauen, und sie folgte seinem Blick. Tante Flora tröstete Violet; ihr eigenes Gesicht war ebenfalls tränenüberströmt. Sie würde kein einziges Wort herausbringen können, ohne dass ihre Stimme brach. Spencer, ihr ältester Sohn, nickte und erkannte die Situation richtig. Er räusperte sich.

„Cameron war für mich wie ein älterer Bruder, nicht nur ein Cousin. Ich habe zu ihm aufgeschaut und immer gedacht, dass wir eines Tages unsere eigenen Familien nebeneinander großziehen würden. Ich werde dich vermissen, Cameron. Ich hoffe, wo immer du auch bist, bist du frei von deinen Dämonen."

Bei diesen Worten starrte Eve Spencer an und begriff langsam, was er damit meinte.

„Du wusstest davon!" Sie schüttelte den Kopf, ging auf Spencer zu und zeigte mit dem Finger auf ihn. „Du wusstest von seinen Problemen und hast nichts gesagt?"

Spencer straffte die Schultern und hob das Kinn. „Ich rede nicht über Dinge, die mir im Vertrauen erzählt werden. So gut solltest du mich kennen!"

„Du hättest ihm helfen können! Ihn auf den richtigen Weg bringen können! Nichts davon hätte passieren müssen. Du hättest das verhindern können!"

„Niemand hätte Cameron davon abhalten können, das zu tun, was er getan hat!", unterbrach Owen. „Er war außer Kontrolle!"

„Du auch? Was für ein guter Cousin du bist", spottete Eve.

„Oh, komm runter von deinem hohen Ross, Eve", erwiderte Owen. „Wenn du ihm eine so gute Schwester gewesen wärst, hättest du es auch gesehen. Aber du wolltest es nicht sehen!"

Eve spürte, wie ihr Herz jetzt schneller schlug und Wut in ihr aufstieg. „Was meinst du damit? Spuck es aus, Owen!"

„Genug!", unterbrach Flora sie. „Das ist eine Beerdigung. Ihr solltet euch alle schämen, dass ihr darüber streitet, wer das hätte verhindern können und wer schuld ist. Heute trauern wir um Cameron. Und das ist alles, was wir tun werden."

„Du denkst, du hast alles unter Kontrolle, Flora, oder?", meinte William plötzlich mit einem spöttischen Unterton in der Stimme.

Flora drehte sich ruckartig zu ihm um, sichtlich überrascht von seiner Bemerkung. Sie presste eine Hand auf ihre Brust, als wolle sie sich damit beim Atmen helfen.

„William, warum –"

„Sprich nicht so mit meiner Mutter", mischte sich Spencer ein. „Nach allem, was sie für diese Familie getan hat!"

„Also hast du plötzlich den Mut gefunden, dich gegen deinen Alpha zu stellen", schnaubte William. „Es ist leicht, dich aufzulehnen, wenn du weißt, dass ich mich gerade nicht wehren kann, nicht wahr?"

Er deutete in Richtung der Männer von der Allianz der Werwölfe.

„Ich hätte dich öfter maßregeln sollen, als ich die Chance dazu hatte."

„Tja, jetzt bist du nicht mehr mein Alpha", sagte Spencer mit ziemlich ruhiger Stimme.

Eve starrte ihn an. Hatte ihr Cousin ihren Vater schon immer nicht gemocht, oder waren die Gemüter heute wegen der Situation, in der sie sich befanden, einfach besonders erhitzt? Das Einzige, was ihr im Moment klar war, war, dass ihr Vater völlig aus der Bahn geraten war. Aus gutem Grund: Er hatte nicht nur seinen Sohn verloren, sondern auch sein Rudel. Die Angst oder das Grauen vor seiner Zukunft konnte selbst den vernünftigsten Mann in den Wahnsinn treiben.

„Sei nicht so streng mit ihm, Spencer", sagte Eve. „Er hat seinen ältesten Sohn verloren. Zeig ein bisschen Respekt." Dann wandte sie sich an Flora. „Es tut mir leid, Flora. Ich bin sicher, dass er es nicht so gemeint hat."

„Woher willst du wissen, was ich meine oder nicht meine?", spuckte ihr Vater. „Du hast mich nicht einmal besucht, als ich im Keller eingesperrt war!"

Die Anschuldigung trieb ihr Tränen in die Augen. Aber sie unterdrückte sie. Sie wollte nicht, dass jemand sah, dass die Zurechtweisung und die unfaire Anschuldigung ihres Vaters ihr wie Stiche ins Herz vorkamen.

Sie starrte ihn an. „Und du hast mich nach Mamas Tod nicht ein einziges Mal getröstet!"

Da waren sie nun, die Worte, die sie jahrelang in sich verschlossen gehalten hatte. Jetzt konnte sie sie nicht mehr zurücknehmen. Mit hoch erhobenem Kopf drehte sie sich um.

„Leb wohl, Papa", sagte sie und ging zurück zum Haus.

12

―――――――

Die Beerdigung war ein Desaster. Mit dieser Familie stimmte viel mehr nicht, als Jude anfangs vermutet hatte. Er stand im Hintergrund und sah zu, wie das Feuer Camerons Leiche verzehrte, während die Familie auch nach Eves Weggang weiter stritt.

Austin, der neben ihm stand, beugte sich zu ihm hinüber und flüsterte: „Das ist die Familie, in die du einheiraten sollst? Verdammt! Ich beneide dich nicht."

Während er die Beerdigung beobachtete, hatte er diesen Teil seiner Aufgabe fast vergessen. Austins Worte brachten alles wieder ins Bewusstsein.

„Tja, niemand hat gesagt, dass es ein Kinderspiel werden würde. Die Allianz schickt uns nicht zu Rudeln, die alles im Griff haben."

„Das ist ein guter Punkt." Trotzdem verzog sein Bruder das Gesicht. „Ich hoffe, sie ist wenigstens gut im Bett ..."

Jude warf ihm einen vorwurfsvollen Blick zu und hinderte ihn daran, den Satz zu beenden. Er wollte nicht einmal daran denken, mit Eve schlafen zu müssen, um Nachkommen zu zeugen. Fühlten sich königliche Paare, die nur heirateten, um ihre Länder zu vereinen, auch so? Das konnte nicht besonders Spaß machen. Wie sollte er überhaupt eine Erektion bekommen, wenn ihn der Gedanke, mit Eve zu schlafen, kalt ließ? Eine Frau konnte es zumindest vortäuschen. Aber ein Mann? Verdammt! Er hatte noch nie über die Konsequenzen nachgedacht, die es mit sich brachte, als Alpha die Führung eines Rudels zu übernehmen. Dass er sich nicht zu der ranghöchsten Frau im gebärfähigen Alter hingezogen fühlte, war nie auf seiner Liste der Dinge gestanden, über die er sich Gedanken machte. Er war immer davon ausgegangen, dass seine größte Herausforderung darin bestehen würde, die Loyalität und Akzeptanz des Rudels als ihr neuer Anführer zu gewinnen.

Normalerweise teilte er die meisten seiner Sorgen mit seinem Bruder, aber über den sexuellen Aspekt seiner Aufgabe wollte er nicht mit ihm reden. Jude war der ältere der beiden und er musste mit gutem Beispiel vorangehen. Er wollte nicht, dass seine eigenen Zweifel Austins Ambitionen vergifteten, eines Tages dieselbe Mission wie Jude zu starten: als neuer Anführer ein abtrünniges Rudel zu übernehmen und sich mit der Tochter oder Nichte eines abgesetzten Anführers zu paaren. Er schob diese Gedanken beiseite, um sich auf die nächsten Schritte zu konzentrieren.

„Je schneller du William Gallagher nach Montana bringst, desto besser."

„Sag einfach Bescheid, und wir sind weg", antwortete Austin. „Wen soll ich mitnehmen?"

Einen Moment lang überlegte Jude, bis er antwortete: „Nimm Francisco mit. Er hat sich hier schon um die Sicherheitsfragen gekümmert, also kann ich ihn im Moment entbehren. Aber ich konnte keinen Hubschrauber organisieren, der euch zum Flugplatz bringt. Ihr müsst eines der Autos nehmen. Das Flugzeug wird um elf startbereit sein. Ihr werdet spät ankommen, also müsst ihr beide eine Nacht in Bozeman verbringen, bevor ihr zurückkommt."

„Bist du sicher, dass du uns so lange entbehren kannst?"

„Ja, ich hab alles im Griff. Die Jungs wissen, was zu tun ist. Außerdem müssen die Gallaghers, wenn sie rebellieren wollen, erst mal ihre Reihen schließen, und wie es aussieht, sind sie sich nicht alle einig."

„Zum Glück für uns", meinte Austin. „Pass auf dich auf. Ich habe gestern Abend kein gutes Gefühl bei Byron bekommen."

„Ich auch nicht", gab Jude zu. „Aber er ist ein Hitzkopf. Bei ihm wissen wir wenigstens, woran wir sind. Er wird seine Gefühle über die aktuelle Situation nicht verbergen können."

„Da hast du recht", stimmte Austin zu. „Er ist Eve sehr ähnlich: er explodiert schnell."

Jude nickte. „Ich mache mir mehr Sorgen um Thaddeus. Er ist zu ruhig. Er zeigt seine Gefühle nicht. Ich weiß nicht, was ich von ihm halten soll."

„Ja, bei den Stillen muss man aufpassen. Was hältst du von Flora? Sie ist ein bisschen herrisch, oder?"

„Sie ist es offensichtlich gewohnt, hier das Sagen zu haben. Wenn ich sie auf meine Seite ziehen kann, ist die Hälfte der Schlacht schon gewonnen. Wir sollten sie nicht gegen uns aufbringen."

„Ja, lass uns das nicht tun." Austin räusperte sich. „Übrigens, was ihre Tochter Violet angeht ... Camerons Tod scheint sie ziemlich mitgenommen zu haben. Glaubst du, sie hatte vielleicht etwas mit ihm?"

Jude hob eine Augenbraue. „Mit ihrem Cousin?"

Austin zuckte mit den Schultern. „Warum nicht? In kleineren Gemeinschaften ist das nicht gerade ungewöhnlich. Es ist ja nicht so, als würde ihr Rudel es gutheißen, wenn sie sich einen Partner nimmt, der kein Werwolf ist. Ihre Möglichkeiten sind begrenzt."

Es stimmte: Werwölfe paarten sich nicht mit Menschen. Das war zu gefährlich, weil das Paarungsritual bedeutete, dass der Werwolf den Menschen beißen musste, wodurch dieser ebenfalls zum Werwolf wurde. Aber dieser Prozess war nicht ohne Gefahr. Nicht jeder Mensch überlebte die Verwandlung. Tatsächlich war er überrascht gewesen, dass die menschliche Frau, die Cameron gegen ihren Willen verwandelt hatte, tatsächlich überlebt hatte. Sie hatte Glück gehabt.

„Stimmt. Aber das Rudel ist größer als nur die Leute hier. Es gibt noch andere, die nicht auf dem Anwesen leben. Ich werde Violet im Auge behalten, nur für den Fall, dass sie in ihren Cousin verliebt war und nun Rache sucht."

„Mach das", stimmte Austin zu.

Sie schwiegen eine Weile. Das Feuer brannte weiter und verzehrte Camerons Leiche. Es würde noch lange glimmen, aber es war Zeit, die Beerdigung zu beenden.

Aus William Gallaghers Augen sprach stiller Trotz, als Austin und Francisco ihn zum wartenden SUV führten. Die Familienmitglieder begleiteten sie, während Jude Heath aufforderte, beim Feuer zu bleiben, damit es sich nicht ausbreitete und einen Waldbrand auslöste.

Als sie beim Auto ankamen, wandte sich Jude an die Versammelten.

„Heute Abend muss jedes Mitglied des Rudels mir und der Allianz der Werwölfe einen Treueeid schwören. Wenn ihr glaubt, dass ihr das nicht könnt, schlage ich vor, dass ihr eure Sachen packt. Ihr könnt gerne mit eurem ehemaligen Alpha abreisen."

Er ließ seinen Blick über die versammelten Familienmitglieder schweifen. Niemand sagte etwas. Stattdessen stand jeder mit steinernem Gesicht, hoch erhobenem Kinn und starrem Körper da.

„Na gut. Solltet ihr eure Meinung bis heute Abend ändern, könnt ihr gehen. Wer den Eid nicht ablegt, wird aus dem Rudel ausgeschlossen."

Er nickte Austin zu, der die Tür des SUVs öffnete und William hineinbegleitete. Bevor er die Tür schloss, warf William Jude einen hasserfüllten Blick zu.

„Das ist noch nicht vorbei."

Nein, das war es nicht. Das wusste er. William würde alles tun, um sein Rudel und seine Position zurückzugewinnen, aber er würde keinen Erfolg haben, wenn Jude es schaffte, das Vertrauen des Rudels schnell und vollständig zu gewinnen. Und genau das hatte er vor.

13

Danielle füllte die Spülmaschine mit dem schmutzigen Geschirr vom Frühstück, schaltete die Maschine ein und fing an, die Pfannen von Hand zu spülen. Sie wollte sie gerade abtrocknen, als Flora die Küche betrat.

„Oh, gut, du bist fast fertig mit der Küche", sagte Flora.

„Ich fange in ein paar Minuten mit der Zubereitung des Mittagessens an", sagte sie schnell. „Aber wir müssen entweder heute oder morgen einkaufen gehen. Bei so vielen Leuten –"

„Ich weiß", unterbrach Flora sie. „Priscilla und ich erledigen das. Ich habe eine andere Aufgabe für dich."

Danielle sah sie erwartungsvoll an. Sie war es gewohnt, jeden Tag nach Floras Laune verschiedene Aufgaben zu bekommen. Es war schwierig, ihren Tag zu planen, wenn die Herrin des Hauses – die sie im Grunde nach dem Tod von Williams Frau geworden war – ständig ihren Zeitplan änderte. Fast so, als wollte sie sie auf Trab halten, wohl wissend, dass sie als niedriges Mitglied in der Rangordnung des Rudels nur sehr wenige Rechte hatte. Vielleicht war es jetzt an der Zeit, etwas dagegen zu unternehmen. Veränderung lag in der Luft, und vielleicht würde sie ja zum Besseren sein. Es war an der Zeit, sie daran zu erinnern, was William ihr versprochen hatte, als sie vor ein paar Jahren zu den Gallaghers gestoßen war.

„Was das angeht", begann sie und wischte sich die Hände am Geschirrtuch ab.

„Ja?"

„Auch wenn William nicht mehr da ist ... Erinnerst du dich, dass er vor einiger Zeit gesagt hat, er würde mir einen Job in einem der Gallagher-Unternehmen suchen ...?" Sie schluckte schwer. Es fiel ihr nicht leicht, um etwas zu bitten. „Letzten Monat hat er erwähnt, dass es eine Stelle für mich im Weingut gibt. Und ich habe mich gefragt, ob jetzt ein guter Zeitpunkt wäre, diesen Job anzunehmen."

Einen Moment lang starrte Flora sie an, als hätte sie sie nicht wirklich gehört.

„Du weißt, dass ich ein Online-Studium für Buchhaltung absolviert habe."

Flora seufzte und schenkte ihr ein trauriges Lächeln. „Oh je. Ich habe erst vor ein paar Tagen mit William darüber gesprochen. Es tut mir leid ..."

„Warum tut es dir leid?"

„William hat das nicht ernst gemeint. Er hatte nie vor, dir einen Job außerhalb dieses Haushalts zu geben."

„Aber warum hat er es dann gesagt ...?" Ihre Stimme brach.

„Weil er dachte, wenn er dir direkt sagen würde, dass er dir keinen besseren Job geben will, würdest du ihm das übelnehmen. Also hat er dir Versprechungen gemacht, die er nie einhalten wollte. Ich habe ihm gesagt, dass er nicht so mit deinen Gefühlen spielen soll, aber du kennst ihn ja. Er ist sehr stur." Sie seufzte erneut. „Und jetzt, wo William weg ist und ein neuer Alpha da ist, habe ich keine Ahnung, was passieren wird. Ich habe definitiv nicht die Macht, dir einen Job außerhalb dieses Haushalts zu geben."

Enttäuschung drohte sie zu überwältigen. Sie unterdrückte ihre Tränen, senkte den Kopf und nickte.

„Ich verstehe."

Hätte sie den Job im Weingut oder sogar bei der Reederei

bekommen, hätte das bedeutet, dass sie nicht mehr auf dem Anwesen leben müsste. Sie wäre unabhängiger gewesen und vor allem hätte sie nicht mehr im selben Haus wie Jude wohnen müssen. Jetzt konnte sie nur noch versuchen, ihm aus dem Weg zu gehen und abzuwarten, denn es gab etwas, das die Gallaghers nicht wussten. Sie hatte einen Plan B: Eines Tages würde sie dieses Rudel verlassen und ihr eigenes Leben führen, denn sie besaß etwas Geld, das ihre Mutter für schlechte Zeiten zurückgelegt hatte. Sie hatte nie etwas davon angerührt und jeden Cent gespart. Jetzt, da sie wusste, dass sie bei den Gallaghers keinen richtigen Job bekommen und eine einfache Hausangestellte bleiben würde, musste sie eine Entscheidung treffen.

„Gut, gut", meinte Flora, bevor sie zu ihrem eigenen Thema zurückkam. „Ab jetzt bist du dafür zuständig, die Master-Suite des Alphas zu putzen und aufzuräumen."

Sie zögerte, konnte aber nicht wirklich nein sagen. Flora war immer noch ihre Chefin, auch wenn William weg war. „In Ordnung."

„Aber geh nur in sein Zimmer, wenn er nicht da ist. Er will nicht von dir gestört werden."

Die Worte waren wie ein Schlag ins Gesicht. Vielleicht hatte sie das auch verdient. Schließlich hätte sie ihn fast geküsst, und er hatte jedes Recht zu sagen, dass er sie nicht in seiner Nähe haben wollte.

„Aber warum beauftragst du dann nicht stattdessen Priscilla?" Sie hatte nicht vorgehabt, das laut zu sagen, aber als Flora schnaubte, wurde ihr klar, dass sie es getan hatte.

„Was weiß ich schon? Das hat er so gewünscht. Du sollst sein Badezimmer und sein Schlafzimmer putzen, aber mach das außer Sichtweite. Du dürftest schnell herausfinden können, wann er nicht oben ist. Dann kannst du die Arbeit erledigen. Passe deine anderen Aufgaben einfach daran an."

Jude hatte darum gebeten, dass sie seine Suite putzte? Warum nur, wenn er sie doch nicht sehen wollte? Das ergab keinen Sinn. War das seine Art, sie in ihre Schranken zu verweisen, ihr zu zeigen, dass er derjenige war, der die Befehle gab, und sie sich daran halten musste, egal was passierte?

„Ich habe gefragt, ob du das machen kannst."

Floras scharfe Stimme machte ihr klar, dass sie aufgehört hatte zuzuhören.

„Ja, ja, natürlich. Ich kümmere mich darum."

„Gut. Jetzt noch was anderes. Du musst alle Kleidung von William einpacken. Ich habe gestern Abend nur ein paar seiner persönlichen Sachen einpacken können, bevor Jude darauf bestand, die Master-Suite zu beziehen. Im Keller stehen jede Menge Schachteln. Pack alles sorgfältig ein. Wickle empfindliche Sachen in Papier ein und leg die Schachteln mit Plastiktüten aus. Wir senden ihm seine Sachen, sobald wir wissen, wohin er geschickt wird. Ich habe nicht vor, die Kisten noch einmal auszupacken. Also sorge dafür, dass sie versandfertig sind. Verstanden?"

Danielle nickte. Manchmal redete Flora mit ihr, als wäre sie ein Kind oder dumm oder beides. Nun, sie war weder das eine noch das andere. Sie unterdrückte eine bissige Bemerkung. Es lohnte sich nicht, einen Streit anzufangen. Was würde das schon bringen?

Vielleicht war es ein Fehler gewesen, dem Rat ihrer Mutter zu folgen, sich an das Gallagher-Rudel zu wenden, falls sie in Schwierigkeiten geraten sollte. Und sie war kurz nach dem Tod ihrer Mutter in Schwierigkeiten geraten, als sie dreiundzwanzig Jahre alt war. Einige Monate vor dem Tod ihrer Mutter waren sie eingeladen worden, sich einem Rudel in Südkalifornien anzuschließen, und ihre Mutter hatte geglaubt, dass ihnen das den nötigen Schutz bieten würde. Zwei weibliche Werwölfe waren ein gefundenes Fressen für jedes Rudel, das seine Reihen verstärken wollte.

Ihre Mutter war in einer missbräuchlichen Beziehung mit einem menschlichen Mann gewesen, der ein Nein als Antwort nicht akzeptierte. Carl war ein Alkoholiker gewesen, und Danielle hatte ihn von Anfang an nicht gemocht, aber ihre Mutter war eine Zeit lang glücklich gewesen. Das hatte jedoch nicht lange angehalten. Seine ständigen Versprechen, nicht mehr zu trinken, waren nur Lügen gewesen, um ihre Mutter zu beruhigen. Stattdessen war er letztendlich gewalttätig geworden. Nach einer besonders heftigen Episode taten sie und ihre Mutter, was nötig war, und flohen mitten in der Nacht, froh, dass sie mit ihrem Leben davongekommen waren. Aber gleichzeitig wurde ihnen klar, dass sie Schutz brauchten, und nur ein Werwolf-Rudel konnte ihnen diesen bieten.

Als sie endlich ein Rudel in Südkalifornien gefunden hatten, das bereit war, sie aufzunehmen, hörten sie auf zu fliehen. Endlich waren sie in Sicherheit und hatten alles, was sie brauchten. Aber das war nur eine Illusion. Der Tod ihrer Mutter war ein tragischer Unfall gewesen. Ein betrunkener Autofahrer war in ihr Auto gerast und hatte sie auf der Stelle getötet. Während Danielle noch trauerte, hatte sie zwei Rudelmitglieder belauscht, die über ihre Zukunft sprachen. Sie sollte sich mit einem der Rudelmitglieder paaren, einem, den sie nicht mochte, weil er grausam war. Aber sie wollte sich nicht fügen. Sie hatte gesehen, wie ihre Mutter in einer missbräuchlichen Beziehung gelitten hatte, und sie wollte diesen Fehler nicht wiederholen. Also tat sie, was sie tun musste: Sie floh.

Mit einem Brief ihrer verstorbenen Mutter in der Hand reiste sie nach Norden zu William Gallagher. Sie wusste nicht, was in dem Brief stand, aber als William ihn las, gab er ihr ein Dach über dem Kopf und versprach, sie zu beschützen. Als sie sich seinem Rudel anschloss, fühlte sie sich endlich wieder sicher. Doch ihre Welt wurde erneut auf den Kopf gestellt. Ein neuer Alpha und eine ungewisse Zukunft drohten ihr. War sie dazu bestimmt, ihr ganzes Leben lang auf der Flucht zu sein?

14

Als Jude die Eingangshalle betrat, winkte er Wendell Loveland zu sich, der am Eingang zum Wohnzimmer stand. Der massige Werwolf trug ein eng anliegendes schwarzes T-Shirt, das seine beeindruckenden Bizepsmuskeln zur Geltung brachte. Sein ständig finsterer Blick hielt viele Leute davon ab, ihn anzusprechen, aus Angst, er könnte ausrasten, doch Jude kannte ihn besser. Er war zurückhaltend und verschlossen und bevorzugte die Gesellschaft von Tieren gegenüber der von Leuten.

„Was gibt's?", fragte Wendell.

„Berufe in einer halben Stunde eine Besprechung mit den Familienmitgliedern ein. Ich möchte, dass unser gesamtes Team daran teilnimmt."

„Wird erledigt." Dann zeigte er auf Judes Ärmel. „Was ist da passiert?"

„Ein Funke aus dem Feuer." Er zuckte mit den Schultern, als er auf das Loch schaute, das das Feuer in seinen Ärmel gebrannt hatte. „So viel zu meinem Lieblingshemd. Ich ziehe mich lieber schnell um. Ich sollte noch ein anderes in meiner Tasche haben."

Wendell nickte. „Austin sagte, sie bringen bei ihrem Rückflug morgen unsere Koffer mit."

„Ja. Sag den anderen, sie sollen ihn anrufen, wenn sie möchten, dass er ihnen etwas Bestimmtes mitbringt. Im Flugzeug ist genug Platz."

„Ich nehme an, wir bleiben noch eine Weile hier, oder?", fragte Wendell.

„Ja, für mich ist es wohl dauerhaft. Aber sobald sich hier alles eingespielt hat, wird die Allianz sicher einige von euch von diesem Auftrag abziehen."

Schließlich war jedes Mitglied seines Teams als zukünftiger Alpha ausgebildet worden. In der Zwischenzeit halfen sie den neuen Alphas, die ein abtrünniges Rudel übernahmen. Er hatte das Gleiche zuvor im Bundesstaat Washington getan. Dort hatte er einem angehenden Alpha geholfen, ein abtrünniges Rudel unter Kontrolle zu bringen, und hatte aus erster Hand gesehen, wie schwierig diese Aufgabe sein konnte. Allerdings hatte das Rudel in Washington letztendlich seine Fehler eingesehen und sich seinem neuen Alpha unterworfen. Jetzt ging es dem Rudel gut, und allem Anschein nach waren alle zufrieden und verstanden sich trotz der anfänglichen Schwierigkeiten gut.

Die Erinnerung an diesen Auftrag stimmte ihn zuversichtlich, dass auch das Gallagher-Rudel sich irgendwann fügen und alles zum Besten laufen würde.

„Bin gleich wieder da", sagte Jude zu Wendell und ging zur Treppe.

Er nahm zwei Stufen auf einmal und eilte zur Master-Suite. Im dunklen, mit Holz vertäfelten Flur knöpfte er bereits sein Hemd auf. Während er die Tür öffnete, zog er das Hemd aus und warf es nach dem Eintreten auf einen Stuhl in der Nähe. Mit nacktem Oberkörper ging er zu dem großen begehbaren Kleiderschrank, der eher einem altmodischen Ankleidezimmer ähnelte. Am Abend zuvor hatte er seine Reisetasche dort auf den Boden geworfen, ohne sich die Mühe zu machen, etwas außer seinen Toilettenartikeln auszupacken.

An der offenen Tür zum Ankleidezimmer blieb er abrupt stehen.

Sein Herz begann sofort doppelt so schnell zu schlagen wie normalerweise. Der Raum war nicht leer. Danielle stand mit dem Rücken zu ihm. Sie trug enge Jeans und ein langärmeliges T-Shirt, das ihre schlanke Figur perfekt zur Geltung brachte, und war damit beschäftigt, Williams Kleidung zu falten und in große Kartons zu legen. Sie hatte ihn noch nicht gehört, und er nutzte den kurzen Moment, um seinen Blick über sie schweifen zu lassen. Verdammt, sie sah gut aus. Er atmete ihren Duft ein und spürte, wie sich seine Hose um seinen Schritt zusammenzog und sein Schwanz mehr Platz zum Ausdehnen verlangte.

Ein Atemzug entwich ihm, und Danielle drehte sich um und schnappte erschrocken nach Luft. Er konnte sehen, wie sich ihre Brust hob, und bemerkte unweigerlich, wie sich ihre Brustwarzen unter ihrem T-Shirt verhärteten.

„Oh, tut mir leid“, sagte sie schnell und wurde rot. „Ich wusste nicht, dass du um diese Zeit hier sein würdest. Ich komme später wieder, um weiterzumachen.“

Sie machte einen Schritt auf ihn zu, aber er rührte sich nicht von der Stelle und machte ihr keinen Platz, damit sie zur Tür gelangen konnte. Ihr Blick wanderte zu seiner Brust und ihre Lippen öffneten sich. In der Stille zwischen ihnen konnte er nur ihr Atmen und seinen eigenen Herzschlag hören.

„Es tut mir leid. Ich weiß, dass ich nicht hier sein sollte, wenn du in deinem Zimmer bist“, sagte sie mit zitternder Stimme, als würde sie eine Standpauke erwarten.

„Das ist kein Problem“, sagte er sanft, während er weiterhin die Tür blockierte.

„Aber du hast gesagt, ich sollte mich nicht sehen lassen ...“

„Was habe ich gesagt?“ Er trat näher; seine nackte Haut kribbelte nun vor Vorfreude.

„Dass ich nur in deinem Zimmer arbeiten soll, wenn du nicht da bist.“

Er schüttelte den Kopf. „Das habe ich nie gesagt.“

„Aber Flora –“

„Sie muss mich falsch verstanden haben", unterbrach er sie. „Ich habe kein Problem damit, dass du hier bist, während ich hier bin."

Tatsächlich fand er es gut, sie in der Privatsphäre seiner Suite zu sehen, wo niemand sonst sie beobachten konnte. Während der Beerdigung hatte er es vermieden, sie anzusehen, aus Angst, jemand könnte sehen, wie sehr er sie begehrte. Aber hier, allein mit ihr, konnte er sie so lange ansehen, wie er wollte. Und sie ihn auch. Es entging ihm nicht, dass sie ihren Blick über seine Brust gleiten ließ und dass ihr gefiel, was sie sah. Er konnte die elektrischen Ladungen spüren, die zwischen ihnen zu tanzen schienen und die Luft um sie herum zum Glühen brachten.

Als sie einen weiteren Versuch unternahm, zur Tür zu gehen, packte er sie an den Schultern und zog sie zu sich heran.

„Ich kann dich nicht gehen lassen", flüsterte er. „Das weißt du doch, oder?"

Denn es war unmöglich, dass sie die Anziehungskraft zwischen ihnen nicht spürte.

Sie sah ihm in die Augen, und alles um ihn herum verschwamm. Es war, als gäbe es in diesem Moment nur sie beide. Nichts anderes zählte.

Ohne eine weitere Sekunde zu verschwenden, senkte Jude seinen Kopf zu ihrem und berührte ihre Lippen mit seinen, zuerst sanft, aber als sie sich nicht wehrte und nicht zurückwich, eroberte er sie vollständig und küsste sie. Er schlang seine Arme um sie und drückte sie an seinen halbnackten Körper, wobei die harten Muskeln seiner Brust ihre weichen Brüste drückten. Jetzt konnte er ihren Herzschlag fühlen und hören. Er stimmte in Geschwindigkeit und Intensität mit seinem eigenen überein. Automatisch hatten sich ihre Herzen synchronisiert und schlugen im gleichen Rhythmus. Es war wie im Paradies.

Zuerst konnte Danielle nicht glauben, was gerade passierte. Hatte sie Halluzinationen? War sie während der monotonen

Aufgabe, Williams Kleidung zu falten und zu packen, eingeschlafen und träumte jetzt? Aber mit jedem Stöhnen und jedem Seufzer, der von Jude und ihr selbst kam, wusste sie, dass dies die Realität war. Jude küsste sie und hielt sie fest in seinen Armen. Sie spürte seine nackte Haut, deren Hitze sie trotz der verbleibenden Kleidungsschicht zwischen ihnen fast versengte. Seine Lippen und seine Zunge waren fordernd, sein Geschmack berauschend. Sie konnte nicht genug von ihm bekommen, von diesem Gefühl der Perfektion, der völligen Glückseligkeit. Sie reagierte auf ihn auf die gleiche ungezähmte Weise und begegnete seiner Forderung mit ihrer eigenen. Nie zuvor war sie sich so sicher gewesen, was sie wollte.

Jude zeigte ihr, wie es sein würde, wenn nur die Umstände anders wären. Aber im Moment verdrängte sie diese Gedanken. Für ein paar Sekunden wollte sie sich wie eine echte Frau fühlen. Sie ließ ihre Hände über seinen Körper wandern, streichelte seine starken Muskeln, fuhr über seinen Nacken und spürte, wie er unter ihrer Berührung erschauerte. Gleichzeitig schob Jude eine Hand zu ihrem Po und drückte sie an seinen Unterleib, wo sie die harte Kontur seines Schwanzes spürte. Unfähig, sich zu wehren, rieb sie sich an ihm wie ein Tier in der Brunst. Denn genau das war sie: sowohl ein Tier als auch in der Brunst.

Jude stöhnte in ihren Mund; ihre Handlung gefiel ihm sichtlich. Er massierte ihren Hintern mit einer Hand, während er mit der anderen ihren Hinterkopf umfasste, als hätte er Angst, sie würde zurückweichen und den Kontakt unterbrechen, wenn er sie nicht so festhielte. Aber er irrte sich. Sie hätte sich leicht befreien können, wenn sie gewollt hätte, aber das wollte sie nicht. Sie liebte die Art, wie er sie küsste, ohne Grenzen, ohne Zweifel daran zu lassen, was er von ihr wollte. Denn sie wollte dasselbe. Jude war noch männlicher, als sie erwartet hatte. Seine Potenz war unglaublich anziehend, während die unterschwellige Zärtlichkeit, mit der er sie küsste, sie nach noch mehr verlangen ließ.

Jude riss plötzlich seine Lippen von ihren.

„Verdammt!", fluchte er. Seine Augen verwandelten sich in die seines inneren Wolfes und fixierten sie für einen kurzen Moment, bevor er seinen Kopf zu ihrem Hals senkte und sie dort küsste, wobei seine scharfen Eckzähne über ihre empfindliche Haut strichen.

Sie erbebte vor Lust und hielt sich an seinen Schultern fest, aus Angst, das Gleichgewicht zu verlieren. Einen Moment später spürte sie, wie Jude seine Hand unter ihr T-Shirt schob und ihre nackte Brust umfasste. Sie erschauerte bei dieser intimen Berührung.

„Du fühlst dich so gut an", flüsterte er, während er weiter mit offenem Mund Küsse auf ihren Hals drückte. „Verdammt, Frau, du machst mich so hart."

Das war ihr bewusst, und ein Teil von ihr war stolz darauf. Aber sie sollte ihn jetzt stoppen. Sich selbst stoppen, doch die Art, wie er ihre Brüste streichelte und ihren Hals küsste, machte sie ganz benommen. Sie wollte sich fallen lassen, in der Zärtlichkeit baden, mit der er sie überschüttete, ihm erlauben weiterzumachen. Mit jeder Sekunde, in der er ihr Vergnügen bereitete, wurde ihr Körper heißer, und Feuchtigkeit sammelte sich am Scheitelpunkt ihrer Schenkel. Ihre eigene empfindliche Nase nahm den Duft wahr, und sie wusste, dass Jude ihn auch wahrnahm.

Plötzlich glitt seine Hand zu ihrer Muschi und er umfasste sie durch ihre Jeans. Obwohl sie wollte, was er ihr anbot, stieß sie ihn zurück und befreite sich aus seiner Umarmung.

„Ich kann nicht!", rief sie und drückte sich an ihm vorbei.

„Danielle, bitte", rief er ihr nach, aber sie hatte bereits die Tür erreicht und rannte weiter.

Sie konnte das nicht zulassen. Jude war nicht frei, sich mit ihr zu paaren, und sie konnte nichts weniger als eine echte Paarung akzeptieren.

15

Verdammt!

Jude stand in seiner Garderobe und hatte eine Erektion, die so groß war wie ein Baseballschläger. Nachdem Danielle leidenschaftlich auf seine Küsse reagiert hatte, war sie geflohen. Was war in sie gefahren? War er zu schnell vorgegangen? Scheiße, er hätte sie nicht so intim berühren sollen, aber verdammt, als er ihre Erregung gerochen hatte, hatte er sich nicht mehr zurückhalten können und musste ihre Muschi durch ihre Jeans berühren. Trotz dieser Barriere hatte er die Hitze gespürt, die von ihr ausging. Aber seine Glückseligkeit hatte nur eine Sekunde angedauert, bevor sie sich befreit hatte und davongerannt war. Er konnte ihr nicht einfach halb angezogen und total erregt folgen. Jeder im Haus hätte sofort gewusst, was los war.

Ja, was genau ist los?

Es war die Stimme seines inneren Wolfes, die in einem fast vorwurfsvollen Ton sprach.

Warum hast du sie gehen lassen?

„Halt die Klappe!", rief er und unterdrückte den Teil von sich, der nur Tier war, wild und ohne jedes Gefühl für die Regeln, nach denen er leben musste. Die Regeln, die er zu befolgen geschworen hatte, als er seinen Eid gegenüber der Allianz der Werwölfe abgelegt hatte.

Mit zitternden Händen zog er einen legeren Pullover aus seiner Tasche und streifte ihn über seinen Kopf. Er atmete langsam ein und füllte seine Lunge mit Sauerstoff. Es half ihm nicht, sein donnerndes Herz zu beruhigen. Danielles Duft haftete immer noch an ihm. Er konnte sie immer noch auf seiner Zunge schmecken, immer noch ihre Hände auf seiner Haut spüren, wo sie ihn gestreichelt hatte. Die Weichheit ihrer Brüste polsterte immer noch seine harten Muskeln, und ihr weicher Bauch umschloss immer noch seine Erektion. Würden die anderen ihren Duft an ihm riechen können? Mit etwas Glück nicht. Aber das brachte seine Erektion nicht nach unten.

Er schnippte mit seinem Zeigefinger gegen die empfindliche Spitze seiner Erektion und verursachte gerade genug Schmerz, um die Botschaft zu vermitteln: Runter, Junge! Ein zweites Fingerschnippen, und sein Schwanz zog sich ein. Er war immer noch größer als normal, aber unter dem dicken Stoff seiner Hose würde es niemand bemerken.

Wenn es nach ihm ginge, würde er jetzt nach Danielle suchen, aber diesen Luxus konnte er sich nicht leisten. Er musste zu einem wichtigen Meeting.

Als er das Wohnzimmer betrat, waren sein Team und alle Mitglieder der Gallagher-Familie bereits versammelt. Er begrüßte sie mit einem kurzen Nicken und blieb vor dem Kamin stehen.

„Danke, dass ihr alle gekommen seid", begann er. „Bitte setzt euch, wenn ihr möchtet." Er hatte beschlossen, dieses Treffen so freundlich und schmerzlos wie möglich zu gestalten. „Als die Allianz der Werwölfe mich mit der Leitung dieses Rudels beauftragte, stellte sie auch sicher, dass ich über das gesamte Ausmaß der Geschäfte, an denen das Gallagher-Rudel beteiligt ist, informiert wurde. Wir haben nicht die Absicht, euch irgendwelche Geschäfte wegzunehmen, aber wir möchten verstehen, wie alles läuft, und euch bei Bedarf mit unserem Fachwissen zur Seite stehen."

„Fachwissen", murmelte Byron.

Jude sah den jungen Hitzkopf an. „Fangen wir mit dir an, Byron. An welchen Geschäften der Gallagher-Familie bist du beteiligt?"

Byron hob das Kinn. „Ich *leite* die Kautionsversicherungsunternehmen", betonte er.

„Gut. Wie viele gibt es davon?"

„Drei in San Francisco, zwei weitere in Oakland, eine in Sonoma County und eine in Napa County."

„Ich nehme an, dass du Manager hast, die dort den täglichen Betrieb leiten?"

„Ja, sicher."

Jude nickte und winkte dann Wendell zu, der nach vorne trat. „Byron, ich möchte, dass du Wendell alles zeigst. Stell ihm die Manager vor und zeig ihm, was du machst."

Wendells sachliche Art wäre genau das richtige Gegenmittel für Byrons hitzköpfige Persönlichkeit.

Byron sprang auf. „Wie? Du willst mich also ersetzen?" Er zeigte auf Wendell, als würde er ihn beschuldigen.

„Keine Sorge, ich habe nicht vor, irgendjemanden zu ersetzen. Du bleibst so lange für das Kautionsgeschäft verantwortlich, wie du willst. Aber ich will, dass mein Team versteht, wie dieses Rudel funktioniert, und dazu gehören auch seine Geschäfte."

„Wie auch immer!", sagte Byron, zuckte mit den Schultern und presste die Kiefer aufeinander.

„Gut. Dann ist das geklärt."

Er wandte seinen Blick Eve zu, die in einem bequemen Sessel saß und die Arme vor der Brust verschränkt hatte. Als sich ihre Blicke trafen, hob sie eine Augenbraue.

„Eve, ich nehme an, du leitest das Pferdegut?"

„Wieso nimmst du das an?"

„Ich habe vielleicht jemanden sagen hören, dass du gut mit Pferden umgehen kannst."

In Wahrheit hatte er das in dem Bericht gelesen, den ihm die Allianz der Werwölfe geschickt hatte. Tatsächlich wusste er genau, welches Familienmitglied welches Geschäft leitete. Aber er hielt es für klug, sie glauben zu lassen, dass es an ihnen lag, ihm Informationen über ihre Geschäfte zu vermitteln. Er hatte die Erfahrung gemacht, dass Rudelmitglieder sich verschlossen, wenn sie das Gefühl hatten, dass der Feind – als den sie ihn wahrscheinlich im Moment noch betrachteten – bereits alles über sie wusste.

„Ja, ich züchte Pferde für das Rudel. Wir haben einige nationale Auszeichnungen gewonnen.“

Sie zuckte mit den Schultern, als wäre es nicht wichtig, obwohl Jude wusste, dass sie sehr stolz auf ihre Erfolge war. Er hatte Fotos von Eve neben ihren preisgekrönten Pferden im Foyer und auch in diesem Raum gesehen.

„Das ist großartig.“

Jetzt wäre der richtige Zeitpunkt, ihr zu sagen, dass er sich gerne die Reitanlage von ihr zeigen lassen würde, aber er entschied sich dagegen. Es würde noch genug Zeit bleiben, Eve besser kennenzulernen. Er musste nicht unbedingt selbst in Ställen herumstapfen und Pferde ansehen.

„Bitte nimm Ransom zum Pferdehof mit und zeige ihm alles. Er kann gut mit Pferden umgehen, das ist ein Pluspunkt.“

Eves Kinn sank, bevor sein Blick auf Ransom fiel, der ihm einen *„Was zum Teufel, Mann?“*-Blick zuwarf. Erst dann fiel ihm ein, dass Eve und Ransom sich am Vorabend gestritten hatten und sich auf Anhieb nicht mochten. Aber er konnte jetzt niemand anderen beauftragen, sonst würde er schwach und unentschlossen wirken. Was geschehen war, war geschehen. Sie mussten einfach darüber hinwegkommen und das Beste daraus machen. Zumindest musste Ransom sich nicht mit ihr paaren. Wie schwer konnte es schon sein, einen Tag zusammen auf einer Pferderanch zu verbringen und dabei ausschließlich über geschäftliche Dinge zu sprechen?

Bevor jemand protestieren konnte, fuhr Jude fort: „Thaddeus, welches Geschäft betreibst du? Das Weingut oder die Reederei?“

„Die Reederei“, sagte Thaddeus mit ruhiger, angenehmer Stimme und neutralem Gesichtsausdruck, obwohl seine Hände nicht stillhielten. Sie waren in ständiger Bewegung. „Aber ich habe sie zusammen mit Cameron geführt. Jetzt ..." Er zuckte mit den Schultern. „Wir müssen vielleicht einen neuen Manager einstellen."

„Ich verstehe. Warum nimmst du Mason nicht mit und erklärst ihm das Geschäft, dann können wir sehen, wer am besten geeignet ist, dir dauerhaft zu helfen, wenn du das möchtest."

Thaddeus nickte. Kein Widerspruch, keine Veränderung in seinem Gesichtsausdruck. Jude konnte nicht anders, als sich in seiner Gegenwart unwohl zu fühlen. Er verbarg etwas. Niemand war so ausgeglichen, vor allem nicht nach den Ereignissen der letzten Tage. Die einzige Person, die herausfinden konnte, wie Thaddeus tickte und welche Geheimnisse er verbarg, war Mason. Er hatte ein Händchen dafür, anderen nahezukommen, die sich bemühten, ihre innersten Gedanken nicht preiszugeben. Es gab Momente in seinem eigenen Leben, in denen er sich ihm noch mehr anvertraute als seinem eigenen Bruder. Mason hatte diese Wirkung auf andere.

„Storm, passt dir das?", fragte Jude und sah seinen Cousin an.

„Sicher." Mason nickte Thaddeus zu. „Ich kann es kaum erwarten, dass du mir alles zeigst. Wir können sofort los, wenn du willst." Er sah Jude an. „Wie du weißt, bin ich kein Fan von Meetings."

„Deine Entscheidung", antwortete Jude, denn er wusste, warum Mason das tat. Auch ihm war aufgefallen, dass Thaddeus unruhig war und sich in der Besprechung unwohl fühlte. Indem er aussprach, was Thaddeus nicht sagte, versuchte Mason, sein Vertrauen zu gewinnen.

Und es schien zu funktionieren: Thaddeus stand auf. „Ja, lass uns gehen, sonst wird es zu spät. Die Docks sind nachts nicht gerade sicher." Nicht, dass ein Werwolf sich darüber Gedanken machen würde, aber er ließ Thaddeus' Ausrede gelten.

Er und Mason gingen hinaus, und die Tür schloss sich hinter ihnen.

„Also bleibt noch der Weinberg", sagte Jude.

„Ich leite den Weinberg", meldete sich Owen freiwillig. „Ich nehme an, du möchtest, dass ich einem deiner Leute den Weinberg zeige?"

„Das ist der Plan." Jude sah die beiden anderen Teammitglieder an, die er noch niemandem zugewiesen hatte. „Grant? Parker? Wer möchte mit Owen gehen?"

Grant hob die Hand. „Zu einer Flasche Wein sage ich nie nein." Er sah Owen an. „Welche Rebsorten baut ihr an?"

„Das erzähle ich dir unterwegs", sagte Owen und stand auf. „Los geht's. Es gibt viel zu sehen."

Als sie zur Tür gingen, stand Eve ebenfalls auf. „Nun, da die Besprechung zu Ende ist, darf ich dann wohl auch gehen?"

Jude bemerkte den herausfordernden Blick, den sie ihm zuwarf. Ja, sie würde eine harte Nuss sein. „Du kannst jederzeit gehen."

Als sie sich ohne ein weiteres Wort umdrehte, war er erleichtert. Auf dem Weg nach draußen warf Ransom ihm einen Blick zu und formte mit den Lippen einen lautlosen Satz: *Du bist mir was schuldig.* " Das war ihm klar. Byron und Wendell folgten ihm; nur Parker, Spencer, Flora und Violet sowie er selbst blieben zurück.

„Okay, dann sind nur noch wir übrig", sagte Jude mit einem freundlichen Lächeln. „Flora, ich nehme an, du leitest den Haushalt und das Anwesen?"

„Das stimmt. Wirst du auch jemanden beauftragen, mir zu folgen?" Ihre Worte klangen etwas genervt.

„Nein, das wird nicht nötig sein. Ich habe noch nicht viel vom Anwesen gesehen, aber soweit ich das beurteilen kann, wird es fachmännisch geführt." Was machte es schon, wenn er ihr ein wenig schmeicheln musste?

Er bemerkte die Überraschung in Floras Gesicht, und sie schien sich zu entspannen. „Oh? Na, gut."

Jude wandte sich an Spencer. „Spencer, was ist dein Fachgebiet?"

„In erster Linie Sicherheit. Dazu gehört auch die IT, und William hat mich gebeten, mich um mögliche Akquisitionen zu kümmern."

„Ausgezeichnet. Unser IT-Experte ist Francisco. Er kommt morgen zurück, dann kannst du ihm zeigen, wie das Anwesen vor Eindringlingen geschützt ist, und ihn auf den neuesten Stand bringen."

„Klingt gut."

„Später können wir beide über Akquisitionen reden."

„Okay."

„Wie sieht es mit den Finanzen aus? Wer ist für die Finanzberichterstattung zuständig?"

„Ich", sagte Violet. Sie räusperte sich und fuhr fort: „Ich kümmere mich um die gesamte Buchhaltung und konsolidiere die Finanzen aller Unternehmen, damit Onkel William immer den Überblick hatte."

„Das ist ausgezeichnet. Also, Violet, ich möchte, dass du mir einen Finanzüberblick bereitest. Kannst du das so machen, dass wir uns morgen treffen können, um das zusammen durchzugehen?"

„Ja, das ist kein Problem. Ich kann die Berichte ziemlich einfach erstellen."

„Danke. Das wäre alles." Er sah Parker an. „Parker, noch eine kurze Frage, bevor ich mich auf den Weg mache, um mir das Anwesen anzusehen."

„Klar", antwortete Parker.

„Möchtest du eine Führung durch das Anwesen?" fragte Flora und zeigte auf Violet. „Violet kann dir alles zeigen, damit du dich nicht verläufst. Es ist ziemlich groß."

Die Vorstellung, mit Violet zusammen zu sein, die ihn noch weniger interessierte als Eve, gefiel ihm überhaupt nicht. „Das ist wirklich nicht nötig, Flora", sagte er mit einem gezwungenen Lächeln. „Violet hat mit den Finanzberichten genug zu tun. Ich werde Heath oder Chase bitten, mir alles zu zeigen."

Oder Danielle.

Er wartete, bis alle den Raum verlassen hatten, bevor er Parker zu sich winkte.

„Was brauchst du?"

„Ich möchte, dass du ein Auge auf das Haus und das Geschehen hier behältst Und wenn du schon dabei bist, erstelle einen Grundriss. Ich möchte wissen, wo sich die Zimmer aller befinden. Ich glaube, wir sollten sicherstellen, dass mindestens eine Person aus unserem Team auf jeder Etage des Haupthauses und des Seitenflügels ist."

„Ich nehme an, du möchtest nicht, dass ich Flora nach diesen Informationen frage, oder?"

„Du hast recht. Vielleicht kann Priscilla dir helfen. Sie arbeitet im Haus. Sie sollte wissen, wer welches Zimmer bewohnt."

„Wird gemacht."

„Danke, Kumpel."

16

„Soll ich fahren?", fragte Thaddeus.

„Du kennst den Weg", antwortete Mason, als sie das Haus verließen. „Gib mir eine Woche Zeit, dann kenne ich mich hier auch aus, aber bis dahin fährst du."

„Okay, dann quetschen wir uns in mein Auto."

„Quetschen? Was fährst du denn?"

Thaddeus zeigte auf einen schwarzen Sportwagen, der in der Einfahrt stand.

„Einen Porsche Boxster? Ist das das neue Modell?" Mason ließ seinen Blick über den schnittigen Zweisitzer schweifen und pfiff anerkennend.

„Ja", gab Thaddeus zu und drückte auf die Fernbedienung, um das Auto aufzuschließen. „Steig ein."

Mason musste sich das nicht zweimal sagen lassen. Er öffnete die Beifahrertür und ließ sich in den Ledersitz gleiten, der sich seinem Rücken anpasste. Schnelle Autos hatte er schon immer gemocht, besonders deutsche und italienische, auch wenn sie in einem Staat wie Montana, wo SUVs aufgrund des unwegsamen Geländes und der Schneeverhältnisse sinnvoller waren, nicht immer praktisch waren.

Thaddeus stieg ein; sein großer, schlanker Körper passte perfekt hinter das Lenkrad. Mason nahm sich einen Moment Zeit, um ihn genauer zu mustern. Er war der jüngste Sohn von William Gallagher. Laut der Akte, die Jude ihm während des Fluges von Bozeman gezeigt hatte, war er zweiunddreißig Jahre alt. Aufgrund seiner feinen Gesichtszüge wirkte er jedoch jünger. Sein fast schwarzes Haar war leicht gewellt, seine hellblauen Augen stechend. Zusammen mit seinem Bartschatten, seinem markanten Kinn und seinen natürlich roten Lippen war er ein gut aussehender Mann. Überhaupt nicht rau, nicht wie sein eigenes Aussehen.

Im Vergleich zu Thaddeus war Mason der Typ Mann, den andere um Hilfe baten, um ein Pferd zu bändigen oder ein Auto aus einem Graben zu ziehen. Ein praktischer Mann, der sich stets die Hände schmutzig machte und Schwielen an denselben hatte. Der Unterschied zwischen seinem und Thaddeus' Aussehen hätte nicht größer sein können, selbst wenn Mason es versucht hätte.

Das Dröhnen des Motors machte ihm klar, dass er seinen Sicherheitsgurt nicht angelegt hatte, also griff er danach und schnallte sich an. Als das Auto losfuhr, wurde sein Rücken in den Sitz gedrückt; ein Gefühl, das er liebte, weil es ihn an jenes erinnerte, von einem Liebhaber in die Laken oder gegen eine harte Oberfläche gedrückt zu werden. Es hatte etwas Sinnliches an sich, und zusammen mit den Vibrationen des Porschemotors weckte es die Seite in ihm, die seine fleischlichen Gelüste kontrollierte. Die Seite, die sich so sehr von seiner Hülle unterschied, von dem Äußeren, das alle sahen und kannten.

Es war still zwischen ihnen, bis sie das Anwesen hinter sich gelassen hatten und auf die Autobahn fuhren.

„Jude hat dich Storm genannt. Ist das dein Nachname?", fragte Thaddeus über das Brummen des Motors hinweg.

„Ich kenne meinen richtigen Nachnamen nicht. Ich bin ein Findelkind, das auf einer Ranch in Montana ausgesetzt wurde. Judes Tante und Onkel haben mich großgezogen."

Sie waren die besten Eltern, die sich ein Kind nur wünschen konnte. Die perfekten Eltern, denn sie hatten ihn sofort an seinem

Geruch als Werwolf erkannt, obwohl Werwolf-Kinder sich erst in der Pubertät verwandelten.

„Sie nannten mich Mason Beaumont, aber als sie sahen, dass ich überall, wo ich auftauchte, wie ein Sturm wirkte und, ohne es zu wollen, Chaos und Tumult verursachte, gaben sie mir den Spitznamen Storm. Der ist wohl hängengeblieben.“

Thaddeus lachte kurz. „Kein schlechter Spitzname.“

„Nein, nicht der schlechteste.“

Tatsächlich hatte er ihn immer als Ehrenzeichen empfunden – und er lenkte alle davon ab, herauszufinden, was sich hinter seiner wilden Fassade verbarg. Hinzu kam, dass er seinen Ruf als Frauenheld gepflegt hatte, wie jemand einen schönen Garten anlegte: Er pflanzte Samen und schnitt Pflanzen zurück, ohne jemals den Wunsch zu haben zu ernten.

„Was ist mit dir? Hast du irgendeinen Spitznamen?“, fragte Mason beiläufig.

Er war nicht nur hier, um herauszufinden, wie die Gallagher-Geschäfte funktionierten, sondern in erster Linie, um die Mitglieder des Rudels kennenzulernen. In seinem Fall bedeutete das, herauszufinden, welche Geheimnisse Thaddeus hatte, die Jude und seinem Team in der Zukunft zum Verhängnis werden könnten. Die Gefahr konnte von jedem ausgehen. Sie hatten zwar die Spitze des sprichwörtlichen Eisbergs beseitigt, indem sie Cameron getötet und den alten Alpha aus dem Weg geräumt hatten, aber es könnte noch andere im Rudel geben, die Cameron und William unterstützt hatten und nicht die Absicht hatten, ihr Verhalten zu ändern. Sie stellten ebenso ein Sicherheitsrisiko dar.

„Keine Spitznamen.“

War das Feindseligkeit in Thaddeus’ Antwort? Er konnte es nicht mit Sicherheit sagen. Da er spürte, dass Thaddeus nicht daran interessiert war, über etwas so Persönliches zu sprechen, entschied er sich für ein anderes Thema.

„Also, Schifffahrt, wie? Was hat dich dazu gebracht, in dieser Branche zu arbeiten? Oder hat dein Vater das für dich entschieden?“

Thaddeus nahm für einen kurzen Moment den Blick von der Straße. „Sehe ich aus, als würde mich die Schifffahrt interessieren?"

„Verstanden."

Anscheinend war das die falsche Frage gewesen. Bislang war er auf Granit gestoßen. Er suchte nach anderen Gesprächsthemen. Vielleicht sollte er noch einmal über das Auto sprechen. Das schien bei dem undurchschaubaren Werwolf mit dem gut aussehenden Äußeren Interesse geweckt zu haben.

„Er dachte, das würde mich zu einem richtigen Mann machen", fügte Thaddeus nach einer langen Pause hinzu. Er schüttelte den Kopf. „Am Hafen zu arbeiten." Er schnaubte.

„Das wäre auch nicht mein Lieblingsort", stimmte Mason zu, erfreut darüber, dass sein schweigsamer Begleiter sich langsam zu öffnen schien.

Aber er wollte sein Glück nicht überstrapazieren. Thaddeus könnte genauso gut wieder dichtmachen. Dies war kein Sprint, sondern ein Marathon. Dieser Gedanke brachte ihn auf eine Idee.

„Ich wäre gerne Rennfahrer geworden. Schnelle Autos, noch schnellere Frauen. Ja, das wäre cool gewesen."

Mason schaute aus dem Fenster und blieb locker, als würde er mit sich selbst reden.

„Besser als cool!", antwortete Thaddeus, dessen Stimme plötzlich lebhafter klang. „Welches Auto hättest du gewählt, einen Ferrari oder einen McLaren?"

Er sah Thaddeus an. „Das ist echt schwer zu sagen. Beide sind super Autos. Ich meine, Ferrari hat eine längere Geschichte in der Formel 1 und ihr Stil ist unübertroffen. Schau es dir an, es ist einfach ein wunderschönes Auto, aber McLaren ist innovativ und topmodern. Und sie haben aufgeholt und in den letzten Jahren große Fortschritte gemacht, wenn man bedenkt, dass sie zwei Jahrzehnte nach Ferrari in den Rennsport eingestiegen sind. Und mit dem richtigen Fahrer wird McLaren Ferrari in immer mehr Rennen übertreffen. Du wirst schon sehen."

„Du würdest also auf den Außenseiter McLaren setzen?"

„Ich würde sie nicht unbedingt als Außenseiter bezeichnen." Er lachte leise. „Beide sind Spitzenautos. Aber du hast nicht ganz unrecht: McLaren hat weniger Siege vorzuweisen als Ferrari. Wenn du sie also als Außenseiter bezeichnen willst, dann bin ich wohl für den Außenseiter."

„Das überrascht mich irgendwie." Thaddeus zuckte mit den Schultern.

„Warum überrascht dich das?"

„Du arbeitest für die Allianz der Werwölfe. Die sind nicht gerade die Mutter Theresa der Werwolf-Welt."

Mason runzelte die Stirn. Für einen Moment hatte es sich so angefühlt, als hätten sie ein gutes Gespräch gehabt. Woher kam also diese abfällige Bemerkung?

„Das hat auch niemand behauptet. Wir sorgen dafür, dass die Geheimnisse der Werwolf-Gemeinschaft nicht an die Menschenwelt gelangen."

„Und das macht ihr, indem ihr als Unternehmensplünderer auftretet? Ja, das ist echt großmütig."

„Du meinst, wir sind gekommen, um das Imperium deines Vaters zu zerstören und es in unsere Taschen zu stecken? Mann, du hast offensichtlich nicht zugehört, als Jude verkündet hat, was hier passieren wird."

„Oh, ich habe zugehört. Und was ich gehört habe, ist, dass Jude von nun an über alles, was hier vor sich geht, das Sagen haben wird."

„Wie jeder andere Alpha auch", knurrte Mason.

„Indem er sich selbst bereichert, indem er klaut, was uns gehört, was den Gallaghers gehört."

„Das ihr wahrscheinlich von jemand anderem geklaut habt!", schnauzte Mason und starrte ihn an.

Triumphierend zeigte Thaddeus auf ihn. „Du gibst also zu, dass die Allianz der Werwölfe unser Eigentum klaut!"

Mason schüttelte den Kopf und verdrehte die Augen. „Ich rede hier mit einem verdammten Kind! Lass uns darüber reden, wenn du erwachsen bist!"

„Wie kannst du es wagen!", spuckte Thaddeus.

Mason verschränkte die Arme vor der Brust und starrte geradeaus durch die Windschutzscheibe. Nun, dieses Gespräch war schnell eskaliert. Und er hatte es wahrscheinlich noch verschlimmert, indem er Thaddeus vorwarf, ein Kind zu sein, das nicht verstand, was vor sich ging.

Ein paar Minuten lang war im Auto nur schweres Atmen zu hören. Mason war stinksauer. Noch nie hatte ihn jemand so schnell so sehr gereizt, mit so katastrophalen Folgen. Jude würde über diese Entwicklung nicht glücklich sein. Irgendwie musste er das wieder in Ordnung bringen, sonst würde Thaddeus Ärger bedeuten.

17

———

Danielle schleppte die letzten Kartons nach unten und stellte sie in den Abstellraum. Der Raum war schon ziemlich voll, aber zum Glück würden die Kisten mit Williams Klamotten und Schuhen nicht lange dort bleiben. Sie hatte sie mit einem schwarzen Filzstift markiert, damit Flora sie leicht erkennen konnte, wenn es an der Zeit war, sie an den Ort zu schicken, an den William verbannt werden würde.

Sie konnte immer noch nicht glauben, wie schnell sich die Welt, die sie kannte, verändert hatte. Jetzt mussten sie sich alle an etwas Neues gewöhnen, und niemand wusste, ob sich die Dinge zum Guten oder zum Schlechten wenden würden. Sie wünschte, sie könnte sagen, dass sich die Dinge unter der neuen Rudelführung für sie zum Besseren wendeten. Der Kuss, den sie und Jude geteilt hatten, hatte ihr jedoch klar gemacht, dass sie ihre Gefühle für den Mann, der *ihr* Partner werden sollte und nicht Eves, nicht lange unterdrücken konnte.

„Danielle."

Die sanfte Männerstimme ließ sie aufschrecken und herumwirbeln, wobei sie sich fast den Kopf am Türrahmen stieß. Jude stand viel zu nah bei ihr; sein großer Körper versperrte die Tür und hinderte sie daran zu sehen, ob noch jemand im Flur war.

Sein männlicher Duft drang sofort in ihre Nase, und seine Nähe verursachte ihr eine Gänsehaut. Wegen der Hitze, die ihr in den Kopf stieg, vermutete sie, dass sie rot wie eine reife Tomate anlief. Und warum auch nicht? Jede Frau würde rot werden, wenn der Mann, der sie keine Stunde zuvor leidenschaftlich geküsst und intim berührt hatte, so nah bei ihr stand, dass sie seine Körperwärme spüren konnte.

„J-Jude", stotterte sie, bevor sie sich räusperte und einen weiteren Versuch unternahm, etwas zu sagen. „Kann ich dir irgendwie helfen?"

Die schokoladenbraune Farbe seiner Augen funkelte plötzlich, als würden winzige Flammen darin flackern.

„Ja, tatsächlich kannst du das. Ich möchte das Anwesen sehen."

„Oh, ähm", stammelte sie und suchte nach einer Antwort, damit er schnell gehen würde und sie nichts Dummes anstellte. „Ich bin sicher, Heath würde dir gerne alles zeigen. Er sollte draußen bei der Garage sein. Du kannst ihn nicht übersehen."

„Ich möchte, dass du mir die Führung gibst", sagte er und fixierte sie mit seinen Augen. „Bitte ... oder muss ich meine Alpha-Karte ausspielen?"

„Warum machst du das?"

„Was?"

„Mich fragen, wenn jeder andere die Führung übernehmen könnte."

„Ich bin lieber mit dir zusammen als mit irgendjemand anderem."

Sie schluckte und ihre Gedanken wanderten zurück zu dem Moment, als sie sich in seinem Ankleidezimmer geküsst hatten.

„Das darf nicht noch mal passieren. Bitte lass mich einfach in Ruhe", bat sie.

„Ich verspreche dir, dass ich dich während der Führung nicht anfassen werde. Ich gebe dir mein Wort", sagte er, „aber wenn du dich weigerst, mir eine Führung zu geben, werde ich dich hier küssen, wo jeder, der vorbeikommt, uns sehen kann. Ist es das, was du willst?"

Schockiert starrte sie ihn an.

„Ja, das habe ich mir schon gedacht", sagte er mit einem selbstbewussten Grinsen.

Sie wusste, dass sie keine Wahl hatte. Er würde sie küssen, wenn sie sich weigerte. Wenn sie ihm das Anwesen zeigte, würde er sie zumindest nicht anfassen. Das glaubte sie ihm. Er war ein Mann von Ehre, wenn man den Moment außer Acht ließ, in dem sie beide heute früh wie hormongesteuerte Highschool-Kids den Verstand verloren hatten.

„Okay."

Jude trat beiseite und erlaubte ihr, den Lagerraum zu verlassen. Sie sah sich schnell um, ob jemand in der Nähe war, der den Austausch gehört oder gesehen haben könnte, aber sie sah und hörte niemanden. Sie war dafür dankbar, denn sie wollte Flora oder sonst jemandem nicht erklären müssen, warum sie sich privat mit dem Alpha unterhalten hatte.

Sie sagte nichts, bis sie draußen waren und die Hintertür sich hinter ihnen geschlossen hatte.

„Hier entlang", sagte sie und zeigte auf einen Weg, der an den Garagen vorbei führte. Sie sah Heath, der das Innere eines der SUVs staubsaugte, aber er sah oder hörte sie nicht, als sie an der Garage vorbeigingen.

„In dieser Garage stehen sechs Autos, und in der Auffahrt vorne ist Platz für einige andere", begann sie.

„Wie lange wohnst du schon hier?"

Judes Frage kam unerwartet, fast so, als hätte er ihre Erklärung über die Autos gar nicht gehört.

„Ich dachte, du wolltest eine Führung durch das Anwesen", lenkte sie ab.

„Die du mir ja gerade gibst. Danke. Das heißt aber nicht, dass wir nicht reden können, während du mir alles zeigst."

Sie spürte seinen Blick auf sich. Er hatte natürlich recht, aber warum musste er sie nach ihrem Privatleben fragen? Das war etwas, das sie für sich behielt. Je weniger jemand über ihre Vergangenheit wusste, desto sicherer war sie.

„Danielle, sprich mit mir."

Als er plötzlich stehen blieb und sich zu ihr umdrehte, streckte er seine Hand aus, als wollte er sie berühren. Sie machte einen Schritt zurück.

„Okay. Wir reden. Ich bin vor sechs Jahren zu den Gallaghers gezogen."

Als sie weitergingen, fragte Jude: „Wo warst du vorher?"

Sie zuckte mit den Schultern. Es war am besten, ihre Antworten vage zu halten.

„Hier und da. Meine Mutter und ich sind viel umgezogen. Nachdem sie starb, bin ich zu den Gallaghers gezogen."

„Mein Beileid."

„Danke."

„Es ist ungewöhnlich, dass Werwölfe so oft umziehen. War deine Mutter nicht Mitglied eines Rudels?"

„Sie wurde aus ihrem Rudel verstoßen."

Danielle kannte nicht die ganze Geschichte, aber sie hatte ihrer Mutter im Laufe der Jahre Fragen gestellt und ein paar Erklärungen zu ihren Umständen bekommen; den Rest hatte sie sich selbst zusammengereimt.

„Das tut mir leid. Was ist passiert?"

„Sie wurde mit mir schwanger. Aber sie war mit niemandem aus dem Rudel gepaart. Sie hatte sich in einen Werwolf verliebt, den sie woanders kennengelernt hatte, aber ich schätze, er wollte sie nicht ... oder mich. Ich vermute, er war bereits gepaart." Sie zuckte mit den Schultern. „Als sie nicht verriet, wer mein Vater war, verbannten sie sie, und so musste sie sich alleine durchschlagen."

„Das muss für sie und für dich schrecklich gewesen sein." Judes Stimme hatte einen sanften Ton angenommen.

„Ich kannte es nicht anders. Ich war zwölf, bevor ich überhaupt begriff, dass meine Mutter und ich Werwölfe waren. Sie brachte mir alles bei, was ich über das Werwolf-Leben wissen musste. Ein paar Jahre später heiratete sie einen Menschen, aber Carl war Alkoholiker. Ich konnte ihn nicht ausstehen. Wenn er betrunken war, wurde er gewalttätig. Aggressiv.“

„Hat er dir und deiner Mutter wehgetan?“

„Er hat es versucht. Aber wir waren stärker. Mama hat ihn schließlich verlassen, und wir haben ein Rudel gefunden, das uns aufgenommen hat.“

Mehr wollte sie zu diesem Thema nicht sagen.

„Das klingt tragisch, so viel Leid durchmachen zu müssen. Das Rudel, dem du und deine Mutter damals beigetreten seid, war also nicht das Gallagher-Rudel?“

Sie schüttelte den Kopf. „Nein. Ich bin dem Gallagher-Rudel beigetreten, nachdem meine Mutter gestorben war.“

„Warum bist du nicht bei dem anderen Rudel geblieben?“

Danielle zögerte. „Sie ...“ Sie atmete zitternd aus.

„Lass mich raten ... Sie haben arrangiert, dass du dich mit einem ihrer Rudelmitglieder paaren solltest.“

Sie blieb stehen und starrte ihn an. „Woher weißt du das?“

„Das ist nicht ungewöhnlich“, erklärte er. „Weibliche Rudelmitglieder ohne familiäre Bindungen werden oft mit einem anderen Rudelmitglied gepaart, um sie an das Rudel zu binden. Das ist gängige Praxis. Aber da du nicht in einem Rudel aufgewachsen bist, kennst du wahrscheinlich nicht alle Regeln, nach denen unsere Gemeinschaft lebt.“

„Ich habe ziemlich schnell gelernt“, antwortete sie, ohne die Bitterkeit ihrer Erfahrung aus ihrer Stimme heraushalten zu können.

„Du mochtest den Mann nicht, den sie für dich ausgewählt hatten?“

„Ob ich ihn nicht mochte? Das ist noch milde ausgedrückt. Er war gewalttätig und missbräuchlich. Ich wollte nicht denselben Fehler wie meine Mutter machen. Es wäre schlimmer gewesen als das, was meine Mutter mit Carl durchgemacht hatte. Einen Menschen kann ich abwehren, aber keinen Werwolf ...“ Sie schüttelte den Kopf. „Ich wusste, dass er mich eines Tages umbringen würde.“

Jude nickte langsam. „Du hast das Richtige getan, indem du

gegangen bist. Ich bin froh, dass du hier einen sicheren Ort gefunden hast. Sind die Gallaghers gut zu dir?"

Danielle machte Anstalten, weiterzugehen, bevor sie wieder sprach. „Ich habe ein Dach über dem Kopf, und niemand zwingt mich zu einer Beziehung, die ich nicht will."

Sie wollte ihm nicht sagen, dass sie gehofft hatte, William Gallagher würde sein Versprechen einhalten, ihr einen anständigen Job zu geben, damit sie ein bisschen unabhängiger vom Rudel sein könnte. Oder dass sie es hasste, eine Hausangestellte zu sein, wo sie doch wusste, dass sie zu so viel mehr fähig war. Das war jetzt, wo William weg war, sowieso egal.

Sie hatten das erste von drei Häuschen auf dem Grundstück erreicht. In diesem hatte sie bis vor drei Monaten gewohnt.

„Was ist hier passiert? Es sieht aus, als hätte es einen Brand gegeben." Jude ging näher an das kleine Gebäude heran.

„Eine Gasexplosion."

„War jemand drinnen, als das passiert ist?"

„Ja, ich."

* * *

Jude wirbelte zu Danielle herum, während ihm ein Schauer über den Rücken lief. Der Gedanke, dass Danielle bei einer Gasexplosion hätte sterben können, bevor er sie überhaupt kennengelernt hatte, jagte ihm einen Schrecken ein. Sein Herz fing an zu rasen, und sein Atem wurde unregelmäßig. Er fuhr sich mit zitternder Hand durch sein dunkles Haar und versuchte, sich wieder zu beruhigen.

„Erzähl mir, wie es passiert ist."

„Es war mitten in der Nacht. Ich habe geschlafen." Sie zeigte auf eines der Zimmer, dessen Fenster zerbrochen waren. „Das war mein Schlafzimmer. Ich habe etwas gehört, vielleicht ein Auto von der Autobahn oder einen Kojoten. Ich weiß es wirklich nicht. Aber ich bin aufgewacht. Da habe ich das Gas gerochen. Ich bin ins Wohnzimmer gerannt und konnte hören, dass Gas aus dem alten Kamin austrat. Also habe ich versucht, das Gas abzudrehen. Aber das ging nicht."

„Warum nicht?"

„Der Schlüssel war weg. Du weißt schon, einer dieser sieben oder acht Zentimeter langen Eisenschlüssel, die man in ein Loch in der Wand steckt, um das Gas an- oder auszudrehen? Er war weg."

Er konnte die Panik in ihrer Stimme hören, als würde sie den Vorfall noch einmal durchleben.

„Ich rannte in die Küche, weil das der schnellste Weg aus dem Cottage war, und als ich hindurchrannte, sah ich, dass einer der Gasbrenner auf dem Herd an war. Ich hatte an jenem Abend nicht gekocht, weil ich im Haupthaus gegessen hatte. Ich habe keine Ahnung, warum er an war." Sie schüttelte den Kopf. „Es war nur eine Frage der Zeit, bis das Gas die Küche erreichen und sich entzünden würde ..."

Sie holte tief Luft. „Ich hatte keine Zeit, die Flamme zu löschen. Ich bin einfach gerannt. Die Tür klemmte, weißt du, so wie es passiert, wenn das Holz sich ausdehnt, wenn es draußen feucht ist? Ich hätte sie fast nicht aufbekommen. Gerade als ich es geschafft hatte, entzündete sich das Gas und ich wurde aus dem Gebäude geschleudert. Wenn ich nicht aufgewacht wäre ..."

Er legte seine Hände auf ihre Schultern und versuchte, sie zu sich zu ziehen, um sie zu trösten, aber sie stieß ihn zurück.

„Nein! Du hast gesagt, du würdest mich nicht anfassen." Ihre Augen weiteten sich, als hätte sie Angst vor ihm.

„Es tut mir leid, ich wollte nicht ..." Er wich zurück und fluchte dann: „Verdammt! Ich weiß, was ich dir versprochen habe. Aber der Gedanke, dass du bei dieser Explosion hättest sterben können ... Das macht etwas mit mir ... Ich möchte dich beschützen ..."

Sie schüttelte den Kopf. „Du darfst mich nicht anfassen."

„Obwohl wir beide wissen, was wir füreinander empfinden? Du fühlst es doch auch, oder? Wir fühlen uns zueinander hingezogen."

„Das ist nichts."

„Sei bitte ehrlich zu mir. Du empfindest es auch."

Er starrte in ihre eisblauen Augen, fixierte sie und zwang sie, ihm eine Antwort zu geben. Und nicht irgendeine Antwort, sondern die Antwort, die er hören wollte.

„Es ist egal, was ich empfinde", beharrte sie. „Denn ich kann nicht danach handeln. Ich werde den Fehler meiner Mutter nicht wiederholen. Sie wurde von dem Mann schwanger, von dem sie dachte, er würde ihr gehören. Und schau, wo das hingeführt hat. Am Ende war sie allein. Das werde ich nicht tun. Ich werde diesen Fehler nicht wiederholen."

Er bemerkte, wie sie ihre Hände zu Fäusten ballte, ihren Kiefer anspannte und ihre Brust sich hob und senkte. Sie war aufgebracht, aber da war noch etwas anderes: Sie versuchte, ihre Gefühle zu unterdrücken, ihren inneren Wolf zum Schweigen zu bringen und nicht zuzugeben, was sie beide wussten.

„Danielle, ich habe es gespürt, als wir uns geküsst haben. Ich habe dich gespürt."

„Ich hätte dir niemals erlauben dürfen, mich zu küssen. Ich hätte es sofort unterbinden sollen."

„Bitte leugne es nicht: Wir sind füreinander bestimmt."

„Du bist kein freier Mann! Das hast du selbst gesagt! Du hast es gestern Abend verkündet: Du wirst dich mit Eve paaren. Das ist deine Pflicht."

Er wusste, was er in der vergangenen Nacht gesagt hatte. Er musste nicht daran erinnert werden, denn im Moment wünschte er sich, er könnte die Zeit zurückdrehen und es ungeschehen machen.

„Aber wenn ich frei wäre, würdest du mich dann wollen?"

Danielle wandte ihren Blick ab und schüttelte den Kopf.

„Du bist nicht frei."

„Beantworte die verdammte Frage", schnauzte er sie an. „Würdest du mich haben wollen, wenn ich frei wäre?"

Sie hob das Kinn, sah ihn direkt an und straffte die Schultern, als würde sie sich auf einen Kampf vorbereiten, den sie unmöglich gewinnen konnte.

„Nein. Ich will dich nicht. Der Kuss war ein Fehler. Du liegst falsch. Ich bin nicht dazu bestimmt, deine Partnerin zu sein. Wahrscheinlich hast du nur kalte Füße, weil du dich mit Eve paaren musst. Seien wir doch ehrlich, sie ist nicht gerade die herzlichste Person. Ich bin mir sicher, sobald du sie in deinem Bett hast, wirst du anders darüber denken und erkennen, dass du in mir im Moment nur einen Ausweg siehst."

Er ließ sie reden, ließ sie sagen, was sie sagen wollte, aber tief in seinem Inneren wusste er, dass sie log. Sie log, um es für sie beide einfacher zu machen. Aber wollte er den einfachen Ausweg? Oder war er bereit für den härtesten Kampf seines Lebens?

„Jetzt entschuldige mich bitte. Ich muss mich um meine Aufgaben kümmern, sonst wird Flora sauer auf mich."

Er sagte nichts und sah ihr nur nach, wie sie zurück zum Haus marschierte. Das war noch nicht vorbei. Bei Weitem nicht. Aber er musste einen kühlen Kopf bewahren und überlegen, wie es weitergehen sollte.

18

Eve knallte die Fahrertür ihres Audis zu, ohne darauf zu warten, dass Ransom aus dem Auto stieg. Die Sonne war gerade untergegangen, und sie waren endlich wieder zu Hause. Normalerweise war sie gut gelaunt, wenn sie den größten Teil des Tages auf dem Pferdegut, das sie für die Familie leitete, verbrachte. Die Arbeit mit den Pferden entspannte sie, und mit ihrem Lieblingspferd Blue auszureiten machte sie glücklich.

Aber mit Ransom im Schlepptau war die Stimmung getrübt. Allein schon mit ihm im selben Auto zu sitzen, während er versuchte, ein Gespräch anzufangen, und dabei so viel Platz einnahm, gab ihr das Gefühl, eine eingesperrte Tigerin zu sein. Sie hatte gedacht, dass sie sich weniger beengt fühlen würde, sobald sie draußen auf dem Anwesen waren, aber er klebte wie Toilettenpapier an ihren Fersen.

Seine endlosen Fragen trugen nicht gerade dazu bei, ihre Stimmung zu heben. Im Gegenteil, sie fühlte sich, als wäre sie in einem Verhörraum der Polizei gelandet. Sogar die Pferde reagierten heute anders; sie spürten ihre Stimmung und waren nervös und schreckhaft, als sie sie besuchte. Vor allem Blue war unruhig, und sie versuchte gar nicht erst, ihn zu satteln, da sie wusste, dass er sie oder andere Personen in seiner Nähe wahrscheinlich treten würde.

Wie hatte sich ihr Leben in so kurzer Zeit so schnell verändert? Sie spürte den Verlust ihrer Privatsphäre, ihrer Sicherheit und ihrer Unabhängigkeit und fühlte sich in ihrer eigenen Haut nicht wohl. Sie war erleichtert, als es Zeit war, nach Hause zu fahren, nur um Ransoms Gesellschaft loszuwerden. Es ärgerte sie immer noch, wie er sie am Abend zuvor behandelt hatte, wie er ihr nur Halbwahrheiten darüber erzählt hatte, durch wessen Hand ihr Bruder wirklich gestorben war. Er hatte sie glauben lassen, dass die Vampire Cameron getötet hatten, obwohl es Jude gewesen war, der neue Alpha und der Mann, mit dem sie sich paaren sollte. Vielleicht war sie deshalb so sauer. Trotz all der Fehler ihres Vaters hätte er sie nie zu einer Verbindung gezwungen, die sie ablehnte. Das hätte er sich nicht getraut. Sie hatte immer erwartet, aus Liebe zu heiraten. Doch das würde sie nicht tun. Sie würde heiraten müssen, nur um dieses Rudel zusammenzuhalten, oder schlimmer noch, um diesem Eindringling zu helfen, seine Macht als Alpha zu behalten.

„Danke fürs Mitnehmen", rief Ransom ihr hinterher, aber sie ignorierte ihn und marschierte ins Haus.

Es herrschte geschäftiges Treiben wie in einem Bienenstock. Die Rudelmitglieder, die nicht auf dem Anwesen lebten, sondern für verschiedene Unternehmen der Gallaghers arbeiteten, trafen nach und nach ein, um an der Eideszeremonie am Abend teilzunehmen – ein weiteres Zeichen, wie sehr sich ihr Leben veränderte. Sie spürte, wie ihr Herz wie wild schlug. Sie musste wieder ihr Gleichgewicht finden, zur Ruhe kommen, aber wie sollte ihr das gelingen bei all dem Trubel?

Sie ging nach oben. Im Flur wäre sie fast mit Flora zusammengestoßen, die aus ihrem Zimmer kam.

„Eve, du siehst müde aus", sagte Flora mit einem freundlichen Lächeln. „Wie war dein Tag?"

Ohne ein Wort zu sagen, legte sie ihre Arme um ihre Tante. „Oh, Flora, ich weiß nicht, ob ich das schaffen kann."

„Was meinst du? Die Eideszeremonie?"

„Nein. Mich mit ihm zu paaren." Sie konnte im Moment nicht einmal seinen Namen aussprechen.

„Aber du musst es tun. Zu deinem eigenen Wohl."

Eve schüttelte den Kopf; Tränen stiegen ihr in die Augen. „Zu meinem eigenen Wohl? Ich habe doch nichts davon."

Flora strich ihr mit der Hand über das Haar und streichelte sie sanft, wie sie es schon so oft getan hatte, seit ihre Mutter gestorben war. Wenn ihre Tante nicht für sie da gewesen wäre, wüsste sie nicht, wie sie mit dem überwältigenden Verlust und der Trauer fertig geworden wäre. Und mit den Schuldgefühlen. Denn sie war für den Tod ihrer Mutter verantwortlich.

„Doch, das tust du", beharrte Flora. „Vielleicht liebst du ihn nicht. Es könnte sogar lange dauern, bis du Gefühle für ihn entwickelst, aber darum geht es jetzt nicht. Du musst dich mit ihm paaren, damit du Macht hast. Ohne ihn hast du keine."

„Es ist alles Camerons Schuld. Wenn er nicht ..."

„Es bringt dir nichts, die Vergangenheit wieder aufzuwärmen", unterbrach Flora sie. „Was geschehen ist, ist geschehen. Du musst das Beste daraus machen. Und du solltest es nicht hinauszögern."

„Was meinst du damit?"

„Jude hat gesagt, dass er dir ausreichend Zeit zum Trauern geben wird, aber ich glaube, es wäre ein Fehler, ihn warten zu lassen. Du willst doch nicht, dass er seine Meinung ändert, oder? Es gibt viele andere alleinstehende Frauen im Rudel. Und sie werden alle heute Abend hier sein. Du willst doch nicht, dass er jemanden trifft, den er mehr mag als dich."

„Er sieht nicht so aus, als würde er mich mögen."

„Das mag schon sein. Deshalb musst du den ersten Schritt machen. Warte nicht zu lange. Männer sind unbeständig. Die Männer unserer Art haben stärkere Triebe als Menschen. Das wissen wir beide. Du kannst nicht riskieren, dass er diese Triebe mit jemand anderem befriedigt. Das würde nur deine zukünftige Position untergraben."

Ihre Tante hatte wahrscheinlich recht. Aber das machte es nicht einfacher, ihren Vorschlag umzusetzen. Sie brauchte ein paar Tage, um darüber nachzudenken. Eine solche Entscheidung konnte man nicht einfach so aus dem Stegreif treffen.

19

Das Wohnzimmer war voll mit Leuten, so vielen, dass die Schiebetüren zum großen Esszimmer geöffnet worden waren, damit alle Platz fanden. Die Sonne war schon lange untergegangen, und das Wohn- und Esszimmer wurden von alten Kron- und Wandleuchtern, die Schatten an der Decke tanzen ließen, hell erleuchtet. Im großen Kamin brannte ein Feuer, eher für die Atmosphäre als zur Erwärmung, da die Körperwärme Dutzender Werwölfe ausreichte, um den Raum in eine Sauna zu verwandeln.

Normalerweise fand zuerst die Vereidigungszeremonie statt, gefolgt von Essen und Trinken, aber da die Rudelmitglieder ihn und seine Leute nicht wirklich kannten, hatte Jude beschlossen, sich zuerst bei einem Drink unter sie zu mischen, bevor er sie dazu brachte, ihm und der Allianz der Werwölfe einen Eid zu schwören. Genau wie die Mitglieder seines Teams ging Jude durch den Raum und stellte sich denen vor, die er noch nicht kannte. Er schüttelte vielen von ihnen die Hand und kam mit ihnen ins Gespräch, um ein Gefühl dafür zu bekommen, wer sie waren und welcher Tätigkeit sie innerhalb des Rudels nachgingen. Die meisten arbeiteten in einem der Gallagher-Unternehmen, oft in Führungspositionen, und beaufsichtigten menschliche Arbeiter im Weingut, im Pferdegut, in der Reederei und in den Kautionsbüros in der Bay Area.

Sein Eindruck von ihnen war, dass es anständige Männer und Frauen waren, die ihrem Rudel treu ergeben und mit ihren Lebensumständen zufrieden waren. Obwohl sie inzwischen alle wussten, dass ihr Alpha abgesetzt worden war und vor der Allianz der Werwölfe vor Gericht stehen würde, schienen sie sich keine allzu großen Sorgen über den Machtwechsel zu machen. In ihren Augen würde sich für sie nichts wirklich ändern. Anders war es für die Familie des abgesetzten Alphas. Und vielleicht auch für die Rudelmitglieder, die auf dem Anwesen lebten und arbeiteten.

Jude sah, wie Heath sich ein Bier holte und einen Schluck nahm, und ging auf ihn zu.

„Heath", sagte er und streckte ihm die Hand entgegen. „Wir hatten noch keine Gelegenheit, uns zu unterhalten."

Heath schüttelte seine Hand. „Das ist okay. Du bist ein vielbeschäftigter Mann."

„Nun, jetzt habe ich Zeit. Erzähl mir, was du auf dem Anwesen machst."

„Ich bin für die Autos und alle schweren Maschinen zuständig, die auf dem Anwesen benutzt werden. Bald muss ich anfangen, Äste von den Stromleitungen wegzuschneiden. Die Brandgefahr ist hier immer hoch. Wir hatten diesen Winter nicht viel Regen. Alles ist knochentrocken. Deshalb müssen wir sicherstellen, dass um das Haus und die Garagen herum genügend Schutzraum vorhanden ist. Chase hilft mir dabei."

„Das muss eine Menge Arbeit sein, die Vegetation rund um das Haus zu entfernen", antwortete Jude. „Ich kann mir nicht vorstellen, dass zwei Leute das alleine schaffen."

Heath zuckte mit den Schultern. „Wir schaffen das schon."

„Ich kann dir noch jemanden dafür zur Seite stellen, wenn du willst."

„Ich beschwere mich nicht."

„Das habe ich auch nicht behauptet, aber du hast viel zu tun. Ich habe gesehen, wie du dich heute Morgen um die Autos gekümmert hast."

„Die Autos machen nicht so viel Arbeit. Ich sorge dafür, dass sie gut laufen, und repariere, was repariert werden muss. Am wichtigsten ist eine gute Wartung."

„Wie viele Autos gibt es auf dem Grundstück?"

„Ein Dutzend. Aber Violet hilft mir, wenn ich viel zu tun habe."

„Violet? Du meinst, sie putzt sie, wenn du keine Zeit hast?"

„Sie repariert sie, wenn es um Sachen wie platte Reifen, Zahnriemen oder verstopfte Kraftstoffpumpen geht. So was in der Art."

„Ich wusste gar nicht, dass Violet sich damit auskennt." Das war eine ziemliche Überraschung. Er hätte nicht gedacht, dass sie sich nicht nur mit Finanzen und Buchhaltung, sondern auch mit Autos auskannte.

„Oh, sie ist eine Tüftlerin", sagte Heath mit einem Lächeln.

„Sie ist vielseitig talentiert", mischte Flora sich plötzlich in ihr Gespräch ein.

„Ich bin beeindruckt", antwortete Jude auf Floras Worte. „Wie hat sie das alles gelernt?"

Flora lächelte. „George, mein verstorbener Mann, hat es ihr beigebracht. Er war ein praktischer Mann, der gerne mit seinen Händen arbeitete. Ganz anders als William."

„Wie lange ist es her, dass dein Mann verstorben ist?", fragte Jude höflich. Wenn er Flora auf seine Seite ziehen wollte, musste er Interesse an ihrem Leben und ihrer Position im Rudel zeigen.

„Fast acht Jahre. Es kommt mir vor wie gestern." Sie seufzte und fuhr dann fort: „Die Jungs vermissen ihn am meisten. Aber das Leben geht weiter, nicht wahr? Zumindest habe ich sie und Violet. Sie ist zu einer so tüchtigen jungen Frau geworden."

„Du musst sehr stolz auf sie sein."

„Violet ist so ein Schatz. So klug und so warmherzig. Jeder Mann wäre glücklich, mit ihr zusammen zu sein. Aber ich will das Beste für sie. Sie hat es verdient. Sie wird eine wunderbare Partnerin für jeden Alpha sein, den sie ins Visier nimmt."

Es schien, als hätte Flora große Ambitionen für ihre Tochter. Egal wie er auf ihre Aussage reagieren würde, würde es ihn in schwieriges Fahrwasser bringen. Meinte sie damit, dass sie ihm Violet anstelle von Eve als Partnerin anbieten würde? Oder war ihre Bemerkung einfach nur die Aussage einer stolzen Mutter, die das Beste für ihre Tochter wollte? In jedem Fall war es am besten, das Thema zu wechseln.

„Flora, Heath, entschuldigt mich bitte, ich glaube, es ist Zeit, mit der Eideszeremonie zu beginnen."

Mit einem kurzen Nicken drehte er sich um und ging zum Kamin, wo Wendell zuvor ein kleines Podest aufgestellt hatte, damit alle im Raum ihn sehen konnten. Jude stieg auf das Podest und sah sich die Menge an. Sein Blick wanderte durch den Raum, bis er schließlich Danielle entdeckte. Sie stand hinten neben Priscilla, und die beiden unterhielten sich. Da sie gerade nicht in seine Richtung schaute, erlaubte er sich einen Moment lang, sie zu beobachten, und spürte plötzlich ein Ziehen in seiner Magengrube und ein Verlangen in seinen Lenden.

Er hatte in der Vergangenheit mit vielen Frauen geschlafen, um seinen gesteigerten Sexualtrieb zu befriedigen, den jeder Werwolf hatte und von dem jeder Mensch nur träumen konnte. Aber trotz seiner sexuellen Erfahrung fühlte er sich wie ein unkontrollierter, geiler Teenager, wenn er Danielle ansah. Er konnte sein Verlangen kaum zügeln. Eines Tages würde er sich nicht mehr zurückhalten können und etwas Dummes tun, etwas, das sie beide bereuen würden. Nun, vielleicht nicht bereuen, aber teuer bezahlen.

Er verdrängte diese Gedanken und riss seinen Blick von Danielles verführerischem Anblick los. Mehrere Leute hatten bereits gesehen, dass er auf das Podest getreten war, und hatten aufgehört zu reden. Langsam verstummten die Gespräche, und Stille senkte sich über den Raum.

„Danke, dass ihr heute Abend so kurzfristig gekommen seid", begann er. „Ich hatte schon die Gelegenheit, mit einigen von euch zu sprechen, und hoffe, nach der Zeremonie auch mit den anderen reden zu können.“

Er machte eine kurze Pause und sah in die Gesichter, die ihn erwartungsvoll anblickten.

„Wie ihr alle inzwischen wisst, wurde William Gallagher als euer Alpha abgesetzt und muss sich wegen Beihilfe zum Mord und Gefährdung aller Werwölfe verantworten, da er unsere Existenz möglicherweise den menschlichen Strafverfolgungsbehörden offenbart hat. Die Allianz der Werwölfe, die mich und mein Team geschickt hat, um die Ordnung in diesem Rudel wiederherzustellen, nimmt dieses Verhalten sehr ernst.“

Die meisten Anwesenden wirkten ruhig und unbeeindruckt. Die Gallaghers teilten die Gelassenheit der anderen Rudelmitglieder nicht. Ihre Mienen waren angespannt und reichten von regelrecht wütend – Byron natürlich – bis zu unentschieden. Floras Gesichtsausdruck war nicht zu deuten, aber das hatte er auch nicht anders erwartet. Sie war eine Frau mit eisernem Willen und einer emotionalen Stärke, wie sie nur eine Mutter von eigensinnigen Söhnen aufbringen konnte.

Eve sah leicht gerötet aus. Ob das daran lag, dass sie den Tag auf dem Pferdegut verbracht hatte oder weil sie mehrere Gläser Alkohol getrunken hatte, konnte er nicht sagen. Vielleicht war es auch nur die Hitze im Raum, die ihre Wangen rosig färbte. Jedenfalls war sie zwar schön und ihre Hose und ihr Oberteil betonten ihre verführerische Figur optimal, aber in ihm regte sich nichts. Er konnte nicht anders, als sie sofort mit Danielle zu vergleichen. Für einen Außenstehenden war zweifellos offensichtlich, dass Eve körperlich schöner war als Danielle, deren Mädchen-von-nebenan-Aussehen sie gewöhnlich erscheinen ließ. Doch Eves Model-Aussehen konnte nicht annähernd mit dem Feuer mithalten, das in Danielles Augen zu glühen schien. Konnte nur er das sehen? Das musste wohl so sein, denn sonst wäre Danielle von jedem einzelnen Werwolf im Raum umlagert worden, der um ihre Aufmerksamkeit und die Chance, sich mit ihr zu paaren, buhlte.

Verdammt! Er musste diese Gedanken unterdrücken und sich auf die anstehende Aufgabe konzentrieren.

„Die Allianz der Werwölfe hat mich zu eurem neuen Alpha gewählt. Meine Aufgabe ist es, dieses Rudel zum Wohle von euch allen zu führen, euch zu beschützen, dafür zu sorgen, dass dieses Rudel weiter gedeiht, und euch mit gutem Beispiel voranzugehen, um uns alle vor der Entdeckung durch Menschen zu schützen. Bei dieser Aufgabe brauche ich die Unterstützung von euch allen. Ein Alpha allein kann ohne die Unterstützung seines Rudels nicht erfolgreich sein. Ihr alle seid dieses Rudel, und ich brauche jeden Einzelnen von euch, damit ich zum Wohle aller erfolgreich sein kann. Deshalb frage ich euch jetzt: Gibt es einen Grund, warum ihr mich nicht unterstützen und mir nicht so treu sein könnt, wie ihr meinem Vorgänger treu gewesen seid? Niemand wird euch dafür bestrafen, dass ihr euch äußert. Ich werde eure Entscheidung respektieren und euch die Zeit geben, die ihr braucht, um ohne Angst vor Verfolgung zu gehen. Sprecht jetzt."

Jude ließ seinen Blick über die Menge schweifen und wartete. Einige Sekunden vergingen. Nur das Atmen und das Knistern des Holzes im Kamin erfüllten den großen Raum. Niemand sagte ein Wort.

„Gut. Ich freue mich, dass ihr bereit seid, den Eid abzulegen."

Er warf einen Blick auf die Mitglieder seines Teams und nickte.

„Sprecht mir nach", begann Jude. „In nomine Lupinotuum Societatem ..."

Die Menge begann, seine Worte zu wiederholen, wobei sein eigenes Team sie dabei unterstützte, die lateinischen Wörter auszusprechen.

Wie ein Gesang rezitierten die Rudelmitglieder den Eid Wort für Wort, angeführt von Wendell und den anderen aus seinem Team, und schlossen schließlich mit einem letzten Satz auf Englisch.

„Wir geloben dir, unserem Alpha, Jude Beaumont, treu zu sein."

20

Die Vereidigungszeremonie dauerte nur ein paar Minuten, aber das Essen und Trinken ging bis nach Mitternacht. Im Grunde war das ein gutes Zeichen, weil es so aussah, als hätte das Rudel Jude akzeptiert. Danielle war bei den Feierlichkeiten dabei gewesen, hatte aber darauf geachtet, Jude nicht über den Weg zu laufen, und hatte immer im Auge behalten, wo er sich befand, damit sie sich in einem anderen Teil des Raumes aufhalten konnte. Das war ziemlich anstrengend gewesen. Sie war froh, als die Party endlich vorbei war und sie mit Hilfe von Priscilla den Servierwagen in die Küche rollen und die Reste wegpacken konnte, während Heath und Chase die Flaschen und das Geschirr wegräumten und den Müll entsorgten.

Jetzt stand sie in ihrem Schlafzimmer und schaute hinaus in die Dunkelheit. Der Mond nahm ab, beleuchtete aber immer noch den wolkenlosen Himmel und die Baumspitzen. Es war die perfekte Nacht zu laufen. Sie brauchte das, um die Anspannung loszuwerden, die sich in ihrem Körper aufgebaut hatte, seit Jude sie geküsst hatte. Nur mit ihrem Bademantel und Pantoffeln bekleidet, ging sie die Treppe hinunter, ohne sich die Mühe zu machen, das Licht im Flur anzuschalten. Im Waschraum hängte sie ihren Bademantel an einen

Haken und zog ihre Pantoffeln aus. Sie öffnete die Tür und trat auf eine kleine überdachte Veranda, bevor sie die Tür hinter sich zuzog.

Sie atmete die frische Nachtluft ein und ließ den Wolf in ihr die Kontrolle übernehmen. Innerhalb von Sekunden begannen sich ihre Knochen zu verschieben, zu brechen und neu auszurichten; ihre Haut spannte sich, während dunkelbraunes Fell schnell wuchs und ihren nackten Körper bedeckte. Als sich ihr Körper in den eines Wolfes verwandelte, schärften sich ihre Sinne, ihr Gehör, ihr Geruchssinn und ihr Sehvermögen und nahmen die Eigenschaften eines Wolfes an. Die Verwandlung war nicht mehr schmerzhaft. Sie hatte es so oft gemacht, dass es ihr in Fleisch und Blut übergegangen war, und das anfängliche Unbehagen ließ nach, bevor es die Schmerzsensoren in ihrem Gehirn erreichen konnte.

Sie rannte über den Hinterhof; ihre Pfoten berührten das weiche Gras und machten das Laufen geschmeidig, als würde sie auf einer Wolke schweben. Bald änderte sich die Oberfläche und sie erreichte den Wald hinter der Villa. Sie rannte über Blätter, Zweige und Moos, bahnte sich ihren Weg durch den Wald und ließ sich von der Natur um sie herum leiten und vor Gefahren warnen. Noch nie hatte sie das Laufen als Wolf als so dringend empfunden wie heute Nacht. Sie musste mit sich selbst in Kontakt kommen, um herauszufinden, was sie wirklich wollte und was sie bereit war aufzugeben, um es zu bekommen.

Die Geräusche des Waldes drangen an ihre Ohren und erinnerten sie an die besondere Beziehung, die Wölfe zu ihrer Umgebung hatten. Sie könnte niemals in einer Stadt leben, einem Grab aus Beton, in dem die Natur nicht überleben konnte. Nur hier draußen in der Wildnis fühlte sie sich eins mit der Natur. Nur hier draußen konnte sie zwischen richtig und falsch unterscheiden. Nur im Wald fühlte sie sich wirklich sicher.

Wärme breitete sich von ihrem Herzen bis in ihre Glieder aus. Die dringend benötigte Bewegung gab ihr Trost, und schließlich entspannte sie sich und verlangsamte ihren Lauf, um mehr von der frischen Nachtluft einzuatmen. Mit ihr kam ein Geruch, den sie erkannte. Er war hier. Ganz in ihrer Nähe. Sie konnte ihn riechen, und eine Sekunde später hörte sie das Geräusch seiner Pfoten auf Zweigen und Blättern, als er sich schnell näherte. Als sie ein leises Heulen hörte, kein bedrohliches, sondern ein lockendes, wusste sie, dass er ihren Geruch wahrgenommen hatte.

Ihr Herz pochte in ihrer Brust, ihr animalischer Instinkt verlangte, dass sie seinen Ruf zur Kenntnis nahm. Es war unmöglich, gegen den Drang anzukämpfen, ihn näherkommen zu lassen, ihm zu zeigen, dass sie ihn wollte. In ihrer menschlichen Gestalt hätte ihr erlerntes Verhalten ihr geholfen, Widerstand zu leisten, aber der Wolf kannte kein solches Verhalten. Er wollte nur das, was die Natur und sein Herz verlangten. Sie war läufig und sandte automatisch Pheromone aus, um ihn anzulocken. Und genau wie sie keine Abwehr gegen ihn hatte, wusste sie, dass er sich in derselben Situation befand.

Als sie ihn endlich sah, seine majestätische dunkle Mähne, die sich gegen den Mond und die Sterne abzeichnete, verstärkte sich das Verlangen in ihr und machte ihr körperlich Schmerzen, zu leugnen, was sie brauchte. Es war mehr als sexuelles Verlangen oder Lust; es war etwas Urtümlicheres, etwas, das tief in der Geschichte ihrer Spezies verwurzelt war.

Er näherte sich langsam, aber entschlossen, seine schokoladenbraunen Augen fixierten sie, seine Ohren waren gespitzt, sein dunkles Fell glänzte wie eine Rüstung im Mondlicht. Ein weiteres leises Heulen drang an ihre Ohren und ließ sie völlig stillstehen. Sie wusste, dass die Zeit zur Flucht längst vorbei war. Die Zeit der Kapitulation war gekommen, auch wenn noch nicht entschieden war, wer sich wem ergeben würde. Sie wusste, dass es letztendlich keine Rolle spielen würde, denn es würde zum gleichen Ergebnis führen: zwei Wölfe, die sich ihren Bedürfnissen ergaben. Es war jetzt unvermeidlich. Es war Schicksal.

Noch einen Schritt, und er war direkt vor ihr. Er rieb seine Schnauze an ihrem Hals, und sie lehnte sich an ihn und nahm die zärtliche Liebkosung an. Sie atmete tief ein und nahm seinen Geruch, dessen Aroma sie berauschte und ihr Verlangen nach ihm noch dringlicher machte, in sich auf. Sie bewegte sich leicht, drückte ihre Schnauze gegen seinen Hals und spürte, wie die Weichheit seines Fells sie wie ein Kokon umhüllte. Ohne es bewusst zu tun, begann sie sich zu verwandeln. Ihre Knochen knackten, ihr Fell verschwand, ihr Kiefer zog sich zurück und ihre Zähne verwandelten sich in menschliche Zähne. Innerhalb von Sekunden war sie wieder in ihrem menschlichen Körper, nackt, aber weder verängstigt noch frierend.

Fasziniert beobachtete sie, wie sich der männliche Wolf wieder in Jude verwandelte. Er war jetzt ganz Mann, groß und stark, seine Haut glatt, seine Muskeln definiert. Sein nackter Körper war ein Anblick, dem sie sich nicht entziehen konnte. Sie ließ ihren Blick über ihn wandern, als er nun vor ihr stand. Als ihr Blick auf seinen Schwanz fiel, der vollständig erigiert war, stockte ihr der Atem. Er war wunderschön. Sie hatte noch nie einen Mann gesehen, der so gut bestückt und so perfekt war.

Sie hob den Blick, um seinen zu treffen, und sah das Feuer in seinen Augen, das in seinen Iris glühte. Ohne ein Wort zu sagen, kniete sie sich vor ihn hin, nicht weil er ihr Alpha war oder weil sie sich ihm unterwerfen wollte, sondern weil sie ihn erkunden wollte, jeden Zentimeter von ihm kosten wollte.

Sie legte ihre Hand um seinen Schwanz und hörte, wie er scharf Luft holte, als würde er sich auf das vorbereiten, was ihre Berührung mit ihm machen würde. Für einen Moment hob sie den Blick und sah, dass er sie beobachtete, während seine Augen vor Lust brannten. Sie leckte über die dicke Spitze seiner Erektion und genoss seinen männlichen Geschmack.

„Fuck!"

Bei seinem Fluch schwoll Stolz in ihrer Brust. Es gab ihr ein Gefühl von Macht, zu wissen, dass sie einen Mann wie Jude dazu bringen konnte, die Kontrolle zu verlieren. Es war ein Gefühl, das sie noch nie zuvor erlebt hatte. Eifrig darauf bedacht, ihm Vergnügen zu bereiten, legte sie ihre Lippen um seinen Schwanz und glitt auf ihm hinunter, nahm ihn so weit wie möglich in ihren Mund, während sie seine Wurzel festhielt. Sie spürte, wie er erschauerte.

JUDE SPÜRTE, wie seine Knie kurz nachgaben, und stützte sich mit den Händen auf Danielles Schultern ab, um das Gleichgewicht zu bewahren. Er hatte das nicht erwartet – dass Danielle ihn ohne Vorwarnung lutschte –, obwohl er es hätte wissen müssen. Sie war läufig. Er hatte es schon von Weitem gerochen, als er im Wald gelaufen war, um nach der Vereidigungszeremonie den Kopf frei zu bekommen. Er hatte nicht damit gerechnet, dass sie auch draußen sein würde. Aber als er den verräterischen Geruch einer Werwölfin in der Brunst wahrgenommen und erkannt hatte, dass es Danielle war, hatte er sich nicht zurückhalten können und war ihrer Spur gefolgt.

In dem Moment, als sie sich verwandelte, wusste er, dass sie hier im Wald Liebe machen würden, weit weg von der Gallagher-Villa, weit weg von neugierigen Blicken und lauschenden Ohren. Weit weg von Pflicht und Verantwortung. Aber er hätte nicht gedacht, dass Danielle den ersten Schritt machen würde.

Fuck! Die Art, wie sie seinen Schwanz lutschte, mit ihrer Zunge über seine hypersensible Unterseite leckte und mit ihrer Hand um seine Basis seine Bewegungen kontrollierte, machte ihn wahnsinnig vor Lust. Wenn sie so weitermachte, würde er in weniger als einer Minute kommen und seinen Samen in ihren wunderschönen Mund spritzen, der ihn mit Wärme und Feuchtigkeit umhüllte.

Er war hart gewesen, sobald er ihren Geruch wahrgenommen hatte. Er hatte andere männliche Werwölfe darüber reden hören, wie es war, zu wissen, dass die eigene Partnerin läufig war, was das mit dem Mann anstellte, wie unkontrollierbar es ihn machte, dass er alle Vorsicht in den Wind schlug, alle Gefahren ignorierte und einfach der Frau nachging, die ihm gehörte. Er hatte immer gedacht, dass diese Geschichten reine Übertreibung waren, aber er hatte sich geirrt. Es gab keinen stärkeren Drang, als mit einer Frau in der Brunst zu schlafen. Kein Wunder, dass Werwolf-Paare oft viele Welpen hatten. Das verstand er jetzt.

Danielle lutschte ihn mit solcher Geschicklichkeit und

Leidenschaft, dass er wusste, dass er jeden Moment die Kontrolle verlieren würde. Aber er wollte nicht in ihrem Mund kommen; er wollte kein egoistischer Liebhaber sein. Das würde er sich nie verzeihen.

Mit seinem letzten Körnchen Selbstbeherrschung drückte er ihre Schultern zurück und zog sich aus ihrem Mund.

„Genug!", befahl er mit zittriger Stimme.

Sie sah zu ihm auf, ihre Augen geweitet, ihre Lippen glänzend. Er hatte noch nie einen verlockenderen Anblick gesehen. Er zog sie zu sich hoch und presste seine Lippen wortlos auf ihre. Trotz allem, was sie so gekonnt mit ihm gemacht hatte, schmeckten ihre Lippen nach Unschuld. Während er in ihren Mund eindrang und mit ihrer Zunge tanzte, drückte er sie an seinen Körper; ihre weichen Brüste schmiegten sich an seine harten Muskeln, seine Erektion drückte sich in ihren Bauch. Der Kontakt von Haut auf Haut ließ seinen ganzen Körper vor Erregung kribbeln. Er ließ eine Hand zu ihrem Hintern gleiten, während er mit der anderen ihren Hinterkopf umfasste, um den Kuss zu vertiefen.

Er berauschte sich an ihrem Geschmack, an den sanften Atemzügen, die sie austauschten, während er ihre runden Pobacken streichelte und sie fester an seine Leiste drückte und seinen Schwanz an ihr rieb. Er war immer noch hart wie ein Brecheisen, und er konnte riechen, wie ihre Erregung zunahm. Er ließ kurz ihre Lippen los und hob sie in seine Arme. Vorsichtig legte er sie auf den Boden und achtete darauf, sie an einer Stelle abzulegen, wo Moos und weiche Blätter den kalten, harten Boden bedeckten. Wieder eroberte er ihre Lippen und küsste sie, während er sich zu ihr gesellte, seinen Körper halbwegs über sie gebeugt.

In dieser Position konnte er sie streicheln, während er sie küsste. Als er begann, ihre Brüste zu kneten und ihre Brustwarzen zu streicheln, spürte er, wie sich ihre Atmung veränderte. Ihr Herz begann schneller zu schlagen, während ihr Stöhnen und Seufzen deutlicher wurden. Er ließ eine Hand über ihren Körper gleiten, über ihren Bauch, dann über die Härchen, die ihr Geschlecht bedeckten, bevor er tiefer drang. Als seine Finger auf warmes, feuchtes Fleisch stießen, stöhnte er und ließ von ihren Lippen ab.

Er rutschte ein paar Zentimeter nach unten, leckte über eine Brust und nahm dann eine Brustwarze in den Mund. Danielle stöhnte laut und keuchte, als er mit seinem Finger über ihre Muschi fuhr und etwas von dem Saft aufnahm, der aus ihr tropfte, bevor er wieder höher wanderte. Er fand ihre Klitoris und rieb mit seinem feuchten Finger über das kleine Organ, was ihr ein leises Keuchen entlockte. Erleichtert, dass er die richtige Stelle gefunden hatte, begann er, sie zärtlich zu streicheln und ließ sich dabei Zeit. Es gab keine Eile. Er wollte ihr Vergnügen bereiten und zusehen, wie sie Ekstase erlebte. Schon jetzt sah es so aus, als würde ihr ganzer Körper einen rosigen Farbton annehmen. Jeder Zentimeter ihrer Haut schien zu glühen und fühlte sich heiß an. Es war die Tatsache, dass sie sexuell erregt war, die dafür sorgte, dass ihr hier draußen im Wald nicht kalt war.

Ihre Brüste zu küssen und zu lecken und ihre Muschi mit seinen Fingern zu streicheln, reichte ihm nicht mehr. Er wollte mehr. Er ließ ihre Brustwarze aus seinem Mund gleiten und rutschte weiter an ihrem Körper hinunter. Er drückte ihre Beine auseinander und machte es sich in dem Platz bequem, den er sich geschaffen hatte, bevor er sein Gesicht zu ihrer Muschi senkte. Als er kurz aufblickte, bemerkte er, dass sie ihn beobachtete, ihre Lippen rot, ihre Augen trunken vor Leidenschaft.

„Ich will dich", flüsterte er und senkte seine Lippen auf ihre Muschi, während er ihre weiblichen Schamlippen spreizte, um sie für sich zu öffnen, damit er ihre Spalte lecken konnte.

Er sammelte ihre Säfte auf seiner Zunge und schluckte. Ein Schauer durchlief ihn, und er schloss die Augen, um das Gefühl auf jede Zelle seines Körpers wirken zu lassen. Es fühlte sich an, als würden winzige Feuerwerke in seinem Körper explodieren und Schockwellen durch ihn hindurchschicken. Er hatte es schon immer geliebt, Frauen zu lecken, aber noch nie hatte er eine solche Intensität erlebt wie jetzt. Ohne zu zögern, leckte und saugte er an Danielles wunderschöner Muschi, abwechselnd zärtlich leckend, dann sein Tempo und seinen Rhythmus ändernd, um sich Danielles Atmung anzupassen. Ihre Klitoris war jetzt geschwollen, und bei jedem Lecken stöhnte sie, ihre Hand jetzt in seinem Haar, sich an ihm festhaltend.

„Jude", rief sie. „Bitte, ich bin fast so weit, ich brauche dich in mir."

Zu jeder anderen Zeit hätte er sich über ihre Worte gefreut und wäre ihrer Aufforderung sofort gefolgt, aber er konnte es nicht. Sie war läufig, und wenn er seinen Schwanz in sie stoßen würde, würde er innerhalb von Sekunden kommen und nicht rechtzeitig herausziehen können, um eine Empfängnis zu verhindern. Das konnte er ihr nicht antun. Er konnte sie nicht in die gleiche Situation bringen, in die Danielles Vater ihre Mutter gebracht hatte. Das war ihr gegenüber nicht fair.

Er wollte aufheulen, wegen der Ungerechtigkeit seiner Situation schreien, aber er tat es nicht. Stattdessen verdrängte er diese Gedanken, schob sein eigenes Verlangen beiseite und konzentrierte sich auf Danielle und das Wenige, das er ihr geben konnte. Eine Nacht voller Lust ohne Konsequenzen.

Mit seiner Zunge malte er enge Kreise um ihre Klitoris, streichelte sie mit schnelleren Bewegungen, während er mit seinem Mittelfinger in sie eindrang und diesen bewegte, als wäre er sein Schwanz. Plötzlich bemerkte er, wie sich ihr Körper versteifte, und einen Moment später spürte er, wie sie unter seiner Berührung zuckte, wie sich ihre inneren Muskeln immer wieder um seinen Finger zusammenzogen.

Danielle atmete tief aus, als sie endlich zur Ruhe kam. Er zog seinen Finger langsam aus ihr heraus, bevor er sich zu ihr hochschob und sich neben sie auf die Seite rollte. Er näherte seinen Kopf ihrem und küsste sie zärtlich.

„Du bist wunderschön", flüsterte er.

Dann nahm er seinen immer noch harten Schwanz in die Hand und fing an, daran zu ziehen.

„Lass mich", sagte Danielle und legte ihre Hand auf seine.

Es gab ein stilles Einverständnis zwischen ihnen. Sie wusste, dass er in ihrem Körper keine Befriedigung finden durfte. Das war zu riskant und völlig unverantwortlich.

Er ließ seinen Schwanz los und erlaubte ihr, ihn in ihre weiche Hand zu nehmen.

„Danke."

Er eroberte erneut ihre Lippen und küsste sie leidenschaftlich, seine Hand auf ihrem Nacken, sein Daumen ihren Hals und ihre Kinnlinie streichelnd. Er ließ sich von seiner Fantasie mitreißen, in der sein Schwanz nicht in ihrer Hand, sondern in ihrer Muschi steckte und er tief und hart und unerbittlich zustieß, um ihnen beiden die Lust zu verschaffen, die sie suchten. Die Befriedigung, die sie brauchten.

Er spürte ihre weiche Haut um sich herum, die Zärtlichkeit und Leidenschaft, mit der sie sich um ihn kümmerte. Er spürte, wie zwischen ihnen Funken sprühten, die die Leidenschaft und das Verlangen zwischen ihnen entfachten. Er konnte das Feuer nicht stoppen, selbst wenn er es gewollt hätte. Sein Körper fühlte sich an, als würde er schweben, als sein Schwanz plötzlich zuckte und Samen aus der Spitze spritzte. Noch ein paar Augenblicke lang stieß er weiter in Danielles einladende Hand und genoss den Moment der vollkommenen Glückseligkeit. In ihren Armen fühlte er sich vollständig und die Welt ergab einen Sinn.

Er wusste nicht, wie lange sie sich so in den Armen lagen. Es könnte eine Sekunde, eine Minute oder eine Stunde gewesen sein. Er hatte kein Zeitgefühl; das einzige Gefühl war das von Hautkontakt mit Danielle, als hätte das Schicksal es so gewollt. Aber das Schicksal war grausam.

„Wir müssen zurück", sagte Danielle mit distanzierter Stimme.

„Ja."

„Das darf nie wieder passieren."

Er antwortete nicht. Er wusste, dass sie recht hatte. Aber das zu akzeptieren bedeutete, es in Stein zu meißeln. Und das konnte er nicht. Er war noch nicht dafür bereit. Und er war sich nicht sicher, ob er jemals dafür bereit sein würde.

21

Jude ging ins Esszimmer, wo ein Frühstücksbuffet aufgebaut war. Den halb leeren Servierplatten und den schmutzigen Tellern auf dem Tisch nach zu urteilen, hatten die meisten Bewohner des Hauses bereits gefrühstückt. Er hatte verschlafen. Das war keine Überraschung. Schließlich hatte er so gut geschlafen wie schon lange nicht mehr. Der Sex mit Danielle draußen im Wald hatte seinen inneren Wolf befriedigt, sodass er sich ein paar Stunden lang wirklich ausruhen und entspannen konnte.

„Da bist du ja", sagte Ransom und schaute von seinem Teller auf.

„Guten Morgen", antwortete Jude, während er sich Eier und Speck auf den Teller lud.

Er nahm seinen vollen Teller, stellte ihn Ransom gegenüber ab und setzte sich. Er schenkte sich eine Tasse starken schwarzen Kaffee ein.

„Ich habe vergessen, dich zu fragen: Wie war dein Tag mit den Pferden gestern?"

Jude schob sich eine Gabel voll Essen in den Mund und kaute. Verdammt, war er hungrig!

„Mit den Pferden kam ich klar. Mit der Gesellschaft?" Ransom verzog das Gesicht. „Nicht so sehr."

„So schlimm kann es doch nicht gewesen sein. Wenigstens musst du dich nicht mit ihr paaren."

Die Worte waren heraus, bevor er sich stoppen konnte. Was zum Teufel war los mit ihm? Normalerweise behielt er seine Gefühle für sich.

Ransom starrte ihn ungläubig an. „Du magst sie also auch nicht, was?"

„Vergiss, was ich gesagt habe. Das ist unwichtig."

Ransom schnaubte sarkastisch. „Ja, ganz bestimmt. Man kann ja nichts gegen ihren Körper einwenden, aber ihr Benehmen? Ja, das kann sie sich sonst wo hinstecken."

„Ransom! Halt die Klappe! Als ich sagte, vergiss es, meinte ich es auch so."

Ransom zuckte mit den Schultern. „Wie du willst. Aber nur ein Ratschlag von Mann zu Mann: Du musst dich nicht immer für die offensichtliche Wahl entscheiden."

„Was soll das jetzt wieder heißen?"

„Eve ist nicht die einzige Gallagher-Frau im gebärfähigen Alter."

„Du meinst also, ich sollte stattdessen Violet nehmen?" Jude schüttelte den Kopf. „Sie ist praktisch noch ein Kind."

„Laut Akte ist sie siebenundzwanzig."

„Womit du meinen Punkt bestätigst: Sie ist viel zu jung. Ich bevorzuge Frauen mit mehr Erfahrung."

Im Allgemeinen stimmte diese Aussage, aber wenn es um Danielle ging, war es ihm egal, wie alt sie war oder wie erfahren oder unerfahren. Letzte Nacht hatte sie ihm gezeigt, dass alles, was er wirklich von einer Frau brauchte, ihre Liebe war. Und obwohl Danielle diese Worte nie ausgesprochen hatte – ebenso wenig wie er –, hatte er sie in ihren Handlungen gespürt.

„Entschuldigt mich bitte."

Jude drehte seinen Kopf zur Tür, durch die Danielle mit einem Tablett mit mehr Speck und Eiern hereinkam. Er starrte sie an, als sie zum Buffet ging.

„Guten Morgen", sagte Ransom fröhlich. „Juhu, noch mehr Speck. Danke, Danielle."

Hatte Danielle sein Gespräch mit Ransom mitgehört? Verdammt, wenn sie seine letzten Worte gehört hatte, würde sie ihn wahrscheinlich für gefühllos halten, obwohl er doch nur wollte, dass Ransom ihn in Ruhe ließ.

„Guten Morgen, Danielle", sagte Jude schließlich und zwang sich, locker zu klingen.

Er konnte es sich nicht leisten, dass Ransom auffiel, wie sehr ihre Gegenwart auf ihn wirkte. Zum Glück hatte er eine große Serviette auf dem Schoß, sodass niemand sehen konnte, dass sein Schwanz anschwoll. Und warum auch nicht? Danielles natürlicher Duft erfüllte das Esszimmer, und mit jedem Atemzug wuchs sein Verlangen nach ihr.

„Guten Morgen euch beiden", sagte Danielle mit ruhiger Stimme, als würde sie nicht merken, was sie mit ihm anstellte.

Sie wandte sich vom Buffet ab, zwei leere Servierplatten in den Händen.

„Wenn ihr noch etwas braucht, lasst es mich bitte wissen."

„Danke, Danielle. Das ist echt nett von dir", sagte Ransom freundlich und lächelte sie an.

Sie lächelte zurück. Verdammt! Flirtete Ransom etwa mit ihr?

„Ja, danke, Danielle", sagte Jude schnell, als sie den Raum verließ.

Als sie wieder allein waren, beugte sich Ransom über den Tisch und zeigte auf die Tür. „*Die* ist nett. Freundlich, keine negative Einstellung, nicht wie die anderen in diesem Haushalt."

„Du solltest lieber nicht vorhaben, dich mit ihr einzulassen", knurrte Jude.

Ransom zuckte mit den Schultern. „Und warum nicht? Es ist ja nicht so, als würde ich etwas Ernstes wollen. Ich meine, wir wissen doch beide, dass ich frei bleiben muss, damit die Allianz mich zu einem anderen Rudel schicken kann, wenn es so weit ist. Es schadet niemandem, wenn ich in der Zwischenzeit ein wenig Spaß habe."

Jude verengte die Augen. Er konnte nicht zulassen, dass Ransom diesen Weg einschlug. „Wenn du Spaß haben willst, solltest du dir eine der Frauen aussuchen, die gestern Abend bei der Vereidigungszeremonie dabei waren. Danielle ist viel zu schüchtern, als dass du mit ihr Spaß im Bett haben könntest. Du kannst eine Bessere finden. Ein gut aussehender Kerl wie du."

Er hoffte, dass das ausreichte, um ihn davon abzuhalten, Danielle nachzustellen.

„Du hast wahrscheinlich recht. Ich habe ein gewisses Niveau, das ich einhalten muss", sagte Ransom mit einem Grinsen.

Genau, wie er gedacht hatte. Ransom würde kein Problem darstellen.

DANIELLE PRESSTE eine Hand auf ihren Mund, um nicht auf das zu reagieren, was sie gehört hatte. Sie hatte die Servierplatten in die Küche zurückgebracht, als ihr auffiel, dass sie vergessen hatte, den Glasdeckel auf die Eier zu legen, damit sie nicht kalt wurden. Nur wenige Schritte von der Tür zum Esszimmer entfernt hatte sie Judes gemeine Worte gehört.

Danielle ist viel zu schüchtern, als dass du mit ihr Spaß im Bett haben könntest. Du kannst eine Bessere finden.

Die Worte taten weh, als hätte er ihr mit einem Dolch ins Herz gestochen. Wie konnte sie nur so dumm sein und nicht erkannt haben, dass Jude sie nur benutzt hatte? Dass er nur wegen Sex hinter ihr her war, während er darauf wartete, sich mit Eve zu paaren. Und dann erzählte er Ransom auch noch, dass sie im Bett keinen Spaß brachte! Hatte Jude ihm vielleicht auch erzählt, dass er mit ihr geschlafen hatte und enttäuscht war? Und offensichtlich hatte er nicht einmal in sie eindringen wollen, weil – Gott bewahre – sie von ihm schwanger werden könnte, und was für eine Katastrophe es für ihn wäre, ein Kind mit ihr zu haben.

Sie hatte ihn total falsch eingeschätzt. Wie dumm, wie naiv sie doch war! Sie hatte ihn als ihren Partner erkannt und angenommen, dass er das Gleiche in ihr erkannt hatte. Doch sie hatte nicht bedacht, dass das Schicksal manchmal grausam sein konnte und Gefühle nicht immer auf Gegenseitigkeit beruhten. Das kam in einigen wenigen Fällen von Schicksalspartnern vor, in denen der Mann oder die Frau den anderen nicht als ihren Partner erkannte und dieses besondere Gefühl der Gewissheit nicht verspürte.

Verdammt!

Jude hatte sie auf grausamste Weise ausgenutzt. Sie war dabei, denselben Fehler zu machen, den ihre Mutter gemacht hatte. Die Geschichte wiederholte sich. Aber sie würde das nicht zulassen. Sie würde nicht wie ihre Mutter enden. Stattdessen würde sie ihr Leben selbst in die Hand nehmen und tun, was sie tun musste.

Danielle drehte sich um und marschierte zurück über den Flur in Richtung Küche.

„Danielle."

Die Stimme erschreckte sie mehr, als sie sollte. Sie holte tief Luft, beruhigte ihr pochendes Herz und drehte den Kopf. „Violet? Brauchst du etwas?"

Violet trug einen hübschen Rock und ein schmeichelhaftes Oberteil, das ihre schlanke Figur betonte. Sie hielt mehrere dicke Aktenordner vor ihre Brust.

„Hast du Jude gesehen? Ich soll ihm die Finanzen präsentieren, aber er ist nicht in Dads Büro ... ich meine, in *seinem* Büro."

„Ja, er ist noch im Esszimmer."

„Danke."

Als Violet zum Esszimmer ging, kehrte Danielle zurück in die Küche und begann, das Geschirr in die Spülmaschine zu räumen. Es war eine monotone Aufgabe, und ihre Gedanken begannen abzuschweifen. Sie musste eine Entscheidung über ihre Zukunft treffen, und zwar schnell.

„Ähm ... Danielle, richtig?"

Bei der zögernden Frage drehte sich Danielle um und sah einen von Judes Männern in der Tür stehen.

„Ja?"

„Ich bin Parker, falls du dich nicht mehr an meinen Namen erinnerst."

Obwohl sie versucht hatte, sich die Namen der Neuankömmlinge zu merken, war es ihr nicht gelungen, den Namen des Mannes zuzuordnen, der mit seinem dunkelblonden, zerzausten Haar, seinem breiten Grinsen und seinem südlichen Akzent wie ein Surfer aussah. Er wirkte weniger intensiv als der Rest des Teams der Allianz der Werwölfe, obwohl er genauso groß und muskulös war wie seine Kollegen – oder vielleicht Freunde. Aus den wenigen Austauschen, die sie beobachtet hatte, ging klar hervor, dass sie sich schon lange kannten und ein eingespieltes Team waren. Das war keine Überraschung. Ein Mann, der einen Alpha entmachtete, um ein Rudel zu übernehmen, brauchte Leute, denen er vertrauen konnte und die ihm den Rücken stärkten.

„Guten Morgen, Parker. Kann ich was für dich tun?"

„Ich wollte dich nur wissen lassen, falls jemand nach mir fragt, dass ich jetzt zum Flughafen fahre, um Austin und Francisco abzuholen. Ihr Flugzeug landet in etwa einer halben Stunde."

„Danke, ich sag den anderen Bescheid."

Er machte einen Schritt in die Küche. „Wo ich sowieso schon unterwegs bin: Soll ich dir was aus dem Laden mitbringen?"

Überrascht, dass er ihr Hilfe im Haushalt anbot, schüttelte sie den Kopf. In den sechs Jahren, die sie schon bei den Gallaghers lebte, hatten Cameron und Byron nie gefragt, ob sie bei irgendetwas helfen könnten. Nur Thaddeus hatte gelegentlich seine Hilfe angeboten, und jedes Mal sah es so aus, als würde er das nur tun, weil er einen Vorwand brauchte, um das Haus zu verlassen.

Danielle lächelte ihn an. „Flora und Priscilla sind gerade bei Costco im Großhandel. Aber danke der Nachfrage."

Parker nickte. „Alles klar. Bis später."

Und wie ein Wirbelwind war er verschwunden und ließ sie mit ihren Gedanken allein zurück.

22

Jude hielt Violet die Tür auf und ging hinter ihr ins Büro des Alphas, bevor er die Tür schloss. Der Raum war vom Boden bis zur Decke mit Holz vertäfelt. Ein alter, schwerer Eichenschreibtisch stand vor den hohen Doppelfenstern mit Blick auf die Wiese hinter dem Herrenhaus. Es gab eine gemütliche Leseecke mit einem alten Ledersessel und einer Ottomane, auf der man die Beine ausstrecken konnte. Familienfotos standen in den Bücherregalen, auf Beistelltischen und sogar auf dem Schreibtisch selbst.

„Ich habe alle Berichte für dich ausgedruckt", begann Violet eifrig und fröhlich.

„Vielen Dank", antwortete Jude. „Wie lange führst du schon die Bücher für die Unternehmen?"

„Seit etwa fünf Jahren. Tante Clarice hat das vor mir gemacht, und ich hab ihr geholfen, aber als sie starb ..." Sie seufzte. „Da habe ich es übernommen, weil sie mich ja ausgebildet hatte, weißt du?"

Jude zeigte auf eines der Fotos, auf dem William mit Flora, einer anderen Frau und einem weiteren Mann zu sehen war. Alle waren mindestens zwanzig Jahre jünger. „Ist das Clarice?"

Violet nickte. „Ja, und das ist mein Vater."

Jude erkannte die Familienähnlichkeit zwischen William und George, bevor er sich Clarice genauer ansah. Sie war auf dem Foto schöner als Flora, obwohl Flora damals definitiv hübsch ausgesehen hatte.

„Sie sehen sehr glücklich aus."

Violet lächelte und nickte. „Und wenn man bedenkt, dass Onkel William mein Vater hätte sein können."

Verwirrt über diese Bemerkung runzelte Jude die Stirn. „Was meinst du damit?"

„Oh, meine Mutter war zuerst mit William zusammen – bevor er Clarice kennenlernte. Er verliebte sich stattdessen in sie und trennte sich von meiner Mutter. Kurz darauf lernte meine Mutter Williams Bruder kennen, meinen Vater. Also ist alles gut ausgegangen."

Das war für ihn eine echte Überraschung. Dieses Detail stand nicht in den Unterlagen, die die Allianz der Werwölfe über das Gallagher-Rudel hatte.

„Interessant", meinte er nachdenklich. „Und deine Tante Clarice. Sie ist vor fünf Jahren gestorben?"

Violet nickte und ihr Gesicht wurde ernst. „Sie war noch so jung. Es war tragisch."

„Jeder Tod ist tragisch."

Sie schaute zur Tür und senkte dann ihre Stimme. „Sie hat sich das Leben genommen. Mit Eisenhut."

Schockiert nahm Jude die Information zur Kenntnis. Eisenhut war eine der wenigen Substanzen, die einen Werwolf effektiv vergiften und innerhalb von Minuten zum Tod führen konnten. Es war leicht zu beschaffen und wuchs höchstwahrscheinlich irgendwo auf dem Anwesen.

„Was ist passiert? Ich meine, es muss einen Grund gegeben haben, warum sie Selbstmord begangen hat."

Violet zuckte mit den Schultern. „Ich weiß nicht, warum. Niemand wollte darüber reden. Onkel William hat sich verschlossen, und Mama hat mir auch nichts gesagt. Ich dachte mir, dass sie vielleicht depressiv war. Nicht, dass ich das gesehen hätte, aber manche Leute verbergen, was wirklich in ihnen vorgeht."

„Hattest du ein gutes Verhältnis zu deiner Tante?"

„Oh ja. Sie war toll. Ich konnte ihr Dinge erzählen, die ich meiner Mutter nicht erzählen konnte, und ..." Sie legte ihre Hand auf den Mund. „Entschuldige, das hätte ich nicht sagen sollen. Bitte erzähl es nicht meiner Mutter. Sie weiß nicht, dass ich mich an Tante Clarice gewandt habe anstatt an sie, wenn ich Rat brauchte."

„Dein Geheimnis ist bei mir sicher."

Er hatte nicht vor, Flora davon zu erzählen. Außerdem war es eine alte Geschichte. Allerdings war es seltsam, dass Clarice sich das Leben genommen hatte. Warum sollte die Partnerin eines mächtigen Alphas ihr Leben beenden, wenn sie scheinbar alles hatte: Liebe, Macht, Familie?

Da Violet gerade sehr gesprächig war, nutzte er die Gelegenheit, um mehr über die Familie zu erfahren.

„Hatten deine Tante und dein Onkel eine gute Ehe?"

„Ich bin mir ziemlich sicher, dass sie das hatten. Ich meine, sie haben sich nicht mehr gestritten als andere Paare. Das ist doch normal, oder? Jedes Paar streitet sich gelegentlich."

Jude nickte, obwohl er nicht ganz zustimmte. Er hatte seine eigenen Eltern nie streiten gesehen oder gehört. Sie waren aufeinander eingespielt, verstanden sich auf einer tieferen Ebene, auf der oberflächliche, unwichtige Dinge keine Rolle spielten. Das war die Art von Beziehung, von der er immer geträumt hatte. Da er jedoch wusste, dass es seine Pflicht war, sich mit Eve zu paaren, konnte er sich nicht vorstellen, eine solche Beziehung mit ihr zu führen. Sie schien der Typ Frau zu sein, der sich über die kleinsten Dinge stritt und nicht locker ließ, bis sie gewonnen hatte.

Er verdrängte diese Gedanken, weil er wusste, dass ihn die Erinnerung an seine bevorstehende Verbindung mit Eve nur in schlechte Laune versetzte.

„Ja, alle Paare streiten sich manchmal. Das ist normal. Aber erzähl mir von deinem Vater. Wann ist er gestorben?"

„Vor acht Jahren. Es fühlt sich an wie gestern und gleichzeitig wie eine Ewigkeit. Ich weiß, das klingt komisch, aber so fühle ich mich. Ich vermisse ihn."

„Ich verstehe das vollkommen. Er muss ein guter Vater gewesen sein. Wie ist er gestorben?"

„Bei einem Hubschrauberabsturz." Violet schniefte. „Tut mir leid."

„Entschuldige dich nicht. Ich hätte diese Erinnerungen nicht wachrufen sollen. Wenn du eine Minute Zeit brauchst, kann ich warten, bevor wir die Berichte durchgehen."

„Nein, nein." Sie legte ihre Ordner auf den Schreibtisch. „Mir geht es gut. Wir können jetzt anfangen."

„Okay." Er deutete auf einen Stuhl vor dem Schreibtisch, damit sie sich setzen konnte, während er hinter den Schreibtisch trat und sich in den bequemen Bürostuhl setzte.

Sie reichte ihm einen Satz Ausdrucke, bevor sie sich setzte. „Die erste Seite ist eine konsolidierte Übersicht über alle Gallagher-Unternehmen."

Jude warf einen Blick auf die Zusammenfassung, die eine Gewinn- und Verlustrechnung sowie eine Bilanz mit allen Vermögenswerten, einschließlich der Liquiditätslage des Unternehmens, enthielt.

„Die Unternehmen scheinen gut zu laufen", meinte er.

„Das tun sie", stimmte sie zu, bevor sie weiter ausführte.

Ihre Stimme klang jetzt anders, ganz geschäftsmäßig, mit einem Tonfall, der zeigte, dass sie stolz auf ihre Arbeit war. Während er ihr zuhörte, wie sie die Zahlen für jedes Unternehmen durchging, wanderten seine Gedanken zurück zu Clarice Gallagher und ihrem frühen Tod. Je mehr er darüber nachdachte, desto mehr beunruhigte ihn das. Hatte sie unter Depressionen gelitten, wie Violet vermutete?

Irgendetwas passte nicht zusammen.

23

————

Danielle kam aus der Waschküche, einen Stapel sauberer Geschirrtücher in der Hand, als sie einen Tumult im Foyer hörte.

„Wir sind wieder da!"

Sie erkannte die Stimme als Austins.

Sie ging zum Eingangsbereich, gerade als Flora aus der Küche kam und die gleiche Richtung einschlug. Sie und Priscilla waren ein paar Minuten zuvor von ihrem Einkauf bei Costco zurückgekommen.

„Endlich", sagte Flora und warf ihr einen Seitenblick zu.

„Ja."

Austin und Francisco stellten ein paar große Taschen am Fuß der Treppe ab. Parker war direkt hinter ihnen und stellte zwei weitere Koffer auf den Boden.

Zur gleichen Zeit hallten schnelle Schritte, die von der Treppe kamen, in der hohen Eingangshalle wider. Danielle blickte auf und sah Eve herunterkommen, wie immer in Reithosen und mit einem lässigen Hemd bekleidet.

Austin und Francisco blieben in der Mitte des Foyers stehen, wo sie von Flora abgefangen wurden, während Parker wieder hinausging, vermutlich um weiteres Gepäck zu holen.

„Habt ihr Neuigkeiten über William?", fragte Flora.

Bevor Austin antworten konnte, setzte Francisco eine kleine Katze auf den Boden. Eve schrie auf, als hätte sie ein Monster angegriffen, und wich zurück, während sich Ekel in ihrem Gesicht breitmachte.

„Ich hasse Katzen! Schafft dieses verdammte Ding hier weg!"

„Das ist kein Ding", sagte Austin ruhig und schüttelte ungläubig den Kopf. „Die Katze gehört Wendell."

„Das ist mir egal! Schaff sie mir aus den Augen!"

Danielle runzelte die Stirn. Sie hatte nicht gewusst, dass Eve Katzen nicht mochte, vielleicht weil noch nie jemand eine Katze auf das Anwesen mitgebracht hatte. Als ihr klar wurde, dass Eves Reaktion schnell eskalieren könnte, legte sie die Handtücher auf eine Anrichte und bückte sich, um einzugreifen.

„Hey, Kätzchen", gurrte sie, und die verängstigte kleine Fellkugel fauchte und streckte ihre Pfote mit ausgefahrenen Krallen als Warnung in ihre Richtung aus. Danielle wich instinktiv zurück.

Schwere Schritte waren aus dem Flur hinter ihr zu hören, begleitet von Wendells Stimme.

„Ihr habt Kitty mitgebracht?"

Er klang begeistert, und noch bevor er sie erreicht hatte, stürmte die kleine Katze auf ihren Besitzer zu.

Danielle stand auf und sah zu, wie das weiße Fellknäuel in Wendells Arme sprang. Die beiden waren ein ziemlicher Kontrast: er, ein massiger schwarzer Mann, und sie, ein winziges weißes Kätzchen, nicht größer als eine kleine Melone. Kitty rieb sich an Wendells Hals und schnurrte zufrieden.

In der Zwischenzeit kam Parker wieder herein, stellte weitere Taschen in der Nähe der Tür ab und schloss die Eingangstür.

„Wie hat sie den Flug überstanden?", fragte Wendell Austin.

Austin deutete mit dem Daumen in Franciscos Richtung. „Frag ihn."

Francisco verdrehte die Augen. „Sie hat mich benutzt, als wäre ich ihr Lieblingskratzbaum. Danach fühlte ich mich irgendwie schmutzig."

Wendell brüllte vor Lachen, und Austin stimmte mit ein.

„Das ist mein Mädchen! Du solltest dich geehrt fühlen, Kumpel, das macht sie nicht mit jedem."

Francisco grinste. „Deine Freundin ist eine kleine Schlampe, denn im Auto hat sie sich an Parker rangemacht."

Parker hob protestierend die Hand. „Frag gar nicht erst. Ich bin nur froh, dass *sie* kein *er* ist."

Danielle lächelte die Katze an. „Sie ist bezaubernd." Sie streckte erneut die Hand aus, aber sofort stieß die Katze einen warnenden Schrei aus, sodass sie wieder zurückwich.

„Nimm es nicht persönlich", entschuldigte sich Wendell schnell. „Sie mag keine Frauen." Er zuckte mit den Schultern. „Konkurrenz um meine Zuneigung, weißt du."

Er zwinkerte ihr zu, und sie war sich nicht sicher, ob er es ernst meinte oder nur scherzte. Wendell war schwer zu deuten. Oberflächlich betrachtet wirkte er wie ein harter Kerl, der sich in jeder Biker-Bar von hier bis Tijuana zuhause fühlte, aber diese Seite von ihm, die zärtliche, die er seiner Katze entgegenbrachte, deutete darauf hin, dass mehr in ihm steckte, als man auf den ersten Blick vermuten würde.

Da ihr keine schlagfertige Antwort auf seine Bemerkung einfiel, nickte sie einfach. Wendell versperrte mit seiner breiten Statur fast den ganzen Flur, während er immer noch sein Haustier knuddelte, und sie wollte ihn nicht stören, also blieb sie stehen, wo sie war.

„Austin, ich habe dich nach William gefragt", sagte Flora jetzt mit festerer Stimme. „Gibt es irgendwelche Neuigkeiten?"

Danielle sah ihn an, ebenfalls neugierig darauf, was über ihren ehemaligen Alpha entschieden worden war.

„Ich habe nicht viel zu berichten", begann Austin.

„Aber du musst doch wissen, was mit meinem Vater passiert", unterbrach Eve ihn.

Austin drehte seinen Kopf zu Eve und sah ein wenig verärgert über ihren Tonfall aus. „Er ist gerade in Bozeman und wartet auf seinen Prozess. Nicht alle führenden Mitglieder der Allianz der Werwölfe sind derzeit im Hauptquartier. Es wird noch einen Tag dauern, bis sie sich versammeln und den Fall anhören können. Sie werden uns kontaktieren, sobald sie Neuigkeiten haben."

Die Tür zu Williams altem Büro öffnete sich plötzlich und Violet kam heraus, einen Stapel Akten an die Brust gedrückt, die Wangen leicht gerötet. Jude folgte ihr in das Foyer.

„Ich dachte mir schon, dass ich Geräusche gehört habe", sagte er und nickte seinem Bruder und den Teammitgliedern zu. „Wie war es in Bozeman?"

„Kalt", antwortete Austin.

Judes Blick wanderte zu Danielle, und obwohl es nur ein kurzer Blick war, konnte sie nicht umhin, die Hitze in seinen Augen zu erkennen. Sie wandte schnell ihren Blick ab, sicher, dass das Verlangen, das sie in seinen Augen sah, nicht ihr galt. Schließlich hatte er Ransom heute Morgen gesagt, dass er dachte, sie wäre langweilig im Bett, wobei er natürlich so getan hatte, als wüsste er das nicht aus erster Hand, sondern dass ihre Schüchternheit darauf hindeutete. Dieser Gedanke ließ ihr Blut wie kaltes Wasser durch ihre Adern fließen. Wie konnte er so schnell von grausam zu lustvoll wechseln?

Sie griff nach den Geschirrtüchern, um einen Grund zu haben zu gehen, denn sie wollte ihm nicht die Genugtuung geben, sie allein durch seinen Blick aus seiner Gegenwart zu vertreiben.

„Oh, und Charlotte möchte zu Besuch kommen", fügte Austin beiläufig hinzu.

Bei dem Namen wurde Danielle unwillkürlich hellhörig. Wer war Charlotte?

Judes Lachen kam unerwartet. „Lass mich raten, sie macht Mom und Dad verrückt."

„Eher umgekehrt."

Das könnte bedeuten, dass sie Judes und Austins Schwester war. Und selbst wenn sie es nicht war, warum interessierte oder beschäftigte sie das überhaupt? Die Frauen in Judes Leben sollten ihr völlig egal sein. Sie bedeuteten ihr nichts. *Er* bedeutete ihr nichts. Zumindest sollte er das nicht.

„Francisco", rief Parker und zeigte auf das Gepäck. „Hilf mir mal mit den Koffern. Weißt du, welche wem gehören?"

„Ja, wir haben sie alle beschriftet, bevor wir abgeflogen sind." Francisco ging zur Treppe.

Anscheinend hatten Austin und Francisco Kleidung und persönliche Sachen für das ganze Team mitgebracht. Danielle war nicht überrascht. Jude und seine Leute waren nur je mit einer kleinen Reisetasche angekommen. Aber jetzt, wo klar war, dass sie eine Weile bleiben würden – und Jude auf Dauer –, brauchten sie mehr als nur eine Reisetasche.

„Du musst doch mehr wissen", beharrte Eve und wandte sich wieder an Austin.

Danielle drehte sich um, ignorierte ihre Bemerkung und wäre fast mit Wendell zusammengestoßen, den sie vergessen hatte und der immer noch den Flur blockierte.

„Ich gehe in die Küche. Möchtest du etwas Milch für Kitty?"

„Das ist ʼne gute Idee", meinte Wendell. „Ich komme mit. Meinst du, du könntest auch ʼne alte Decke finden, auf der sie schlafen kann?"

Sie lächelte ihn an. „Klar." Gemeinsam gingen sie in Richtung Küche. Sie war froh, als sie endlich außer Hörweite des Foyers waren.

„Wie lange hast du Kitty schon?", fragte sie und hoffte, dass niemand den Blick zwischen ihr und Jude bemerkt hatte.

Hatte jemand den Verdacht, dass sie zusammen im Wald gewesen waren? Dass sie Sex gehabt hatten? Oh Gott, an diese Möglichkeit hatte sie gar nicht gedacht. Jeder von ihnen hätte letzte Nacht dort im Wald sein und sie beobachten können. Sie waren zu sehr mit einander beschäftigt gewesen, als dass sie einen anderen Wolf hätten näherkommen hören oder riechen können.

„Sie hat mich gefunden."

Einen Moment lang verstand sie nicht, was Wendell meinte.

„Mmm?"

„Ja, sie tauchte einfach eines Nachts auf, als ich vom Laufen zurückkam. Ich war noch in Wolfsgestalt, als sie auf mich zulief. Ein Hund jagte sie, und ich glaube, sie fühlte sich bei einem Wolf sicherer als bei einem Hund." Er lachte. „Stimmt's, Kitty?"

Als hätte sie ihn verstanden, miaute die Katze leise. Danielle bemerkte das Halsband um ihren Hals und schaute etwas genauer hin. Kitty trug ein rosa Halsband mit Strasssteinen, die je nach Lichteinfall in verschiedenen Farben funkelten. Ein Name aus roten Steinen, die fast wie Rubine aussahen, schien darauf zu sein.

„Das ist ein wunderschönes Halsband, das du ihr gekauft hast. Steht da ihr Name drauf?"

„Ich habe es ihr nicht gekauft. Sie trug es schon, als sie zu mir kam. Und da auf dem Halsband Kitty stand, dachte ich mir, so heißt sie eben."

„Dann muss sie wohl einen Besitzer gehabt haben."

Wendell zuckte mit den Schultern. „Wahrscheinlich. Aber sie hat keinen Mikrochip und auf ihrem Halsband stand keine Telefonnummer."

„Nun, sie scheint bei dir glücklich zu sein. Ich hole ihr etwas Milch." Sie ging zum Kühlschrank und öffnete ihn. „Oder mag sie vielleicht lieber Sahne?"

Sie schaute über ihre Schulter, und da bemerkte sie, dass Kitty ihr in die Augen sah. Die grünen Augen der Katze waren hypnotisierend. Fast menschlich, dachte sie. Sie schüttelte den Kopf, um dieses seltsame Gefühl loszuwerden. Vielleicht hatten alle Katzen solche Augen. Sie hatte noch nie ein Haustier gehabt, und es war selten, dass ein Werwolf-Rudel Katzen hielt, da viele Katzen instinktiv vor Werwölfen zurückschreckten. Sie konnten das Raubtier sogar in menschlicher Gestalt spüren.

„Ich glaube, du bist da auf der richtigen Spur", antwortete Wendell mit einem Grinsen. „Vielleicht kannst du Kitty ihre Abneigung gegen Frauen nehmen. Ein Tropfen Sahne nach dem anderen."

Sie lachte leise. „Es ist einen Versuch wert."

Aber sie wusste, dass ihre Worte eine Lüge waren. Sie würde nicht lange genug hier sein, als dass Kitty sich an sie gewöhnen konnte.

24

Es war fast Mitternacht, und im Haus war es endlich ruhig geworden. Viele der Männer waren lange aufgeblieben, einige unterhielten sich hinter verschlossenen Türen, andere entspannten sich bei einem Drink im Wohnzimmer. Sie hatte gesehen, wie Eve nach dem Abendessen in ihr Zimmer gegangen war. Thaddeus war verschwunden, nachdem er sich eine schicke schwarze Hose und ein lila Hemd angezogen und eine Lederjacke über die Schulter geworfen hatte. Sie hatte das unverkennbare Geräusch des Motors seines Porsches gehört, als er die Auffahrt hinunterraste. Sie hatte ihn noch nicht zurückkommen gehört, was sie hören hätte sollen, da ihr Zimmer direkt neben seinem lag.

Sie hatte Jude so gut es ging gemieden und war damit erfolgreich gewesen, vor allem, weil sie Küchendienst hatte und sich freiwillig bereit erklärt hatte, die Wäsche zu waschen, damit Priscilla den Nachmittag und Abend in San Francisco verbringen konnte, wo sie ein Geburtstagsgeschenk für ihren Bruder Heath kaufen wollte. Sie war lange nach dem Abendessen zurückgekommen und hatte jede Menge Einkaufstüten dabei, was darauf hindeutete, dass sie nicht nur ein

Geburtstagsgeschenk gekauft hatte, sondern auch Kleidung für sich selbst.

Danielle packte ihre persönlichen Sachen in einen großen Rucksack, der genug Platz für mehrere Kleider, Hosen, Hemden und Schuhe bot sowie für einige ihrer persönlichen Gegenstände, wichtige Fotos und Papiere und das Bargeld, das ihre Mutter ihr hinterlassen hatte. Es war ein Glück, dass weder die Fotos noch das Bargeld bei dem Brand in der Hütte vernichtet worden waren, denn sie hatte sie unter einem losen Dielenbrett im Badezimmer versteckt. Sie packte eine Auswahl an Toilettenartikeln in eine Plastiktüte, steckte sie in den Rucksack und schloss den Reißverschluss. Sie hatte nicht viel mehr als bei ihrer Ankunft bei den Gallaghers vor sechs Jahren.

Vielleicht war das ein Zeichen dafür, dass sie in dieser Zeit nicht wirklich etwas erreicht hatte. Oder vielleicht war es einfach ein Zeichen dafür, dass sie nicht jemand war, der Dinge ansammelte. So war sie aufgewachsen: mit nur wenigen persönlichen Gegenständen, die alle in eine Tasche passten, die sie bequem tragen konnte, ohne die Hilfe von Fremden in Anspruch nehmen zu müssen. Eine Nomadin, bereit, weiterzuziehen, wenn die Dinge zu schwierig wurden.

Machte sie das Weglaufen schwach? Denn sie lief weg. Es spielte keine Rolle, dass sie erwachsen war und gehen konnte, wann immer sie wollte. Es fühlte sich trotzdem so an, als würde sie wie eine Diebin in der Nacht davonlaufen. Morgen würden sie ihr Zimmer leer vorfinden, mit einem Brief auf ihrem Nachttisch, adressiert an Flora, in dem sie erklärte, warum sie gegangen war. Sie nahm Judes Angebot an, dass jedes Rudelmitglied, das nicht unter seiner Führung bleiben wollte, gehen durfte. Eine weitere Erklärung war nicht nötig. Sollten sie denken, was sie wollten. Es war ihr egal. Sie musste tun, was für sie selbst richtig war.

Sie warf einen letzten Blick über die Schulter, öffnete die Tür einen Spalt breit und spähte nach draußen. Der Flur war dunkel und leer. Vorsichtig schlich sie hinaus und zog die Tür leise hinter sich zu. Sie war froh, dass der Holzboden im Flur mit Läufern ausgelegt war. Diese dämpften jetzt ihre Schritte. Trotzdem trat sie vorsichtig auf, weil sie wusste, dass alle Werwölfe ein ausgezeichnetes Gehör hatten, besser als das von Menschen und genauso gut wie das von Vampiren. Ein Geräusch erschreckte sie und ließ sie erstarren; ihr Herz schlug ihr bis zum Hals. Aber dann erkannte sie, dass es nur das Geräusch war, das dieses Haus machte: Die alte Holzkonstruktion dehnte sich tagsüber aus, wenn es wärmer war, und nachts, wenn es kälter wurde, zogen sich die Holzbretter zusammen und knarrten.

Leise atmend ging sie zur Treppe, wobei sich der Rucksack auf ihren Schultern plötzlich schwerer anfühlte. Sie spürte, wie sich Schweiß in ihrem Nacken bildete, obwohl es im Haus nicht besonders warm war. Als sie bei der Treppe ankam, hielt sie sich am Geländer fest und begann, hinunterzugehen. Auf dem ersten Treppenabsatz hielt sie kurz inne und ließ ihren Blick schweifen, um zu sehen, ob aus den Zimmern, die zum Foyer hin lagen, Licht kam. Sie sah keines und setzte ihren Abstieg fort.

Im Foyer angekommen, wandte sie sich von der Haustür ab. Das Öffnen der schweren Tür würde ein Geräusch verursachen, das jemand hören und nachsehen könnte. Deshalb ging sie in die entgegengesetzte Richtung, vorbei an der Küche und der Waschküche, in Richtung des Umkleideraums mit dem Hinterausgang. Der war sowieso näher an der Garage.

Sie schloss die Tür auf, ging hinaus und zog sie hinter sich zu. Schnell marschierte sie über die Rasenfläche zu dem Kiesweg, der zur freistehenden Garage führte. Diese war nie verschlossen. Es gab keinen Grund dafür. Niemand stahl von den Gallaghers und kam damit durch.

Sie schob das Tor, das wie das einer Scheune konzipiert war, nach links und rollte es gerade so weit auf, dass ihr Auto hindurchpasste – ein alter Toyota mit viel zu vielen Kilometern auf dem Tacho. Es hatte ihrer Mutter gehört, und sie war froh, dass sie es behalten hatte; sonst hätte sie einen anderen Weg finden müssen, um wegzukommen.

Sie öffnete die Fahrertür, nahm den Rucksack von der Schulter und warf ihn auf den Beifahrersitz. Mit den Schlüsseln in der Hand schlüpfte sie auf den Fahrersitz und schloss die Tür. Als sie versuchte, den Schlüssel in die Zündung zu stecken, fummelte sie herum und er fiel ihr aus der Hand und landete zwischen ihren Füßen.

„Scheiße!", zischte sie und bückte sich, um ihn mit zitternden Fingern zu suchen. Warum hatte ihr Auto keinen Startknopf und erkannte, dass der Schlüssel in der Nähe war? Dann müsste sie sich nicht mit dem Schlüssel herumschlagen.

Jetzt schwitzte sie und atmete schwer, als wäre sie gerade einen Wettlauf gelaufen. Endlich fanden ihre Finger den Schlüssel, sie griff danach und setzte sich wieder aufrecht hin. Sie steckte den Schlüssel in die Zündung, setzte den rechten Fuß auf die Bremse und drehte den Schlüssel um. Der Motor sprang an. Viel zu laut für ihren Geschmack. Gleichzeitig gingen die Scheinwerfer des Autos an.

„Scheiße!"

Die Scheinwerfer beleuchteten eine große Gestalt, die direkt vor der Motorhaube des Autos stand, das Gesicht im Schatten, während der Körper vom Scheinwerferlicht angestrahlt wurde.

Ihr Herz setzte einen Schlag aus, und sie erstarrte, ohne zu wissen, was sie jetzt tun sollte. Der Mann bewegte sich schnell, und bevor sie wusste, wie ihr geschah, riss er die Fahrertür auf.

„Mach den Motor aus! Sofort!"

Austins Stimme klang bedrohlich, und sie wagte es nicht, sich ihm zu widersetzen. Sie drehte den Zündschlüssel, und der Motor verstummte. Austin senkte den Kopf, um sie anzusehen, während er die Tür offen hielt.

„Und wo willst du mitten in der Nacht hin?", fragte er mit misstrauischer Stimme.

„Ich, äh, ich ..."

Sie konnte keinen kompletten Satz bilden, ja, sie konnte nicht einmal ein komplettes Wort bilden. Judes Bruder war einschüchternd, wie er da stand, seinen Körper vor ihr aufgebäumt, seine Augen sie musternd. Er schaute an ihr vorbei zum Beifahrersitz.

„Was hast du geklaut?"

Diese unfaire Anschuldigung brachte sie dazu, ihre Stimme wiederzufinden. „Ich habe nichts gestohlen! Das sind meine Sachen!"

„Das werden wir ja sehen!" Er beugte sich ins Auto, schnappte sich den Schlüssel aus dem Zündschloss, ging um das Auto herum, öffnete die Beifahrertür und hob ihren Rucksack heraus.

Wütend sprang sie aus dem Auto und marschierte auf ihn zu, gerade als er begann, den Reißverschluss des Rucksacks zu öffnen.

„Das gehört mir, du verdammtes Arschloch!"

„Wow, ich wusste gar nicht, dass du so ein vulgäres Vokabular hast! Und ich dachte, du wärst eine schüchterne Maus. Das war wohl nur eine Tarnung."

„Das ist keine Tarnung! Jetzt gib mir meinen Autoschlüssel zurück!"

„Auf keinen Fall, Kleine!" Er zog eine schwarze Ledermappe mit Reißverschluss aus dem Rucksack. „Na, was haben wir denn hier?"

Austin öffnete den Reißverschluss und klappte die Mappe auf. Sie war größtenteils mit Zwanzig- und Fünfzig-Dollar-Scheinen gefüllt: das Geld, das ihre Mutter für schlechte Zeiten angespart hatte.

Sie griff danach. „Gib es mir zurück! Das ist mein Geld!"

Er blockierte sie, packte ihr Handgelenk und hielt sie mit solcher Leichtigkeit zurück, dass sie wusste, dass sie ihm nicht gewachsen war, selbst wenn sie sich in einen Wolf verwandeln würde.

„Ja, im Moment sieht es so aus, als hättest du es geklaut und würdest mitten in der Nacht abhauen. Kennst du den Ausdruck: wie ein Dieb in der Nacht? Genau das sehe ich gerade. Was ist noch drin? Das Silber der Gallaghers?"

Er warf das Geld auf den Beifahrersitz und griff erneut in den Rucksack. Diesmal holte er ein weißes Spitzenhöschen heraus. Er schaute es an und sah ihr dann in die Augen.

Sie starrte wütend zurück. „Willst du, dass ich es anziehe, um zu beweisen, dass es mir passt?"

Das schien ihn für ein paar Sekunden zum Schweigen zu bringen. Er räusperte sich. „Ich glaube nicht, dass das nötig ist. Sieht nach deinem Stil aus."

„Das klingt wie eine Beleidigung", schnauzte sie ihn an und

streckte die Hand aus. „Jetzt gib mir meinen Autoschlüssel zurück, damit ich weg kann."

Er neigte den Kopf zur Seite. „Ja, weißt du, das kann ich nicht." Er deutete mit dem Kopf in Richtung Beifahrersitz. „Da ist noch die Frage mit dem Geld."

„Aber das gehört mir!"

„Wenn ja, bekommst du es zurück, aber diese Entscheidung treffe nicht ich. Das ist eine Angelegenheit für Jude."

Schock durchfuhr sie. Sie konnte Jude nicht gegenübertreten. Er war der Grund, warum sie verschwinden wollte.

„Nein! Er hat damit nichts zu tun."

„Er ist der Alpha."

„Bitte, Austin, lass mich gehen. Ich schwöre dir, ich hab nichts geklaut. Ich will nur weg", flehte sie.

Austin seufzte und zeigte auf den Rucksack und das Geld. „Pack deine Sachen wieder ein."

Aufgeregt und voller Hoffnung, dass sie ihn davon überzeugen konnte, sie gehen zu lassen, stopfte sie das Geld und das Höschen zurück in ihren Rucksack und zog den Reißverschluss zu. Doch bevor sie ihn auf den Beifahrersitz ihres Autos legen konnte, riss Austin ihn ihr aus den Händen und heftete ihn über seine Schulter.

Fassungslos starrte sie ihn an.

Ein Grinsen huschte über seine Lippen, dann schüttelte er den Kopf. „Du hast doch nicht geglaubt, ich würde dich einfach so gehen lassen, oder? Los geht's, Jude ist wahrscheinlich noch wach."

Sie presste die Kiefer aufeinander und unterdrückte die Tränen, die ihr in die Augen stiegen.

Verdammt! So viel zu einer reibungslosen Flucht.

25

———

Mit einem kurzen Handtuch um seine Hüften gebunden, kam Jude aus dem Badezimmer. Er hatte kalt geduscht, aber das hatte sein sexuelles Verlangen nicht im Geringsten gedämpft. Tatsächlich hatte er den ganzen Tag mit seinem inneren Wolf gekämpft, um zu verhindern, dass das verdammte Biest seinen hässlichen Kopf erhob und sich auf Danielle stürzte, sie gegen die nächste ebene Oberfläche drückte – egal wo – und sie fickte. Nein, nicht nur fickte. Mit ihr Liebe machte.

Ja, so schlimm war es um ihn bestellt. Nach ihrer Begegnung im Wald in der vergangenen Nacht war das alles, woran er denken konnte. Er hatte die Finanzbesprechung mit Violet nur mühsam überstanden, und als sein Bruder und Francisco aus Montana zurückgekehrt waren, hatte er nur Augen für Danielle gehabt. Und Danielle hatte ihn kaum angesehen, offensichtlich zu sehr damit beschäftigt, Wendell und seine Katze zu bewundern. Er nahm sich vor, Wendell zu sagen, dass Danielle tabu war. Er konnte nicht zulassen, dass jemand in sein Revier eindrang.

Verdammt!

Er fuhr sich mit der Hand durch sein feuchtes Haar und stieß einen frustrierten Seufzer aus. Warum hatte Danielle heute nicht mit ihm gesprochen? Soweit er wusste, hatte sie irgendwann im Laufe des Tages sein Badezimmer aufgeräumt und sein Bett gemacht. Hatte sie vielleicht versucht, ihn allein zu erwischen, und war einfach zu beschäftigt mit ihren Aufgaben gewesen, um ihn aufzusuchen? Vielleicht wartete sie gerade auf ihn. Er wusste, wo ihr Zimmer war. Parker hatte einen Grundriss des Hauses angefertigt, auf dem, genau wie von ihm angeordnet, vermerkt war, wer welches Zimmer bewohnte. Worauf wartete er also? Darauf, dass sie den ersten Schritt machte?

Er schüttelte den Kopf. Nein, das würde sie nicht tun. Er war der Alpha. Vielleicht war sie von seiner Position eingeschüchtert, und deshalb hatte sie gesagt, dass sie das nicht noch einmal tun durften. Sicherlich hatte sie das gesagt, um ihm einen einfachen Ausweg zu bieten, falls er ihre ... nun, was auch immer das war, nicht fortsetzen wollte. Und wie ein Idiot hatte er zugestimmt, indem er zu diesem Thema geschwiegen hatte. Warum hatte er nicht sofort protestiert? Er hätte ihr klarmachen sollen, dass ihm nach dem Liebesspiel mit ihr im Wald der Gedanke, Eve – oder irgendeine andere Frau – zu berühren, zuwider war.

Lag Danielle gerade in ihrem Bett und hoffte, dass er zu ihr kommen würde? Wartete sie auf ihn?

„Scheiß drauf", knurrte er und marschierte zur Tür, als ihm klar wurde, dass er immer noch das feuchte Handtuch trug.

Er ging zurück ins Badezimmer und warf das Handtuch über die Duschstange. Im Schlafzimmer schnappte er sich seine Pyjamahose vom Bett und zog sie an, als es an der Tür klopfte. Bevor er antworten konnte, wurde die Tür aufgerissen.

Austin kam rein, Danielle und einen ziemlich großen Rucksack im Schlepptau. Er knallte die Tür zu und warf den Rucksack auf den Boden, nahm aber seine Hand nicht von Danielles Oberarm.

Jude starrte die beiden verwirrt an. Warum zum Teufel brachte sein Bruder Danielle mitten in der Nacht in sein Schlafzimmer, und warum sah sie so total sauer aus?

„Was zum ...“

„Rate mal, wer mitten in der Nacht versucht hat, sich davonzuschleichen?“ Austin zeigte auf den Rucksack. „Mit einer Menge Geld in ihrem Gepäck. Viel Bargeld, vielleicht fünfzehn- bis fünfundzwanzigtausend. Für mich sieht das nach Diebstahl aus.“

„Das ist mein Geld. Ich habe nichts gestohlen!“, knurrte Danielle und trat Austin so fest gegen das Schienbein, dass dieser endlich ihren Arm losließ. „Und du hattest kein Recht, mich am Gehen zu hindern!“

Jude hatte sie noch nie so wütend gesehen.

Als Austin den Mund öffnete, offensichtlich um eine Beleidigung von sich zu geben, hielt Jude ihn mit einer Handbewegung zurück.

„Überlass das mir. Ich kümmere mich darum.“

„Bist du sicher? Ich kann bleiben. Wer weiß, was sie noch vorhat.“

„Lieber nicht, Austin. Ich sehe, dass du sie nur noch mehr aufregst. Gute Nacht, Bruderherz.“

Austin zuckte mit den Schultern und ging zur Tür. Als er endlich verschwunden war und die Tür hinter sich geschlossen hatte, wandte sich Jude wieder Danielle zu.

„Kannst du mir erklären, warum du mitten in der Nacht abhauen willst?“ Er tippte mit dem Fuß gegen den Rucksack. „Gehst du zelten?“

Sie sah ihn trotzig an. „Das geht niemanden etwas an.“

Sie hätte ihn auch ohrfeigen können, denn genauso wirkten ihre Worte.

„Da bin ich anderer Meinung. Es geht mich sehr wohl etwas an. Du gehörst zu meinem Rudel; du hast mir gestern Abend einen Eid geschworen.“

Und sie hatte gestern Abend noch viel mehr getan, aber daran würde er sie im Moment nicht erinnern. Es sei denn, er war dazu gezwungen.

„Warum gehst du dann?“

„Dieses Rudel ist nichts für mich.“

Sie klang, als würde sie einen Job kündigen, den sie hasste.

„Blödsinn. Das Rudel ist immer noch dasselbe, nur die Führung hat sich geändert. Du sagst also, dass du wegen mir gehst."

„Du solltest dich darüber freuen."

„Freuen?" Dieses Gefühl war das letzte, was er im Moment empfand. „Warum zum Teufel sollte ich mich freuen, wenn du gehst?"

Sie presste die Kiefer aufeinander; Wut strömte aus ihrem ganzen Körper.

„Verdammt, Danielle, raus damit!" Er trat einen Schritt näher. „Oder ich werde es aus dir herausficken."

Das schien sie aufzurütteln. Ihre Lippen öffneten sich. „Warum würdest du mit mir schlafen wollen, wenn ich doch offensichtlich langweilig im Bett bin?"

„Wer zum Teufel hat gesagt –" Er hielt mitten im Satz inne, als ihm klar wurde, dass er selbst diese Worte früher am Tag benutzt hatte. Er atmete tief aus. „Du hast mein Gespräch mit Ransom belauscht."

„Ja, zum Glück. Zu wissen, wie du über letzte Nacht denkst, macht es mir leichter, zu gehen. Also gib mir meinen Rucksack, dann bin ich weg."

Er trat kräftig gegen den Rucksack, sodass dieser über den polierten Holzboden rutschte und außerhalb von Danielles Reichweite landete.

„Du gehst nicht. Ich habe Ransom angelogen. So habe ich es nicht gemeint."

„Das ist ja praktisch", spottete sie. „Versuch gar nicht erst, eine Ausrede zu finden. Es ist mir wirklich egal, was du denkst."

„Offensichtlich ist es dir das nicht, sonst hättest du dich nicht entschlossen, mitten in der Nacht ohne ein Wort abzuhauen."

Wenn sein Gespräch mit Ransom der einzige Grund gewesen war, warum sie plötzlich gehen wollte, könnte er diese Situation schnell klären.

„Hör zu, Danielle, ich hab das zu Ransom nur gesagt, weil er an dir interessiert war. Ich wollte nicht, dass er dich anbaggert."

„Na, ist das nicht toll?" Sie schnaubte ziemlich unweiblich. „Ich bin also nicht mal gut genug für einen deiner Männer. Du musstest ihn vor mir retten. Vielen Dank auch!"

„Willst du damit sagen, dass du an Ransom interessiert bist?" Allein dieser Gedanke verursachte ihm einen dumpfen Schmerz im Solarplexus.

„Warum sollte ich mich für Ransom interessieren?"

Sie schüttelte den Kopf und runzelte ungläubig die Stirn, was er so interpretierte, dass sie keine Beziehung mit Ransom wollte. Das war eine Erleichterung, aber gleichzeitig war er sich nicht sicher, warum sie immer noch so sauer war.

„Ich entschuldige mich", sagte er schnell.

Sein Vater hatte ihm beigebracht, sich immer bei einer Frau zu entschuldigen, nur für den Fall, dass sie eine Entschuldigung erwartete, auch wenn er nicht wusste, was er falsch gemacht hatte. In dieser Situation war es am besten, vage zu bleiben.

„Jetzt lass mich gehen", sagte sie noch einmal.

„Warum willst du immer noch gehen? Ich habe dir doch gesagt, dass ich Ransom angelogen habe, damit er dich nicht anbaggert. Tut mir leid, dass du das mitbekommen hast, aber ich hatte echt keine andere Wahl. Ransom schafft es irgendwie immer, jede Frau in sein Bett zu kriegen, und das kann ich einfach nicht zulassen. Nicht bei dir. Nicht nach letzter Nacht."

Sie kniff die Augen zusammen, und es fühlte sich an, als würde sie ihn mit Blicken durchbohren.

„Lass mich das mal klarstellen: Du willst nicht, dass ich mit einem deiner Männer schlafe, aber gleichzeitig willst du dich mit Eve paaren. Wenn du denkst, dass ich deine Geliebte werde, sobald du dich mit Eve gepaart hast, liegst du falsch. Ich werde niemals dein Seitensprung sein."

Jetzt wurde ihm klar, was vor sich ging. Danielle gefiel die Vorstellung nicht, dass er sich mit Eve paaren würde. Das war der Kern des Problems.

„Was letzte Nacht passiert ist, war ein Fehler", fuhr sie fort.

„Es war kein Fehler!", erwiderte er. „Es war das Beste, was mir je passiert ist."

Sie schüttelte den Kopf. „Du wirst dich trotzdem mit Eve paaren, und ich kann nicht dabei zusehen. Verstehst du das nicht?"

Das musste bedeuten, dass Danielle wirklich Gefühle für ihn hatte. Sonst wäre es ihr egal, ob er sich mit Eve paarte oder nicht. Wenn sie nichts für ihn empfand und letzte Nacht nur Sex gewesen wäre, würde sie sich nicht gezwungen fühlen, das Rudel zu verlassen. Aber wie konnte er sich über ihre Gefühle sicher sein?

„Jetzt verstehe ich. Du hast Gefühle für mich. Deshalb kannst du nicht zusehen, wie ich Eve zu meiner Partnerin mache. Du willst, dass ich mich stattdessen mit dir paare."

Einen Moment lang sah es so aus, als würde sie nicht antworten, aber dann sah sie ihm direkt in die Augen. „Es ist egal, ob ich Gefühle für dich habe. Du musst dich mit Eve paaren. Und daran kann ich nichts ändern."

Er packte sie an den Schultern, damit sie nicht wieder weglaufen konnte. „Aber wenn ich mich nicht mit Eve paaren müsste, was dann? Würdest du mich als deinen Partner wollen?"

„Ich habe dir gerade gesagt, dass es keine Rolle spielt, was ich will. Du bist nicht frei."

„Verdammt, Danielle, beantworte einfach die verdammte Frage. Wenn ich frei wäre, würdest du mich als deinen Partner wollen?"

Er sah schon, wie ihr das *Nein* auf der Zunge lag, und schob seine Finger unter ihr Kinn, um ihren Kopf anzuheben, damit sie seinem Blick nicht ausweichen und ihn hoffentlich nicht anlügen konnte.

„Würdest du mich wollen?"

Er sah, wie sich Tränen in ihren Augen sammelten und ein Teil ihrer Wut aus ihrem Körper wich, aber sie gab ihm immer noch keine Antwort.

„Ich sollte erwähnen", murmelte er jetzt leiser, sanfter, „dass ich mich in dich verliebe und dass ich dich nicht aufgeben kann, weil ich dich als meine wahre Partnerin erkenne."

Da war sie: die Wahrheit. Er würde lieber seine Position als Alpha aufgeben – sollte es nötig sein –, als sie zu verlieren. Die Erkenntnis, dass er seinen Eid der Allianz der Werwölfe und deren Befehlen gegenüber brechen würde, um Danielle nicht aufzugeben, traf ihn wie aus heiterem Himmel. Sein innerer Wolf hatte die Entscheidung getroffen, und er musste sie akzeptieren, da er wusste, dass er die Meinung des Wolfes nicht ändern konnte. Der Wolf bekam immer, was er wollte. Und ehrlich gesagt wollte der Mann in ihm dasselbe, auch wenn es gegen alles verstieß, was er geschworen hatte.

Sanft strich er mit seinem Daumen über ihre Kinnlinie und streichelte ihre weiche Haut. „Bitte, Danielle ... gib mir eine Antwort.“

26

Judes Worte hallten in ihrer Brust wider und seine verführerische Berührung sandte heiße Schauer über ihre Haut und weckte ihr Verlangen nach ihm. Sie spürte, wie sie sich seiner Liebkosung hingab, ihre Knie weich wurden und ihr Herzschlag sich dem seinem anpasste. Der Wolf in ihr beherrschte sie nun, und es hatte keinen Sinn, zu versuchen, die nächsten Worte daran zu hindern, über ihre Lippen zu kommen.

„Ich erkenne dich auch."

Sie war sich dessen sicher gewesen, seit sie ihn in jener Nacht, als die Vampire angegriffen hatten, zum ersten Mal gesehen hatte. Und von jenem Augenblick an hatte sie gewusst, dass sich ihr Leben auf die eine oder andere Weise unwiderruflich verändern würde.

Judes Gesicht war jetzt nur noch wenige Zentimeter von ihrem entfernt, und sein Atem streifte ihre Haut, als er wieder sprach. „Wenn du mich willst, werde ich dir gehören."

Sie wusste, was er ihr anbot, und dass es Chaos innerhalb des Rudels verursachen würde, aber sie hatte nicht die Kraft, sein Angebot abzulehnen, denn zum ersten Mal in ihrem Leben wollte sie etwas für sich selbst: ihren wahren Partner, einen Mann, den sie lieben konnte, egal was die Konsequenzen sein würden.

„Ich will dich, ganz und gar", flüsterte Danielle und berührte seine Lippen mit ihren.

Als sich ihre Lippen trafen, zog er sie zu sich heran; seine starken Arme machten es ihr unmöglich, sich zu entziehen; sein Kuss besiegelte ihre Entscheidung. Sie spürte seine glatte Haut – noch feucht vom Duschen – unter ihren Fingern, als sie ihn näher zu sich zog und sich in dem Kuss verlor. Dieser Kuss war anders als die wenigen Male zuvor. Sie spürte nicht nur Leidenschaft, sondern auch etwas anderes, ein Versprechen, ein Gelübde und das Wissen, dass dies ihr Schicksal war. Es war Vorsehung. Sie waren beide gleichzeitig machtlos und mächtig – gleichberechtigt unter dem Mond.

Sie fühlte sich wie in einem Traum. Jede Empfindung schien verstärkt zu sein, jeder Seufzer, jedes Stöhnen unterstrichen von Lust und Wärme, die sich in ihr ausbreitete und sie emporhob, als würde sie auf einer Wolke schweben. Sie wollte sich zwicken, aber ihre Hände waren damit beschäftigt, Judes Körper zu erkunden, seine starken Muskeln zu streicheln, mit ihren Fingern zu erkunden, was ihr gehören würde: sein Körper und seine Seele. Sie fühlte sich schwerelos, als würde sie schweben, benommen von seinem Kuss, ihr Körper schmolz unter seiner Berührung dahin und löschte den Abstand zwischen ihnen aus.

Da ihr viel zu heiß war, zog sie an ihrer Jacke, und zu ihrer Erleichterung verstand Jude sie und half ihr, sie auszuziehen. Die Jacke landete auf dem Boden. Sie unterbrach den Kuss und zog ihren Pullover über den Kopf. Darunter trug sie nur ein dünnes Unterhemd. Sie hatte es noch nie gemocht, einen BH zu tragen. Er hatte sich immer zu einengend angefühlt. Sie bemerkte, wie Jude auf ihre Brüste schaute, und stellte fest, dass ihre Brustwarzen hart waren und sich gegen den dünnen Stoff drückten.

„Verdammt, Baby!", rief er aus und zog ihr das Unterhemd aus ihrer Hose, um sie davon zu befreien.

Kühle Luft strömte über ihre Brüste und sie spürte ein

angenehmes Kribbeln. Aber ihre Brüste blieben nicht lange kalt, denn eine Sekunde später umfasste Jude sie mit seinen großen Händen und drückte sie.

Sie ließ den Kopf zurückfallen, bog sich ihm entgegen und verlangte nach mehr, während sie nach dem Knopf ihrer Jeans griff und ihn aufknöpfte. Der Reißverschluss folgte, aber als sie versuchte, ihre Hose herunterzuziehen, verlor sie das Gleichgewicht. Jude fing sie auf, und einen Augenblick später lag sie mit dem Rücken auf dem Bett, während Jude ihre Jeans bis zu ihren Schuhen hinunterzog. Es dauerte nur noch drei Sekunden, bis er es geschafft hatte, sie von ihren Schuhen und ihrer Jeans zu befreien.

Sie seufzte erleichtert und setzte sich auf. Ihr Blick fiel auf seine Pyjamahose, die sich vorne ausbeulte. Sie leckte sich die Lippen, begierig darauf, ihn wieder zu kosten.

„Keine Chance", sagte Jude mit einem Schmunzeln, als hätte er ihre Absicht erraten.

***

WENN ER DANIELLE JETZT ERLAUBTE, ihn zu lutschen, wäre alles in wenigen Sekunden vorbei, und es würde heute Nacht keine Paarung geben. Und das kam nicht in Frage. Er musste Danielle jetzt zu Seiner machen, bevor sie es sich anders überlegte und erneut versuchte zu fliehen. Erst wenn sie sich gepaart hatten, konnte er sicher sein, dass sie bleiben würde.

In diesem Moment wurde ihm klar, dass er nie eine Chance gehabt hatte, gegen seine Gefühle für Danielle anzukämpfen. Das Schicksal war stärker als er. Stärker als sie beide. Er akzeptierte diese Tatsache jetzt von ganzem Herzen und ließ seinen Blick über Danielles fast nackten Körper gleiten. Automatisch wanderten seine Hände zum Bund seiner Pyjamahose und schoben sie hinunter, bis sie sich um seine nackten Füße sammelte. Sein Schwanz war hart und schwer, zeigte direkt auf sie und war ungeduldig.

Jude beugte sich über Danielle. Er packte ihr Höschen mit beiden

Händen und zog es ihr über die Beine, bevor er es auf den Boden warf. Endlich waren sie beide nackt wie in der vergangenen Nacht im Wald. Obwohl er ihre sexuelle Begegnung sehr genossen hatte, würde heute Nacht noch besser werden, denn heute Nacht hatte er nicht die gleichen Sorgen wie eine ungewollte Schwangerschaft. Tatsächlich war es vorgegeben, dass sie heute Nacht ihr erstes Kind empfangen würde. Das wussten sie beide. Er konnte es in ihren Augen sehen, die auf seinen Schwanz gerichtet waren, und bemerkte, wie sie instinktiv ihre Beine spreizte, um ihn willkommen zu heißen.

Ohne ein Wort zu sagen, ließ er sich auf die Matratze gleiten und stützte seinen Körper über ihrem ab. In dem Moment, als sein Schwanz ihren nackten Bauch berührte, spürte er, wie eine Welle der Lust durch ihn hindurchfloss. Der Kontakt von Haut auf Haut war heute Nacht noch intensiver, sodass ihm klar wurde, dass er, wenn er nicht aufpasste, kommen würde, bevor er ihr das Vergnügen bereiten konnte, das sie verdiente.

„Stimmt was nicht?", flüsterte sie und streckte ihre Hand nach seinem Gesicht aus.

Er drehte sein Gesicht zur Seite und drückte einen Kuss auf ihre Handfläche. Vielleicht war es am besten, von Anfang an ehrlich zu ihr zu sein.

„Alles stimmt, außer dass du einfach zu schön bist und ich mich wahrscheinlich blamieren werde, wenn ich wie ein unerfahrener Anfänger komme, sobald ich in dir bin."

Ein leises Lachen kam über ihre Lippen, und ihre Augen funkelten. „Empfindlich, hmm?"

Sie berührte seinen Schwanz mit ihrer anderen Hand und streichelte ihn sanft. Er presste die Kiefer aufeinander und unterdrückte seinen bevorstehenden Orgasmus.

„Verdammt, Frau. Hast du nicht gehört, was ich gerade gesagt habe?"

Zu seiner Erleichterung ließ sie seinen Schwanz los, aber nur, um beide Hände auf seine Hüften zu legen, um seinen Winkel anzupassen, während sie gleichzeitig ihre Beine weiter spreizte.

„Fick mich, bitte."

Er konnte ihrem Sirenenruf nicht widerstehen und drang in ihre warme, feuchte Muschi ein, versenkte sich bis zum Anschlag, ohne sie vorzubereiten, ohne Vorspiel oder Liebkosungen, sondern wie ein Tier, das seine Triebe nicht kontrollieren konnte, wie der Wolf in ihm. Er verharrte einen Moment lang, seine Erektion tief in ihr, und sah ihr ins Gesicht. Ihre Lippen waren geöffnet, ihre Augenlider halb geschlossen, und ein unregelmäßiger Atemzug entwich ihr. Sie erwiderte seinen Blick und hielt ihn somit fest.

„Ich liebe es, wie groß du bist."

Sie ließ ihre Hände zu seinem Hintern gleiten und zog ihn noch tiefer in sich hinein, wenn das überhaupt möglich war. Als sie ihren Rücken durchbog und ihren Kopf ins Kissen drückte, fing er an, sich in ihr zu bewegen, zog sich langsam heraus und drang dann genauso langsam wieder in sie ein. Er spürte jeden Zentimeter ihrer Muschi, jeden Muskel in ihrer feuchten Höhle, während sie ihn mit jedem Stoß fester umklammerte.

„Fuck, Baby", brach es aus ihm hervor und er nahm ihre Lippen mit seinen in Besitz.

Sie reagierte auf ihn wie zuvor, nur mit noch mehr Leidenschaft, während ihre Hände auf seinem Hintern blieben, als wollte sie sicherstellen, dass er nicht aufhörte. Er liebte es, wie sie ihn packte, wie sie von ihm verlangte, härter zuzustoßen, wie sie ihn küsste, als wollte sie ihn verschlingen. Er erwiderte ihre Leidenschaft, gab sich ihr mit derselben Intensität hin, mit derselben Inbrunst, die nur für gepaarte Werwölfe reserviert war. Ihre Körper bewegten sich synchron – genau wie ihrer beider Atem – und ihre Herzen schlugen im Gleichklang.

Er löste seinen Mund von ihrem und holte tief Luft. Er sah ihr in die Augen und darin sah er alles, was er wissen musste: Zuneigung, Lust und das Wissen, dass sie bald eins sein würden.

„Ich liebe dich, Danielle."

Er gab ihr keine Chance zu antworten, sondern küsste sie erneut, während er eine Hand zu ihrer Brust gleiten ließ, eine Brust streichelte und ihr geschmeidiges Fleisch drückte, das zu groß für seine

Handfläche war. Die Kleidung, in der er sie bisher gesehen hatte, hatte ihre üppigen Brüste versteckt – wie, wusste er nicht. Aber heute Abend bemerkte er, wie schön und perfekt ihr Körper war. Und wie empfänglich.

Danielle stöhnte unter ihm und reagierte auf seine Liebkosungen. Ihre Schenkel um seine Hüften spannten sich an und bestätigten, dass sie einen härteren Stoß brauchte, ein tieferes Eindringen in ihre verlockende Muschi. Verdammt, diese Frau hatte mehr Feuer in sich als alle Frauen, mit denen er bisher zusammen gewesen war!

Diesmal war sie es, die den Kuss unterbrach. „Ich bin fast so weit.“

„Ich hab dich, Baby“, versprach er, während er sein eigenes Verlangen nach einem Höhepunkt zurückstellte.

Stattdessen schob er seine Hand zwischen ihre Körper und zog seinen Schwanz zurück. Tropfend von ihren Säften umfasste er seine Erektion und schob sie über ihre Muschi, bis er ihre Klitoris erreichte.

Ein Stöhnen entrang sich ihrer Kehle. „Oh, genau da.“

Froh, dass er die richtige Stelle gefunden hatte, rieb er seinen Schwanz darüber hin und her und übte mit seiner Hand zusätzlichen Druck aus. Danielles Atmung veränderte sich. Er ließ seinen Blick über ihre Brust wandern und zu ihrem Gesicht gleiten. Ihre Haut war gerötet und ihre Augen waren kaum geöffnet.

„Sieh mich an, Baby“, forderte er sie auf.

Ihre Augen flogen auf und sie sah ihn direkt an. Bei der nächsten Bewegung über ihre Klitoris keuchte sie laut auf.

„Ja! Ja!“, rief sie, während Stöhnen den Raum erfüllte.

Er zog seinen Schwanz zurück, passte seinen Winkel an und stieß wieder in sie hinein, während er einen Finger auf ihrer Klitoris ließ, um sie weiter zu streicheln. Als sie zum Höhepunkt kam, drückten sich ihre inneren Muskeln fest um seinen Schwanz, und er ließ die letzten Reste seiner Selbstbeherrschung los, stieß hart und tief zu, bis die Wellen seines Höhepunkts mit ihren kollidierten.

Er senkte sein Gesicht in ihre Halsbeuge und ließ den Wolf in ihm die Kontrolle übernehmen. Scharfe Eckzähne ragten aus seinem Mund hervor, und mit ihnen durchbohrte er Danielles zarte Haut und krallte sich an ihr fest, um ihr Blut zu kosten. Ihre Essenz war süß und reichhaltig, und es brachte ihn ein zweites Mal zum Orgasmus. Niemand hatte je erwähnt, was während einer Paarung passieren würde, vielleicht weil es so fantastisch klang, dass es niemand glauben würde. Aber was er jetzt erlebte, als er Danielle biss, um sich für immer mit ihr zu paaren, war mehr, als er je erwartet hatte. Es fühlte sich an, als würde ein Feuer sie verschlingen, als verschmolzen sie miteinander, um eine unzerbrechliche Verbindung zwischen Schicksalspartnern zu schaffen. Sein ganzer Körper fühlte sich an, als würde er schwerelos in Zeit und Raum schweben.

Er war sich nicht sicher, wie lange er seine Reißzähne in Danielles Hals verankert hatte, vielleicht nur Sekunden, vielleicht Minuten, aber schließlich zog sich der Wolf zurück und er leckte über die Einschnitte. Morgen würde die Wunde längst verschwunden sein, aber im Moment konnte er noch die Spuren seines Bisses sehen.

Sein Schwanz steckte noch immer in seiner Partnerin, als er den Kopf hob und Danielle ansah.

„Bist du in Ordnung?"

Sie seufzte und streckte die Hand nach seinem Gesicht aus, fuhr mit einem Finger über seine Lippen. „Ich liebe dich, Jude."

Ihr Geständnis ließ sein Herz höher schlagen. „Du gehörst jetzt mir."

„Und du gehörst mir."

27

Danielle hätte sich am liebsten in den Arm gekniffen, aber es war kein Traum. Es war wahr. Jude hatte sie zu seiner Partnerin fürs Leben gemacht, und es hatte sich noch himmlischer angefühlt, als sie es sich jemals hätte vorstellen können. Ihr Körper summte immer noch vor Erregung. Judes Biss war schmerzlos gewesen, vielleicht weil der Sex so magisch gewesen war und sie so heftig und so lange zum Höhepunkt gekommen war, dass sie kaum gespürt hatte, wie seine Reißzähne ihre Haut durchbohrten. Sie berührte jetzt die Stelle und konnte die Einschnitte fühlen, aber dank der Tatsache, dass Jude sie geleckt hatte, fühlte sich ihre Haut nicht empfindlich an. Der Speichel eines Werwolfs hatte heilende Eigenschaften, und ihr eigener Körper heilte die Wunde von innen heraus.

„Habe ich dir wehgetan?", fragte Jude jetzt und hob ihr Kinn mit seinen Fingern, damit sie ihn ansah.

Sie schüttelte sofort den Kopf. „Nein. Ich hatte keine Schmerzen."

Er zog sie näher zu sich heran, legte seine Hand auf ihren Oberschenkel und streichelte sie. Sie hätte ihn nie für einen Mann gehalten, der nach dem Sex gern kuschelte, aber da lag er nun und machte keine Anstalten, seine Glieder von ihren zu lösen. Im

Gegenteil, er war es, der sie nach dem Liebesspiel näher zu sich gezogen hatte.

Er drückte einen Kuss auf ihre Schläfe. „Ich bin erleichtert. Ich hatte keine Kontrolle über den Biss."

Sie verstand. „Es war der Wolf; ich konnte ihn spüren."

Er lachte unerwartet. „Ja, und es wird nicht das letzte Mal sein, dass du meinen Wolf spürst. Tatsächlich bezweifle ich, dass ich jemals in der Lage sein werde, den Wolf in mir zu kontrollieren, wenn du in meiner Nähe bist."

„Aber das musst du", sagte sie und setzte sich halb auf. „Die Familie darf nichts davon erfahren."

„Wovon darf sie nichts erfahren?" Er runzelte die Stirn, aber eine Sekunde später ging ihm ein Licht auf. „Willst du damit sagen, du willst nicht, dass sie wissen, dass wir ein Paar sind?" Er schüttelte den Kopf. „Auf keinen Fall! Du gehörst jetzt mir! Und das heißt, du bist die Herrin des Rudels. Du bist die Alpha-Frau. Und alle müssen das wissen und dir den entsprechenden Respekt zollen."

Seine Stimme hatte etwas Gebieterisches an sich, und sie wusste, dass er recht hatte, aber sie konnte nicht tun, was er wollte. Noch nicht.

„Jude, bitte, gib mir etwas Zeit. Das alles ist so schnell passiert, dass ich es selbst kaum glauben kann."

„Willst du damit sagen, dass du das nicht wolltest?" Ein leises Knurren begleitete seine Worte.

Sie legte ihre Hand auf sein Herz und beugte sich zu ihm hinunter. „Natürlich wollte ich das. Ich liebe dich, Jude. Du gehörst mir. Du wirst immer mir gehören." Sie drückte ihm einen kurzen Kuss auf die Lippen und spürte, wie sein Gesichtsausdruck weicher wurde. „Aber ich brauche nur ein wenig Zeit, um mich an meine veränderten Lebensumstände zu gewöhnen. Ich war das niedrigste Mitglied im Rudel, und die Familie trauert immer noch ... Alles, was gerade passiert ist, ist noch so neu. Wir alle brauchen Zeit, um uns daran zu gewöhnen."

Außerdem war sie noch nicht bereit, sich mit den negativen

Reaktionen, die sie erwartete, auseinanderzusetzen. Sie war nicht immer von allen Mitgliedern der Familie Gallagher fair oder freundlich behandelt worden, und der Gedanke, dass sie sie jetzt wahrscheinlich hassen würden, war schwer zu verkraften.

Sie legte ihre Hand auf seinen Nacken und streichelte ihn dort.

Er stöhnte leise. „Verdammt, Baby, ich kann nicht denken, wenn du das machst." Trotzdem schob er ihre Hand nicht weg. Stattdessen beugte er sich vor. „Okay, was willst du?"

„Nur ein paar Tage, bevor wir es der Familie sagen. In der Zwischenzeit darf niemand wissen, dass wir ein Paar sind."

Er seufzte. „Okay, aber ich muss Austin einweihen."

„Warum?"

„Weil er dich heute Abend beim Verlassen des Hauses erwischt hat. Wenn ich ihm nicht sage, dass wir ein Paar sind, wird er dir wie Klebstoff auf den Fersen bleiben, um sicherzustellen, dass du nichts gegen mich oder meine Männer planst."

Das gefiel ihr nicht, aber sie wusste, dass er recht hatte. „Okay, aber er wird der Einzige sein, der davon weiß. Versprichst du mir das?"

„Versprochen", bestätigte er.

„Danke. Und vielleicht kann Austin dir dabei helfen, zu überdenken, wie du das Rudel vereinen kannst. Ich meine, jetzt, wo du dich nicht mit Eve paaren kannst."

„Verdammt! Daran hatte ich gar nicht gedacht." Er atmete tief aus. „Ich schätze, wir müssen uns etwas einfallen lassen." Er zog sie wieder näher zu sich heran und legte seine Arme um sie, damit sie nicht entkommen konnte. „Oh, und noch etwas ..."

Sie sah ihn erwartungsvoll an. „Ja?"

„Es versteht sich von selbst, dass du jede Nacht hier schlafen wirst. Und wenn du nicht in meinem Schlafzimmer auftauchst, sobald alle anderen zu Bett gegangen sind, werde ich dich von deinem Zimmer holen. Und dann ist es mir egal, ob uns jemand sieht oder hört. Ist das klar?"

Er sah jetzt wild und entschlossen aus wie ein Schulmeister. Aber er machte ihr keine Angst. Nichts an Jude machte ihr Angst, denn sie wusste, dass nichts Böses in ihm steckte. Das hatte sie gespürt, als er sie gebissen hatte. Sie hatte sein Herz und seine Seele gespürt.

„Und mir die Gelegenheit entgehen lassen, mich von dir lieben zu lassen?", flüsterte sie, während sie ihn zurück auf die Matratze drückte und sich über ihn schwang, ein Knie auf jeder Seite seiner Hüften.

Er grinste. „Das hat dir also gefallen, was? Willst du mehr?"

Sie musste nicht antworten. Stattdessen schaute sie auf seinen Schwanz und bemerkte, dass dieser sich mit Blut füllte und mit jeder Sekunde härter wurde. Sie war froh, dass Werwölfe eine gesteigerte Libido und die körperliche Kraft und Ausdauer hatten, um diese zu unterstützen.

„Ich nehme so viel, wie du mir geben kannst", flüsterte sie und hob sich kurz auf die Knie, während Jude seinen Schwanz so ausrichtete, dass er auf Höhe ihrer Muschi war.

Langsam senkte sie sich auf ihn, nahm seinen Schaft in sich auf, wobei ihre Muschi ihn trotz seiner Größe mühelos aufnahm.

„Ich liebe es, dich in mir zu spüren."

„Und ich liebe es, in dir zu sein", antwortete er und packte ihre Hüften. „Nur damit du es weißt: Ich habe einen sehr gesunden Appetit, wenn es um Sex geht. Wenn es dir also zu viel wird, musst du mir einfach sagen, dass ich aufhören soll."

„Was, wenn ich auch einen sehr gesunden Appetit habe?" Einen, den sie bisher nie wirklich ausleben hatte können.

Er schmunzelte, und sie liebte den unbeschwerten Ausdruck in seinen Augen. „Dann sind wir wohl perfekt füreinander, meine unersättliche Wölfin."

28

A ustin starrte seinen Bruder an. Schock durchfuhr seinen Körper und Ungläubigkeit ließ sein Herz wie wild schlagen. Für einen Moment dachte er, er hätte einen lebhaften Alptraum. Aber Jude stand in Fleisch und Blut direkt vor ihm.

„Meinst du das im Ernst?"

„Sie ist meine Partnerin", bestätigte Jude und sah viel zu glücklich und überhaupt nicht schuldbewusst aus.

Es war Morgen und sie befanden sich hinter verschlossenen Türen im Büro des Alphas. Nachdem er Danielle in der vergangenen Nacht dabei erwischt hatte, wie sie sich davonschleichen wollte, hatte er erwartet, dass Jude sie tadeln und in ihre Schranken verweisen würde, statt sich spontan mit ihr zu paaren.

„Du bist total verrückt!", schnaubte Austin. „Hast du überhaupt eine Ahnung, was das bedeutet? Die Allianz wird wütend sein. Du hast gegen jede einzelne ihrer Regeln verstoßen." Er fuhr sich mit der Hand durchs Haar. „Das gefährdet alles, wofür wir gearbeitet haben. Wie konntest du das tun? Wie konntest du dich mit Danielle paaren?"

„Ich liebe sie."

„Das ist unmöglich. Du kennst sie doch gar nicht! Hättest du nicht einfach mit ihr schlafen und es dabei belassen können? Nein, du musstest dich mit ihr paaren!"

Er klopfte Jude mit der Faust gegen die Stirn.

„Ist da noch jemand drin? Oder hat sie dein Gehirn komplett durcheinandergebracht?"

Jude packte sein Handgelenk und starrte ihn wütend an.

„Ich habe gesagt, ich liebe sie. Sie ist meine Partnerin. Welchen Teil verstehst du nicht?"

Austin atmete tief durch. „Das hätte ich echt nicht von dir erwartet."

Jude zuckte mit den Schultern. „Wenn es dich erwischt, dann erwischt es dich. Es hat keinen Sinn, dagegen anzukämpfen."

„Ja, anscheinend nicht. Verdammt, ich hätte sie gestern Abend einfach ignorieren und gehen lassen sollen. Das habe ich davon, dass ich wachsam bin. Aber nein, ich musste noch eine letzte Runde machen, um über das Grundstück zu patrouillieren! Verdammt! Hätte ich sie nicht gesehen, wären wir jetzt nicht in dieser Situation."

Sein Bruder lachte unerwartet. „Glaubst du wirklich, ich wäre ihr nicht gefolgt?"

Austin verdrehte die Augen. „Wie ich schon sagte, du bist ein Idiot!" Plötzlich tauchte aus dem Nichts eine Frage auf. „Und was Danielles geplante Flucht angeht: Warum zum Teufel sollte sie das tun, wo ihr doch beide erkannt habt, dass ihr füreinander bestimmt seid? Das ist verdächtig!"

Jude seufzte. „Sie dachte, ich würde meinen Plan, mich mit Eve zu paaren, durchziehen. Das wollte sie nicht mit ansehen. Es wäre zu schmerzhaft gewesen. Deshalb hat sie sich entschieden, zu gehen."

„Nun, zumindest war sie in dieser Hinsicht klug. Was ich von dir nicht behaupten kann. Das macht dich allein verantwortlich für dieses Chaos."

Jude grunzte. „Verdammt, Austin! Das musst du doch nicht extra betonen."

Er holte tief Luft und dachte über die Situation nach, in die Jude sie alle gebracht hatte.

„Wie sollen wir jetzt das Rudel vereinen? Indem du Eve abgelehnt und dich mit einer Frau unter ihrem Rang gepaart hast, hast du nicht nur sie beleidigt, sondern auch ihre Familie, ihre Brüder, alle. Das ist demütigend für sie. Das siehst du doch auch, oder?"

„Natürlich sehe ich das", schnauzte Jude. „Ich bin nicht blind."

„Sieht aber so aus." Bevor sein Bruder sich über seine Bemerkung ärgern konnte, fuhr Austin fort: „Egal. Jetzt kannst du nichts mehr daran ändern. Eine Paarung ist für immer. Was hast du jetzt vor?"

„Ich habe mir überlegt, dass es mehr als einen Weg gibt, das Rudel zu vereinen. Der Alpha muss sich nicht unbedingt mit einem Mitglied der Gallagher-Familie paaren. Es würde uns auch verbinden, wenn jemand anderes aus der Allianz der Werwölfe sich mit Eve paart." Jude sah ihn erwartungsvoll an.

Es dauerte nur eine Sekunde, bis ihm klar wurde, was sein Bruder vorschlug. „Nein! Auf keinen Fall! Das wird nicht passieren. Ich werde nicht deine Probleme lösen und mich mit der Eiskönigin paaren. Ich meine, sie ist hübsch und alles, aber nicht mal du kannst übersehen haben, dass sie es geschafft hat, Ransom am ersten Tag zu verärgern. Das ist so, als würde man den Dalai Lama verärgern!"

„Er hat es dir erzählt, was?"

„Nicht nur mir. Er hat es auch allen anderen gesagt und uns gewarnt, uns nicht mit ihr anzulegen. Anscheinend ist sie ziemlich eiskalt und gefährlich."

„Er übertreibt."

„Ach ja? Warum wolltest du sie dann nicht?"

Jude neigte den Kopf. „Ich glaube, ich habe bereits erklärt, warum: weil ich Danielle als meine Partnerin erkannt habe."

„Ja, ja, ich verstehe." Er winkte ab. „Und was jetzt? Und schlag nicht vor, dass einer der anderen sich mit ihr paaren soll. Die werden alle nein sagen."

„Hmm." Jude schwieg einen Moment, dann holte er tief Luft. „Nun, wir haben ein wenig Zeit, um darüber nachzudenken, wie wir weiter vorgehen sollen."

„Was meinst du damit?"

„Wir geben die Paarung noch nicht bekannt."

Wieder war er total überrascht. „Warum zum Teufel nicht? Du musst es ihnen jetzt sagen. Es ist Eve gegenüber nicht fair, sie glauben zu lassen, dass du dich mit ihr paaren wirst. Du musst dich der Situation stellen. Du kannst dich nicht drücken. Vertrau mir, Bruder. Das macht es nur noch schlimmer."

„Ich habe Danielle versprochen, zu warten."

Austin konnte nicht glauben, dass diese Bitte von Danielle kam. Als rangniedriges Mitglied des Rudels sollte sie doch jedes Interesse daran haben, die Veränderung ihres Status bekannt zu geben. Das würde bedeuten, dass sie nicht mehr putzen und kochen müsste. Die Partnerin eines Alphas musste anderen nicht dienen. Danielle wusste das.

„Warum?"

„Danielle will der Familie Zeit zum Trauern geben. Sie meinte, es wäre nicht fair, ihnen das gerade jetzt aufzubürden. Nicht, wenn noch so viel ungewiss ist, wie zum Beispiel William Gallaghers endgültiges Schicksal."

Austin hob die Augenbrauen. Danielle war in seiner Achtung gerade gestiegen. Jede andere Frau in ihrer Situation hätte sofort verkünden wollen, dass sie jetzt das Sagen hatte, und vielleicht sogar den Rudelmitgliedern, die sie in der Vergangenheit nicht gut behandelt hatten, klarmachen wollen, dass sie jetzt die Macht hatte und sich rächen könnte. Jetzt wurde alles klarer.

„Kein Wunder, dass du sie magst", sagte Austin, zum ersten Mal glücklich über die Wahl seines Bruders. „Sie ist alles, was Eve nicht ist."

Jude nickte; seine Augen strahlten vor Stolz. „Das ist sie. Und sie gehört mir."

„Was ist mit der Allianz? Wann wirst du es ihnen sagen?"

Sein Bruder verzog das Gesicht. „Am liebsten nie."

„Das geht nicht."

„Ich weiß. Ich werde es ihnen sagen, nachdem wir es der Familie mitgeteilt haben."

„Warte nicht zu lange", warnte er Jude. „Solche Neuigkeiten

kommen irgendwann raus, egal wie sehr man versucht, sie geheim zu halten."

„Das ist mir klar. Aber Danielle braucht Zeit. Das ist eine große Veränderung für sie."

„Nicht nur für sie."

„Ich weiß. Also, versprichst du mir, dass du das für dich behältst?"

„Klar, mache ich. Ich halte dir den Rücken frei."

„Danke, Bruder." Jude zog ihn in eine brüderliche Umarmung.

Austin klopfte ihm auf den Rücken. „Ich bin immer für dich da, um dich zu unterstützen."

Er löste sich aus der Umarmung seines Bruders, nickte und ging zur Tür. Er öffnete sie und verließ das Büro. Bevor er die Tür schließen konnte, stieß er mit Violet zusammen, die einen Stapel Ordner in den Armen hielt.

Sie errötete und wich zurück. „Hoppla, tut mir leid!"

„Entschuldige, ich habe dich nicht gesehen", sagte Austin schnell und zog die Tür hinter sich vollständig zu.

Hatte Violet lange vor der Tür gestanden? Hatte sie sein Gespräch mit Jude mithören können? Hatte sie gelauscht?

„Kann ich dir irgendwie helfen?", fragte er.

„Ähm ... ähh ...", stammelte sie. „Oh, ich habe nur nach Jude gesucht." Sie deutete auf die Akten. „Er wollte noch ein paar zusätzliche Berichte, die ich gestern nicht fertig hatte."

Sie klang nervös, und ihr Gesicht wurde von Sekunde zu Sekunde röter. Sie sah jetzt noch jünger aus als bei ihrer ersten Begegnung. Vielleicht war sie einfach nur nervös in der Gegenwart von Fremden.

„Er ist im Büro. Geh einfach rein", schlug Austin mit einem freundlichen Lächeln vor, während er sich mental notierte, Jude von dieser Begegnung zu erzählen.

Er würde Violet auch im Auge behalten, um anhand ihres Verhaltens herauszufinden, ob sie gehört hatte, dass Jude und Danielle sich gepaart hatten.

29

„Verdammt! Wo?", fragte Jude.

Er war gerade dabei gewesen, die zusätzlichen Berichte durchzugehen, die Violet ihm gebracht hatte, als Heath in sein Büro stürmte.

„Etwa zwei Meilen westlich, tief im Wald", antwortete Heath. „Mit den Quads sind wir schneller."

Gemeinsam eilten sie zu dem überdachten Bereich hinter der Garage. Dort standen drei Quads. Heath sprang auf eines davon und zeigte auf ein anderes.

„Die Schlüssel stecken. Wir nehmen sie nie raus, für den Notfall, weißt du."

Jude verstand. Da das gesamte Anwesen durch Kameras und hohe Zäune streng bewacht wurde, war es unwahrscheinlich, dass jemand eines der Fahrzeuge stehlen würde. Er sprang auf eines, drehte den Zündschlüssel und spürte, wie der Motor summte. In Montana, auf der Ranch der Allianz der Werwölfe, benutzten sie selten Geländefahrzeuge. Stattdessen nahmen sie Pferde, um abgelegene Gebiete zu erreichen.

„Ich folge dir", sagte er und nickte Heath zu.

Als Heath über die offene Wiese auf die Bäume zusteuerte, folgte Jude ihm dicht auf den Fersen. Im Wald wurden sie beide langsamer, um nicht gegen Bäume oder andere Hindernisse zu stoßen. Er konnte sehen, dass es deutliche Pfade gab, die von Reifen plattgefahren worden waren. Sie blieben eine Weile auf diesen Pfaden, bevor Heath nach links zeigte. Dort gab es keinen Pfad, aber sie fuhren trotzdem in diese Richtung. Kleine Büsche und abgebrochene Äste knackten unter ihren schweren Reifen, als sie sich einen Weg durchs Gestrüpp bahnten.

Plötzlich stieg ihm der Geruch von Blut in die Nase. Er war intensiver, als er erwartet hatte, obwohl Heath ihn vorgewarnt hatte. Als der Gestank des Todes stärker wurde, hob Heath die Hand und forderte ihn auf, das Fahrzeug anzuhalten. Jude brachte das Quad zum Stehen und stellte den Motor ab. Heath tat es ihm gleich und sprang ab. Er zeigte auf einen Busch neben einem hohen Baum.

Auch ohne Heaths ausgestreckten Arm hätte Jude gewusst, in welche Richtung er sich wenden musste. Der Geruch von Blut und Tod war dort am stärksten. Beide gingen darauf zu und blieben direkt davor stehen.

Jude starrte auf das große Reh, das auf dem Boden lag. Es war brutal angegriffen und getötet worden. Seine Kehle war aufgerissen, die Kratzwunden waren deutlich zu sehen. Das Reh musste innerhalb von Sekunden verblutet sein. Es war unwahrscheinlich, dass es noch gelebt hatte, als der Angreifer ihm die Brust und die Rippen auseinandergerissen hatte, um ans Innere zu gelangen.

„Das Herz?", fragte Jude mit einem Blick auf Heath.

„Weg. Herausgerissen."

Beide wussten, was das bedeutete. Der Angreifer hatte das Herz des Tieres gefressen.

„Fehlen noch andere Organe?"

„Nicht, soweit ich das bei meiner ersten Untersuchung feststellen konnte."

Jude nickte. „Es gibt nur ein Wesen, das so was machen würde."

„Ein Werwolf."

„Es sieht aus wie eine ziemlich frische Tötung."

„Ich würde sagen, es wurde irgendwann letzte Nacht getötet, vielleicht am frühen Morgen."

„Da stimme ich dir zu. Wie stand William dazu, dass jemand aus dem Rudel in diesen Wäldern jagt?"

„Ich bin mir nicht sicher. Er hatte bestimmte Regeln für seine Familie und andere für das Rudel. Ich weiß nur, dass niemand außerhalb der Familie es wagen würde, ein Reh auf seinem Grundstück zu töten und es dort liegen und verrotten zu lassen."

Das hatte er sich schon gedacht. „Nun, für das arme Tier können wir jetzt nichts mehr tun. Aber wir werden es nicht verrotten lassen. Ruf Chase an und bitte ihn, dir zu helfen, das Reh zum Haus zu transportieren. Weißt du, wie man ein Reh schlachtet?"

„Chase kann das gut."

„Gut. Sag deiner Schwester, sie soll das Fleisch für das Abendessen heute braten. Den Rest soll sie einfrieren."

„Mach ich."

Jude ging zurück zum Quad und stieg auf. Er schaute zu Heath, der schon am Telefon war und Chase Anweisungen gab. Jude fuhr denselben Weg zurück zur Garage, parkte das Quad dahinter und stellte den Motor ab. Er ging zurück zum Haus und trat durch die Hintertür in der Nähe der Küche ein. Es war erst Vormittag, aber im Haus herrschte bereits reges Treiben. Als er den Flur entlangging, fiel ihm eine offene Tür auf und er schaute in den Raum hinein. Es war ein Abstellraum mit hoch aufgestapelten Kisten.

Flora durchsuchte gerade eine davon.

„Flora?"

Sie schrie auf und wirbelte herum. Sie atmete tief aus und presste die Hand auf ihre Brust. „Du hast mich erschreckt."

„Das wollte ich nicht. Entschuldige."

Sie zwang sich zu einem Lächeln. „Guten Morgen." Dann fiel ihr Blick auf seine Stiefel. „Wie ich sehe, warst du heute schon im Wald unterwegs."

Er folgte ihrem Blick und bemerkte, dass seine Stiefel mit feuchter Erde verschmutzt waren. Er hob den Blick und sagte: „Ja. Heath hat mich darauf aufmerksam gemacht, dass im Wald ein Reh getötet wurde."

„Ein Reh? Willst du damit sagen, dass jemand auf unserem Grundstück ein Reh erschossen hat? Diese verdammten Wilderer! Ich habe William gesagt, er soll mehr Kameras installieren."

Jude hob die Hand, um sie zu unterbrechen. „Das Reh wurde nicht erschossen. Jemand hat ihm die Kehle durchgebissen."

Flora schnappte nach Luft.

„Und dann das Herz herausgerissen." Er musste ihr nicht erklären, was das bedeutete.

„Willst du damit sagen, dass ein Werwolf das Reh umgebracht hat?" Sie schnaubte. „Niemand aus dem Rudel hätte es gewagt, ein Reh auf diesem Grundstück zu töten, als William noch der Alpha war."

Der Seitenhieb traf ihn. Aber er würde das nicht einfach so hinnehmen. „Aber er hatte kein Problem damit, dass Cameron zwei Wanderer im selben Wald getötet hat, oder?"

Flora starrte ihn an, ihre Brust hob sich mit ihrem nächsten Atemzug. „Wenn William damals gewusst hätte, dass Cameron diese Wanderer getötet hat, hätte er ihn aufgehalten. Aber es gab keine Anzeichen dafür, dass Cameron so was tun würde. Es kam total überraschend."

Das bezweifelte er sehr. Mörder wie Cameron fingen nicht damit an, Menschen zu töten. Sie fingen mit Tieren an. Es hätte Anzeichen dafür gegeben, dass Cameron gestört war und seine Blutgier nicht unter Kontrolle halten konnte. In einer so eng zusammenlebenden Großfamilie wie den Gallaghers hätte es für alle offensichtlich sein müssen, dass Cameron eine Bedrohung darstellte.

Außerdem wusste er ganz genau, dass William Camerons Morde vertuscht hatte. Striker, der Vampir, der die Allianz der Werwölfe auf die Vorgänge im Gallagher-Rudel aufmerksam gemacht hatte, hatte das bestätigt. Es war eine Tatsache. Aber es brachte nichts, Flora zu korrigieren. Jetzt, da er wusste, dass sie mit William zusammen gewesen war, bevor er Clarice geheiratet hatte, musste er davon ausgehen, dass sie nicht wollte, dass jemand schlecht über den entthronten Alpha dachte. Vielleicht hatte sie nach all den Jahren immer noch Gefühle für ihn.

„Nun, was geschehen ist, ist geschehen", sagte Jude mit einem Schulterzucken. „Ich lasse Chase und Heath das Reh hierher transportieren, damit sie es zerlegen können. Wir werden es heute Abend zum Abendessen haben."

Flora nickte. „Wenigstens wird es nicht verschwendet. Ich werde dafür sorgen, dass Priscilla und Danielle einen leckeren Braten für heute Abend zubereiten."

„Danke."

30

In der Waschküche im Erdgeschoss faltete Danielle die restlichen Handtücher und legte sie zurück in den Wäschekorb. Da jetzt so viele Leute auf dem Anwesen wohnten, mussten täglich mehrere Ladungen Wäsche gewaschen werden. Die Arbeit machte ihr nichts aus, denn so konnte sie ihre Gedanken zu der vergangenen Nacht zurückwandern lassen.

Ihr Körper summte immer noch vor Vergnügen, und ihre Haut kribbelte, wenn sie an Jude dachte. So hatte sie sich noch nie gefühlt. Natürlich hatte sie schon Freunde gehabt, oder eher One-Night-Stands mit Fremden, die sie nie wieder sehen würde, aber diese sexuellen Abenteuer waren selten gewesen. Seit sie beim Gallagher-Rudel lebte, ging sie kaum noch in Bars, um jemanden kennenzulernen.

In Bars hatte sie sich immer wohlgefühlt, weil sie in einer gearbeitet hatte, als ihre Mutter noch lebte. Sie hatte sich immer so angezogen, dass ihre körperlichen Vorzüge, ihre schlanke Taille und ihre üppigen Brüste, betont wurden. Sie wusste, dass die männlichen Gäste das mochten, weil sie ihr reichlich Trinkgeld gaben. Und das hatte ihr Selbstvertrauen gestärkt. Außerdem liebte sie es, mit Männern zu flirten. Sie liebte es, Spaß zu haben und unbeschwert zu sein – bis sie eines Nachts Carl dabei erwischte, wie er ihre Mutter schlug. In jener Nacht hatte sich alles verändert.

Als sie bald danach ein Rudel fanden, das sie aufnahm, dachte sie, sie könnte ihr normales Leben wieder aufnehmen. Aber als dieses plante, sie zu zwingen, sich mit einem ihrer widerlichsten Mitglieder zu paaren, wurde ihr klar, dass sie sich ändern musste. Sie musste dafür sorgen, dass Männer sich nicht zu ihr hingezogen fühlten, damit sie nicht zu deren Beute wurde. Aus der Not heraus wurde sie introvertierter. Und sie nutzte diese schüchterne, introvertierte Persönlichkeit als Schutzschild, damit niemand sie bemerkte und damit man sie in Ruhe ließ, anstatt zu versuchen, einen Partner für sie zu finden. Es hatte funktioniert. Bis jetzt. Jude hatte sie trotzdem bemerkt.

Jetzt gehörten sie zusammen, und dieser Gedanke war aufregend und zugleich beängstigend. In seinen Armen hatte sie sich zum ersten Mal seit vielen Jahren sicher gefühlt, aber der Gedanke, die Familie Gallagher mit vollendeten Tatsachen konfrontieren zu müssen, ließ sie schaudern. Wie sie Eve kannte, würde sie ihr vorwerfen, ihr Jude weggenommen zu haben, und selbst Flora, die oft nett zu ihr gewesen war, würde sich hintergangen fühlen. Sie fühlte sich wie ein Eindringling, obwohl sie wusste, dass Jude sie beschützen würde und die Gallaghers sie als Alpha-Frau des Rudels akzeptieren müssten. Doch egal, wie lange sie darüber nachdachte, ein Problem blieb bestehen: Da Jude sie zu seiner Partnerin gemacht hatte, konnte er das Rudel nicht durch eine Verbindung zwischen ihm und Eve vereinen. Die Gallaghers hatten keinen Grund, ihn zu akzeptieren. Er war ein Außenseiter, der sich mit einer Außenseiterin gepaart hatte. Das würde das Rudel noch mehr spalten.

„Heh ...“

Das geflüsterte Wort ließ sie herumwirbeln und erschrocken nach Luft schnappen.

„Jude“, murmelte sie und schaute an ihm vorbei zur offenen Tür der Waschküche, um zu sehen, ob jemand im Flur war.

Aber Jude füllte fast den gesamten Türrahmen aus, sodass sie kaum etwas sehen konnte. Er trat einen Schritt näher und ließ die Tür einen Spalt offen.

„Ich war enttäuscht, dass du nicht da warst, als ich aufwachte."

Ihr Herz schlug schneller, denn auch sie hätte gerne mit ihm aufwachen wollen. „Ich konnte nicht bleiben, sonst hätte mich vielleicht jemand aus deinem Schlafzimmer kommen sehen."

„Das muss nicht so sein." Er beugte sich zu ihr. „Sag einfach ein Wort, und ich werde unsere Verbindung dem Rudel bekannt geben."

Sein männlicher Duft umhüllte und betörte sie. Sie fühlte die Anziehungskraft, die er auf sie ausübte, und verspürte das Bedürfnis, ihn zu berühren. Oder sich an ihm zu reiben. Verdammt, jetzt, wo sie mit ihm geschlafen hatte, wollte sie ihn noch mehr, da sie wusste, wie ihr Körper auf ihn reagierte und welche Art von Vergnügen sie einander bereiten konnten.

„Verdammt, Baby", flüsterte er. „Ich wünschte, ich könnte dich gleich hier nehmen."

Bevor sie überhaupt antworten konnte, berührte Jude ihre Lippen mit seinen und küsste sie leidenschaftlich. Ihr Rücken berührte die Wand, während er seinen Körper an ihren presste und sie seine Erregung spüren ließ. Er war genauso hart und groß wie in der Nacht zuvor. Instinktiv schmiegte sie sich an ihn und gab seinem Verlangen nach. Dem Verlangen ihres Partners. Sie wusste, dass es ihre Verbindung war, die sie in seinen Armen in Wachs verwandelte.

Es war allgemein bekannt, dass, wenn einer der Partner die Intimität initiierte, der andere machtlos war und sich aufgrund der magischen Verbindung zwischen ihnen nicht wehren konnte. Aber sie wusste, dass es mehr als das war, mehr als nur das Schicksal, das sie verband. Sie spürte es in ihrem Herzen, spürte die Liebe, die dort wuchs. Sie brauchte ihn nicht nur, sie wollte ihn.

Als sie die Leidenschaft spürte, mit der er sie küsste, schmolz sie dahin, streichelte ihn und ließ eine Hand zu seinem Hintern gleiten, um ihn noch näher an sich zu ziehen. Als sie sich an seiner Erektion rieb, stöhnte Jude in ihren Mund. Ein tiefes Gefühl der Zufriedenheit überkam sie, als sie erkannte, welche Macht sie über ihn hatte, die

Macht, ihn die Kontrolle verlieren zu lassen, dieselbe Macht, die er über sie ausübte.

Jetzt verstand sie, dass es ihr heimlicher Traum gewesen war, mit einem mächtigen Mann, einem Alpha, zusammen zu sein, denn er brachte etwas in ihr zum Vorschein, von dem sie nie gedacht hätte, dass sie es hatte: Stärke. Sie war nicht schwach, wie alle immer angenommen hatten, sondern hatte lediglich ihre Natur versteckt, um sich anzupassen und keine Wellen zu schlagen. Bis jetzt.

Mit jedem Streicheln seiner Zunge gegen ihre wurde ihr Körper heißer, bis ein gewaltiges Feuer in ihr zu lodern schien, das sie mit Verlangen und Begierde verzehrte. Als sie plötzlich kühle Luft auf ihren Lippen spürte, wurde ihr klar, dass Jude den Kuss unterbrochen hatte. Sie starrte ihn an und bemerkte, dass er unregelmäßig atmete. Seine Augen brannten; sie waren nicht mehr ganz menschlich. Der Wolf in ihm brodelte knapp unter der Oberfläche, noch immer vor allen außer ihr verborgen. Sie konnte den Wolf sehen. Ein leises Knurren entfuhr ihrer Kehle, ein Zeichen dafür, dass ihr eigener Wolf entfesselt werden wollte.

„Verdammt, Danielle, ich weiß nicht, wie lange ich vor dem Rest des Rudels noch so tun kann, als wäre nichts zwischen uns", sagte er mit einer Spur von Frustration in der Stimme. „Siehst du nicht, was du mit mir machst?"

Sie sah es nur zu gut, denn ihr ging es genauso. Sie legte eine Hand auf seine Brust und spürte seinen starken Herzschlag gegen ihre Handfläche pochen.

„Ich ...", sagte sie zögernd.

Sie wusste nicht, warum sie immer noch daran festhielt, dass sie mehr Zeit brauchte, um sich auf die Konsequenzen vorzubereiten, die von Seiten der Gallaghers auf sie niederhageln würden. Egal wie lange sie warteten, der Zorn der Gallaghers würde sich auf sie und Jude richten.

„Wir reden heute Abend darüber, wenn alle schlafen", schlug sie vor.

„Okay", gab er nach und beugte sich wieder zu ihr hinunter.

Da sie wusste, dass ein weiterer Kuss nur dazu führen würde, dass sie in der Waschküche Sex haben würden, drückte sie beide Hände gegen seine Brust.

„Bitte nicht", flehte sie.

Er holte tief Luft. „Okay, dann heute Abend." Er machte sich bereits zum Gehen bereit, als er sich wieder umdrehte. „Oh, bevor ich es vergesse: Heute Abend gibt es ein großes Abendessen. Heath hat im Wald ein verblutetes Reh gefunden."

Schockiert schnappte sie nach Luft. „Was ist passiert?"

„Es sieht so aus, als hätte ein Wolf es letzte Nacht oder heute Früh gerissen. Er hat ihm die Kehle durchgebissen und dann das Herz herausgerissen."

„Und das Herz war weg?", fragte sie, obwohl sie die Antwort schon ahnte.

„Ja. Das muss jemand aus dem Rudel gewesen sein. Ist das hier schon mal passiert, als William noch das Sagen hatte?"

Einen Moment lang überlegte sie, wie sie antworten sollte. „Nein, kein Reh. Aber etwas Kleineres."

„Was meinst du damit?"

Sie zögerte, weil sie nicht schlecht über jemanden reden wollte, aber sie konnte es jetzt nicht für sich behalten.

„Byron ... immer, wenn er sich mit seinem Vater gestritten hat, ist er in den Wald gegangen und hat gejagt. Du weißt schon, Kaninchen oder Kojoten, und hat ihnen das Herz herausgerissen, um es zu fressen. Aber niemals ein Reh."

„Du meinst, wenn er wütend ist, macht er das immer?"

„Ich weiß nicht, ob das jedes Mal so ist, aber ich habe gesehen, dass er, wenn er wegen etwas frustriert oder wirklich wütend war, seine Wut an etwas ausließ."

Sie hatte es selbst einmal gesehen, als sie ihm im Wald begegnet war. Damals hatte sie einen großen Bogen um ihn gemacht, damit er nicht erfuhr, was sie gesehen hatte.

Sie zuckte mit den Schultern. „Das ist aber nicht so ungewöhnlich", fügte sie hinzu. „Ich meine, wir jagen alle gelegentlich, wenn der Wolf in uns es verlangt. Du und deine Männer seid da sicher nicht anders."

„Nein, das sind wir nicht. Du hast recht." Er seufzte. „Aber es ist etwas anderes, wenn jemand es aus Wut tut. Das kann schnell eskalieren. Zuerst ist es ein Kaninchen, dann ein Kojote, dann ein Reh."

Sie verstand, worauf er hinauswollte. „Und dann ein Mensch. So wie in Camerons Fall."

Jude nickte. „Ich fürchte ja. Pass auf dich auf, okay, Baby?"

Er zog sie näher zu sich heran, und sie hielt ihn nicht auf, als er sie erneut küsste.

31

"*Pass auf dich auf, okay, Baby?*"

Thaddeus hörte Judes Stimme aus der Waschküche, deren Tür nur angelehnt war. Niemand antwortete auf seine Worte. Wer war mit ihm dort drinnen? Und wen nannte er *Baby*?

Es war auf keinen Fall Eve. Erstens würde Eve sich niemals in die Waschküche verirren. Außerdem hatte er gehört, wie sie das Haus verlassen hatte, wahrscheinlich um auf dem Reiterhof auszureiten. Das war ihre Lieblingsfreizeitbeschäftigung, ihre Art, den inneren Dämonen zu entfliehen, mit denen sie zu kämpfen hatte. Das brachte ihn zurück zu seiner ursprünglichen Frage.

Wer war die Frau, die Jude *Baby* genannt hatte? Zumindest nahm er an, dass es eine Frau war, da Jude ihm nicht schwul erschien. Er versuchte, durch den schmalen Spalt zwischen Tür und Rahmen zu spähen, konnte aber niemanden sehen. Aber er konnte sie hören, zumindest ihr Atmen. Den Geräuschen nach zu urteilen, küssten sie sich – und befummelten sich wahrscheinlich auch.

Es gab nur wenige Möglichkeiten, wer die Frau sein könnte. Angenommen, es war nicht Flora – allein der Gedanke daran bereitete ihm Übelkeit –, dann gab es nur drei andere Frauen auf dem Anwesen: Violet, Danielle und Priscilla.

Er atmete tief und leise ein, um zu versuchen, die Gerüche aus der Waschküche wahrzunehmen, aber leider war der Duft von Waschmittel zu überwältigend, um irgendetwas zu erkennen. Er konnte nicht einmal Jude riechen.

Das bedeutete, dass er nur raten konnte. Vielleicht machte Violet sich an den neuen Alpha heran. Und warum auch nicht? Sie war hübsch, klug und wusste, dass sie keine wichtige Position im Rudel mehr haben würde, sobald Eve die Partnerin des Alphas wurde. Sie hatte sicherlich die Möglichkeit, Jude näherzukommen. Schließlich hatte sie viele Stunden mit ihm hinter verschlossenen Türen verbracht, angeblich um Finanzberichte durchzugehen. Vielleicht hatte Jude erkannt, dass Violet eine viel warmherzigere Person war, als Eve es jemals sein konnte. Er liebte seine Schwester zwar, aber er war nicht blind für ihre Fehler. Sie behielt ihre Gefühle für sich, was sie distanziert wirken ließ. Violet hingegen war freundlich und unkompliziert.

Dass Violet sich zu Jude hingezogen fühlte, war sicherlich nicht verwunderlich. Der neue Alpha sah gut aus und hatte einen muskulösen Körper, den man kaum übersehen konnte. Er hatte breite Schultern, schmale Hüften und füllte seine Hose sehr gut aus. Dazu kam noch die Macht, die er jetzt ausübte; kurzum, er war der perfekte Fang für jede Werwölfin.

Aber was, wenn es nicht Violet war, die mit Jude in der Waschküche rummachte? Was, wenn Jude nicht der treue Typ war? Was, wenn er sich entschieden hatte, eine Affäre mit Danielle oder Priscilla zu haben, während er darauf wartete, dass Eve bereit für die Paarung war? In gewisser Weise konnte man ihm das nicht einmal übel nehmen. Alle Werwölfe hatten eine unersättliche Libido. Und sowohl Danielle als auch Priscilla waren jung und hübsch. Selbst er konnte das sehen, und er war nicht an ihnen interessiert, obwohl er beide immer freundlich behandelte. Schließlich hatten sie genug Ärger mit einigen anderen Mitgliedern des Rudels. Auf jeden Fall waren sie keine

Bedrohung für Eves oder Violets Position. Ein Mann wie Jude würde sich nur für die beste Wahl entscheiden, was bedeutete, dass er zwischen Eve und Violet wählen musste.

Nun, ihm war das egal. Er hatte andere Probleme, um die er sich kümmern musste.

Gerade als er an ein bestimmtes Problem dachte, kam dieses auf ihn zu: Mason. Ihm blieb keine andere Wahl, als diesem auf halbem Weg entgegenzukommen, weit genug von der Waschküche entfernt, damit Mason nicht die Gelegenheit bekam, mitzuhören, was dort vor sich ging.

„Ich habe dich gesucht", sagte Mason mit einem Lächeln.

Nun, das war keine Überraschung. Mason war mittlerweile sein ständiger Schatten, einer, den er unmöglich abschütteln konnte. Von nun an musste er vorsichtiger sein, und das hasste er. Er hatte sich zwar mit seinem Vater nicht gut verstanden, aber zumindest hatte dieser nicht die Zeit gehabt, ihn ständig im Auge zu behalten. Das hatte es ihm leicht gemacht zu verschwinden, wann immer er das wollte. Mit der Ankunft des Teams der Allianz der Werwölfe war es schwieriger geworden, sich davonzuschleichen, ohne dass jemand nach seinem Vorhaben fragte. Er musste dafür sorgen, dass Mason keinen Grund fand, ihm zu misstrauen. Leider bedeutete das, sich offen und freundlich zu geben, auch wenn das das Letzte war, was er wollte.

Irgendetwas an diesem Typen machte ihn nervös. Mason war total gesprächig und charmant, aber es kam ihm vor, als würde er eine Rolle spielen. Zu welchem Zweck, wusste er nicht. Jedenfalls noch nicht.

„Hey, Storm", antwortete Thaddeus so locker wie möglich, ohne dabei unecht zu klingen. „Was gibt's?"

„Ich denke, ich habe genug von Hafenanlagen gesehen, dass es mir ein Leben lang ausreicht. Also, was meinst du, würdest du mir das Anwesen zeigen? Ich habe keine Vorstellung davon, wie groß es ist."

Er war nicht überrascht, dass Mason den Besuch in der Reederei nicht genossen hatte. Er selbst vermied sie auch so gut es ging. Er hatte kein Interesse daran. Viel lieber hätte er im Weinberg oder sogar auf dem Reiterhof gearbeitet. Auf den Docks stank es nach toxischer

Männlichkeit, was wahrscheinlich der Grund war, warum sein Vater ihn in das Schifffahrtsgeschäft geschickt hatte.

„Klar. Willst du laufen oder fahren?"

„Mit dem Auto?"

„Nein, mit dem kommt man nicht überall hin. Ich meinte, mit den Quads. Kannst du damit umgehen?"

Mason nickte. „Klar."

„Na gut. Dann los."

Zumindest während der Fahrt mit den Quads machte der Lärm der Motoren eine Unterhaltung praktisch unmöglich, was ihm ganz recht war. Er wollte nicht Small Talk mit dem völlig undurchschaubaren Werwolf, der ihn nervös machte, wenn sie alleine waren, machen müssen.

32

Im ganzen Haus roch es nach dem Wildbret, das seit mehreren Stunden langsam im Ofen gebraten wurde. Jude hatte Hunger. Er hatte das Mittagessen ausgelassen und stattdessen an einer Videokonferenz mit dem Hauptquartier der Allianz der Werwölfe außerhalb von Bozeman teilgenommen. Sie hatten eine Verhandlung abgehalten, bei der er über die Taten von Cameron und William Gallagher aussagen musste. Zu seiner Überraschung war noch eine weitere Person an dem Gespräch beteiligt, die nicht Mitglied der Allianz war: Patrick Woodford, der Vampir, den er in der Nacht seiner Ankunft kennengelernt hatte. Die Allianz hatte ihn kontaktiert, um seine Version der Ereignisse zu hören, die zu Camerons Tod geführt hatten. Es war ungewöhnlich, dass die Allianz einen Vampir an ihren Verfahren teilnehmen ließ, aber was passiert war, war außergewöhnlich gewesen, und der Vampir hatte geschworen, ihr Geheimnis zu bewahren. Er vertraute Patrick. Er hatte es in seinen Augen gesehen, als sie in jener Nacht miteinander gesprochen hatten.

Nach dem Videoanruf fühlte sich Jude erschöpft. Er wusste, dass es Schuldgefühle waren, die schwer auf seinen Schultern lasteten. Er wusste, dass er die Mitglieder des Rates anrufen und ihnen mitteilen sollte, dass er sich nicht mit Gallaghers Tochter oder Nichte gepaart hatte, sondern mit Danielle, einem rangniedrigen Mitglied des Rudels. Sie würden nicht erfreut sein. Wahrscheinlich würden sie ihn absetzen und stattdessen den nächsten Alpha-Anwärter einsetzen, der seiner Meinung nach Austin war. Er hätte das gerne gemacht und die Zügel an seinen Bruder übergeben, aber er wusste, dass Austin Eve noch weniger mochte als er. Und das konnte er seinem Bruder nicht antun. Er hatte etwas Besseres verdient. Er verdiente einen Neuanfang, nicht das Chaos, das Jude hinterlassen würde, sollte die Allianz ihn absetzen. Er musste eine andere Lösung finden, eine, die das Rudel unter ihm vereinen würde, ohne dass er in die Familie einheiraten musste. Denn eines war hundertprozentig klar: Er würde Danielle niemals verlassen.

Jude verließ sein Büro. Er fand Wendell in der Bibliothek. Der massige Mann mit dem Stoppelbart und den auffälligen silbergrauen Augen blickte von seinem Computer auf.

„Hey, Jude."

Als Jude sah, dass sie allein waren, schloss er die Tür hinter sich und ging auf ihn zu.

„Was Byron angeht", begann er.

„Was ist mit ihm?"

„Ich frage mich, ob er gestern Abend das Reh getötet haben könnte."

Wendell zuckte mit den Schultern. „Warum verdächtigst du ihn?"

„Ich habe gehört, dass er schon mal Tiere getötet hat, wenn er sauer war."

„Ich verstehe. Du fragst dich, ob er nach dem Tod seines Bruders wütend genug war, um das zu tun."

„Ja. Was hältst du von ihm? Ich meine, du hast einige Zeit mit ihm in der Kautionsagentur verbracht."

„Er hat mir alles gezeigt. Er ist überraschenderweise bei den Managern sehr beliebt. Wir sind auch ein paar Kopfgeldjägern begegnet, die für sie arbeiten. Ziemlich coole Typen. Sie scheinen Byron als einen von ihnen zu akzeptieren."

„Willst du damit sagen, dass er sich ausnahmsweise mal nicht wie ein Idiot benommen hat?"

Wendell lachte leise. „Ob du es glaubst oder nicht, außerhalb des Anwesens ist er ganz anders. Draußen, in der echten Welt, ist er normal. Ich meine, so normal, wie ein Werwolf eben sein kann. Aber was ich damit sagen will, ist, dass er fast schon sympathisch ist. Fast!", betonte Wendell.

Überrascht runzelte Jude die Stirn.

„Du glaubst also nicht, dass er es getan haben könnte?"

„Das sage ich nicht. Er ist definitiv dazu in der Lage. Ob er es tatsächlich getan hat, weiß ich nicht. Ich wohne im Zimmer neben seinem, und wie du weißt, habe ich einen leichten Schlaf, aber ich habe ihn in der Nacht nicht gehen hören."

„Danke, Kumpel."

„Du hast also keine Hinweise darauf, wer das Reh erlegt haben könnte?"

Jude schüttelte den Kopf. „Keine. Byron ist meine beste Vermutung." Er zuckte mit den Schultern. „Es könnte auch Eve gewesen sein. Was weiß ich schon?"

„Ja, die ist eine harte Nuss. Ich möchte nicht in deiner Haut stecken. Sie ist nicht die Frau, die ich in meinem Bett haben möchte."

Jude sagte nichts dazu. Was hätte er auch sagen sollen? Dass Eve ganz sicher niemals sein Bett wärmen würde, weil er sich stattdessen für Danielle entschieden hatte? Danielle hatte ihn gebeten, ihr Geheimnis vorerst für sich zu behalten, also würde er das auch tun. Vielleicht könnten sie heute Abend einen Plan ausarbeiten, wie es weitergehen sollte.

„Na ja, trotzdem danke." Er zeigte auf die Uhr. „Das Abendessen ist fast fertig."

„Oh, gut." Er schaute über seine Schulter. „Kitty? Wo versteckst du dich?"

Ein leises Miauen kam von unter dem Sofa, und kurz darauf kam die weiße Katze zum Vorschein. Sie schaute ihn an, dann Wendell, bevor sie direkt zu ihrem Besitzer lief, auf seinen Schoß sprang und sich an ihn kuschelte.

„Willst du sie mit ins Esszimmer nehmen?"

Wendell streichelte die Katze. „Klar, warum nicht?"

„Weil Eve, wenn ich mich nicht irre, Katzen hasst."

„Pech gehabt. Wenn Kitty nicht ins Esszimmer darf, esse ich mit ihr in der Küche."

„Findest du nicht, dass du eine ungesunde Bindung zu deiner Katze hast?"

Kitty fauchte ihn plötzlich an.

„Ich glaube, ihr gefällt deine Bemerkung nicht."

Jude verdrehte die Augen.

„Okay. Bring sie mit, aber tu mir einen Gefallen: Setz dich so weit wie möglich von Eve weg. Ich will heute Abend nicht wieder Schiedsrichter spielen."

„Verstanden, Boss." Dann neigte er den Kopf zur Katze, die sich streckte und ihm den Hals leckte. „Siehst du, Kitty, du darfst mitkommen."

Jude drehte sich um und verließ die Bibliothek.

Eine halbe Stunde später waren alle im Esszimmer versammelt. Die verschiedenen Gerichte waren auf einem langen Tisch an der Wand aufgestellt worden, sodass sich jeder bedienen und seinen Teller füllen konnte, bevor er sich an den massiven Esstisch setzte. Trotz dessen Größe war es eng. Es waren zusätzliche Stühle aufgestellt worden, um alle neunzehn Mitglieder des Rudels und der Allianz der Werwölfe unterzubringen.

Jude bemerkte, dass Wendell und seine Katze einen Platz neben Danielle gefunden hatten. Als Danielle Kitty verwöhnte und ein paar Mal mit Wendell lachte, spürte er, wie sich sein Herz zusammenzog. Verdammt, er wusste, dass er keinen Grund hatte, eifersüchtig zu sein, aber sie mit einem anderen Mann lachen zu sehen, löste dieses Gefühl trotzdem aus. Er unterdrückte es und riss seinen Blick von ihnen los, als Eve sich direkt neben ihn setzte. Heute Abend würde er sie nicht ignorieren können. Er wünschte, er könnte Eve hier und jetzt sagen, dass er sich nicht mit ihr paaren würde. Sie in dem Glauben zu lassen, dass sie die Alpha-Frau des Rudels werden würde, war grausam, aber er konnte das im Moment nicht ändern. Er musste mitspielen.

„Danielle, ich habe gute Nachrichten für dich.“

Danielle wandte ihren Blick von Jude und Eve ab und sah Flora an, die ihr gegenüber am Esstisch saß.

„Ja?“

Flora lächelte. „Morgen kommen zwei Arbeiter vom Weingut und fangen mit der Reparatur deines Häuschens an, damit du bald wieder einziehen kannst.“

„Oh, das Cottage“, sagte sie und suchte nach einer Antwort.

„Ja, sie denken, dass es nur zwei Tage dauern wird, um alles zu reparieren, was nötig ist, damit es wieder bewohnbar ist. Abgesehen von der Küche natürlich, aber da du sowieso im Haupthaus kochst und isst, werden wir uns darum nicht sofort kümmern.“

Bevor sie etwas sagen konnte, fuhr Flora fort: „Da gerade so viele Leute eine Unterkunft brauchen, ist das wirklich die beste Lösung. Wir können Priscilla wahrscheinlich bei dir unterbringen, damit jemand anderes ihr Zimmer in Heaths Hütte nutzen kann.“ Sie wandte ihren Blick Wendell zu. „Vielleicht möchtest du dir eine Hütte mit Heath oder Chase teilen?“

Wendell räusperte sich. „Wenn Jude das so entscheidet, dann ja, das ist kein Problem.“

Flora lachte leise. „Oh, wir müssen doch Jude nicht mit allem belästigen. Er hat schon genug zu tun. Und ich bin immer noch für den Haushalt verantwortlich. Ich denke, das ist das Beste, damit wir Platz schaffen können.“

„Vielleicht sollten wir das wirklich dem neuen Alpha überlassen“, antwortete Danielle schließlich.

Sie mochte es nicht, übergangen zu werden, und sie wusste, dass Jude das auch nicht mochte. War das eine Möglichkeit für Flora, allen zu zeigen, dass sie immer noch beträchtliche Macht in dem Rudel hatte?

Danielle erinnerte sich nur zu gut an die Gasexplosion, die ihr Cottage beschädigt hatte. In derselben Nacht hatte Flora ihr vorgeschlagen, in das Cottage zu ziehen, das Chase jetzt bewohnte, aber William hatte darauf bestanden, dass sie ins Haupthaus zog. Sie wusste, dass Flora es nicht mochte, wenn man sich über sie hinwegsetzte. Es schien, als würde Flora nach Williams Abzug zu ihrem ursprünglichen Plan zurückkehren, sie wieder aus dem Haupthaus zu entfernen. Als hätte sie etwas getan, das Flora missfiel.

„Sei nicht albern, Mädchen", sagte Flora lachend, bevor sie sich wieder Wendell zuwandte. „Das ist die beste Lösung. Dort hast du auch mehr Privatsphäre."

Danielle schluckte das Stück Wildfleisch, das sie sich in den Mund gesteckt hatte, hinunter. Vielleicht war ihre Entscheidung, der Familie noch nicht zu sagen, dass sie und Jude ein Paar waren, doch nicht so eine gute Idee gewesen. Denn sobald sie wieder in das Cottage geschickt wurde, würde es auffallen, wenn sie sich jede Nacht in Judes Schlafzimmer schlich.

„Also, Wendell", fuhr Flora fort und ignorierte sie jetzt komplett. „Es ist ziemlich ungewöhnlich für jemanden unserer Art, eine Katze zu haben."

Während Wendell ihr antwortete, klinkte Danielle sich aus und sah sich um.

Priscilla, die links von Flora saß und Floras Plan ganz klar mitbekommen hatte, sah sie direkt an. Danielle kannte Priscilla gut genug, um zu wissen, dass auch sie mit Floras Plan nicht einverstanden war. Sie und ihr Bruder Heath standen sich sehr nahe. Floras Aussage, dass sie in der Hütte mehr Privatsphäre haben würde, war eine glatte Lüge: Die kaputte Hütte hatte nur ein Schlafzimmer, was bedeutete, dass Flora wollte, dass sie und Priscilla sich ein Zimmer teilten. Es war klar, dass dieser Schritt sie und Priscilla daran erinnern sollte, dass sie die niedrigsten Mitglieder des Rudels waren.

Sie warf Priscilla einen ermutigenden Blick zu. Heute Abend

würde sie mit Jude reden, um sicherzustellen, dass Flora keine Chance bekam, ihren Plan umzusetzen.

Das laute Klirren eines Glases riss sie aus ihren Gedanken. Sie schaute in die Richtung, aus der das Geräusch kam, und sah, wie Jude von seinem Platz aufstand, während die Gespräche verstummten.

„Ich habe eine Ankündigung zu machen", begann Jude.

Ihr Herz begann unregelmäßig zu schlagen. Würde er ihre Paarung bekannt geben, obwohl er versprochen hatte, es nicht zu tun?

Alle schauten ihn erwartungsvoll an.

„Williams Anhörung vor der Allianz der Werwölfe fand heute Früh statt. Sie haben eine Entscheidung getroffen."

Plötzlich war es mucksmäuschenstill im Raum. Erleichtert, dass Jude sein Versprechen ihr gegenüber nicht gebrochen hatte, und gleichzeitig neugierig auf Williams Schicksal, hielt Danielle den Atem an.

„Er wurde nach Kanada verbannt."

Mehrere erschrockene Ausrufe drangen an ihre Ohren. Sie bemerkte, wie Flora die Kiefer zusammenpresste. Sie hatte eine enge, wenn auch – so fand Danielle – ungleiche Beziehung zu William gehabt.

„Er darf nicht nach Kalifornien zurückkehren oder sich irgendwo in den USA niederlassen. Die Allianz der Werwölfe in Kanada wird alle weiteren Entscheidungen treffen."

Danielle schaute zu Eve und ihren Brüdern, die am selben Ende des Tisches saßen. Ihre Gesichter waren unbewegt. Die Entscheidung der Allianz der Werwölfe war für sie keine Überraschung. Alle hatten das erwartet. Als sie die Endgültigkeit von Judes Worten begriffen, schauten alle drei resigniert drein. Sie wussten, dass Jude als ihr Alpha hierbleiben würde und sie das Beste aus ihrer Situation machen mussten.

Sie bemerkte eine kleine Veränderung in Eves Gesichtsausdruck, als diese nickte und sich an Jude wandte: „Danke, dass du uns informiert hast."

Ihre Worte waren frei von sichtbaren Emotionen. Aber als Jude sich wieder hinsetzte und die Unterhaltung am Tisch weiterging, legte sie ihre Hand auf Judes Unterarm.

Ein instinktives Gefühl durchströmte Danielle.

Er gehört mir, wollte ihr innerer Wolf schreien. *Fass ihn nicht an, er gehört mir.*

Aber ihre zivilisierte Seite hielt den Wolf in Schach. Wie lange noch, wusste sie nicht.

33

Barfuß stand Jude in der Nähe der Tür seines Schlafzimmers und lauschte auf Geräusche aus dem Flur. Nachdem das Abendessen endlich vorüber war, trank er noch schnell etwas mit einigen seiner Männer, bevor er sich mit der Begründung, er sei müde, zurückzog. In Wahrheit wollte er schnell duschen, bevor Danielle sich zu ihm ins Schlafzimmer gesellte.

Er war schon vor einer halben Stunde mit dem Duschen fertig geworden, aber Danielle war immer noch nicht aufgetaucht. Was hielt sie auf? Er hatte mitbekommen, dass Priscilla Dienst hatte, um die Tische abzudecken und die Küche aufzuräumen, wobei ihr Bruder ihr half, da Danielle gekocht hatte. Und sie hatte ein leckeres Essen gekocht. Allerdings sollte Kochen nicht ihre Aufgabe sein. Als seine Partnerin sollte sie über den Haushalt herrschen und keine niederen Arbeiten verrichten.

Nach einer gefühlten Ewigkeit hörte er das Knarren der Dielen vor seinem Schlafzimmer. Einen Moment später drehte sich der Türknauf und die Tür wurde leise aufgestoßen. Danielle, gekleidet in einen langen weißen Bademantel, erschien in der Tür.

Kaum war sie eingetreten und hatte die Tür hinter sich

geschlossen, drückte er sie gegen die Wand und küsste sie mit einer Leidenschaft, die nur sie stillen konnte.

Als sie seinen Kuss mit derselben Leidenschaft erwiderte und ihre Hände über seinen nackten Oberkörper wanderten, überkam ihn ein Gefühl der Erleichterung. Schwer atmend ließ er ihre Lippen los, hielt sie aber weiterhin zwischen der Wand und seinem Körper gefangen, wobei der Kontakt Blut in seinen Schwanz schießen ließ und sich dieser innerhalb von Sekunden füllte.

„Ich wollte dich gerade suchen gehen", gestand er. „Sag mir nicht, dass Flora dir aufgetragen hat, nach dem Abendessen noch zu arbeiten."

„Nein, aber ich musste mit Priscilla reden. Sie war aufgebracht."

„Warum? Was ist los?" Instinktiv machte er einen Schritt zurück, um ihr Raum zum Atmen zu geben.

Danielle holte tief Luft, während sich eine tiefe Furche auf ihrer Stirn bildete.

„Flora. Das ist los. Sie hat beim Abendessen verkündet, dass Priscilla und ich mein altes Cottage teilen müssen, damit Chase bei Heath einziehen kann und Chases Cottage für dein Team genutzt werden kann."

„Das Cottage, in dem die Gasexplosion passiert ist? Aber das ist doch unbewohnbar!"

Allerdings war diese Tatsache nebensächlich: Danielle würde nirgendwo anders hinziehen als in sein Schlafzimmer.

Danielle redete weiter, und es war klar, dass nicht nur Priscilla sauer war.

„Flora lässt morgen Handwerker kommen, um das Häuschen zu reparieren. Sie meint, das dauert nur ein paar Tage."

„Das geht nicht. Ich hab gesehen, wie schlimm es ist. Und außerdem gibt's in dem Häuschen nur ein Schlafzimmer."

Danielle stemmte die Hände in die Hüften. „Flora erwartet, dass Priscilla und ich uns ein Schlafzimmer teilen."

Jude legte sanft seine Hände auf ihre Schultern. „Atme tief durch, Baby. Das wird nicht passieren. Wenn Priscilla weiterhin bei ihrem

Bruder wohnen will, dann wird sie das auch tun. Und du wirst nicht in einem Cottage dort draußen wohnen. Es ist an der Zeit, dass Flora begreift, dass sie nicht mehr diejenige ist, die Entscheidungen in diesem Haushalt trifft. Du bist das."

Sie sah ihm zunächst skeptisch in die Augen. „Das heißt, wir müssen ihr von uns erzählen."

„Nicht nur ihr", sagte Jude. „Wir müssen es der ganzen Familie sagen. Je früher, desto besser. Es tut mir leid. Ich weiß, dass du warten wolltest. Aber Flora lässt mir keine andere Wahl. Ich werde nicht zulassen, dass sie dich wie eine Dienerin herumkommandiert."

Er rechnete mit Widerstand von Danielle und war bereit, sich mit ihr darüber zu streiten. Als sie nicht sofort protestierte, strich er ihr mit den Fingern über die Wange.

„Ist dir das recht?", fragte er nun sanfter.

Sie lächelte. „Ich mache mir keine Sorgen um mich."

Als er das hörte, wurde sein Herz warm.

„Du machst dir Sorgen um mich?" Er drückte einen sanften Kuss auf ihre Lippen. „Ich komme mit den Gallaghers klar."

„Was ist mit der Allianz der Werwölfe? Was werden die tun?"

Wahrscheinlich würden sie ihn sofort nach Montana zurückrufen. Aber das würde er jetzt nicht ansprechen. Sie erriet es wahrscheinlich sowieso schon.

„Sie werden es vorerst nicht erfahren. Wir werden es morgen der Familie und meinem Team mitteilen. Und dann werden wir sehen, wie sie reagieren."

„Eve wird verletzt sein."

Er lachte leise. „Eve interessiert sich sowieso nicht für mich. Sie wird wahrscheinlich erleichtert sein, dass sie sich nicht mit mir paaren muss."

„Sie schien sich heute Abend doch für dich zu erwärmen." Danielle räusperte sich. „Sie hat dich berührt."

„Wann hat sie mich berührt –?"

„Sie hat ihre Hand auf deinen Unterarm gelegt, nachdem du allen von der Entscheidung der Allianz bezüglich William erzählt hast. Und dann hat sie sich zu dir gebeugt. Du weißt schon, als würde sie dir etwas zuflüstern ...“

„Du meinst, so wie ich mich gerade zu dir beuge?“ Er brachte seinen Mund zu ihrem Ohr. „Das ist mir gar nicht aufgefallen, weil ich noch darüber nachgedacht habe, wie vertraut du mit Wendell beim Abendessen gewirkt hast.“

„Oh, aber wir haben nur über die Katze gesprochen ...“

„Mmm.“ Er zog ihr Ohrläppchen zwischen seine Lippen, leckte daran und ließ es dann wieder los. „Siehst du, ich glaube, all diese Eifersucht könnte vermieden werden, wenn wir ihnen klar machen, dass wir ein Paar sind. Dann würde niemand es wagen, dich anzufassen oder mit dir oder mir zu flirten, weil sie wissen, dass wir zusammengehören.“

„Eifersucht? Willst du damit sagen, dass du eifersüchtig auf Wendell warst?“

„Ja. Warst du eifersüchtig auf Eve?“

„Nun, sie hat dich berührt ...“

„Beantworte einfach die Frage“, drängte er, ohne seine Stimme zu erheben.

„Nur ein bisschen.“

Er lachte leise. „Siehst du, du musst dir darüber nie wieder Gedanken machen, sobald Eve weiß, dass ich vergeben bin.“

„Na ja, wenn du es so sagst.“

„Übrigens, ich mag es, dass du so besitzergreifend bist. Es fühlt sich gut an zu wissen, dass du mich willst und nicht bereit bist, mich zu teilen.“

Er zog sie wieder in seine Arme.

„Diese Eigenschaft einer Frau sollte belohnt werden.“ Er zwinkerte ihr zu.

„Wie belohnt?“ Ihr kokettes Lächeln verriet, dass sie bereits ahnte, was er vorhatte.

„Mit Liebe“, flüsterte er und öffnete den Gürtel ihres Bademantels. „Und einer Nacht voller Leidenschaft.“

Unter ihrem Bademantel trug sie nur ein kurzes, dünnes Negligé, das sich wie Seide anfühlte, als er es berührte. Danielle hob ihr Gesicht zu ihm und bot ihm ihre Lippen dar. Er nahm sie und küsste sie diesmal langsam, aber nicht weniger leidenschaftlich. Als sie das Schlafzimmer betreten hatte, hatte er nur eine schnelle Befriedigung seines Verlangens gebraucht, eine *kleine Vorspeise,* aber jetzt war er bereit für den Hauptgang. Und er würde sich Zeit nehmen, damit sie beide einander genießen und ihre Intimität vertiefen konnten. Er hatte noch so viel an Danielle zu entdecken, und er wollte ihr sein ganzes Ich zeigen, damit sie Teil seines Lebens werden konnte und er ein Teil ihres.

Er schob ihr den Bademantel von den Schultern, bis dieser zu Boden fiel, hob sie dann in seine Arme und küsste sie weiter. Er spürte ihr Gewicht kaum, als er sie zum Himmelbett trug. Dort unterbrach er den Kuss und legte sie auf die Laken, während er vor dem Bett stehenblieb. Er drückte ihre Schenkel auseinander und beugte sich über sie. Als sich ihre Blicke trafen, bemerkte er die Sehnsucht, mit der sie ihn ansah: als wollte sie ihn verschlingen. Und vielleicht tat sie das auch. Denn er würde es zulassen. Aber nicht bevor er sie zur Ekstase getrieben hatte, denn eines war sicher: Sie würde sein Bett niemals unbefriedigt verlassen. Sie war seine oberste Priorität.

Er packte den Saum ihres dünnen roten Negligés und schob es ein paar Zentimeter hoch, gerade so weit, dass er sehen konnte, dass sie kein Höschen trug. Das wusste er zu schätzen.

„Verdammt, Baby, du siehst lecker aus." Er leckte sich die Lippen und fühlte sich plötzlich wie der große böse Wolf, der im Begriff war, Rotkäppchen in ihrem roten Negligé zu verschlingen. „Es macht dir doch nichts aus, wenn ich mich selbst bediene, oder?"

Er erwartete keine Antwort auf seine Frage. Die Art, wie sich ihre Augen in die eines Wolfes verwandelten, vermittelte ihm alles, was er wissen musste: Sie wollte ihn genauso sehr wie er sie. Er entledigte sich seiner Pyjamahose und diese sammelte sich um seine nackten Füße. Sein Schwanz war hart und schwer, begierig nach ihr. Als er sah, wie Danielles Blick auf seine Erektion fiel und sie ihre Unterlippe zwischen die Zähne nahm, schüttelte er leicht den Kopf.

„Später."

Er schaute ihr in die Augen und beugte sich über sie, bis sein Kopf zwischen ihren gespreizten Schenkeln war. Er atmete den Duft ihrer Erregung tief ein, ein Duft, der so stark und unwiderstehlich war, dass sein Schwanz noch härter und dicker wurde und kurz davor war zu platzen.

Langsam senkte er seinen Blick auf ihre Muschi und drückte sein Gesicht in die dunklen Locken, um für einen Moment einfach in ihrem Duft zu baden. Wie ein Kokon umhüllte dieser ihn und er ließ sich davon gefangen nehmen.

Mit einem Stöhnen öffnete er den Mund und ließ seine Zunge herausgleiten, bewegte sich leicht, bis ihr feuchtes weibliches Fleisch ihn begrüßte. Er schob seine Hände unter ihre Schenkel und packte ihre Pobacken, um ihr Becken nach oben zu kippen.

Ohne sich zu beeilen, fuhr er mit seiner Zunge langsam und ausgiebig über ihre Spalte und leckte die Säfte, die sich dort angesammelt hatten. Sie schmeckte nach frischen Blumen, die ihn einluden, dort zu verweilen. Er erkundete sie mit seinen Lippen und seiner Zunge, prägte sich jede Erhebung und jede Vertiefung ein, jeden Muskel und jeden Nerv und lernte, was ihr das größte Vergnügen bereitete. Immer wieder leckte er ihre Klitoris, bis er nur noch ihr Stöhnen und Seufzen, ihren Atem und ihren Herzschlag an den Wänden widerhallen hörte.

Mit ihren zarten Fingern streichelte Danielle die empfindliche Haut in seinem Nacken und grub hin und wieder ihre Fingernägel in seine Schultern. Er genoss ihre Berührungen, egal in welcher Form sie kamen.

Als sie sich plötzlich fester an seinen Schultern festhielt und ihre Hüften wiegte, übte er mehr Druck auf ihre Klitoris aus.

Ein Keuchen aus Danielles Kehle kündigte ihren Höhepunkt an, und einen Sekundenbruchteil später spürte er, wie sich ihre Muschi unter seinen Lippen und seiner Zunge zusammenzog.

Er leckte sie weiter, jetzt sanfter, damit sie ihren Orgasmus auskosten konnte, bis er spürte, wie sich ihre Muskeln entspannten. Sie atmete tief aus.

„Oh, Jude, du bist ... du bist ... wow."

Er hob den Kopf und sah ihr in die Augen. Nie hatte sie schöner ausgesehen als in der Nachglühphase ihres Höhepunkts: reif und sinnlich, sexy und unwiderstehlich.

„Ich kann nicht genug von dir bekommen", flüsterte er und richtete sich auf.

Mit den Beinen fest auf dem Boden zog er ihre Schenkel zu sich heran, sodass ihr Hintern an der Bettkante lag.

Als er so dastand und auf sie herabblickte, bemerkte er, dass sie immer noch ihr Negligé trug. Aber er hatte nicht die Geduld, sie dazu zu bringen, es auszuziehen. Stattdessen griff er mit beiden Händen danach und riss es in der Mitte auf, wobei das Geräusch des zerreißenden Stoffes im Schlafzimmer widerhallte.

Ihre üppigen Brüste hüpften, ihre Brustwarzen waren hart, und dieser Anblick machte ihn wahnsinnig vor Lust. Unfähig, sich noch eine Sekunde länger zurückzuhalten, stieß er seinen steinharten Schwanz in ihre warme und einladende Muschi.

„Fuck!"

Trotz allem, trotz ihrer entspannten Muskeln und der reichlichen Feuchtigkeit, war sie enger, als er es in Erinnerung hatte. Wie ein enger Handschuh umschloss ihr Fleisch seine Erektion und hielt ihn in ihr fest, als wäre es eine Gefängniszelle. Eine Zelle, aus der er niemals entkommen wollte.

„Du bist größer als letzte Nacht", behauptete sie und schlang ihre Beine um ihn, um ihn zu sich zu ziehen.

„Das liegt daran, dass du noch schöner und sexyer bist als gestern Nacht." Er zog seinen Schwanz zurück und drang dann sofort wieder in sie ein. „Und du gehörst mir."

Er packte ihre Hüften mit beiden Händen und kontrollierte nun ihre Bewegungen, denn wenn er nicht aufpasste, würde er zu schnell kommen.

„Sei jetzt eine brave Frau und lass mich in meinem Tempo machen, denn ich bin gerade auf Messers Schneide, wenn du verstehst, was ich meine.“

Sie schmunzelte.

„Du lachst deinen Mann aus? Baby, Baby, sei jetzt vorsichtig ...“

Sie griff nach seinen Schultern und zog ihn zu sich hinunter.

„Bitte nimm mich hart. Ich muss dich spüren, ganz und gar. Ich muss deine Stärke spüren.“

Er wusste, dass er ihrer Forderung nicht widerstehen konnte. Sein nächster Stoß war härter und schneller und entlockte Danielle ein lautes Stöhnen. Ihre Augen leuchteten vor Erregung, und sie umklammerte seine Hüften. Während er in einem Rhythmus und Tempo in sie eindrang, das ihn schneller zum Höhepunkt bringen würde, als er wollte, senkte er seinen Kopf zu ihrem.

„Ich liebe dich, Danielle“, gestand er ihr und küsste sie.

Weiter unten bewegten sich seine Hüften unerbittlich, sein Schwanz tauchte tief in ihre süße Höhle ein, um sie beide zum ultimativen Vergnügen und zu einer Intimität zu führen, die nur Schicksalspartner erreichen konnten.

34

Eve schaute in den Ganzkörperspiegel in ihrem Schlafzimmer. Nachdem sie erfahren hatte, dass ihr Vater nach Kanada verbannt werden würde, hatte sie beschlossen, ihre Verluste zu begrenzen. Ihr Vater hatte zu viele Fehler gemacht, und sie hatte nicht vor, dafür zu bezahlen. Sie hatte nichts mit dem zu tun, was er und Cameron getan hatten. Sie hatte ihr Leben getrennt von ihnen gelebt und so viel Zeit wie möglich auf dem Reiterhof verbracht. Da ihr Vater nun für immer weg war und nie wieder als Alpha oder in anderer Funktion zum Rudel zurückkehren würde, musste sie ihr Leben selbst in die Hand nehmen, und das bedeutete, sich an die höchste Position zu kämpfen, die sie erreichen konnte: die Alpha-Frau des Rudels. Dazu musste sie sich nur mit Jude paaren.

Das wäre keine allzu große Belastung. Er war groß und gut aussehend und hatte einen tollen Körper. Wenn sie Glück hatte, war er sogar gut im Bett. Schließlich hatte ein Mann wie Jude jede Menge sexuelle Erfahrung und zog Frauen an wie ein Topf Honig Bienen und Fliegen. Sie war nicht blind und wusste genau, wie charmant Jude war, auch wenn er sie kalt ließ. Aber sie wäre nicht die erste Frau, die Liebe oder Anziehung zu einem Mann vortäuschte, nur weil er ihr die Macht oder den Status geben konnte, den sie sich ersehnte.

Sie hatte schon viele One-Night-Stands gehabt, bei denen sie die Typen, mit denen sie schlief, nicht einmal mochte. Sie hatte sie einfach ausgewählt, weil sie Sex wollte, und solange der Typ gut aussah und einen schönen Körper hatte, war es ihr egal, ob er ein Dummkopf war, stotterte oder ein chauvinistisches Schwein war. Sie war immer in der Lage gewesen, Liebe und Zuneigung von Sex zu trennen, genau wie Männer. Wenn sie dadurch kalt und berechnend wirkte, dann war es eben so. Sie suchte nicht nach der Zustimmung anderer. Schon gar nicht nach der ihres Vaters. Er hatte ihr Leben schon genug ruiniert. Zumindest war dies das letzte Mal, dass seine Handlungen negative Auswirkungen auf sie hatten. Von nun an würde sie tun, was für sie am besten war.

Sie warf noch einmal einen Blick auf ihr Spiegelbild. Ihr schwarzes Negligé war kurz, ihre Brüste lugten unter der Spitze hervor, und ihre Beine waren lang und schlank. Sie wusste, dass sie Männer anzog. Sie sahen sie an und dachten an Sex. Nun, heute Abend würde sie das zu ihrem Vorteil nutzen. Jeder Mann, der sie so sah, würde sich die Lippen lecken, sie auf die nächste ebene Fläche werfen und nehmen, was sie ihm anbot. Jude war da sicherlich keine Ausnahme.

Sie hatte seine Erregung gerochen, als sie beim Abendessen neben ihm gesessen hatte. Er war ein potenter Werwolf, und wie alle Männer ihrer Spezies hatte er Triebe und Bedürfnisse. Sie würde ihn nicht länger warten lassen, auch wenn er gesagt hatte, er würde ihr Zeit zum Trauern geben. Sie hatte lange genug getrauert.

Entschlossenen Schrittes ging sie zur Tür ihres Schlafzimmers und öffnete sie. Ihr Zimmer befand sich auf derselben Etage wie Judes, nur drei Türen weiter. Sie machte sich nicht die Mühe, einen Bademantel über ihrem freizügigen Outfit zu tragen. Niemand würde sie sehen. Im Flur war es dunkel und still. Barfuß machte sie kaum ein Geräusch. An Judes Tür bemerkte sie den schwachen Lichtstreifen, der unter der Tür hindurch in den Flur schien. Er war noch wach.

Sie holte tief Luft und klopfte an die Tür. Ein leises Geräusch kam aus dem Zimmer – fast wie ein Knurren. Sicherlich würde sich seine Einstellung zu dieser nächtlichen Störung ändern, sobald er sie sah. Sie war sich ihrer sexuellen Anziehungskraft bewusst und war noch nie von einem Mann zurückgewiesen worden, dem sie ihren Körper angeboten hatte. Heute Nacht würde es nicht anders sein.

Eve drehte den Türknauf und drückte die Tür auf. Sie machte zwei Schritte in den Raum hinein. Was sie sah, raubte ihr für einen langen Moment den Atem und machte sie unfähig zu sprechen oder auch nur zu denken. Da stimmte etwas nicht. Das konnte nicht wahr sein!

Sie blinzelte einmal, zweimal, dreimal, aber die Szene, die sich in Judes Bett abspielte, änderte sich nicht.

Jude war nackt, was ein willkommener Anblick wäre, wenn er allein gewesen wäre. Aber das war er nicht. Mit den Füßen fest am Fußende des Bettes stand er über eine Frau gebeugt und fickte sie mit solcher Leidenschaft, dass es kein Wunder war, dass er ihr Klopfen und das Öffnen der Tür nicht gehört hatte. Er hatte nicht als Antwort auf ihr Klopfen gegrunzt. Nein, er hatte gestöhnt, genau wie er jetzt stöhnte.

Ihre Füße trugen sie zwei Schritte näher heran, bis sie endlich das Gesicht der Frau in Judes Bett sehen konnte.

Wut schoss durch ihre Adern, als sie sie erkannte.

„Du verdammte kleine Schlampe!", schrie sie.

Danielle sah sie erschrocken und verlegen an, während Jude zu ihr herumwirbelte, sie anstarrte und ein Knurren aus seiner Kehle drang.

Eve warf ihm einen kurzen Blick zu und bemerkte, dass sein Schwanz steinhart war und glänzte. Das machte sie noch wütender. Empörung durchströmte sie.

Von Wut beherrscht, funkelte sie Danielle an.

„Es hat dir also nicht gereicht, meinen Vater zu ficken? Nein, jetzt musst du auch noch meinen Gefährten ficken."

Ihre Füße trugen sie näher zum Bett, während Danielle die zerrissenen Fetzen ihres Nachthemds festhielt und es vorne zusammenhielt, als könnte sie damit verbergen, was sie getan hatte.

Dem Anschein nach hatte sie sich wahrscheinlich als kleines, hilfloses Lämmchen gegenüber seinem mächtigen Wolf aufgeführt.

„Das ist gelogen!", schrie Danielle.

Eve überbrückte die Entfernung zum Bett mit ein paar weiteren Schritten und holte mit der Faust aus. Aber ihr Schlag wurde von Jude abgefangen, der ihr Handgelenk packte und es festhielt.

Wut blitzte in seinen Augen auf. „Wenn du ihr wehtust, wird das das Letzte sein, was du tust."

Erschrocken über seine strenge Warnung, die er, gemessen an dem gefährlichen Glitzern in seinen Augen, auch umsetzen würde, schüttelte sie den Kopf.

„Siehst du nicht, was sie tut? Das hat sie auch mit meinem Vater gemacht. Sie hat die Ehe meiner Eltern zerstört, indem sie eine Affäre mit ihm hatte. Es ist ihre Schuld, dass meine Mutter sich umgebracht hat!"

„Das stimmt nicht! William hat mich nie angefasst", rief Danielle und sah dabei ganz unschuldig aus.

Aber sie ließ sich nicht täuschen. Diese kleine Schlampe war ihr schon ein Dorn im Auge, seit sie ihrem Rudel beigetreten war, seit sie von ihrer Beziehung zu ihrem Vater erfahren hatte.

„Lügnerin! Ich habe deine Liebesbriefe gesehen. Du hast sie sogar mit deinen Initialen versehen. Als ob das verbergen könnte, dass sie von dir stammen."

Danielle warf Jude einen flehenden Blick zu. „Das stimmt nicht. Sie lügt."

Jude schien ihr zu glauben, denn er sagte: „Du verschwindest lieber, Eve. Sofort!"

„Lass dich nicht von ihr manipulieren!", erwiderte Eve und schüttelte den Kopf. „Ich will, dass sie heute Abend das Haus verlässt und nie wieder zurückkommt." Sie starrte Danielle an. „Du wirst dich nicht zwischen mich und Jude stellen. Ich werde dich nicht tolerieren, wie es meine Mutter getan hat. Jude ist mein Partner."

Jude hielt sie immer noch am Handgelenk fest und zog sie zur Seite.

„Niemand wird sie rauswerfen. Und ich bin nicht dein Partner, Eve. Ich bin Danielles."

Eve war sprachlos; ihr Herz setzte für einen Moment aus. „Was?"

„Danielle und ich haben uns gepaart."

Ein Keuchen von der Tür übertönte ihr eigenes ersticktes Geräusch der Ungläubigkeit. Es fühlte sich an, als würde sich die Welt um sie herum drehen.

DANIELLE SCHAUTE ZUR OFFENEN TÜR. Sie hatte niemanden kommen hören, während Eve sie mit der fiesen Lüge beschuldigt hatte, eine Affäre mit ihrem Vater gehabt zu haben. Es war klar, dass ihre lauten Stimmen andere Leute im Haus geweckt hatten, die nachsehen wollten, was los war.

Flora betrat als Erste den Raum, aber sie war nicht allein. Violet und Byron folgten ihr, Thaddeus dicht auf deren Fersen. Weitere Geräusche aus dem Flur deuteten darauf hin, dass auch einige der anderen den Streit mitbekommen hatten.

Aus den Augenwinkeln sah sie, wie Jude nach seiner Pyjamahose griff und sie anzog, bevor er ihren Bademantel aufhob und ihn ihr zuwarf. Er schirmte sie vor den Blicken der Eindringlinge ab, damit sie ihn überziehen konnte.

„Was zum Teufel ist hier los?", fragte Byron.

Danielle schaute an Jude vorbei und bemerkte, dass Wendell, Mason und Owen ebenfalls den Raum betreten hatten, obwohl sie offenbar noch nicht wussten, was passiert war. Sie waren angekommen, nachdem Jude verkündet hatte, dass sie ein Paar waren.

Eve zeigte auf sie, während sie ihren Bruder ansprach: „Sie hat mir meinen Partner geklaut! Diese verdammte Schlampe hat ihn mir einfach weggenommen! Sie hat ihn dazu gebracht, sich mit ihr zu paaren."

Jude knurrte leise und düster. „Noch ein respektloses Wort

gegenüber meiner Partnerin, und ich vergesse, dass du eine Frau bist, und schlage dich windelweich."

Bei seinen Worten fühlte sich Danielle besser. Jude würde zu ihr stehen, trotz der schrecklichen Lügen, die Eve verbreitete.

„Was zum ..."

Byrons Blick huschte zwischen Eve, Jude und ihr hin und her, bis er endlich zu verstehen schien, was los war. Er funkelte Jude wütend an und machte einen Schritt auf ihn zu.

„Du hast mit diesem verdammten kleinen Niemand geschlafen und meine Schwester respektlos behandelt?" Ein Grunzen unterstrich seine Worte.

„Noch ein Wort gegen Danielle, und ich werde dir beibringen, was Respekt ist. Also, für alle, die es noch nicht gehört haben: Danielle und ich sind ein Paar. Sie gehört mir, und nichts und niemand wird daran etwas ändern."

Jude wirkte jetzt noch breiter und größer, als er dort stand, nur mit seiner Pyjamahose bekleidet, sie verteidigte und das Gesetz verkündete. Er war wirklich der mächtige Alpha.

Danielle schaute zu der kleinen Gruppe, die sich im Schlafzimmer versammelt hatte, die meisten von ihnen in Pyjamas oder Bademänteln, während Thaddeus und Owen noch ihre Straßenkleidung trugen, genau wie Wendell, der seine Katze im Arm hielt.

Violet sah verstört aus, während Floras Gesicht unlesbar war. Es schien, als könnte nichts ihren angeborenen Stoizismus erschüttern. Judes Männer, von denen nach den Geräuschen der Schritte im Flur zu urteilen immer mehr eintrafen, sahen überrascht aus, jedoch nicht unzufrieden.

Die beiden, die Zorn und Hass versprühten, waren Eve und Byron, und es schien, als würden sie sich gegenseitig mit ihrer Wut anstecken.

„Du hattest kein Recht, das zu tun!", spuckte Byron jetzt, seine Lippen zu einer bösen Grimasse verzogen. „Du hast meine ganze Familie beleidigt, indem du dich mit dieser kleinen Schlampe gepaart hast."

„Genug!", schrie Jude.

Aber Byron war in Fahrt gekommen. „Dafür wirst du bezahlen."

Danielle bemerkte, wie seine Augen plötzlich aufblitzten, und bereitete sich auf das vor, was kommen würde: Byron verwandelte sich in seine Wolfsgestalt. Das konnte nur eines bedeuten: Er wollte kämpfen. Als sie beobachtete, wie er sich unter den schockierten Blicken der anderen im Raum verwandelte, wurde ihr klar, dass auch Jude sich verwandelte, da er wusste, dass es nur einen Weg gab, Byron aufzuhalten. In seiner menschlichen Gestalt wäre Jude Byrons Wolf nicht gewachsen. Nur als Wolf konnten sie unter gleichen Bedingungen kämpfen. Niemand hielt die beiden Männer auf. Sie kannten die Regeln ihrer Gesellschaft. Byron hatte gerade Jude herausgefordert, und niemand wagte es, sich einzumischen.

Danielle zitterte trotz der Wärme im Raum und ihr Herz schlug wie wild. Sie hatte Angst um Jude. Sie hatte seinen Wolf gesehen und wusste, wie beeindruckend er war, aber sie hatte auch Byrons Wolf schon oft gesehen und wusste, dass er stark war, stärker als seine menschliche Gestalt vermuten ließ.

Instinktiv machten alle Platz und stellten sich an den Rand des Raumes, um nicht in diesen Kampf hineingezogen zu werden.

Jetzt war es still im Raum. Die Stille vor dem Sturm. Das hatte sich für sie immer wie ein Klischee angehört, aber jetzt wurde ihr klar, dass es stimmte. Es war, als würden alle um sie herum, sogar die Natur und die Tiere draußen, den Atem anhalten, um ihren Fokus nicht von den beiden Wölfen in ihrer Mitte abzuwenden. Der dunkelbraune, Jude, war genauso groß wie der fast schwarze, Byron, obwohl Byron in seiner menschlichen Gestalt zwei Zentimeter kleiner war als Jude. Jetzt war kein Unterschied mehr zu erkennen. Beide hatten etwas Majestätisches an sich: Ihr Fell glänzte, ihre Eckzähne waren scharf wie Skalpelle und weiß wie frisch gefallener Schnee, und ihre Augen waren durchdringend und wachsam, zwei Raubtiere, die sich gegenüberstanden.

Byron sprang zuerst, aber Jude reagierte schnell. Sie prallten in der Luft aufeinander, ihre großen Pfoten schlugen um sich, ihre massiven Schnauzen zeigten ihre tödlichen Reißzähne, als sie versuchten, sich gegenseitig zu beißen. Als sie mit einem dumpfen Aufprall auf den Holzboden krachten, knackten die Dielenbretter, und das alte Holz brach an einigen Stellen. Auf dem Boden kämpften die beiden Wölfe eher wie Ringer als wie Boxer und versuchten, sich gegenseitig am Boden festzuhalten.

Auf den ersten Blick waren die beiden Gegner gleich stark, aber je länger sie sie beobachtete, desto mehr wurde ihr klar, dass ihre Kampfstile unterschiedlich waren. Byron war impulsiv und schlug scheinbar ohne Strategie zu, rein reaktiv auf seinen Gegner. Jude hingegen war ein trainierter Kämpfer. Das zeigte sich daran, dass er nicht auf die Fallen hereinfiel, die Byron ihm stellte. Er griff nicht die leicht zu treffenden, ungeschützten Stellen an, die der hitzköpfige Gallagher ihm bot. Jude war schlauer.

Zum ersten Mal verstand sie, warum die Allianz der Werwölfe ganze Rudel ohne großen Widerstand übernehmen konnte. Die Allianz bildete ihre Männer zu überlegenen Kämpfern aus, und sie hatte keinen Zweifel daran, dass das Team, das Jude mitgebracht hatte, genauso gut ausgebildet war wie ihr Anführer. Vielleicht war das der Grund, warum Mason, Wendell und Austin, die kurz vor dem Kampf den Raum betreten hatten, eher unbesorgt wirkten. Sie wussten, wozu Jude fähig war.

Trotzdem hallte es im Raum voller Knurren, das von den Kämpfern und den Zuschauern kam. Das gehörte einfach dazu. Die Wölfe in ihnen konnten in Gegenwart von Gewalt nicht still bleiben. Sie mussten ihre Anwesenheit zur Kenntnis geben. Ihr eigener Wolf hob den Kopf, knurrte, beobachtete und wartete darauf, ob es nötig war, ihrem Partner zu helfen. Es war ein Instinkt, ein Überlebensmechanismus. Eine Wölfin beschützte ihren Partner, weil sein Tod sie und ihre Nachkommen gefährden würde. Sie brauchten einander, um zu überleben.

Sie spürte bereits, wie die Haare auf ihren Handrücken dichter wurden und sich in weiches Fell verwandelten. Es breitete sich unter ihrem Bademantel auf ihren Armen aus, während sich ihr Kiefer zusammenpresste und sich ihre Zähne verschoben, um Platz für mehr zu schaffen.

Als sie plötzlich Blut roch, suchten ihre Augen Judes Körper ab, aber sie sah keine Wunde. Ein schmerzerfülltes Heulen hallte von den Wänden wider, und Byrons linkes Vorderbein knickte ein. Er stolperte, und Jude stürzte sich auf ihn, rollte ihn auf den Rücken, drückte ihn zu Boden und setzte seine Zähne an Byrons Halsschlagader an.

Ein leises Knurren kam von Jude, ein Knurren, das Kapitulation verlangte. Für ein paar Sekunden atmete und bewegte sich niemand. Sie alle wussten, was passieren würde, wenn Byron sich nicht ergab. Jude würde gezwungen sein, ihn zu töten.

Ihr Herz fühlte sich an, als würde eine riesige Hand es zusammendrücken. Sie wollte nicht für den Tod eines anderen verantwortlich sein.

Schließlich kam ein Wimmern von Byron. Er hatte seine Niederlage akzeptiert. Jude ließ ihn los und wich zurück, sodass Byron die Möglichkeit hatte, sich aufzurichten. Blut tropfte von seinem Vorderbein, als er auf allen vieren stand und Jude ansah. Er senkte für einen Moment den Kopf, bevor er sich abwandte. Mit eingezogenem Schwanz trottete Byron aus dem Raum.

Der Kampf war vorbei.

Jude blieb in Wolfsgestalt und neigte den Kopf in Austins Richtung.

Sein Bruder nickte. „Okay, Leute. Hier gibt's nichts mehr zu sehen. Geht ins Bett." Während er die Leute aus dem Schlafzimmer scheuchte, fügte er hinzu: „Jemand sollte nachsehen, ob Byrons Arm genäht werden muss."

„Ich kümmere mich darum", antwortete Flora.

An der Tür blickte Eve über ihre Schulter und warf ihr noch einen bösen Blick zu. Danielle reagierte nicht darauf, sondern hielt ihr Kinn hoch. Sie wusste, dass ihre Beziehung zu Eve immer angespannt sein würde. Das war unvermeidlich.

Austin war der Letzte, der ging. Bevor er die Tür schloss, sah er sie an.

„Ich werde Grant heute Nacht vor eurer Tür postieren. Parker wird ihn später ablösen. Nur für den Fall, dass dieser Hitzkopf dumm genug ist, es noch einmal zu versuchen."

„Danke, Austin."

„Gute Nacht."

Als die Tür wieder geschlossen war, sah sie Jude an. Er war immer noch in seiner Wolfsgestalt, trottete zu ihr und legte seinen Kopf in ihren Schoß. Sie strich ihm mit den Händen über den Kopf und den Hals, senkte ihren Kopf zu seinem und rieb ihr Gesicht an seinem weichen Fell.

35

Mason war immer noch total überrascht von dem, was in Judes Schlafzimmer vorgefallen war, und ging ins Erdgeschoss. Er brauchte einen Drink. Einen starken. Nie hätte er gedacht, dass ausgerechnet sein Cousin gegen die Anweisungen der Allianz der Werwölfe handeln würde. Jude sollte sich mit einem Mitglied der Familie Gallagher paaren, nicht mit dem Hausmädchen. Nicht, dass er Jude auch nur im Geringsten die Schuld geben konnte. Hätte er die Wahl gehabt, sich mit Eve oder mit Danielle zu paaren, hätte er sich jederzeit für Danielle entschieden. Aber Jude sollte gar keine Wahl haben. Die Allianz hatte die Entscheidung für ihn getroffen, und er hatte den Befehl ignoriert und getan, was er wollte. Das würde einen Shitstorm auslösen, sobald sie davon erfuhren.

Owen ging vor ihm her, sein Handy ans Ohr gepresst. „Verdammt, Spencer. Wo bist du? Es ist was passiert. Du musst mich anrufen. Sofort!"

Er steckte sein Handy wieder in die Tasche und fluchte.

„Willst du einen Drink?", fragte Mason, als sie beide die Eingangshalle erreichten.

Owen warf ihm einen kurzen Blick zu. „Ja. Ich brauche definitiv einen."

Mason betrat vor ihm das Wohnzimmer und knipste das Licht an, um den großen Raum zu erhellen. Er ging zu dem Schrank mit den Gläsern und verschiedenen Spirituosen.

„Whiskey?"

Owen schüttelte den Kopf. „Bourbon."

Mason schenkte die Drinks ein, reichte Owen ein Glas, nahm sich selbst eins und nippte daran.

„Storm, schenkst du mir auch einen ein?", sagte Francisco von der Tür aus. Er deutete mit dem Daumen über seine Schulter. „So eine Überraschung muss mit etwas Starkem hinuntergespült werden."

Hinter ihm kam Thaddeus herein. Er sagte kein Wort. Stattdessen ging er zum Getränkeschrank, wo Mason gerade einen Whiskey für Francisco einschenkte, und griff nach einem neuen Glas.

„Ich schenke dir einen ein", bot Mason an.

„Du bist nicht der Gastgeber. Ich kann mir verdammt noch mal selbst einen Drink einschenken."

Bei diesen scharfen Worten spürte Mason, wie Wut in ihm aufstieg. Er hatte keine Ahnung, was Thaddeus gegen ihn hatte. Aber dieses Mal schluckte er es nicht wie bei früheren Gelegenheiten.

„Weißt du was, Thaddeus? Du bist nicht der Einzige, den das, was passiert ist, stört."

Thaddeus drehte den Kopf und sah ihm direkt in die Augen. „Willst du damit sagen, dass du nichts davon wusstest?" Sein Tonfall war nicht freundlicher als zuvor.

„Genau das sage ich. Also lass deine schlechte Laune an jemand anderem aus. Ich bin nicht dein Punchingball."

Thaddeus grunzte, gab aber keine Antwort. Stattdessen ließ er sich neben seinem Cousin Owen auf die Couch fallen.

„Wo ist Spencer?", fragte Thaddeus.

„Weg. Ich habe ihm eine Nachricht hinterlassen, dass er mich anrufen soll."

Von der offenen Tür her waren Schritte zu hören. Mit seinem Glas

Whiskey in der Hand ging Mason näher zur Tür und schaute in den Flur. Byron stürmte die Treppe hinunter, jetzt komplett in Straßenkleidung. Er hielt seinen verletzten Arm unbeholfen fest. Er eilte zur Tür, gerade als Wendell das Foyer überquerte. Als Byron die Eingangstür hinter sich zuschlug, wechselte Mason einen Blick mit Wendell.

„Du bist der Einzige, der richtig angezogen ist", sagte Mason und deutete auf seine Pyjamahose und seine nackte Brust.

„Ich werde ihm folgen", sagte Wendell mit einem Nicken, denn er verstand sofort, was er tun musste. Er setzte seine Katze auf den Boden und ging. Die Katze miaute protestierend.

Mason drehte sich um, ging zu einem bequemen Sessel gegenüber dem Sofa und setzte sich. Er nahm einen weiteren Schluck von seinem Drink und sah dann die Gallaghers an. Eine unangenehme Stille breitete sich im Raum aus. Selbst Francisco, der immer mit jedem über alles reden konnte, trank seinen Whiskey schweigend. Was gab es schon zu sagen? Die Tat war vollbracht. Jude hatte sich mit Danielle gepaart, und so eine Verbindung konnte nicht rückgängig gemacht werden.

Es war Owen, der schließlich die Stille durchbrach. „Ich schätze, Eve hat ihren Wunsch doch noch erfüllt bekommen."

Thaddeus lachte bitter. „Das alte Sprichwort stimmt also doch: Sei vorsichtig, was du dir wünschst."

Mason runzelte die Stirn, und Owen sah ihm in die Augen. „Es kann euch allen nicht entgangen sein, dass Eve nicht gerade jemand ist, der gerne hört, dass sie sich mit jemandem paaren muss, den sie nicht einmal kennt, geschweige denn mag."

„Und wieder einmal hat meine liebe, verwöhnte Schwester uns alle in Schwierigkeiten gebracht", fügte Thaddeus hinzu.

Überrascht von Thaddeus' offenen Worten, fühlte sich Mason gezwungen, Eve zu verteidigen. „Es ist nicht wirklich Eves Schuld, dass Jude Danielle als seine Partnerin gewählt hat."

Thaddeus schüttelte den Kopf. „Hätte sie ihm nicht vom ersten Tag an die kalte Schulter gezeigt, hätte er sich gar nicht erst nach jemand anderem umgesehen."

Von der Tür her kam ein Räuspern. Mason schaute in die Richtung. Austin stand dort.

„Hey, Storm, Francisco: Heute Nacht werden Grant und Parker abwechselnd die Tür zu Judes Schlafzimmer bewachen. Nur für den Fall."

Mason nickte verständnisvoll. Ein Hitzkopf wie Byron hatte vielleicht beim ersten Mal noch nichts daraus gelernt.

„In Ordnung."

„Ich geh jetzt schlafen", meinte Austin.

„Gut für dich", antwortete Mason. „Ich glaube, ich kann jetzt noch nicht schlafen."

Austin drehte sich um und verschwand.

Thaddeus sprang vom Sofa auf. „Ich gehe laufen." Er stellte sein leeres Glas auf den Wohnzimmertisch.

„Laufen? Das ist eine gute Idee", meinte Mason. Das würde ihm helfen, die Anspannung in seinem Körper loszuwerden. „Ich komme mit."

Thaddeus zuckte fast unmerklich zusammen, sodass Mason seine Worte am liebsten zurückgenommen hätte. Aber jetzt klein beizugeben, nur weil Thaddeus offenbar keine Lust hatte, mit ihm zu laufen, wäre feige gewesen. Der jüngste Gallagher-Sohn musste seine Abneigung ihm gegenüber eben hinunterschlucken.

„Will noch jemand mitkommen?", fragte Thaddeus nun, als würde es ihm unangenehm sein, nur mit ihm zu laufen.

„Nee", sagte Owen. „Ich warte darauf, dass Spencer mich zurückruft."

Francisco hob sein Glas und schüttelte den Kopf. „Mir passt's hier."

„Dann sind es wohl nur du und ich", meinte Mason und ging zur Tür.

Im Foyer trafen sie auf Ransom.

„Wir gehen laufen", sagte Mason.

„Tolle Idee. Das brauche ich auch", meinte Ransom und schloss sich ihnen an, als sie zum Umkleideraum marschierten.

Als sie den Raum betraten und begannen, ihre Klamotten auszuziehen, damit sie sich in ihre Wolfsgestalt verwandeln konnten, ohne ihre Kleidung zu zerreißen, schüttelte Ransom den Kopf.

„Was?", fragte Mason.

„Ich hätte misstrauisch werden sollen, als Jude mir heute Morgen sagte, ich solle mich nicht an Danielle ranmachen." Er spöttelte: „Er meinte, sie sei so schüchtern, dass sie wahrscheinlich langweilig im Bett ist."

Mason lachte leise. „Und du hast ihm geglaubt?"

„Warum hätte ich ihm nicht glauben sollen? Ich wusste ja nicht, dass er das nur gesagt hat, weil er sie für sich selbst haben wollte."

Thaddeus zuckte mit den Schultern und warf sein Hemd auf die Holzbank. „Ich schätze, er hat euch alle getäuscht."

Mason ließ seinen Blick über Thaddeus' Brust gleiten und bewunderte seine festen Bauchmuskeln und seine ausgeprägten Brustmuskeln. Er musste sich davon losreißen und suchte nach etwas, das er sagen konnte, damit niemand bemerkte, wie er ihn musterte.

„Und du, hast du dich etwa nicht von ihm täuschen lassen?", fragte Mason.

Thaddeus öffnete den Knopf seiner Hose und zog den Reißverschluss hinunter. „Ich wusste, dass er nicht mit Eve zusammensein wollte. Nachdem ich ihn in der Waschküche ganz offensichtlich mit einer Frau rummachen gehört hatte, dachte ich allerdings, dass es Violet wäre, die sich ins Spiel gebracht hatte."

„Violet?", fragte Mason.

Er ließ seinen Blick nach unten wandern, um zu beobachten, wie Thaddeus seine Hose auszog. Verdammt, er trug nicht einmal Unterwäsche. Sein Schwanz sprang heraus, während er seine Hose auf die Bank warf.

„Sag mir nicht, dass du die Welpen-Augen nicht bemerkt hast, mit denen sie ihn anschmachtet", sagte Thaddeus und sah ihn dann an. „Willst du in deiner Pyjamahose laufen?"

Verdammt! Er hatte wie ein Idiot dagestanden, während Thaddeus und Ransom sich ausgezogen hatten.

„Oh, sorry", sagte Mason und hob entschuldigend die Arme. „Ich bin wohl immer noch ganz durcheinander wegen des Hauptereignisses heute Abend."

Thaddeus sagte nichts dazu. Stattdessen öffnete er die Tür nach draußen, während Mason schnell seine Pyjamahose auszog. Mit seinen Augen folgte er Thaddeus und bewunderte dessen feste Gesäßmuskeln, seine starken Oberschenkel und langen Beine. Es war offensichtlich, dass der jüngste Gallagher-Sohn seinen Körper pflegte. Ihre Werwolf-Gene verliehen ihnen zwar übernatürliche Kraft und Widerstandsfähigkeit, aber Muskeln und ein flacher Bauch wie Thaddeus' entstanden nicht einfach aus dem Nichts. Selbst Werwölfe mussten trainieren, um mehr Muskeln auf- und Fett abzubauen.

„Los geht's, Storm", sagte Ransom und klopfte ihm auf die Schulter. „Wir werden nicht jünger."

Er folgte den beiden Männern. Draußen verwandelten sie sich in ihre Wolfsgestalt.

Mason durchlief die Verwandlung wie in Trance. Er genoss die Verwandlung immer, weil seine Sinne als Wolf geschärft waren. Er wurde sich seiner Umgebung tief bewusst, und er liebte dieses Gefühl. Als wäre er eins mit der Natur und müsste nicht verbergen, was er war. Als müsste er nicht so tun, als wäre er genauso wie die anderen in seiner Familie und seinem Team. Als müsste er nicht alle, die er liebte, anlügen.

36

Jude schloss die Tür von innen ab und wandte sich wieder dem Bett zu. Nachdem er sich in seine menschliche Gestalt zurückverwandelt hatte, war er wieder nackt. Er ging zum Bett.

Danielle saß dort und hielt immer noch ihren Bademantel vor der Brust zusammen, um ihr zerrissenes Negligé zu verdecken. Er konnte die Anspannung in ihrem Körper sehen.

Einen halben Meter vor dem Bett blieb er stehen.

„Du musst mir die Wahrheit sagen. Und egal wie die Wahrheit aussieht, sie wird meine Gefühle für dich nicht ändern. Solange du mir die Wahrheit sagst."

Sie nickte.

„Hattest du eine Affäre mit William Gallagher?" Er hielt den Atem an.

„Nein. Eve hat gelogen."

Erleichtert setzte er sich aufs Bett und zog sie auf seinen Schoß.

„Danke." Er küsste sie und ließ dann ihre Lippen los. „Weißt du irgendwas über die Briefe, die Eve erwähnt hat?"

„Nein. Ich hab keine Ahnung, wovon sie gesprochen hat."

„Du kanntest William also nicht, bevor du zum Rudel gekommen bist?"

„Richtig. Meine Mutter hat mir gesagt, ich solle mich an William Gallagher wenden, wenn ich irgendwann einmal Hilfe brauche."

„Sie kannte ihn also."

„Das muss wohl so gewesen sein."

„Hat sie dir jemals von ihm erzählt?"

„Nein. Sie hat mir nur einen Brief gegeben, den ich William geben sollte, falls ich Hilfe brauchte."

„Hast du gelesen, was in dem Brief stand?"

„Mama hat mir gesagt, ich solle das nicht tun. Ich habe ihren Wunsch respektiert."

„Es ist also möglich, dass in diesem Brief etwas steht, das Eve glauben ließ, dass du mit ihrem Vater geschlafen hast."

Danielle stieß einen genervten Seufzer aus. „Ich weiß es nicht. Aber das war nur *ein* Brief. Eve hat von Brie*fen* gesprochen, Mehrzahl. Liebesbriefe. Das kann nicht der Brief meiner Mutter sein. Sie hätte William einfach gebeten, mir zu helfen. Vielleicht war er ihr einen Gefallen schuldig."

„Das könnte sein." Jude dachte über ihre Worte nach. „Eve hat erwähnt, dass ihre Mutter Selbstmord begangen hat. Violet hat das gestern auch erwähnt. Was weißt du darüber?"

„Nicht viel. Ich konnte hören, wie sie und William sich oft stritten, aber das bedeutet nicht viel."

„Wie hat sie dich behandelt?"

„Mal so, mal anders."

„Was meinst du damit?"

„Am Anfang war sie super nett zu mir. Aber dann, von einem Tag auf den anderen, konnte sie kein einziges nettes Wort mehr zu mir sagen. Sie hat mich herumkommandiert – viel schlimmer als Flora. Als hätte ich etwas getan, wofür sie mich bestrafen wollte."

„Glaubst du, sie dachte, du hättest eine Affäre mit William?"

„Aber das hatte ich doch nicht", protestierte Danielle.

Er strich ihr mit den Fingerknöcheln über die Wange. „Ich weiß das. Und glaub mir, ich habe Eve nicht geglaubt, als sie dich beschuldigt hat."

Sie nahm seine Hand und drückte sie an ihre Wange. „Ich weiß."

Er küsste sie sanft. „Glaubst du, es könnte sein, dass William eine Affäre hatte, als du zum Rudel gekommen bist, und Clarice dachte, du wärst diejenige, mit der er fremdgegangen ist?"

Sie zuckte mit den Schultern. „Das ist möglich. Aber sie hat nie etwas zu mir gesagt."

„Mmm ... Vielleicht sollten wir versuchen, die Briefe zu finden, damit wir das klären können."

„Du meinst, du brauchst einen Beweis dafür, dass ich nicht mit William geschlafen habe?"

Er erkannte den schmerzhaften Ausdruck in ihren Augen und schüttelte sofort den Kopf. „Nein, das brauche ich nicht, Baby. Ich glaube dir. Aber Eve hat diese Anschuldigungen vor allen Leuten gemacht. Ich möchte, dass alle wissen, dass sie gelogen hat. Oder zumindest, dass sie sich geirrt hat. Sie schuldet dir eine Entschuldigung."

Sie zwang sich zu einem Lächeln. „Ich verstehe."

Er hob ihr Kinn mit seinen Fingern an und drehte ihr Gesicht zu sich. „Ich liebe dich. Nichts kann daran etwas ändern. Du gehörst mir. Und ich beschütze, was mir gehört." Er drückte einen sanften Kuss auf ihre Lippen.

„Ich liebe dich auch", sagte Danielle. „Aber in einer Sache verstehe ich Eve nicht ..."

„Was verstehst du nicht?"

„Ich habe neulich zufällig ein Gespräch zwischen ihr und Byron mitgehört. Und aus diesem Gespräch ging ziemlich klar hervor, dass Eve überhaupt nicht die Absicht hatte, sich mit dir zu paaren. Und Byron sagte, sie müsse es tun, sonst würde Violet die Alpha-Frau werden, und diese Vorstellung gefiel ihm gar nicht. Was hat sich also geändert? Warum ist Eve überhaupt heute Abend hier aufgetaucht, wenn sie dich nicht wollte?"

„Du kennst sie schon länger als ich. Ich bin mir nicht sicher, was in

ihrem Kopf vorgeht." Er zuckte mit den Schultern. „Ich habe das
Gefühl, dass ich sie selbst dann nie wirklich kennenlernen würde,
wenn ich mich entschlossen hätte, mich mit ihr zu paaren."

„Was meinst du damit?"

„Sie ist die Art von Frau, die Geheimnisse hat ... sogar vor ihrem
Partner. Und zwischen einem Paar sollte es keine Geheimnisse geben."

„Oh."

———

DANIELLE SENKTE den Blick und wandte ihre Augen von ihm ab,
denn auch sie hatte ein Geheimnis. Ein Geheimnis, von dem sie dachte,
dass sie es mit ins Grab nehmen würde, genau wie ihre Mutter.

„Stimmt was nicht?" Er streichelte ihre Wange. „Baby, tue ich dir
weh, wenn ich über Eve rede?"

Sie schüttelte den Kopf und hob den Blick, um ihn anzusehen.
Würde er es verstehen, wenn sie ihm erzählte, was sie getan hatte?
Würde er sie weiterhin mit Liebe in den Augen ansehen können?

„Es gibt etwas, das ich dir über mich noch nicht erzählt habe. Über
meine Vergangenheit ..."

„Ich bin mir sicher, dass es auch viele Sachen gibt, die du nicht
über mich weißt. Jeden Tag lernen wir uns besser kennen ... und
kommen uns näher ..."

„Das ist etwas, das deine Meinung über mich vielleicht ändern
könnte ..."

„Nichts kann meine Gefühle für dich ändern", versicherte er ihr.

Sie schluckte schwer, nahm all ihren Mut zusammen und öffnete
dann den Mund. „Ich habe dich angelogen." Oder besser gesagt, sie
hatte ihm nur die halbe Wahrheit gesagt.

Ungläubigkeit spiegelte sich in seinem Gesicht wider, als er sie
anstarrte.

Sie rutschte von seinem Schoß, nervös, wie er reagieren würde.

„Als ich dir erzählt habe, dass meine Mutter ihren Mann verlassen hat ...“, sagte sie, während ihr Tränen in die Augen stiegen. „Ich habe dir nicht die ganze Wahrheit gesagt. Sie hat ihn nicht verlassen.“

„Was meinst du damit?“

Sie konnte ihn nicht einmal ansehen, aus Angst, zusammenzubrechen und nicht in der Lage zu sein, die ganze Wahrheit über ihre Lippen zu bringen.

„Mein Stiefvater hat ihr in jener Nacht so sehr wehgetan. Als ich nach Hause kam, lag sie bewusstlos auf dem Boden. Er war betrunken, schlimmer als sonst. Er muss sie bewusstlos geschlagen haben, bevor sie überhaupt wusste, was los war, sonst hätte sie sich gewehrt.“

Ein Schluchzer versuchte, sich aus ihrer Kehle zu erheben, aber sie unterdrückte ihn.

„Ich wusste, dass er sie umbringen würde. Ich war blind vor Wut. Ich hatte keine Selbstbeherrschung über mich und meinen Wolf. Ich konnte nicht aufhören ... Ich verstand erst, was ich getan hatte, als er dort lag ... blutüberströmt, leblos, nicht wiederzuerkennen. Ich habe ihn in Stücke gerissen.“

Sie spürte Judes Hände auf ihren Schultern, die sie näher zu sich zogen, aber sie wehrte sich.

„Das ist noch nicht alles.“ Sie schniefte. „Meine Mutter und ich sind in jener Nacht geflohen. Sie wurde zur Hauptverdächtigen in seinem Mordfall, und sie vermuteten, dass ich ihre Komplizin war. Als sie einige Monate später bei einem Autounfall ums Leben kam, wurde die Polizei benachrichtigt. Endlich hatten sie einen Hinweis darauf, wo sie sich die ganze Zeit versteckt hatte, und obwohl sie tot war, gaben sie die Suche nach mir nicht auf. Aus den Nachrichten erfuhr ich, dass die DNA meiner Mutter nicht hundertprozentig mit der DNA übereinstimmte, die sie in Carls Wunden gefunden hatten. Es waren nur fünfzig Prozent. Da wurde ihnen klar, dass *ich* ihn getötet hatte, nicht meine Mutter.“

„Du musstest es tun“, sagte Jude. Er legte seine Finger unter ihr Kinn, um sie zu zwingen, ihn anzusehen. „Du hast deine Mutter gerettet. Es war Notwehr.“

Seine Worte waren Balsam für ihre Wunden, aber Jude war sich der Konsequenzen ihrer Handlungen nicht bewusst.

„Jude, ich bin eine Mordverdächtige. Sie suchen immer noch nach mir. Es ist nur eine Frage der Zeit, bis sie mich finden und verhaften."

Jude zog sie in seine Arme.

„Das werde ich nicht zulassen. Niemand wird dich mir wegnehmen. Du gehörst mir. Und ich beschütze, was mir gehört."

Sie wusste seine Worte zu schätzen, aber sie war Realistin. Eines Tages würden sie sie finden.

„Wo ist das alles passiert?"

„Carl, Mom und ich haben im Bundesstaat Washington gelebt, in Tacoma. Das Rudel, dem wir danach beigetreten sind, war in Kalifornien. Mom ist in Riverside gestorben, was bedeutet, dass die Polizei in Kalifornien wahrscheinlich inzwischen weiß, dass ich auf der Flucht bin. Ich habe mich nicht einmal getraut, meinen Führerschein zu verlängern, aus Angst, meinen Aufenthaltsort preiszugeben." Sie schüttelte den Kopf. „Ich hätte dich nie in diese Situation bringen dürfen. Es tut mir so leid."

„Ich kümmere mich darum."

Sie schüttelte den Kopf. „Oh, Jude, du kannst nichts tun."

„Doch, das kann ich."

Seine Stimme klang jetzt anders: selbstbewusst und entschlossen.

„Die Allianz der Werwölfe kann dir eine komplett neue Identität verschaffen. Wir haben das schon für andere Werwölfe getan, wenn die Polizei unseren Geheimnissen zu nahe gekommen ist. Die Allianz hat Spezialisten dafür. Im Grunde ist es das, was die Regierung mit Leuten macht, die in den Zeugenschutz müssen. Wir tun das Gleiche für dich. Du wirst sicher sein."

Sie konnte es kaum glauben. Aber es gab noch eine Sache, die sie wissen musste.

„Was ist mit dir und mir? Kannst du mir nach all dem noch vertrauen?"

Ein Lächeln breitete sich auf seinem Gesicht aus, und er strich ihr mit den Knöcheln über die Wange.

„Oh, Danielle, zwischen uns hat sich nichts geändert. Was du getan hast, zeigt mir nur, dass du bereit bist, für die, die du liebst, alles zu riskieren. Du bist eine Kämpferin. Für dein Mitgefühl und deine Loyalität liebe ich dich nur noch mehr. Ich weiß, dass du kämpfen wirst, um unsere Kinder, unsere Familie und unser Rudel zu beschützen. Du bist alles, wovon ich jemals geträumt habe. Du bist stark, du bist wild, und du gehörst mir."

„Ich verdiene dich nicht."

Er wischte ihr eine Träne von der Wange.

„Meine Liebste, du verdienst so viel mehr. Und ich werde mein Bestes tun, dir alles zu geben, was du dir jemals gewünscht hast, um wiedergutzumachen, was du in der Vergangenheit mitgemacht hast. Ich werde dich mit meinem Leben beschützen, und ich weiß, dass du dasselbe für mich tun wirst. Ich weiß, was in deinem Herzen ist. Ich kann es spüren."

„Ich liebe dich."

„Ich liebe dich auch", flüsterte er und nahm ihre Lippen gefangen, um sie sanft zu küssen.

37

Nachdem sie geduscht hatte, atmete Danielle an der Tür tief durch. Es war Zeit, sich dem Rudel zu stellen. Sie hatte gut in Judes Armen geschlafen, aber Eves Anschuldigungen und die Peinlichkeit, beim Sex erwischt worden zu sein, waren Dinge, die sie nur schwer vergessen konnte. Selbst jetzt, im Licht des Tages, spürte sie, wie ihre Wangen rot wurden, aber sie riss sich zusammen. Als Judes Partnerin war sie jetzt für das Haus verantwortlich und musste sich dementsprechend verhalten. Sie durfte keine Schwäche und kein Zögern zeigen, sonst würde ihre Position im Rudel von Frauen wie Flora und Eve untergraben werden. Die Liebe hatte sie in diese Lage gebracht, und jetzt musste sie sich ihr stellen, egal wie einschüchternd das auch sein mochte.

Danielle verließ das Schlafzimmer, während Jude noch unter der Dusche war. Sie wäre fast mit Parker zusammengestoßen, der vor der Tür stand.

„Guten Morgen", begrüßte er sie mit einem langsamen Nicken.

„Guten Morgen, Parker", antwortete sie. „Ich glaube, du kannst jetzt aufhören, das Zimmer zu bewachen."

„Ja, ich wollte nur sichergehen, dass ihr wach seid." Er nickte in Richtung Tür. „Ist Jude schon auf?"

„Er ist unter der Dusche."

„Okay, dann werde ich mich noch ein paar Stunden hinlegen." Er ging den Flur entlang.

„Nochmals vielen Dank."

Im Bademantel ging sie zu ihrem Zimmer und trat ein. Während sie sich frische Kleidung anzog, wurde ihr klar, dass sie jetzt, wo alle über sie und Jude Bescheid wussten, all ihre persönlichen Sachen in die Master-Suite bringen musste. Dann könnte jemand anderes in ihr Zimmer ziehen, was bei der Unterbringung von Judes Männern helfen würde. Sie würde später mit ihm darüber reden.

Wie jeden Morgen ging sie in die Küche, um mit der Zubereitung des Frühstücks anzufangen. Priscilla war schon da und briet Rösti, während ihr Bruder heißen Kaffee in mehrere Thermoskannen füllte.

„Guten Morgen", sagte Danielle zu ihnen.

Beide schauten auf und erwiderten ihren Gruß. Sie war froh, dass nur Priscilla und Heath in der Küche waren. So konnte sie ihnen die Neuigkeiten unter sechs Augen mitteilen. Sie hatte sich Priscilla immer sehr verbunden gefühlt, weil sie innerhalb des Rudels denselben Rang hatten: Sie waren die niedrigsten Mitglieder, deren Wünsche von den höheren Rängen im Rudel selten berücksichtigt wurden. Bis heute.

Sie räusperte sich. „Priscilla, Heath, ich habe Neuigkeiten. Ich weiß nicht, wie ich anfangen soll ..." Sie suchte nach den richtigen Worten.

„Du und Jude, ihr seid ein Paar", sagte Priscilla.

Fassungslos starrte Danielle sie und Heath an. „Woher wisst ihr das?"

Priscilla deutete auf das Küchenfenster, von dem aus man einen guten Blick auf die Garage hatte. „Wir sind Violet begegnet, als wir aus dem Cottage ins Haus kamen."

Da Danielle wusste, dass Priscilla jeden Tag spätestens um sieben Uhr im Haupthaus ankam, runzelte sie die Stirn. „Violet war so früh schon auf?"

„Oder eher spät, weil sie aus der Garage kam“, meinte Heath. „Sie sah aus, als wäre sie die ganze Nacht unterwegs gewesen.“

Violet war nicht jemand, der nachts wegblieb, aber vielleicht hatte sie das, was letzte Nacht passiert war, aufgewühlt, und sie hatte beschlossen, auszugehen.

„Aber genug von ihr“, unterbrach Priscilla. „Ich kann es nicht glauben. Du und der Alpha.“ Priscilla strahlte.

„Ich lasse euch beide allein“, sagte Heath, schnappte sich ein Tablett mit Kaffee, Milch, Zucker und Marmelade und verließ damit die Küche.

Danielle wandte sich wieder Priscilla zu. „Ich kann es selbst kaum glauben.“

Priscilla beugte sich vor. „Was wird jetzt passieren? Du weißt schon, mit Eve und Flora und der Familie? Wird es Ärger geben?“

Trotz ihrer eigenen Bedenken, was die Gallaghers anging, schüttelte Danielle den Kopf. Sie wollte Priscilla nicht beunruhigen.

„Nein. Zunächst einmal wirst du weiterhin mit Heath in dem Cottage wohnen. Niemand kann dich zwingen, dir ein Zimmer mit jemandem zu teilen, okay?“

„Danke!“ Priscilla legte ihre Arme um sie, drückte sie kurz an sich und trat dann zurück. „Entschuldige, ich wollte nicht ...“

Danielle schüttelte den Kopf und hielt sie davon ab, sich zu entschuldigen. „Zwischen uns hat sich nichts geändert. Wir sind immer noch befreundet.“

Und sie würde eine Freundin brauchen, denn die nächsten Tage würden schwierig werden.

„Jetzt machen wir erst mal Frühstück für alle.“

„Aber das musst du doch nicht mehr machen“, protestierte Priscilla.

„Und dich die ganze Arbeit alleine machen lassen?“

„Priscilla hat recht.“

Als Danielle Violets Stimme hörte, drehte sie sich um. Violet trat in die Küche.

„Guten Morgen, Violet“, sagte Danielle automatisch.

„Ich kann Priscilla beim Frühstück helfen", bot Violet an.

Danielle war überrascht. Violet hasste Küchenarbeit. Sie hatte noch nie angeboten, in der Küche zu helfen. Und warum auch? Sie war für die Finanzen des Rudels zuständig. Ihre Zeit war besser für die Buchhaltung genutzt als fürs Kochen. Außerdem bezweifelte Danielle, dass Violet überhaupt kochen konnte. Bot Violet ihre Hilfe an, weil sie sich bei ihr einschmeicheln wollte, jetzt, wo sie Judes Partnerin war?

„Das ist wirklich nicht nötig", antwortete Danielle. „Ich habe Zeit."

Violet lächelte. „Lass mich einfach mithelfen. Und vielleicht kannst du mir später bei etwas helfen?"

Sie erwartete also eine Gegenleistung. Was wollte Violet?

„Bei was?"

„Ich muss mein Auto zum Händler bringen und brauche jemanden, der mich nach der Abgabe zurückfährt."

Erleichtert, dass es keine große Gefälligkeit war, antwortete sie: „Klar, ich kann dich abholen. Was ist denn mit dem Auto los? Ich dachte, Heath hätte es letzte Woche repariert."

Violet zuckte mit den Schultern. „Weder Heath noch ich können das Problem finden. Es hat was mit der Elektronik zu tun. Das ist das Problem mit teuren deutschen Autos: Sie haben so viel Elektronik, dass man eine komplette Diagnose durchführen muss, um eine kleine Lampe zu reparieren. Oder in diesem Fall die Klimaanlage."

„Ich weiß. Wann bringst du es nach San Rafael?"

„Um zehn. Passt dir das? Sonst könnte ich einen Uber rufen ..."

„Das ist nicht nötig. Ich hole dich ab."

„Vielen Dank. Das weiß ich wirklich zu schätzen." Dann wandte sie sich an Priscilla. „Also, womit kann ich dir helfen?"

Danielle warf Priscilla einen Blick zu. Diese war genauso überrascht wie sie, dass Violet ihre Hilfe anbot. Sie wischte sich die Hände an ihrer Schürze ab.

„Der Speck muss gegrillt werden. Aber du solltest lieber eine Schürze tragen, sonst bekommst du Fettflecken auf deine Kleidung."

Während Priscilla einen Schrank öffnete, eine Schürze herausholte und Violet beim Anziehen half, hörte Danielle ein Geräusch von der offenen Tür. Sie drehte den Kopf und sah Jude dort stehen, der im Tageslicht noch besser aussah als gestern Abend. Er winkte sie zu sich, und sie gesellte sich zu ihm. Schnell zog er sie von der Tür weg in den Flur und presste seine Lippen auf ihre, um sie zu küssen. Sie erwiderte seinen Kuss mit derselben Intensität, sodass ihnen beiden innerhalb von Sekunden die Luft wegblieb.

Jude unterbrach den Kuss und drückte seine Stirn an ihre. „Verdammt, Baby, du machst mich hungrig.“

Sie kicherte. „Das Frühstück ist gleich fertig.“

„Ich habe nicht von Essen gesprochen, obwohl ich zu Speck und Eiern nicht nein sagen würde. Ich muss meine Energie auffüllen, um mit meiner unersättlichen Partnerin mithalten zu können“, murmelte er, wobei sein heißer Atem über ihr Gesicht strich.

„Du denkst, ich bin unersättlich?“

Er lachte leise.

„Jude?“

Beim Klang von Austins Stimme wandte sie den Kopf in dessen Richtung.

„Guten Morgen, Danielle. Tut mir leid, dass ich störe, aber Jude und ich müssen ein paar Sachen besprechen.“ Er sah sie entschuldigend an.

„Bin schon unterwegs“, antwortete Jude, gab ihr einen Kuss auf die Lippen, ließ sie los und ging auf Austin zu.

38

Nach einem kurzen Gespräch mit Austin und einem herzhaften Frühstück berief Jude eine Besprechung mit seinem gesamten Team ein, darunter auch Parker und Grant, die beide nur wenige Stunden geschlafen hatten. Auch Wendell sah müde aus, als hätte er eine lange Nacht mit zu wenig Schlaf hinter sich. Sie versammelten sich im Büro, lehnten an den Wänden, saßen auf den wenigen verfügbaren Stühlen oder lehnten sich gegen den Schreibtisch. Sie hatten ihm zu seiner Verbindung mit Danielle gratuliert und schienen sich aufrichtig für ihn zu freuen, aber jedes Mitglied seines Teams war besorgt darüber, wie sich dies auf die Dynamik innerhalb des Rudels auswirken würde.

„Ich weiß, dass es schwierig sein wird, bis alle diese neue Situation akzeptiert haben", sagte Jude ruhig.

„Wie sieht der Plan aus?", fragte Francisco. „Was wirst du wegen der Allianz machen?"

Jude tauschte einen kurzen Blick mit seinem Bruder aus. Sie hatten auch darüber gesprochen und waren sich schließlich einig geworden.

„Die Sache ist die: Die Ratsmitglieder dürfen davon nichts erfahren. Zumindest noch nicht."

„Du meinst, du wirst es nicht einmal deinen Eltern sagen?", fragte Mason und hob eine Augenbraue.

„Richtig."

Denn wenn er es seiner Mutter erzählte, würde sie es seinem Vater erzählen, und da dieser ein Ratsmitglied war, wäre er verpflichtet, es zu melden. Er konnte seine Eltern nicht in diese Lage bringen.

„Wie lange sollen wir das geheim halten?", fragte Ransom. „Ich meine, dir muss doch klar sein, dass jeder aus der Familie Gallagher einfach die Allianz anrufen und ihnen hinter deinem Rücken davon erzählen kann, und dann werden sie dich noch härter bestrafen."

„Das ist mir klar. Aber wir müssen erst mal die Gallaghers dazu bringen, den Status quo zu akzeptieren."

„Und wie sollen wir das machen?", warf Grant ein. „Ich meine, wenn man bedenkt, wie du und Byron gestern Abend miteinander gekämpft habt, glaube ich nicht, dass dich im Moment irgendjemand aus der Familie unterstützen wird."

Das wusste er, aber der Kampf mit Byron war nicht sein einziges Problem.

„Eve hat ihre Familie mit ihren falschen Anschuldigungen, Danielle habe mit William Gallagher geschlafen, gegen Danielle aufgehetzt. Sie muss das zurücknehmen."

Ransom lachte bitter. „Ja, viel Glück dabei. Die Frau ist stur, herrisch und rechthaberisch. Sie wird sich weder entschuldigen noch zurücknehmen, was sie gesagt hat, egal, was du tust. Glaub jemandem, der einen ganzen Tag mit ihr verbracht hat."

Mason lachte leise. „Ja, das muss ja echt anstrengend gewesen sein! Ich musste mit Thaddeus zum Hafen. Das war auch kein Zuckerschlecken."

Jude hob die Hand. „Ich verstehe. Ihr habt alle den Kürzeren gezogen." Er holte Luft. „Ich muss mit Eve reden, um mehr über diese angeblichen Liebesbriefe herauszufinden. Sobald ich beweisen kann, dass diese Briefe nicht von Danielle geschrieben wurden, können wir die Sache klären. Dann gibt es keinen Grund mehr, sie nicht als meine Partnerin zu akzeptieren."

„Du meinst, abgesehen davon, dass du sowohl Eve als auch Violet brüskiert hast?", kommentierte Mason trocken.

Jude zuckte mit den Schultern. „Rom wurde auch nicht an einem Tag erbaut." Er sah in die skeptischen Gesichter seiner Leute. „Das ist im Moment alles."

Unter leisem Gemurmel zerstreuten sie sich. Jude machte sich auf die Suche nach Eve. Er wusste, dass sie im Haus war, weil ihr Auto in der Einfahrt stand. Als er sie in den Gemeinschaftsräumen der Villa nicht finden konnte, ging er nach oben und klopfte an ihre Schlafzimmertür.

Er hörte Schritte von innen, dann wurde die Tür geöffnet. Eve trug ihre übliche Reitkleidung. Sie schaute finster drein und war nicht erfreut, ihn zu sehen. Er hatte nichts anderes erwartet.

„Wir müssen reden", begann Jude und schaute an ihr vorbei in den Raum. „Unter vier Augen."

Sie verschränkte die Arme vor der Brust. „Das hier ist privat genug."

Er konnte ihr nicht wirklich vorwerfen, dass sie noch kühler reagierte als zuvor.

„Was letzte Nacht angeht", fing er an. „Du hast behauptet, Danielle hätte eine Affäre mit deinem Vater gehabt, basierend auf ein paar Briefen, die du gesehen hast."

„Und dazu stehe ich!"

Er ignorierte ihre Bemerkung. „Wo sind die Briefe? Ich will sie sehen."

„Ich habe sie nicht."

„Und warum nicht?"

„Ich habe sie meiner Mutter gegeben."

„Um ihr zu zeigen, dass ihr Mann sie betrogen hat?" War das der Grund, warum ihre Mutter Selbstmord begangen hatte? Das würde vieles erklären. Aber er konnte sich jetzt nicht auf diese Gedankengänge einlassen.

„Na und? Ich hatte jedes Recht, sie meiner Mutter zu zeigen."

„Wo hast du sie überhaupt gefunden?"

„Was macht das schon aus?“

„Wo?“, fragte er lauter.

„Im Büro meines Vaters.“

„Waren sie in Umschlägen?“

„Warum?“

„Weil ich wissen will, wer sie geschickt hat.“

„Ich hab dir doch schon gesagt, dass sie von Danielle waren.“

„Und du hast ihren Namen und ihre Adresse auf den Umschlägen gesehen?“

„Es gab keine Umschläge, nur ein paar zusammengebundene Blätter Papier.“

„Also weißt du letztendlich doch nicht, wer sie geschrieben hat.“

„Doch, das weiß ich!“, knurrte sie. „Sie waren von Danielle unterschrieben.“

„Sie hat mit ihrem vollen Namen unterschrieben?“

„Ja!“

„Das ist komisch. Gestern Abend hast du gesagt, die Briefe seien nur mit Initialen versehen gewesen. Mit einem D.“

„Sie war es! Es muss sie gewesen sein!“

„Du hast also keinen Beweis. Gar nichts.“

„Aber die Briefe ...“

„Du hast nur Anschuldigungen! Wenn du also diese Briefe nicht vorweisen kannst, muss ich davon ausgehen, dass du dir das alles ausgedacht hast, um dich an mir zu rächen, weil ich mich nicht mit dir gepaart habe.“

Eve lachte verächtlich. „Als ob ich dich jemals gewollt hätte! Ich hätte mich nicht mit dir gepaart, selbst wenn du der letzte Mann auf Erden wärst!“

„Komisch“, meinte er gespielt nachdenklich. „Dann frage ich mich, warum du mitten in der Nacht in nichts als ein bisschen Spitze gekleidet in mein Schlafzimmer gekommen bist.“

Eves Gesicht wurde rot, und es sah so aus, als würde sie gleich explodieren.

„Du hast vierundzwanzig Stunden Zeit, um mir die Briefe

vorzulegen. Wenn du das nicht schaffst, erwarte ich, dass du dich bei Danielle entschuldigst. Und dann liegt es an ihr, ob sie dir erlaubt, auf dem Anwesen zu bleiben, oder ob sie will, dass du gehst."

Sie starrte ihn ungläubig an. „Das kannst du nicht machen ... das ist mein Zuhause ...“

„Das gibt dir aber nicht das Recht, Anschuldigungen ohne Beweise zu machen.“

Er drehte sich auf dem Absatz um und ging zur Treppe. Er wusste, dass Eve alles in ihrer Macht Stehende tun würde, um die Briefe zu finden, von denen sie gesprochen hatte – falls es sie gab. Sie war nicht die Art Frau, die es tolerierte, als Lügnerin bezeichnet zu werden. Und wenn sie die Briefe nicht vorweisen konnte, dann war klar, dass sie sie einfach erfunden hatte, um ihm und Danielle wehzutun.

Unten erhaschte er einen Blick, wie Danielle im Flur verschwand, der zum Umkleideraum führte. Er folgte ihr und holte sie ein, als sie sich eine Jacke von einem der Haken nahm.

„Danielle.“

Sie drehte sich um und lächelte ihn an. „Hey, Jude. Ich bin in etwa einer Stunde zurück.“

Sie öffnete die Tür.

„Fährst du in die Stadt?“

„Violet bringt ihr Auto zum Händler und ich hole sie ab.“

Er ging auf dem Weg zur Garage neben ihr her.

„Das ist nett von dir. Ich hoffe, sie hat dich nicht dazu gezwungen.“

Sie warf ihm einen Seitenblick zu. „Sie war heute Morgen eigentlich sehr nett. Sie hat Priscilla angeboten, ihr beim Frühstück zu helfen, damit ich es nicht tun musste.“

„Das ist echt rücksichtsvoll von ihr.“ Das hätte er von Violet nicht erwartet, aber vielleicht war sie anpassungsfähiger als der Rest der Gallaghers.

Als sie an der Garage ankamen, öffnete er ihr das Tor.

„Stört es dich, wenn ich mitkomme?“

„Hast du nichts zu tun?“

Er schüttelte den Kopf. „Ja und nein. Aber ich wollte dir von meinem Gespräch mit Eve erzählen."

„Das klingt unheilvoll. Steig ein."

Sie stiegen in den alten Toyota, der aussah, als hätte er seine besten Tage hinter sich. Er nahm sich vor, ihr so schnell wie möglich ein besseres Auto zu besorgen – natürlich aus eigener Tasche bezahlt und nicht aus dem Gallagher-Vermögen.

Danielle steckte den Schlüssel in die Zündung, startete den Motor, fuhr aus der Garage und rollte langsam über den Kiesweg zur Auffahrt.

Ein BMW fuhr gerade los.

„Ist das Violet?"

„Ja. Sie sagte, ich solle ihr einfach folgen. Ich habe kein Navi in dieser alten Rostlaube." Sie warf ihm einen Blick zu. „Was wolltest du mir über Eve erzählen?"

„Ach ja. Ich habe heute Morgen mit ihr gesprochen. Ich möchte, dass sie mir die Briefe zeigt, von denen sie behauptet, dass sie von dir geschrieben wurden."

„Aber du hast doch gesagt, du glaubst mir."

Er hörte die Enttäuschung in ihrer Stimme und legte seine Hand auf ihren Oberschenkel.

„Natürlich glaube ich dir. Das mache ich nicht wegen mir, Baby, sondern wegen dir. Ich will den Gallaghers zeigen, dass du nichts falsch gemacht hast. Und der beste Weg, das zu tun, ist zu beweisen, dass Eve entweder gelogen hat oder sich einfach geirrt hat darin, wer die Briefe geschrieben hat – falls es sie überhaupt gibt."

„Hat sie sie dir gegeben?"

„Sie behauptet, sie wisse nicht, wo sie gerade sind."

„Aber ..."

Der BMW vor ihnen war bereits durch das sich automatisch öffnende Tor gefahren.

„Ich habe ihr ein Ultimatum gestellt. Sie muss ihre Behauptungen beweisen, sonst ist sie hier nicht mehr willkommen. Niemand hat das Recht, dich so zu beleidigen, ohne dass das Konsequenzen hat."

„Aber das ist ihr Zuhause ..."

Sie passierten das Tor, nach welchem die Straße eine Kurve machte. Sie fuhren zu schnell darauf zu.

„Danielle, bitte fahr etwas langsamer. Ich wollte dich nicht verärgern."

Sie warf ihm einen Blick zu, während ihre Hände das Lenkrad umklammerten, als wäre es eine Rettungsleine.

„Das Auto ... die Bremsen funktionieren nicht ..."

Sie fuhren in die Kurve und das Auto geriet ins Schleudern. Er schaute auf ihre Füße und sah, dass sie verzweifelt versuchte, das Auto zu verlangsamen. Ohne Erfolg. Auf der leichten Gefällstrecke gewann das Auto an Geschwindigkeit.

„Scheiße!", fluchte er und suchte nach einer sicheren Stelle, an der sie das Auto auslaufen lassen könnten. Aber alles ging bergab.

„Ich kann das Auto nicht anhalten."

Danielle klang panisch und verängstigt.

Sein Verstand arbeitete auf Hochtouren, während er die Umgebung abschätzte. Auf der einen Seite ein steiler Abhang, auf der anderen eine hohe Steinmauer. Vor ihnen lagen weitere Kurven. In einer der nächsten Kurven würden sie zu viel Geschwindigkeit haben und das Auto würde sich mehrmals überschlagen. Sollten sie mit dieser Geschwindigkeit gegen die Mauer prallen, würden sie schwer verletzt oder sogar getötet werden. Und selbst wenn sie die nächsten Kurven sicher nehmen könnten, würden sie direkt auf eine belebte Kreuzung zusteuern, wo die Wahrscheinlichkeit einer Kollision mit einem anderen Auto oder Lkw zu hoch war, um dieses Risiko einzugehen. Er konzentrierte sich auf die sich verändernde Landschaft zu seiner Rechten und entdeckte einen Teich. Das war die Option mit der höchsten Überlebenschance.

„Okay, Fenster öffnen", befahl er mit einer Gelassenheit, die er nicht empfand.

„Ich brauche beide Hände zum Lenken."

Er griff mit einer Hand ins Lenkrad, um ihr zu helfen. „Jetzt mach, schnell!"

Denn wenn das Auto zu schnell und zu tief in den Teich sank, würden sie Probleme haben, die Türen zu öffnen, um zu entkommen.

Als sie endlich die elektrischen Fenster heruntergelassen hatte und ihre linke Hand wieder auf das Lenkrad legte, nahm er seine Hand weg.

„Okay, siehst du den Teich rechts vor uns? Steuere darauf zu."

„Aber wir sind zu schnell."

Er legte seine Hand auf die Handbremse. Da diese nicht mit dem Hydrauliksystem verbunden war, das die Fußbremsen betätigte, sondern manuell direkt Druck auf die Hinterreifen ausübte, sollte dies das Auto etwas verlangsamen. Aber es bestand ein großes Risiko, dass das Auto unkontrolliert ausscheren würde, wenn er zu viel Druck ausübte.

„Ich werde uns mit der Handbremse verlangsamen." Er zog die Handbremse ein kleines bisschen an, bis er einen leichten Widerstand spürte.

„Sobald wir auf das Wasser treffen, nimm den Gurt ab. Verstanden?"

„Ja. Jude, ich habe Angst."

„Wir schaffen das, ich verspreche es dir, Baby."

39

———

Trotz Judes beruhigenden Worten überkam sie die Panik. Ihr ganzer Körper war angespannt, und sie spürte nicht einmal mehr ihre Hände, da diese zu fest das Lenkrad umklammerten. Sie hatte Glück, dass Jude bei ihr war, denn wäre sie allein im Auto gewesen, hätte sie nicht gewusst, was sie tun sollte. Wahrscheinlich wäre sie schon gegen die hohe Mauer gekracht oder hätte sich in einer Kurve mit dem Auto überschlagen.

Judes Anweisungen waren klar und prägnant. Sie spürte, wie das Auto etwas langsamer wurde, als Jude die Handbremse betätigte. Sie hatte immer gedacht, dass, wenn die Fußbremse nicht funktionierte, die Handbremse auch nicht funktionieren würde.

„Jetzt. Steuere langsam nach rechts.“

Als sie das tat, spürte sie, wie das Auto sich ihr widersetzte und die Reifen blockierten. Angst überkam sie und sie hielt den Atem an.

Jude löste die Handbremse wieder, und die Reifen drehten sich. Sie hatte mit dem Lenkrad überkompensiert, als die Reifen blockiert hatten, und jetzt schoss das Auto nach rechts und hob fast von der Straße ab. Sie kam ins Schleudern, als sie über unebenen Boden fuhren und die Steine und Felsen klangen, als würden sie die Karosserie des

Autos wie eine Thunfischdose aufreißen. Obwohl sie bergab fuhren, half das unebene Gelände, das Auto zu verlangsamen, aber sie wusste, dass sie immer noch zu schnell waren, um vor dem Teich anzuhalten.

„Denk dran", sagte Jude, „mach deinen Sicherheitsgurt los, sobald wir auf dem Wasser aufschlagen."

Sie konnte nicht antworten, ihre Kehle war zu trocken, um Worte zu formen.

Ein paar Sekunden später verlor das Auto den Boden unter den Rädern und sie stürzten ins Wasser. Die Wucht, mit der sie aufschlugen, schleuderte sie nach vorne, während sich der Sicherheitsgurt straffte und die Airbags sich aufbliesen. Das raubte ihr den Atem und sie war für einen Moment wie betäubt. Sie konnte weder denken noch handeln.

„Der Sicherheitsgurt!", rief Jude neben ihr.

Seine Worte rüttelten sie auf. Sie drückte auf den Entriegelungsknopf, aber nichts passierte. In Panik zog sie am Gurt, aber er hatte sich um ihren Oberkörper gespannt und ließ ihr keinen Millimeter Bewegungsfreiheit.

Das Auto füllte sich bereits mit Wasser, das ihre Beine bedeckte. Bevor sie begriff, was geschah, lockerte sich der Sicherheitsgurt, und sie erkannte, dass Jude ihn mit seinen Krallen durchtrennt hatte. Sie verwandelte ihre Finger ebenfalls in Krallen, da sie nun wusste, was zu tun war, und schnitt den Airbag durch, um sich genug Platz für Bewegung zu verschaffen.

Sie griff nach dem Fenster und hechtete sich hindurch. Gerade als sie dachte, sie säße fest, spürte sie Judes Hände an ihrem Hintern ihr einen kräftigen Schubs geben.

Sie landete mit dem Gesicht nach unten im Wasser, stieß sich mit den Beinen von der Autotür ab und hob den Kopf aus dem Wasser. Sie trat mit den Füßen, drehte sich um und sah, wie das Auto in einem Winkel von fast 90 Grad mit dem Kofferraum nach oben ins Wasser tauchte. Einen Moment später verschluckte das Wasser es vollständig.

„Jude!", schrie sie. Sie schwamm zu der Stelle, an der er auftauchen sollte, und griff ins Wasser, um ihn zu finden. Nachdem sie tief Luft geholt hatte, tauchte sie unter die Oberfläche, aber das Wasser war zu trüb, um etwas zu sehen.

Sie tauchte auf, um Luft zu holen. „Jude! Nein!"

Sie drehte sich um ihre eigene Achse und suchte nach Unregelmäßigkeiten im Wasser, nach irgendetwas, das darauf hindeuten könnte, wo er war. Hatte Jude, weil er ihr geholfen hatte, nicht genug Zeit gehabt, sich selbst zu befreien? Er war von kräftigerer Statur als sie. War er im Fenster stecken geblieben?

„Jude!"

Plötzlich stieg eine riesige Luftblase an die Oberfläche, und mit ihr tauchte Judes Kopf auf. Sie schwamm auf ihn zu, packte ihn und Tränen vermischten sich mit dem Wasser.

„Ich dachte, ich hätte dich verloren."

Schluchzend legte sie ihre Arme um ihn, während sie weiter Wasser trat.

„Mein Bein hatte sich im Sicherheitsgurt verfangen, als ich durch das Fenster bin."

Er drückte sie fest an sich. Gemeinsam schwammen sie die wenigen Meter bis zum Ufer und zogen sich aus dem Wasser.

Keuchend setzten sie sich auf den kalten Boden und nahmen sich einen Moment Zeit, um sich zu erholen.

Danielle schlang ihre Arme um ihn. „Ohne dich hätte ich es nicht geschafft. Du hast mir das Leben gerettet."

Er küsste sie auf die Lippen. „Ohne dich habe ich kein Leben. Ich werde dich immer retten."

„Ich liebe dich, Jude."

„Ich liebe dich noch mehr."

Das Geräusch eines herannahenden Autos ließ sie über ihre Schulter blicken. Violets BMW hielt auf der Straße an, auf der sie gerade noch gefahren waren, und die Fahrerin sprang heraus.

„Oh mein Gott!", rief Violet und presste die Hand auf den Mund.

Jude stand auf und streckte Danielle seine Hand entgegen, um ihr aufzuhelfen. Als sie sich Violet und ihrem Auto näherten, sagte er: „Gib mir dein Handy, bitte."

Violet nickte und holte es aus ihrer Tasche. Sie überbrückte die letzten Meter zwischen ihnen und gab es Jude.

„Als ich gesehen habe, dass dein Auto in der letzten Kurve geschleudert ist, bin ich umgekehrt. Oh mein Gott. Gott sei Dank geht es euch beiden gut."

Danielle atmete tief durch. „Wenn Jude nicht bei mir gewesen wäre, hätte ich es nicht geschafft."

Violet zog ihren Mantel aus. „Hier, zieh den an. Du musst doch frieren."

„Der wird doch ganz nass."

Violet schüttelte den Kopf. „Das ist mir egal."

Dankbar zog Danielle ihre eigene durchnässte Jacke aus und legte sich den dicken Mantel um.

„Was ist passiert?"

„Die Bremsen haben versagt", sagte Danielle.

„Oh Gott."

Beide schwiegen.

Jude telefonierte. „Frag Heath oder Chase, welcher ihrer Lastwagen das Auto aus dem Wasser ziehen kann. Ja. Okay. Nein, das ist in Ordnung. Wir fahren mit Violets Auto zurück. Danke, Bruder."

Er beendete das Gespräch und gab Violet das Telefon zurück.

„Steigt ins Auto, bevor ihr euch beide verkühlt", sagte Violet bestimmt.

Während der Fahrt zurück zum Haus dachte Danielle über Violet nach. Sie war überrascht, wie entschlossen diese geklungen hatte. Angesichts einer unerwarteten Situation erwies sie sich als sehr praktisch und entschlossen. Sie hatte das jüngste Mitglied der Gallagher-Familie noch nie in diesem Licht gesehen.

Als sie das Haus erreichten, kamen mehrere Leute angerannt. Sie war froh, Priscilla mit zwei großen Decken in den Armen zu sehen.

„Ich kann dir ein heißes Bad einlassen", bot Priscilla an, nachdem sie sie in die Decke gewickelt hatte.

Die zweite reichte sie Jude.

„Danke, Priscilla."

Austin nickte Jude zu. „Ich kümmere mich um alles. Ihr beide geht euch aufwärmen. Ich sage euch Bescheid, wenn wir das Auto abgeschleppt haben.“

„Vielen Dank“, antwortete Jude.

Jude legte seinen Arm um sie. „Komm, wir brauchen beide eine heiße Dusche.“

Sie nickte zustimmend, obwohl sie mehr als nur eine heiße Dusche brauchte. Sie brauchte etwas, was dieses beängstigende Ereignis verdrängte und ihr half, sich lebendig zu fühlen.

40

———

Jude hatte eine Hand an Danielles Rücken gelegt und führte sie die Treppe hoch und zu seinem Schlafzimmer. Sie traten ein und er schloss die Tür hinter ihnen und sperrte sie ab. Er wollte nicht gestört werden.

„Hast du jemals Probleme mit deinem Auto gehabt?", fragte er.

„Nicht wirklich. Es ist alt, aber es läuft gut genug."

„Und die Bremsen? Haben sie sich vor heute angefühlt, als würden sie nicht richtig reagieren?"

Sie schüttelte den Kopf. „Ich habe die Bremsbeläge erst vor einem Jahr austauschen lassen. Ich hätte wohl den ganzen Mechanismus austauschen lassen sollen, aber ich fand es kaum lohnenswert, so viel Geld für ein altes Auto wie dieses auszugeben."

Jude dachte über ihre Worte nach. Es ergab keinen Sinn, dass die Bremsen einfach von einem Tag auf den anderen versagten. Danielle hätte gemerkt, wenn sie in den letzten Wochen stärker bremsen musste, wenn es an Verschleiß lag. Er musste das überprüfen, aber er wollte sie nicht beunruhigen, dass dieser Unfall vielleicht gar kein Unfall war. Sobald Austin und die anderen das Auto aus dem Teich gezogen hatten, würde er Heath und einen seiner eigenen Leute die

Bremsen überprüfen lassen und untersuchen, warum sie versagt hatten.

„Ich kaufe dir ein neues Auto", versprach er mit einem Lächeln.

„Das musst du nicht. Ich kann mir einfach eines der anderen Autos ausleihen, wenn ich –"

Er legte einen Finger auf ihre Lippen. „Ich will es tun. Und wie wäre es jetzt mit einer Dusche? Du zitterst."

Als Werwolf war sie nicht so anfällig für extreme Temperaturen wie Menschen; daher vermutete er, dass das Zittern eine Schockreaktion war. Er wollte sie von allen Erinnerungen an das Geschehene befreien.

Im Badezimmer zogen sie beide schnell ihre Kleidung aus. Jude griff in die Dusche, drehte das Wasser auf und stellte es auf eine angenehme Temperatur ein.

Er trat unter den Wasserstrahl, und Danielle gesellte sich zu ihm und sie spülten das schmutzige Teichwasser von ihren Körpern ab.

Er spürte, wie die Wärme in seine Glieder zurückkehrte, und griff nach der Seife.

„Ich kümmere mich um dich", flüsterte er und begann, sie einzuseifen und sanft ihren Körper zu massieren.

Er spürte, wie sie sich unter seiner Berührung entspannte und drehte sie in seinen Armen, sodass sie sich an seine Brust lehnen konnte. Als er weiter ihre Brüste einseifte, spürte er, wie ihre Brustwarzen hart wurden. Ihr Körper reagierte auf ihn, genauso wie sein Körper auf sie reagierte. Er spürte, wie sich sein Schwanz mit Blut füllte und seine Hoden sich zusammenzogen. Er knetete ihre Brüste und bemerkte, wie sie in seinen Handflächen überzuquellen schienen, als wären sie seit der vergangenen Nacht schwerer geworden. Sie stöhnte leise und ihr Atem zeugte von der Lust, die seine zärtliche Berührung in ihr auslöste. Er drückte sie jetzt fester, presste sie zu einem schönen Dekolleté zusammen, bevor er eine von ihnen losließ und seine Hand nach unten gleiten ließ. Als seine Finger das lockige Haar streiften, das ihr Geschlecht schützte, presste sie ihren Hintern an seine Leiste und klemmte seinen Schwanz zwischen ihren Körpern ein.

„Fuck!", zischte er vor intensiver Lust, stoppte sie aber nicht.

Stattdessen umschloss er ihre Muschi mit seiner Hand, während er seinen Schwanz an ihrem Hintern rieb.

„Ich brauche dich", flüsterte sie mit heiserer Stimme.

„Du hast mich."

Er bewegte sich unter dem Strahl der Dusche und achtete darauf, alle Seifenreste von ihren Körpern abzuwaschen, bevor er sie anwies, sich mit dem Gesicht zur Fliesenwand zu stellen, während er hinter ihr blieb.

Ohne dass er ihr sagen musste, was er wollte, stützte sie sich mit den Händen an der Wand ab und bot sich ihm an.

Sein Ständer war kurz vor dem Bersten, also verschwendete er keine Zeit, packte Danielle mit einer Hand an der Hüfte, führte seinen Schwanz zu ihrem Eingang und drang in ihre einladende Scheide ein. Ihre inneren Muskeln waren von ihren Säften durchtränkt und umschlossen ihn fest, als würde sie ihn nie wieder loslassen wollen. Er packte nun ihre Hüften, hielt sie somit bewegungslos und zog sich dann bis auf den letzten Zentimeter heraus.

„Verdammt, Danielle, du machst mich wahnsinnig vor Lust. Ich kann nicht genug von dir bekommen."

Sie griff mit einer Hand nach hinten und legte sie auf seine Hüfte.

„Dann fick mich hart. Bitte! Ich brauche das. Ich brauche dich."

Das musste sie ihm nicht zweimal sagen. Seine Partnerin wollte ihn, und er würde ihr niemals etwas verweigern.

Er drang wieder in sie ein, diesmal härter und schneller.

„So?" knurrte er mit zusammengebissenen Zähnen und versuchte, sich zu beherrschen, damit er ihr das Vergnügen geben konnte, das sie verdiente.

„Ja, genau so. Mit deinem steinharten Schwanz."

Ihre Worte entfachten etwas in ihm: eine Wildheit, die er selten entfesselte.

„Ja, fick mich mit deinem schönen Schwanz", fuhr sie fort, fast schon singend.

Anscheinend liebte seine sexy Partnerin es, schmutzig zu reden. Das mochte er. Verdammt, das machte ihn noch heißer.

„Ja, du willst, dass deine Muschi von einem Schwanz wie meinem gefickt wird, oder?", forderte er sie heraus und stieß härter und schneller zu. „Macht dich das heiß?"

„Ja, so verdammt heiß. Oh, Jude!"

Er ließ eine ihrer Hüften los und ließ seine Hand zu einer Brust gleiten.

„Und deine Titten. Magst du es, wenn ich sie anfasse?"

„Ja! Bitte, mehr."

„Mehr was?"

„Berühre meine Titten", antwortete sie nach einer Sekunde des Zögerns.

„Braves Mädchen." Er drückte ihre Brust in seiner Handfläche und kniff ihre Brustwarze.

Ein Schrei entkam ihrer Kehle. Das war Musik in seinen Ohren.

„Oh, du magst es also, wenn es beim Spaß ein bisschen wehtut, oder?"

Anstatt zu antworten, stöhnte sie. Er ließ ihre andere Hüfte los und griff nach ihrer linken Brust, die er genauso behandelte wie die rechte.

„Oh, verdammt, Baby", stöhnte er. „Du hast keine Ahnung, wie heiß du mich machst."

Und wie nah sie ihn an einen weltbewegenden Orgasmus brachte. Aber er wollte, dass sie ihn in seinem Höhepunkt begleitete. Er ließ eine Brust los und ließ seine Hand zu ihrer Muschi gleiten. Er fand ihre Klitoris und begann, sie im Einklang mit seinen Stößen zu streicheln.

„Jetzt sei ein braves Mädchen und komm für deinen großen bösen Wolf", flüsterte er ihr zu, seinen Mund an ihrem Hals; seine Zähne streiften ihre Haut.

Sie stöhnte. „Dann sei ein großer böser Wolf", schlug sie vor. „Zeig mir, dass du mein Gebieter bist."

Unfähig, diesem Angebot zu widerstehen, fuhr er seine Reißzähne aus. Werwölfe bissen ihre Liebhaber nicht immer nach der Paarung, aber er wusste, dass es die Erregung beider Partner steigerte. Und im Moment wusste er, dass Danielle es brauchte, genauso wie er. Er öffnete seinen Mund weiter, setzte seine Zähne an ihrem Hals an und durchbohrte ihre Haut mit seinen scharfen Eckzähnen.

Noch bevor er ihr Blut schmeckte, zuckte Danielle in seinen Armen, ihre Muschi verkrampfte sich um seinen Schwanz und drückte ihn so fest, dass er die Kontrolle verlor. Sein Sperma schoss aus seiner Eichel und füllte ihren warmen Kanal. Er hörte nicht auf, sich zu bewegen, sondern stieß weiter in sie hinein und zog sich aus ihr heraus, wobei die Bewegung durch die zusätzliche Gleitfähigkeit nun geschmeidiger war. Eine Hand auf ihrer Klitoris, eine auf ihrer Brust, seine Zähne in ihrem Hals vergraben, badete er in der intimen Leidenschaft, die sie teilten. Immer wieder umklammerte ihre Muschi ihn, während ihn weitere Wellen ihres Orgasmus erreichten, was wiederum seinen eigenen Höhepunkt entfachte und den letzten Tropfen Sperma aus seinem immer noch harten Schwanz melkte.

Langsam wurde er ruhiger und ließ ihren Hals los. Um den Blutfluss zu stoppen, leckte er über die kleinen Einstichwunden und bedeckte sie mit seinem Speichel, damit sie in Rekordzeit – höchstens einer Stunde – heilen würden.

„Das war unglaublich", flüsterte sie mit leiser Stimme.

„*Du* ... warst unglaublich", korrigierte er sie. „Du machst mich so heiß, so schnell ... Baby, du raubst mir die Fähigkeit, an etwas anderes zu denken, als mit dir zu schlafen."

„Du machst dasselbe mit mir", antwortete sie und drehte ihr Gesicht zu ihm.

„Schau mich nicht so an", warnte er sie, „sonst werde ich wieder hart, und dann kommst du nie mehr aus dieser Dusche heraus."

Sie grinste verschmitzt. „Also später dann?"

Er näherte sich ihren Lippen. „Oh, auf jeden Fall später." Er küsste sie.

„Lass mich dich waschen", bot er ihr an.

Sie lachte und schüttelte den Kopf. „Wir wissen beide, wohin das führt."

Er grinste. „Mein Fehler."

Sie griff nach der Seife und während sie sich einseifte, tat er es ihr gleich.

Als er fertig war, stieg er aus der Dusche, um sich abzutrocknen. Danielle drehte das Wasser ab und stieg auf die Badematte.

„Oh, mir ist gerade aufgefallen“, sagte sie, „dass ich hier keine trockene Kleidung habe.“

„Ich hole dir welche aus deinem Zimmer.“ Er trocknete sich fertig ab. „Oder besser gesagt, aus dem Zimmer, das jetzt Mason bekommt. Warum machst du es dir heute nicht einfach leicht? Du kannst Mason bitten, dir dabei zu helfen, deine Kleidung und deine persönlichen Sachen hierher zu bringen. Nimm dir so viel Platz im Schrank, wie du willst.“

Da nun alle im Haus wussten, dass sie ein Paar waren, war es an der Zeit, dass sie in die Suite des Alphas zog. Komisch, er hatte immer gedacht, dass es ihm klaustrophobisch vorkommen würde, auf Dauer ein Haus, ein Schlafzimmer und ein Bett mit einer Frau zu teilen, aber das Gegenteil war der Fall. Zu wissen, dass ihre Kleidung neben seiner im selben Schrank hängen, ihre Zahnbürste neben seiner auf dem Waschbecken liegen würde, erfüllte ihn mit Glück.

41

———

Eve fand Flora in der Speisekammer, einem ziemlich großen Raum, der komplett mit Regalen, einem zusätzlichen Kühlschrank neben dem in der Küche und zwei hohen Gefrierschränken ausgestattet war.

„Flora? Ich habe dich gesucht.“

Flora schaute über ihre Schulter. „Ja, Schatz? Das war vorhin ganz schön schockierend. Schrecklich, was hätte passieren können.“

Eve trat ein und schloss die Tür hinter sich. „Tja, ein anderes Ergebnis wäre für uns alle besser gewesen.“

„Eve!“ Flora drückte sich die Hand auf ihre Brust. „Ich will so etwas nicht von dir hören.“

„Aber es ist doch wahr. Und wenn du hörst, womit Jude mir gedroht hat, wirst du genauso denken.“

Flora runzelte die Stirn. „Er hat dir gedroht?“

„Ja! Er kam in mein Zimmer und beschuldigte mich, über die Liebesbriefe zwischen Danielle und Dad gelogen zu haben. Er will sie sehen, um zu beweisen, dass sie nicht von Danielle geschrieben waren.“

„Dann zeig sie ihm doch. Das wird die Sache klären.“

„Das kann ich nicht! Ich hab sie nicht. Er hat mir vierundzwanzig

Stunden Zeit gegeben, und wenn ich sie nicht vorlege, wird er Danielle dazu bringen, mich aus meinem eigenen Haus zu werfen!"

Tränen drohten ihre Worte zu ersticken.

„Oh je! Das ist schrecklich."

Flora legte ihren Arm um sie, um sie zu trösten. Aber es half nichts.

„Und du bist dir sicher, dass du diese Briefe gesehen hast?"

„Natürlich bin ich mir sicher." Zweifelte jetzt sogar Flora an ihren Worten?

„Was hast du mit ihnen gemacht, nachdem du sie gesehen hast?"

Sie schniefte; ihr Herz tat weh. „Ich habe sie Mama gezeigt."

Flora trat einen Schritt zurück und sah sie an, die Hände auf ihren Schultern.

„Ist das der Grund, warum ...“

Ihre Tante musste den Satz nicht beenden, damit Eve wusste, was sie vermutete.

Sie nickte. „Ja, so hat sie herausgefunden, dass Dad sie betrogen hat. Sie hat es nicht mehr ausgehalten." Ein Schluchzen stieg in ihr auf, aber sie unterdrückte es. Sie durfte jetzt nicht zusammenbrechen, sonst wäre Danielle nicht nur für die Zerstörung der Ehe ihrer Eltern und den anschließenden Selbstmord ihrer Mutter verantwortlich, sondern auch für ihre eigene Zukunft.

„Ich kann diese kleine Schlampe nicht gewinnen lassen. Sie hat schon so viel zerstört. Ich kann nicht zulassen, dass sie mir auch noch mein Zuhause nimmt."

„Ich verstehe, Schatz. Wie kann ich dir helfen?"

Sie hob den Kopf und schaute in Floras wohlwollendes Gesicht. „Hilf mir, diese Briefe zu finden. Sie müssen unter Mamas Sachen auf dem Dachboden sein."

„Das heißt, wenn sie sie nicht vernichtet hat. Oder wenn dein Vater sie nicht genommen oder verbrannt hat", warf Flora ein. „Wir müssen beide Möglichkeiten in Betracht ziehen. Warum suchst du nicht auf dem Dachboden, während ich die Sachen deines Vaters durchsehe?"

Dann seufzte Flora. „Ich hätte Danielle nie bitten sollen, mir beim

Packen der Sachen deines Vaters zu helfen. Wenn die Briefe darunter waren, hat sie sie vielleicht zerstört."

„Oh Gott, nein!" Dieser Gedanke ließ Eve erschaudern.

Flora legte ihr beruhigend die Hand auf den Unterarm. „Wir wissen nichts mit Sicherheit. Aber wir müssen uns vorbereiten." Sie deutete zur Tür. „Jetzt geh und fang auf dem Dachboden an. Ich werde hier unten den Abstellraum durchsehen, um zu schauen, was in Williams Schachteln ist."

„Danke, Flora. Ich weiß nicht, was ich ohne dich tun würde."

„Kein Problem. Wenn ich damit fertig bin, helfe ich dir auf dem Dachboden. Okay?"

Dankbar für die Unterstützung ihrer Tante verließ Eve die Speisekammer und ging in den zweiten Stock. Von dort führte eine Tür am Ende des alten Teils des Hauses zu einer steilen Holztreppe, die zum Dachboden führte. Der Geruch von Staub und Schimmel empfing sie, aber sie musste das tun. Ihre Zukunft hing davon ab, die Briefe zu finden, damit sie beweisen konnte, was Danielle getan hatte. Sicherlich würde Jude, sobald er die Briefe gesehen hatte, erkennen, dass Danielle auf nichts weiter als auf Geld und Macht aus war. Dann könnte er ihre Verbindung durch ein altes Blutritual auflösen und sie aus dem Rudel verbannen, sie ausstoßen, so wie ihr Vater ausgestoßen worden war. Jude würde ihr dankbar sein und frei sein, sich mit ihr zu paaren.

42

———

Jude ging in Begleitung seines Bruders um die Garage herum zu dem überdachten Bereich, in dem die Geländefahrzeuge standen. Austin hatte dafür gesorgt, dass Danielles Auto dorthin abgeschleppt wurde, damit sie untersuchen konnten, warum die Bremsen versagt hatten.

Heath und Parker, die sich beide mit Autos auskannten, hatten das Auto in der letzten Stunde untersucht und riefen ihn schließlich zu sich, um ihm mitzuteilen, was sie herausgefunden hatten.

Die beiden nickten ihm und Austin zur Begrüßung zu.

„Also", begann Parker. „Kein Wunder, dass die Bremsen versagt haben. Die Flüssigkeit im Hydrauliksystem war komplett ausgelaufen."

„Als wir das Auto herauszogen, war es voller Wasser", warf Heath ein.

„Was war die Ursache dafür?", fragte Jude.

„Ein Loch in der Leitung", antwortete Parker.

„Verschleiß?"

Parker schüttelte den Kopf. „Nein. Der Schnitt ist zu sauber. Jemand hat an einer strategisch günstigen Stelle einen Einschnitt gemacht." Er beugte sich über den Motor und zeigte auf eine Stelle.

Jude hatte sich noch nie genug für Autos interessiert, um die verschiedenen Teile zu erkennen, vertraute aber auf Parkers Fachwissen.

„Hier ist die Stelle, an der jemand einen Einschnitt in die Leitung gemacht hat, gerade so, dass die Hydraulikflüssigkeit anfängt auszulaufen, sobald das Auto in Bewegung ist. Und hier ..." Er zeigte auf eine andere Stelle. „... siehst du das? Sobald die Bremsen betätigt wurden, lief die Flüssigkeit noch schneller aus, sodass es umso schlimmer wurde, je stärker der Fahrer bremste."

Jude sah Parker an. „Du meinst also, jemand hat das absichtlich gemacht."

„Ja, und das war sogar ziemlich clever, denn hätte die Person die Leitung sofort komplett durchtrennt, hätte der Fahrer viel früher gemerkt, dass die Bremsen nicht funktionierten. Vielleicht hätte man sogar sehen können, wie die Flüssigkeit auslief."

Er zeigte auf den Kiesweg, der zur Vorderseite der Villa führte.

„Danielle wäre noch auf dem flachen Teil gewesen, als sie bemerkt hatte, dass die Bremsen nicht funktionieren, und hätte die Chance gehabt, anzuhalten, indem sie einfach in Richtung der Büsche gefahren wäre. Das allein hätte das Auto bei dieser geringen Geschwindigkeit zum Stehen gebracht."

„Parker hat recht", fügte Heath hinzu. „Wer auch immer das getan hat, hat darauf gesetzt, dass das Auto seine Bremskraft erst verliert, wenn es das Tor passiert hat und bergab fährt."

„Scheiße!", fluchte Jude. „Jemand wollte Danielle umbringen. Und derjenige konnte nicht wissen, dass ich mit ihr im Auto sitzen würde."

„Zum Glück für sie", sagte Austin. „Wenn du nicht die Handbremse gezogen und sie in Richtung Teich gelenkt hättest, wäre sie jetzt tot."

Wut durchströmte ihn. Er wusste genau, wer das getan hatte.

„Dieser verdammte Mistkerl. Ich werde ihn fertigmachen. Dafür wird er bezahlen!"

Niemand tat Danielle weh und kam damit davon. Er hätte damit rechnen müssen, hätte erkennen müssen, dass eine Tracht Prügel für diesen hitzköpfigen Welpen, der dachte, die Welt würde nach seiner Pfeife tanzen, nicht ausreichte.

Jude marschierte zurück zum Haus und betrat es durch die Hintertür, die in den Umkleideraum führte. Dieser war leer. Er ging in den Flur und erreichte die Tür zur Küche. Das Mittagessen war längst vorbei; Priscilla hatte bereits aufgeräumt und die Spülmaschine lief. Aber das war nicht der einzige Geruch, den er wahrnahm. Er atmete tief ein und die Haare in seinem Nacken stellten sich auf. Er betrat die Küche und sah, dass nur eine Person anwesend war: die Person, mit der er sich auseinandersetzen musste.

Byron warf ein rohes Ei in einen Mixer, der bereits mit anderen Lebensmitteln gefüllt war. Jude stürmte auf ihn zu, gerade als Byron sich umdrehte, alarmiert durch die lauten Schritte auf dem Fliesenboden.

Byrons Augen weiteten sich.

„Du verdammtes Arschloch! Du hast versucht, Danielle umzubringen! Ich werde dich in Stücke reißen.“

Judes Faust landete mitten in Byrons Gesicht. Der hitzköpfige, verwöhnte Wolfsjunge hatte es nicht einmal kommen sehen.

Der Geruch von Blut erfüllte sofort die Küche, während Byron, der offensichtlich immer noch fassungslos war, dass er so schnell entlarvt worden war, seine Arme hob, um sich gegen weitere Schläge zu verteidigen.

„Was zum Teufel?“, schrie Byron und versuchte, so verwirrt und unschuldig wie möglich zu wirken. Nun, das würde nicht reichen. Bei Weitem nicht.

„Du hast die Bremsleitung in Danielles Auto durchtrennt. Du hättest sie fast umgebracht!“

Jude landete einen weiteren Schlag, diesmal einen Aufwärtshaken, den Byron nicht abwehren konnte.

„Ich habe nichts getan!“

Byron konnte den nächsten Schlag abwehren, aber das war egal. Er wollte, dass der Mistkerl Widerstand leistete.

„Du hast ihr Auto sabotiert! Du verdammter Mistkerl! Ich zeige dir, was mit Leuten passiert, die denen wehtun, die ich liebe."

Er holte erneut aus, aber diesmal traf seine Faust Byrons Gesicht nicht, weil jemand hinter ihm seinen Arm gepackt hatte und ihn zurückhielt.

Wütend wirbelte Jude herum, bereit, das Familienmitglied zu verprügeln, das Byron verteidigte. Zu seiner großen Überraschung war es Wendell, der ihn davon abhielt, Byron zu Brei zu schlagen.

„Was soll das, Wendell? Lass mich los, oder du bist als Nächster dran." Mit der anderen Hand zeigte er auf Byron. „Er hat die Bremsleitung von Danielles Auto durchtrennt, um sie umzubringen!"

„Hör auf, Jude! Hör mir zu!", forderte Wendell.

„Verdammt." Jude riss sein Handgelenk aus Wendells Griff und starrte Byron wütend an, bereit, weiter auf ihn einzuschlagen.

„Er hat gestern Abend Danielles Auto sabotiert, nachdem er herausgefunden hat, dass ich mich mit ihr gepaart habe."

„Das ist unmöglich", protestierte Wendell.

„Er hat es getan."

„Das habe ich nicht!", rief Byron und prustete sich auf wie ein Pfau.

„Er sagt die Wahrheit", fügte Wendell hinzu.

„Du glaubst ihm?", fragte Jude schockiert. „Er lügt!"

„Tut er nicht. Ich habe ihn seit dem Moment, als er gestern Abend dein Schlafzimmer verlassen hat, wie ein Schatten verfolgt. Er war die ganze Nacht auf Sauftour."

„Du bist mir gefolgt?", schrie Byron und starrte Wendell wütend an. „Was soll das, Mann? Ich brauche keinen Babysitter!"

„Doch", antwortete Wendell trocken, „gestern Abend hast du einen gebraucht. Oder wie bist du denn nach Hause gekommen, als du so betrunken warst, dass du dich nicht einmal mehr daran erinnern konntest, wo du dein Auto geparkt hattest?"

„Ich habe einen Uber genommen!", schrie Byron.

„Ja, und der Uber war ich", brummte Wendell. „Und du bezahlst die Reinigung des Autos."

Jude stand da und sah Wendell an, fassungslos über diese Enthüllung. Aber er wusste, dass er Wendell sein Leben anvertrauen konnte.

„Bist du sicher?", fragte er und sah seinen Kollegen an. „Er könnte es heute Morgen sabotiert haben. Danielle hat das Auto erst um zehn Uhr benutzt."

Wendell schüttelte den Kopf. „Wir sind gegen acht zurückgekommen, und er war bewusstlos. Ich habe ein paar Mal nach ihm gesehen. Er kann heute Morgen unmöglich etwas mit dem Auto angestellt haben."

„Da hast du es!", rief Byron triumphierend. „Ich war's nicht. Genau wie ich gesagt habe." Er schnaubte empört und marschierte aus der Küche, ohne seinen Kater-Smoothie anzurühren.

Als er draußen und außer Hörweite war, holte Jude tief Luft und fuhr sich mit der Hand durchs Haar. Sein Herz raste und seine Hand zitterte.

Er sah Wendell an. „Wenn er es nicht war, wer dann?"

Wendell zuckte mit den Schultern. „Keine Ahnung. Aber wenn nur Danielle das Ziel war, dann wissen wir, dass der Täter es getan haben muss, nachdem er herausgefunden hat, dass ihr beide ein Paar seid. Vorher hatte niemand ein Motiv, Danielle loszuwerden."

Er war zu dem gleichen Schluss gekommen. „Es muss jemand aus der Familie sein."

„Das Motiv ist einfach", meinte Wendell. „Du hast die ganze Familie Gallagher beleidigt, indem du dich mit Danielle gepaart hast, auch wenn jedes Familienmitglied vielleicht ein etwas anderes Motiv hatte. Schwieriger ist es, herauszufinden, wer die Mittel und die Gelegenheit dazu hatte. Aber wie ich schon sagte, Byron ist unschuldig, auch wenn er der perfekte Sündenbock gewesen wäre."

„Verdammt", fluchte Jude. Jetzt war jedes Mitglied der Familie Gallagher verdächtig. „Wer hätte am meisten von Danielles Tod profitiert?"

„Das ist eine einfache Frage."

„Eve."

Aber war Eve dazu in der Lage?

„Ich kann mir aber nicht vorstellen, dass sie an einem Auto rummacht", meinte Wendell. „Frag vielleicht mal Ransom. Er hat sie im Auge behalten."

„Danke, ich werde mit ihm reden." Er drehte sich halb um. „Oh, und sag Danielle nichts davon. Sie weiß noch nicht, dass es kein Unfall war. Ich will nicht, dass sie sich Sorgen macht. Sie ist gerade dabei, ihre Sachen in unser Schlafzimmer zu bringen. Ich werde heute Abend mit ihr darüber reden."

„Von mir wird sie nichts erfahren."

43

R ansom schüttelte den Kopf. „Das kann ich nicht sagen. Mein Zimmer ist im zweiten Stock, daher habe ich keine Ahnung, ob Eve sich mitten in der Nacht davongeschlichen hat, um Danielles Auto zu sabotieren."

Jude seufzte frustriert. „Verdammt."

„Du solltest Grant und Parker fragen. Haben die nicht direkt nach deiner Auseinandersetzung mit Byron vor deinem Schlafzimmer Wache gestanden? Vielleicht haben die was gesehen. Eves Zimmer ist nur drei Türen von deinem entfernt."

Jude hätte sich ohrfeigen können, dass er nicht früher daran gedacht hatte. Es war, als wäre sein Gehirn in einen Mixer geraten. Vielleicht war es das auch. Das Wissen, dass er Danielle hätte verlieren können, saß ihm noch immer tief in den Knochen. Und die Gefahr war noch nicht vorbei, nicht solange er den Schuldigen nicht gefunden hatte.

„Natürlich! Danke, Ransom. Du bist der Beste."

Er fand Grant in der Bibliothek. Er saß in einem bequemen Sessel, die Beine auf einem Fußschemel, und schien ein Nickerchen zu machen. Das war keine Überraschung: Grant hatte die halbe Nacht Dienst gehabt.

„Ich schlafe nicht. Ich ruhe nur meine Augen aus", sagte Grant plötzlich.

Er öffnete die Augen und sah auf.

„Gut. Denn ich muss wissen, ob du gesehen hast, dass Eve ihr Zimmer verlassen hat, während du mein Schlafzimmer bewacht hast. Ihr Zimmer ist drei Türen von meinem entfernt."

„Ich weiß, wo ihr Zimmer ist. Nachdem sie darin verschwunden war, habe ich sie nicht mehr herauskommen sehen. Hast du bei Parker nachgefragt? Er hat mich gegen 3 Uhr morgens abgelöst."

„Noch nicht. Weißt du, wo er ist?"

„Vielleicht macht er irgendwo ein Nickerchen?", vermutete Grant. „Warum rufst du ihn nicht an?"

Jude holte sein Handy aus der Tasche und wählte Parkers Nummer. Er ließ es klingeln, aber die Mailbox schaltete sich sofort an. Er legte auf.

„Sein Handy ist ausgeschaltet."

„Oder außerhalb der Reichweite", meinte Grant. „Mir ist aufgefallen, dass man in einigen Bereichen des Anwesens keinen Handyempfang hat."

„Ich schaue mal in seinem Zimmer nach", antwortete Jude und verließ die Bibliothek.

Er erinnerte sich an den Grundriss, den Parker angefertigt hatte, und ging zum neuen Flügel des Herrenhauses. Nach einem kurzen Klopfen an der Tür betrat er Parkers Zimmer. Die Vorhänge waren zugezogen und der Raum war dunkel. Aus dem Badezimmer drang das Geräusch von fließendem Wasser.

„Parker?", rief Jude, schloss die Tür hinter sich und ging weiter in den Raum hinein.

Einen Moment später wurde das Wasser abgestellt.

„Parker? Ich bin's, Jude."

„Was?", kam Parkers Antwort.

Eine Sekunde später kam er aus dem Badezimmer, ein Handtuch um die Hüften gewickelt, Haut und Haare noch tropfnass.

„Sorry, dass ich störe, aber es ist wichtig“, fing Jude an.

„Schieß los!“

„Als du mein Schlafzimmer bewacht hast, hast du da gesehen, ob Eve ihr Zimmer verlassen hat?“

„Eve? Nein. Sie nicht.“

„Was meinst du mit *sie nicht*? Ist jemand anderes gegangen?“

Parker wischte sich das Wasser von der Stirn. „Na ja, ich habe Violet gesehen. Aber ich konnte nicht sehen, wohin sie gegangen ist. Ich habe sie nur kurz auf der Treppe gesehen. Weißt du, ihr Zimmer ist nicht auf derselben Etage wie deins, also weiß ich nicht genau, woher sie kam. Aber ich habe definitiv gesehen, wie sie die Treppe runterging.“

„Um wie viel Uhr war das?“

„Gegen fünf Uhr morgens. Ich dachte mir, dass sie wahrscheinlich frühmorgens laufen geht.“ Er zuckte mit den Schultern.

„Danke, Parker.“

Jude wandte sich ab und dachte über seine Worte nach. Warum hatte Violet ihr Zimmer um fünf Uhr morgens verlassen? War sie eine Frühaufsteherin? Oder hatte sie die Zeit genutzt, um sich zu Danielles Auto zu schleichen und die Bremsen zu sabotieren?

Danielle könnte wahrscheinlich die erste Frage beantworten, aber er wollte sie nicht beunruhigen. Sie war immer noch erschüttert von dem Unfall, und er wollte ihre Angst nicht noch verstärken.

Es gab jedoch eine weitere Person, die ihm etwas über die Gewohnheiten der Gallagher-Familienmitglieder erzählen konnte: Priscilla. Als Dienstmädchen – wie sehr hasste er doch dieses Wort – stand sie als eine der Ersten auf, um mit der Zubereitung des Frühstücks zu beginnen. Wenn jemand wusste, ob Violet eine Frühaufsteherin war und es nichts Ungewöhnliches war, dass sie ihr Zimmer um fünf Uhr morgens verließ, dann war es Priscilla.

Er suchte eine ganze Weile im Haus, weil er niemanden nach ihrem Aufenthaltsort fragen wollte, um die Gallaghers nicht darauf aufmerksam zu machen, dass er einen von ihnen für den sogenannten Unfall verantwortlich machte. Da die Suche im Haus erfolglos blieb, machte er sich auf den Weg zu den Cottages, die Danielle ihm am Tag nach seiner Ankunft gezeigt hatte. Er kam an dem ausgebrannten Häuschen vorbei und erreichte dann das zweite. Er klopfte an die Tür und rief gleichzeitig Priscillas Namen.

Die Tür wurde innerhalb von Sekunden aufgerissen, und Priscilla starrte ihn mit einem Buch in der Hand sichtlich erschrocken an.

„Oh, tut mir leid, ich brauchte nur eine Stunde Pause. Und im Haus gab's nichts Dringendes zu tun. Aber ich kann gleich wieder zurückkommen. Tut mir leid."

Sie konnte nicht aufhören zu reden, sichtlich eingeschüchtert – und möglicherweise verängstigt. Er vermutete instinktiv, dass Flora es wahrscheinlich nicht gut fand, wenn Priscilla Arbeitspausen einlegte.

„Nein, nein, ich bin derjenige, der sich entschuldigen sollte", sagte er und hob entschuldigend die Hand. „Ich wollte dich während deiner Pause nicht stören. Ich wollte dir nur eine Frage stellen."

„Oh. Okay?"

„Kannst du mir sagen, ob Violet eine Frühaufsteherin ist? Ich meine, steht sie früh auf, um vielleicht im Wald zu laufen oder zu trainieren?"

„Violet?" Priscilla schüttelte den Kopf. „Ich sehe sie nie vor acht Uhr. Sie schläft immer lange."

Jude ließ die Worte auf sich wirken. Das machte Violet definitiv verdächtig.

„Geht es darum, dass Violet heute Morgen aus der Garage gekommen ist?"

Judes Herz setzte einen Schlag aus. Hatte er richtig gehört? „Sie war heute Morgen in der Garage?"

Priscilla nickte eifrig. „Heath und ich haben sie heute Morgen getroffen, als wir zum Haus gegangen sind."

„Wann war das?"

„So gegen sieben."

„Hat sie dir oder Heath gesagt, warum sie in der Garage war?"

„Nein. Nur *Guten Morgen*.“ Sie beugte sich näher und senkte ihre Stimme. „Es geht um den Unfall, oder?“

Er zögerte, und sie wich schnell zurück.

„Tut mir leid, ich wollte nicht neugierig sein, aber als du meinen Bruder gebeten hast, das Auto zu überprüfen, dachte ich mir einfach … Ich meine, es geht mich nichts an, aber ich mache mir Sorgen um Danielle …“

„Danke, Priscilla. Kann ich mich darauf verlassen, dass du dieses Gespräch für dich behältst?“

„Natürlich.“

„Danke.“

Er drehte sich um und ging zurück zum Haus. Mit jedem Schritt wurde sein Verdacht größer. Sowohl Heath als auch Flora hatten vor der Vereidigungszeremonie erwähnt, dass Violet ziemlich geschickt Autos reparierte. Flora war sogar stolz auf die Fähigkeiten ihrer Tochter gewesen. Das gab ihr die Möglichkeit dazu. Auch die Gelegenheit war jetzt klar: Laut Parker hatte sie das Haus gegen fünf Uhr morgens verlassen, und Priscilla und Heath hatten sie um sieben Uhr morgens aus der Garage kommen sehen. Das gab ihr genug Zeit, um an den Bremsen herumzuhantieren. Aber was war mit dem Motiv? Hatte Violet ein Motiv, das stark genug war, um Danielle zu töten?

Seine Gedanken wanderten zurück zu seinem ersten Morgen auf dem Anwesen der Gallaghers. Er war nur mit einem Handtuch bekleidet aus seinem Badezimmer gekommen, als Violet ihn überraschte. Sie hatte behauptet, ihm frische Handtücher bringen zu wollen, obwohl sie wusste, dass Danielle das am Vorabend schon erledigt hatte. Außerdem, warum sollte Violet Hausarbeit erledigen? Hatte sie das getan, um ihm näher zu kommen? Hatte sie angenommen – oder vielleicht sogar gewusst –, dass Eve nicht scharf darauf war, sich mit ihm zu paaren? Hatte auch sie das Gespräch zwischen Eve und Byron mitgehört? Hatte das Violet auf die Idee gebracht, dass sie seine Wahl sein würde, wenn Eve ihn als ihren Partner ablehnte? Und indem er sich mit Danielle gepaart hatte, hatte er Violets Pläne durchkreuzt. Er hätte das kommen sehen müssen, aber er hätte nie gedacht, dass Violet eine Gefahr für ihn, Danielle oder sein Team darstellen könnte. Sie war oberflächlich betrachtet zu nett, sympathisch, lieb und freundlich. Das war die perfekte Tarnung, das wurde ihm jetzt klar. Violet war viel gefährlicher, als sie aussah. Aber er ließ sich nicht mehr täuschen. Sie würde für das bezahlen, was sie getan hatte.

Sein Handy klingelte und riss ihn aus seinen Gedanken. Ohne auf das Display zu schauen, drückte er auf *Annehmen* und hielt es an sein Ohr.

„Jude Beaumont."

„Jude, hier ist Hendrick."

Jude blieb stehen.

Verdammt! Die Allianz der Werwölfe. Er hatte nicht damit gerechnet, dass sie anrufen würden. Jedenfalls noch nicht. Normalerweise überließen sie es dem Teamleiter, über den Fortschritt der Mission zu berichten. Außerdem hatte er erst gestern während der Videokonferenz mit den Ratsmitgliedern gesprochen.

„Wir müssen reden."

Jude schluckte den Kloß in seinem Hals hinunter. Gespräche, die mit diesen drei Worten begannen, gingen selten positiv aus.

44

Danielle legte das letzte Paar Socken in eine Schublade in Judes begehbarem Kleiderschrank. Judes Kleidung füllte nur etwa ein Viertel des Platzes für Kleiderbügel aus, dazu kamen ein paar T-Shirts auf einem Regal, und Socken und Unterwäsche füllten nur zwei Schubladen. Sie hatte auch nicht viele Kleider und Schuhe. Daher kam ihr der Ankleideraum viel zu groß vor. Sie hatte noch nie so einen Luxus gehabt.

Ein Klopfen an der Tür veranlasste sie, den Raum zu verlassen und die Schlafzimmertür zu öffnen. Violet stand dort mit einem zögerlichen Lächeln im Gesicht.

„Oh, hi, Violet.“

„Hey, wie geht es dir? Du bist wahrscheinlich noch ziemlich aufgewühlt“, sagte sie.

„Mir geht es besser, danke.“

„Ich fühle mich wirklich schuldig. Ich meine, das wäre nicht passiert, wenn ich dich nicht gebeten hätte, in die Stadt zu fahren, um mich vom Autohaus abzuholen. Es tut mir so leid.“

„Es ist nicht deine Schuld. Wenn es nicht heute passiert wäre, wäre es an einem anderen Tag passiert. Ich hatte Glück, dass Jude bei mir war. Wusstest du, dass die Handbremse auch funktioniert, wenn die Fußbremse versagt?"

„Das wusste ich nicht."

„Ich auch nicht. Aber Jude wusste es und hat sie benutzt, um uns ein bisschen abzubremsen."

„Du hast echt Glück gehabt. Aber ich fühle mich trotzdem schuldig und möchte es wieder gutmachen."

„Das musst du wirklich nicht."

„Ich bestehe darauf." Sie holte tief Luft. „Okay, du kannst mir sagen, wenn ich zu weit gehe, aber mir ist gestern Abend aufgefallen, dass dein Negligé total zerrissen war ..."

Danielle spürte, wie ihre Wangen brannten, als sie sich daran erinnerte, dass jeder die Spuren von Judes Liebesspiel gesehen hatte.

„Also dachte ich, ich kaufe dir ein neues. Komm, lass uns in die Stadt fahren. Ich kenne eine wirklich süße Boutique in San Rafael, die ganz sexy Dessous hat. Es ist ein Geschenk."

Violet sah sie flehend an, und sie wusste nicht, wie sie nein sagen sollte, ohne ihre Gefühle zu verletzen. Vielleicht war das Violets Art, sich bei ihr einzuschmeicheln, jetzt, wo sie die Alpha-Frau des Rudels war und Entscheidungen treffen konnte, die die Gallaghers akzeptieren mussten. Außerdem brauchte sie wirklich ein neues Negligé, und sie wollte etwas haben, das sexy war – auch wenn sie es nicht lange tragen würde, da Jude es ihr ganz schnell wieder ausziehen würde.

„Bitte", flehte Violet.

„Okay. Ich glaube, Shoppen ist genau das, was ich jetzt brauche."

Violet strahlte. „Das ist super. Los geht's! Wir nehmen den Geländewagen. Ich lass den BMW lieber hier. Nach dem, was mit deinem Toyota passiert ist, habe ich beschlossen, mein Auto morgen vom Händler abholen zu lassen, um es komplett durchchecken zu lassen."

Das war wahrscheinlich übertrieben, aber Danielle konnte Violet nicht verübeln, dass sie jetzt vorsichtig war. Sie war nicht jemand, der unnötige Risiken einging.

„Okay. Ich hole nur schnell meine Handtasche."

Kurz darauf gingen sie hinunter in die Eingangshalle und verließen das Haus durch die Vordertür. Der dunkelgrüne Land Rover, den William am liebsten gefahren hatte, stand in der Einfahrt. Violet setzte sich auf den Fahrersitz und Danielle auf den Beifahrersitz. Der Motor surrte und sie machten sich auf den Weg.

„Ich sollte Jude anrufen und ihm sagen, dass wir einkaufen gehen."

Sie hatte schon nach ihrer Handtasche gegriffen, als Violet eine Hand vom Lenkrad nahm.

„Sag ihm nichts. Es ist besser, wenn du ihn heute Abend damit überraschst", meinte sie. „Und wir werden sowieso nicht lange weg sein. Er wird nicht einmal merken, dass du weg bist."

Violet hatte wahrscheinlich recht. Auch wenn sie jetzt mit Jude zusammen war, musste sie sich trotzdem ein bisschen Unabhängigkeit bewahren. Kein Mann mochte eine Frau, die zu anhänglich war.

„Ja, okay. Er ist wahrscheinlich sowieso beschäftigt", sagte sie.

Ein paar Minuten lang schwiegen sie. Da die Rollen nun umgekehrt waren, war sie sich nicht sicher, worüber sie mit Violet reden sollte. Sie waren immer freundlich zueinander gewesen, aber natürlich hatte Violet als Mitglied der Familie einen höheren Rang innegehabt. Daher fühlte sich jede Unterhaltung, in der es um Hausarbeiten ging, irgendwie unpassend an. Schließlich waren diese Aufgaben jetzt nicht mehr die ihren. Vielmehr war Danielle nun diejenige, die Anweisungen geben sollte. Es würde eine Weile dauern, bis sie sich daran gewöhnt hatte.

An einer Kreuzung bog Violet nach links ab, anstatt nach rechts, was sie auf die Autobahn geführt hätte.

„Ich dachte, wir fahren nach San Rafael", sagte Danielle überrascht.

„Ich nehme die Nebenstraßen. Die Autobahn ist zwei Meilen lang wegen Straßenarbeiten auf eine Spur reduziert. Es würde ewig dauern, bis wir durch sind. So sind wir schneller."

„Oh, das wusste ich nicht. Ich habe das Haus schon eine Weile nicht mehr verlassen. Ich war wohl zu beschäftigt."

„Das wird sich ändern", sagte Violet zuversichtlich.

Danielle lächelte. „Ich weiß nicht wirklich, was von mir erwartet wird."

Violet winkte ab. „Ich bin mir sicher, dass es viel einfacher und weniger anstrengend ist als alles, was du bisher gemacht hast. Ich erinnere mich, dass Tante Clarice, als sie noch lebte und den Haushalt führte, viel Freizeit zu haben schien."

Danielle lächelte dankbar für ihre ermutigenden Worte.

„Jetzt lass uns einkaufen gehen, damit du dich daran gewöhnen kannst, nicht mehr ständig arbeiten zu müssen. Du hast es dir verdient."

45

I ch kann es erklären", drängte Jude.

„Ja, erklär es der Allianz hier in Bozeman. Wir schicken den Jet."

Bevor er weiter protestieren konnte, hatte Hendrick das Gespräch beendet. Das Ratsmitglied hatte ihn hart in die Schranken verwiesen. Die Allianz der Werwölfe hatte einen anonymen Anruf erhalten, dass Jude sich mit der rangniedrigsten Frau des Rudels gepaart hatte anstatt mit einer der Gallagher-Frauen. Jemand hatte keine Zeit verloren, ihm in den Rücken zu fallen. Er würde es jedem der Gallagher-Geschwister zutrauen, diesen Anruf getätigt zu haben.

Aber er hatte Wichtigeres zu tun. Der Jet würde erst in ein paar Stunden eintreffen, was bedeutete, dass er genug Zeit hatte, um Violet für ihre Tat zu entlarven und ihre Entfernung aus dem Rudel einzuleiten. Das war die einzige Möglichkeit, Danielle zu beschützen.

Er steckte sein Handy wieder in die Tasche und eilte ins Haus. Die Küche war leer, ebenso wie die Waschküche. Die Tür zum Abstellraum stand weit offen, und Flora kramte dort in einigen Schachteln herum.

„Wo ist Violet?", fragte er ohne Umschweife.

„Ich weiß es nicht", antwortete Flora mit einem Schulterzucken. „Wahrscheinlich im kleinen Arbeitszimmer, das neben deinem."

Ohne sich zu bedanken, marschierte er zum kleinen Arbeitszimmer neben seinem Büro und riss die Tür auf, ohne anzuklopfen. Der Raum war leer. Er schaute in sein eigenes Büro, aber auch dieses war leer. In der Bibliothek fand er Wendell und Owen im Gespräch. Sie schauten auf, als er eintrat.

„Habt ihr Violet gesehen?"

Beide Männer schüttelten den Kopf.

„Verdammt!", fluchte Jude.

„Kann ich dir irgendwie helfen?", fragte Owen.

„Nein!"

Er verließ den Raum und ging in den Wohn- und Essbereich, wo er Francisco und Austin in ein intensives Gespräch vertieft vorfand.

„Ich muss Violet finden", sagte Jude.

„Ich hab sie nicht gesehen", meinte Austin.

Francisco zuckte nur mit den Schultern.

„Was ist los?", fragte Austin. Sein Bruder kannte ihn zu gut.

„Es war Violet. Sie hat die Bremsen von Danielles Auto sabotiert. Sie hat versucht, sie umzubringen."

Von hinter ihm verlautete ein erschrecktes Keuchen. Er wirbelte herum und sah Flora in der offenen Tür stehen, ihre Augen vor Entsetzen weit aufgerissen.

„Nein!", rief sie. „Violet würde niemals ..."

Jude starrte sie an. „Sie hat es getan. Sie wurde heute Morgen in der Garage gesehen. Sie hatte jede Gelegenheit, die Bremsen zu sabotieren."

„Das ist kein Beweis!", sagte Flora.

„Ich habe noch mehr: Sie hat auch das Fachwissen, die Bremsen zu sabotieren. Das hast du selbst gesagt. Sie kennt sich mit Autos aus und kann sie reparieren. Das heißt, sie kann sie auch außer Betrieb setzen."

„Das stimmt nicht! Sie hat keinen Grund, das zu tun!"

Flora war mittlerweile knallrot im Gesicht.

Aber Jude war genauso aufgebracht.

„Keinen Grund? Ich schätze, du kennst deine Tochter doch nicht so gut, wie du dachtest. Sie wollte sich mit mir paaren. Und als sie herausfand, dass ich mit Danielle gepaart bin, beschloss sie, sie loszuwerden."

„Das stimmt nicht. Du hast gesagt, du würdest dich mit Eve paaren, nicht mit Violet! Sie hätte nie gedacht, dass du dich mit ihr paaren würdest. Sie hatte keinen Grund, Danielle den Tod zu wünschen."

„Doch, das hat sie! Eve wurde belauscht, als sie sagte, dass sie sich nicht mit mir paaren würde. Violet muss das mitbekommen haben und wusste, dass sie Alpha-Frau werden würde, wenn Danielle weg wäre."

„Das ist unfassbar!"

Jude wandte sich wieder seinem Bruder und Francisco zu. „Durchsucht das Haus nach ihr. Ich werde Danielle warnen."

Wahrscheinlich war sie noch damit beschäftigt, ihre Kleider in ihr gemeinsames Schlafzimmer zu bringen. Wenn sie so war wie andere Frauen – insbesondere seine Schwester –, würde sie einen ganzen Tag brauchen, um all ihre Kleidung durchzugehen und sie ordentlich aufzuhängen oder zu falten.

Mit zwei Schritten auf einmal rannte er in den ersten Stock und den Flur entlang zu seiner Suite. Er stieß die Tür weit auf und trat ein.

„Danielle?", rief er und ging zum begehbaren Kleiderschrank. Frauenkleidung hing ordentlich auf Bügeln, und T-Shirts und Pullover waren gefaltet und auf den Regalen gestapelt. Es waren viel weniger Sachen da, als er erwartet hatte. Aber Danielle war nicht da. Das Badezimmer war auch leer, obwohl ihre Zahnbürste und ein paar Toilettenartikel neben seinen lagen.

Er stürmte zu Danielles altem Zimmer. Vielleicht war sie dort, um den Rest ihrer Sachen ins Schlafzimmer zu bringen. Ohne anzuklopfen, ging er hinein.

„Danielle?"

Aber statt Danielle fand er Mason im Zimmer, der Socken in eine Schublade warf.

Sein Cousin sah ihn verwirrt an. „Hast du schon vergessen, dass Danielle in dein Schlafzimmer gezogen ist?"

„Ich kann sie nicht finden."

Er zog sein Handy aus der Tasche und tippte auf Danielles Nummer. Es klingelte. Als er wieder in den Flur trat und sich seinem Schlafzimmer näherte, dessen Tür er offen gelassen hatte, hörte er es dort klingeln. Überrascht trat er ein und folgte dem Klingeln. Er fand ein Handy, das in einer Steckdose neben dem Nachttisch steckte.

„Scheiße!" Er legte auf.

Als er hinter sich Schritte hörte, drehte er sich um. Aber es war nur Mason, der ihm gefolgt war.

„Was ist los?", fragte dieser.

„Violet hat die Bremsen in Danielles Auto sabotiert. Sie hat versucht, sie umzubringen. Und jetzt kann ich weder Violet noch Danielle finden."

Verdammt! Noch nie in seinem Leben hatte er solche Panik verspürt.

„Ich helfe dir bei der Suche."

„Such im obersten Stockwerk. Francisco und Austin suchen unten. Ich gehe nach draußen."

Er rannte die Treppe hinunter und hörte einige seiner Leute nach Violet rufen. Sie wussten noch nicht, dass Danielle auch verschwunden war.

Er durchquerte die Eingangshalle, als er fast mit Grant zusammenstieß.

„Hast du Danielle gesehen? Oder Violet?", fügte er hinzu.

„Ja." Er deutete mit dem Daumen über seine Schulter in Richtung Eingangstür. „Ich habe gesehen, wie Violet mit dem Land Rover weggefahren ist, und ich bin mir ziemlich sicher, dass sie nicht allein im Auto saß. Aber ich konnte nicht genau sehen, wer bei ihr war."

„Scheiße! Wie lange ist das her?"

„Vielleicht zehn, fünfzehn Minuten?"

„Ich brauche jemanden, der die Überwachungsvideos checkt, um zu sehen, wer im Land Rover war."

„Ich kümmere mich darum", rief Francisco von der Kellertür aus, aus der er gerade kam. „Unten ist niemand."

„Grant glaubt, dass Danielle mit Violet weggefahren ist."

„Oh verdammt!", zischte Francisco, ging aber direkt zu einem kleinen Raum unter der Treppe, wo alle Überwachungsgeräte aufbewahrt wurden.

Jude folgte ihm; sein Herz pochte wie wild. Er ging auf und ab, während Francisco sich in das System einloggte, um die Kamera zu finden, die die Auffahrt vor dem Haus überwachte.

„Wie lange ist das her?"

„Geh fünfzehn Minuten zurück", wies Jude ihn an.

Es kam ihm wie eine Ewigkeit vor, bis Francisco die richtige Kamera gefunden hatte und den Moment, in dem Violet aus dem Haus kam und zum Land Rover ging. Danielle war ihr dicht auf den Fersen und stieg auf den Beifahrersitz.

„Scheiße!", fluchte er. „Sie hat Danielle dabei."

Kalter Schweiß lief ihm den Rücken hinunter und ließ ihn bis ins Mark erschaudern.

„Ich werde Danielles Handy orten", schlug Francisco vor.

„Ihr Handy ist oben eingesteckt. Verfolge Violets Handy und schick mir die Daten auf mein Handy."

Ohne auf eine Antwort zu warten, drehte er sich um. Im Foyer rief er nach seinem Bruder.

„Austin!"

Er erschien einen Moment später im Foyer.

„Violet hat Danielle."

Flora tauchte in der Tür des kleinen Büros auf und starrte ihn an.

Er zeigte mit dem Finger auf sie. „Wenn deine Tochter Danielle was antut, ist sie so gut wie tot."

Ohne auf Floras Reaktion zu warten, stürmte er zur Tür hinaus und sprang in das nächstgelegene Auto, einen Mercedes. Er war erleichtert, dass die meisten Rudelmitglieder ihre Schlüssel in den Autos stecken ließen, da das Anwesen so streng bewacht war, dass niemand sich um Diebstahl sorgen musste.

Die Reifen quietschten, als er auf das Tor zuraste. Sein Handy piepste, und er warf es Austin zu, damit dieser navigieren konnte. Wie ein Rennteam arbeiteten sie zusammen, um Violets Spur zu verfolgen.

„Und du bist dir sicher, dass Violet dahintersteckt?"

„Du hast gehört, wie ich es Flora erklärt habe", sagte Jude mit zusammengebissenen Zähnen.

„Ich hätte das kommen sehen müssen", sagte Austin und schüttelte den Kopf. „An dem Morgen, als du mir erzählt hast, dass du und Danielle ein Paar seid, wäre ich fast mit Violet zusammengestoßen, als ich dein Büro verlassen habe. Sie könnte gelauscht haben."

„Scheiße!" Nicht, dass das irgendetwas geändert hätte. „Glaubst du, sie wusste von Danielle und mir, bevor der Rest der Familie davon erfahren hat?"

„Das ist möglich. Aber ich hätte nicht erwartet, dass sie so weit gehen würde, Danielle umbringen zu wollen. Vielleicht die Allianz anzurufen, um dich zu verraten, ja, aber das? Nein."

Jude trat fester aufs Gaspedal und holte tief Luft. „Ja, apropos Allianz. Jemand hat sie wirklich angerufen und ihnen von mir und Danielle erzählt."

„Verdammt!"

„Ich habe vor ein paar Minuten mit Hendrick gesprochen. Er schickt den Jet. Ich soll sofort nach Bozeman zurückkehren."

„Sie entheben dich als Alpha?"

„Ja. Das heißt, du bist dran."

„Ach Scheiße!"

„Tut mir leid, Bruder. Ich wollte dir das nicht antun. Aber Danielle ... sie ist mein Leben. Auch wenn das bedeutet, dass ich nie Alpha sein werde, nie mein eigenes Rudel haben werde. Solange ich sie habe, ist alles in Ordnung."

„Dann sollten wir Violet lieber schnappen, bevor sie ihr was antun kann."

Austins Handy klingelte, er nahm ab und schaltete es auf Lautsprecher.

„Hier ist Grant. Ich folge euch mit Parker, falls ihr Verstärkung braucht."

„Danke, Grant", sagte Jude. „Das weiß ich zu schätzen."

„Wir sind etwa eine halbe Meile hinter euch und holen schnell auf."

„Danke, Kumpel", antwortete Austin. „Ich bleibe dran."

Er legte sein Handy in eine Halterung auf dem Armaturenbrett.

„Jude, bieg bei der nächsten Straße links ab."

„Bist du sicher?" Die nächste Abzweigung links war eine Seitenstraße, die nirgendwohin zu führen schien.

„Vertrau mir, das ist eine Abkürzung."

Jude drehte das Lenkrad kräftig nach links und bog ab, ohne das Auto nennenswert zu verlangsamen.

„Wie weit noch?", fragte er, immer ungeduldiger werdend, während seine Angst um Danielle mit jedem Herzschlag größer wurde.

„Das Auto hat angehalten."

„Wo?"

„Etwa drei Meilen vor uns."

Jude trat aufs Gaspedal und raste die schmale Straße entlang. Jede Sekunde, in der Violets Auto stillstand, war eine Chance für sie, Danielle umzubringen. Er musste sie erreichen, bevor Violet ihren Plan ausführen konnte.

„Pass auf!", schrie Austin. „Fußgängerin rechts!"

Jude wich gerade noch rechtzeitig aus, um die Frau zu meiden. Schweißperlen bildeten sich auf seiner Stirn und seinem Nacken.

„Wir sind fast da", beruhigte Austin ihn. „Dort. Auf den Parkplatz."

Soweit Jude auf den ersten Blick erkennen konnte, befand sich der Parkplatz, der aus zwei Reihen diagonal geparkter Autos bestand, an den Hintereingängen mehrerer Geschäfte.

„Wo?"

Austin zeigte nach links. „Dort! Das ist der Land Rover. Das Kennzeichen passt."

Jetzt sah Jude das Auto auch und hielt dahinter an, um Violet zu blockieren.

Er stellte den Motor ab und sprang heraus. Er rannte zur Fahrertür des Land Rovers und sah aus dem Augenwinkel, dass Austin zur Beifahrertür rannte.

Ohne vorher hinzuschauen, zog Jude am Türgriff, um die Tür zu öffnen, aber sie war verschlossen. Er blickte hinein. Das Auto war leer.

Er schaute auf und starrte Austin an. „Was sagt das GPS?"

„Das Handy ist genau hier." Er zeigte auf das Auto.

Jude schaute noch mal durch das Fenster, diesmal genauer. Er entdeckte ein Handy, das an einem USB-Anschluss in der Mittelkonsole des Autos hing.

„Scheiße! Sie hat das Handy im Auto liegen lassen."

Verzweifelt sah er sich um. Wo zum Teufel hatte sie Danielle hingebracht?

Ein Auto kam direkt hinter dem Mercedes quietschend zum Stehen, und Grant und Parker sprangen heraus.

Jude sah sie an. „Verteilt euch, sie können nicht weit gekommen sein."

Er ging zur Hintertür des Baumarkts, während sein Gehirn auf Hochtouren arbeitete. Warum hatte Violet hier angehalten? Dies war keine abgelegene Gegend, in der sie Danielle loswerden konnte, ohne Aufmerksamkeit zu erregen. Oder hatte sie Danielle vielleicht schon wehgetan und ihre Leiche irgendwo unterwegs entsorgt, bevor Francisco begonnen hatte, ihr Handy zu orten? Verdammt! Er wusste nicht, was er denken sollte.

Jude ging in den Baumarkt und atmete tief ein, um zu sehen, ob Violet oder Danielle da waren, aber er konnte keinen Werwolf-Geruch wahrnehmen. Er drehte sich um, verließ den Laden wieder und schaute sich um, um die Schilder der anderen Geschäfte rund um den Parkplatz zu lesen: ein Nagelstudio, ein Massagesalon, eine Boutique und noch andere Geschäfte. Mindestens sechs oder sieben Läden auf jeder Seite des Parkplatzes.

Er sah, wie Grant den Massagesalon betrat und Parker auf einen

Gemischtwarenladen zusteuerte, also ging er zur Boutique. Als er nur noch wenige Meter vom Hintereingang entfernt war, nahm er einen Geruch wahr. Er atmete tiefer ein und füllte seine Lunge damit. Ja, da war ein schwacher Geruch von Wolf. Er wollte gerade durch den Hinterausgang eintreten, als er Austin aus dem Laden nebenan kommen sah. Er winkte ihn zu sich heran und formte mit den Lippen ein leises „Hier drin".

Jude ging vor seinem Bruder hinein und schaute sich sofort um. Die Boutique war überraschend groß, die Regale und Kleiderständer waren voll mit Waren. Sein Blick fiel automatisch auf die Auslagen und er bemerkte, dass es sich bei allem im Laden um Damenunterwäsche handelte. Mehrere Frauen schauten sich die Waren an. Danielle war nicht dabei, und der starke Parfümduft einer der Frauen machte es selbst seinem ausgezeichneten Geruchssinn schwer, herauszufinden, ob Danielle oder Violet hier gewesen waren.

„Da", flüsterte sein Bruder plötzlich neben ihm.

Er folgte Austins ausgestreckter Hand. Violet kam aus der Umkleidekabine und hatte ein paar BHs über ihrem Unterarm hängen.

Jude eilte so schnell auf sie zu, dass sie ihn erst sah, als er nur noch zwei Meter von ihr entfernt war, sodass sie keine Chance mehr hatte, zu entkommen.

Er packte sie am Oberarm und drückte sie gegen die Tür einer Umkleidekabine, während Austin ihm den Rücken freihielt, um andere davon abzuhalten, sie zu beobachten.

„Wo zum Teufel ist Danielle? Was hast du mit ihr gemacht? Ich schwöre, wenn du sie umgebracht hast, reiße ich dir das Herz raus, während es noch schlägt."

Violet schnappte nach Luft und hatte sogar die Frechheit, unschuldig und schockiert zu wirken. Hatte sie wirklich geglaubt, dass sie damit durchkommen würde?

„Ich habe nicht ...“

Er unterbrach ihre Antwort, indem er sie am Hals packte und gegen die Tür drückte. „Du denkst, ich würde nicht herausfinden, dass du es warst, die ..."

„Jude?“

Die zögerliche Frauenstimme ließ ihn seinen Kopf nach rechts wirbeln. Danielle stand in der Tür einer anderen Umkleidekabine und trug nichts weiter als ein verführerisches Negligé.

„Was ist hier los?“, fragte sie.

Aber er konnte nicht einmal sprechen, so erleichtert war er, dass sie am Leben war. Er ließ Violet los und zog Danielle in seine Arme, drückte sie fest an sich, um sicherzugehen, dass er nicht halluzinierte.

„Du lebst“, brachte er schließlich heraus.

„Entschuldigen Sie bitte, meine Herren“, unterbrach eine strenge Stimme ihn von hinten.

Jude drehte den Kopf und sah eine Frau mittleren Alters an, die ihn und Austin finster anblickte.

„Sie dürfen sich hier nicht aufhalten! Dieser Bereich ist nur für Frauen!“

„Wir gehen schon“, versicherte Jude ihr und zog Danielle mit sich.

„Ohne zu bezahlen?“, fragte die Ladenbesitzerin, die jetzt noch genervter klang.

„Entschuldigung, Ma'am. Ich kümmere mich gleich drum. Austin, bring Violet zurück und sag Grant und Parker Bescheid. Nimm den Land Rover. Ich fahre Danielle zurück.“

Violet sah ihn an und tat immer noch so, als wäre sie verwirrt. Sie war eine gute Schauspielerin. Er hätte ihr fast geglaubt.

„Wie kannst du es wagen?“, fuhr Violet ihn an.

„Jude, was soll das?“, fragte Danielle.

„Ich erkläre es dir auf der Heimfahrt.“ Er winkte Austin zu sich. „Lass sie nicht aus den Augen.“

Als Austin die protestierende Violet durch den Hinterausgang führte, wandte sich Jude wieder Danielle zu.

„Warum ziehst du dich nicht um und ich bezahle die Rechnung. Ist es nur dieser eine Artikel?“

Sie nickte.

„Okay.“

Er wandte sich an die Ladenbesitzerin. Da er das Gefühl hatte, er müsste die Frau dafür entschädigen, dass er die Ruhe im Laden gestört hatte, fragte er: „In welchen anderen Farben gibt es dieses Negligé?"

„Außer in Rosa? In Schwarz, Weiß und Rot."

„Gut. Wir nehmen eins in jeder Farbe."

Er holte sein Portemonnaie aus der Tasche. Die Frau sah sofort versöhnlich aus.

„Hier entlang, Sir", sagte sie und ging zur Kasse.

46

Danielle wollte den Kopf schütteln. Sie saß mit Jude im Auto und war auf dem Weg zurück zum Anwesen der Gallaghers. Er hatte ihr von seinem Verdacht erzählt, dass Violet die Bremsen ihres Autos sabotiert und den Unfall verursacht hatte, um sie loszuwerden. Das konnte und wollte sie nicht glauben. Violet war immer nett zu ihr gewesen, nicht wie Eve, die sie oft mit Verachtung behandelt hatte. Aber sie musste zugeben, dass Judes Argumentation stichhaltig war. Violet hatte ein Motiv, die Mittel und die Gelegenheit. Wie konnte sie sich so sehr in Violet getäuscht haben? Und wie konnte Violet ihre wahren Gefühle so leicht verbergen, dass sie nicht einmal einen Verdacht gehegt hatte?

„Ausgerechnet Violet", murmelte sie vor sich hin.

Jude legte seine Hand auf ihre und drückte sie, wobei er für einen Moment den Blick vom Verkehr abwandte. „Ich fürchte, ja."

„Was wird jetzt mit ihr passieren?"

„Ich werde die Allianz der Werwölfe informieren. Die werden sich um sie kümmern."

Danielle schluckte schwer. Sie wusste, was das bedeutete. Violet würde vor ein Tribunal gestellt und höchstwahrscheinlich genauso behandelt werden wie ihr Vater. Das hätte schwerwiegende Konsequenzen. Flora würde ihnen niemals verzeihen, wenn sie ihre Tochter ins Exil schickten. Und Judes Plan, das Rudel unter seiner Führung zu vereinen? Das würde niemals funktionieren. Sie würden alle rebellieren.

„Ich hatte noch nie so viel Angst wie in dem Moment, als mir klar wurde, dass du mit Violet weggefahren warst", sagte Jude in die Stille hinein. „Ich darf dich nicht verlieren."

Sie legte ihre Hand auf seinen Oberschenkel. „Das wirst du nicht. Ich bin hier und ich bin in Sicherheit."

Ein paar Minuten später kamen sie auf dem Anwesen an. Jude parkte das Auto in der Einfahrt neben dem Land Rover, und sie stiegen aus. Er wartete am Fuß der Treppe auf sie und nahm ihre Hand, als sie zur Haustür gingen. Diese war nicht verschlossen und sie konnte die erhitzten Stimmen aus dem Foyer hören.

Die Hälfte des Gallagher-Haushalts war versammelt, doch weder Eve noch Priscilla noch Heath waren darunter. Mehrere von Judes Männern standen Schulter an Schulter mit Austin, der Violet am Oberarm festhielt.

Violet weinte. „Ich habe nichts getan! Ihr irrt euch. Ich habe Danielle nichts getan. Mama, du musst mir helfen."

Flora warf Jude und Danielle einen bösen Blick zu. „Wie kannst du es wagen, meine Tochter zu beschuldigen? Sie ist unschuldig!"

Spencer, der neben seiner Mutter stand, fügte hinzu: „Das ist ein Skandal! Du hast keinen Beweis dafür, dass Violet etwas Unrechtes getan hat!" Dann warf er Danielle einen bösen Blick zu. „Ist das deine Art, uns dafür zu danken, dass wir dich aufgenommen haben, als du mit nichts hier angekommen bist?"

Danielle wollte auf die unfaire Anschuldigung antworten, aber Jude war schneller.

„Wir haben genug Beweise", sagte Jude.

„Nur indirekte", warf Flora ein. „Violet ist ein sanftes Wesen. Sie würde niemals jemandem wehtun. Dazu ist sie nicht fähig."

„Zwei verschiedene Leute haben gesehen, wie sie um 5 Uhr

morgens ihr Zimmer verlassen hat und um 7 Uhr aus der Garage kam.“ Jude sah Violet direkt an. „Sag mir, was du in der Garage gemacht hast.“

„Nichts, ich ... ich ...“, stammelte Violet, während sie erneut schluchzte. „Ich konnte nicht schlafen.“

„Gib es zu!“, forderte Jude. „Du hast die Bremsleitung an Danielles Auto durchtrennt.“

„Nein!“, schrie Violet und sah sie direkt an. „Danielle, bitte. Du kennst mich, du weißt, dass ich dir nie wehtun würde. Ich war immer nett zu dir.“

Violet hatte recht. Von den Gallaghers waren sie und Thaddeus die einzigen gewesen, die immer nett zu ihr gewesen waren. Tränen stiegen ihr in die Augen. Sie konnte nicht anders, als sich Sorgen darüber zu machen, was mit Violet passieren würde, wenn sie der Allianz übergeben würde. Was, wenn sie unschuldig war?

„Sperrt sie ein“, befahl Jude und sah seinen Bruder an.

Austin nickte und zog die protestierende Violet zur Kellertür, während ihre Brüder und ihre Mutter Jude beschimpften und sich bei ihm beschwerten. Sie redeten alle durcheinander und drohten ihm.

„Dafür wirst du bezahlen!“, spuckte Owen.

„Genug!“, forderte Jude, und seine dröhnende Stimme hallte wie Donner durch die Eingangshalle. „Wenn mir jemand von euch Beweise vorlegen kann, dass jemand anderes die Bremsen manipuliert hat oder dass Violet das nicht getan haben kann, werde ich meine Entscheidung überdenken. Wenn nicht, werde ich sie der Allianz der Werwölfe übergeben. Ihr findet mich in meinem Büro.“

Jude hielt immer noch ihre Hand. Gemeinsam gingen sie zu seinem Büro und traten ein. Als er die Tür hinter ihnen schloss, atmete sie tief durch.

„Es wird eine Meuterei geben“, sagte Danielle.

SIE HATTE RECHT, dabei wusste sie nicht einmal über die Hälfte dessen, was gerade vorging, Bescheid. Jeden Moment würde er als Alpha abgesetzt werden, und so sehr er es auch hasste, Austin dieses Chaos zu hinterlassen, hatte er keine andere Wahl, als Violet zu entlarven und sie für ihre Taten büßen zu lassen. Jetzt war wahrscheinlich ein guter Zeitpunkt, um Danielle zu sagen, dass sich ihr Leben bald ändern würde. Aber solange sie zusammen waren, war es ihm egal, wohin die Allianz der Werwölfe ihn als Strafe dafür, dass er ihre Regeln missachtet und ihre ausdrücklichen Befehle nicht befolgt hatte, schicken würde.

„Baby", begann er. „Es gibt etwas, das du wissen musst. Jemand ..."

Ein Klopfen an der Tür unterbrach ihn. Er hatte nicht einmal die Gelegenheit zu fragen, wer da war, bevor die Tür aufgerissen wurde und Eve hereinstürmte und mit einem Stapel Papiere in der rechten Hand herumfuchtelte.

„Da!", sagte sie triumphierend und knallte die Papiere auf den Schreibtisch.

„Ist das der Beweis, dass Violet unschuldig ist?", fragte Jude, überrascht von Eves theatralischem Auftritt.

„Violet? Nein! Das ist ihr Problem. Dies hier sind die Liebesbriefe zwischen Danielle und meinem Vater. Du hast gesagt, ich hätte vierundzwanzig Stunden Zeit, um sie zu finden. Hier sind sie."

Sie warf Danielle einen triumphierenden Blick zu.

Jude griff nach den Briefen und überflog sie mit den Augen. Eve hatte recht. Es waren Liebesbriefe. Er blätterte die erste Seite um und fand die Unterschrift. Es war nur der Anfangsbuchstabe D, wie Eve gesagt hatte.

„Das ist der Beweis, dass sie eine Affäre mit meinem Vater hatte", behauptete Eve und zeigte auf Danielle.

Danielle streckte ihre Hand aus. „Zeig sie mir."

Jude reichte ihr den Stapel und beobachtete sie, wie sie die erste Seite umdrehte. Ein Keuchen kam über ihre Lippen, und sie hob den Kopf und starrte ihn fassungslos an.

„Oh mein Gott."

„Was ist los?", fragte er.

„Siehst du, ich hab es dir doch gesagt", warf Eve ein.

Danielle zeigte mit zitternder Hand auf die Briefe. „Das ... das ist die Handschrift meiner Mutter."

„Nein!", protestierte Eve. „Aber du hast sie unterschrieben!"

Danielle schüttelte den Kopf und tippte auf die Unterschrift. „Meine Mutter hieß Diane. Sie hat mit einem D unterschrieben." Sie beugte sich zum Schreibtisch vor und griff nach einem Stift und einem Notizblock. Sie kritzelte einen Satz darauf. „Hier. Das ist meine Handschrift."

Jude nahm ihr den Notizblock ab. Danielle hatte den ersten Satz des Briefes auf den Block geschrieben. Die Handschrift hatte zwar ein paar Ähnlichkeiten, war aber nicht identisch. Eve riss ihm den Block aus den Fingern, las den Satz und starrte dann wieder auf die Liebesbriefe. Als sie aufblickte, sah er es in ihren Augen. Sie wusste, dass Danielle diese Briefe nicht geschrieben hatte.

„Du hast dich geirrt", sagte Jude mit ruhiger Stimme.

Eve blieb still, offensichtlich schockiert.

„William hatte die? Er hat sie aufbewahrt?", fragte Danielle, und er fragte sich, ob sie dasselbe dachte wie er.

„Ja. Nein", korrigierte Eve sich. „Ich dachte, sie wären unter Moms Sachen auf dem Dachboden."

„Warum?"

„Weil ich sie ihr vor ihrem Tod gezeigt habe. Aber sie waren weder unter ihren Sachen noch unter denen von Dad. Ich habe sie in den Kartons mit Camerons Sachen gefunden."

Jude sah Danielle an. Sie blätterte durch die Briefe in ihrer Hand, als würde sie nach etwas Bestimmtem suchen.

„Waren das alle Briefe?", fragte Danielle mit eindringlicher Stimme. „Es fehlt einer."

„Was?", fragte Eve. „Woher weißt du das?"

Anstatt Eve zu antworten, sah Danielle ihn an. „Der Brief, den meine Mutter mir für William gegeben hat, damit er mir hilft. Er ist nicht dabei."

Jude nickte. Er wusste genau, wovon sie sprach. Er sah Eve an. „Gab es noch andere?"

Sie zuckte mit den Schultern. „Als ich diese gefunden habe, habe ich aufgehört zu suchen."

Bevor er noch etwas sagen konnte, unterbrach ihn ein lautes Geräusch. Er drehte sich um und schaute aus dem Fenster, gerade als ein Hubschrauber auf der Wiese hinter dem Haus landete.

„Scheiße!", fluchte er.

Seine Zeit war abgelaufen. Die Allianz der Werwölfe war hier, um ihn nach Bozeman zurückzubringen, damit er bestraft werden konnte.

„Was ist los?", fragte Danielle, Panik in ihrer Stimme.

Jude wandte seinen Blick vom Fenster ab, legte seine Hände auf ihre Schultern und zwang sie, ihn anzusehen.

„Jemand hat die Allianz der Werwölfe darüber informiert, dass ich mich mit dir statt mit einer Gallagher-Frau gepaart habe. Sie kommen, um mich abzuholen."

„Nein!", rief Danielle. „Das können sie nicht machen!"

„Doch, das können sie, und das werden sie auch. Ich hatte meine Befehle und habe mich ihnen widersetzt. Es tut mir leid, Baby."

Tränen traten ihr in die Augen. „Es ist meine Schuld. Ich hätte nicht bleiben sollen. Jetzt habe ich dein Leben ruiniert."

Er schüttelte den Kopf. „Glaub das niemals. Ich wusste, was ich tat, und habe es trotzdem getan. Du bist das Beste, was mir je passiert ist. Nichts wird daran etwas ändern."

Solange die Allianz der Werwölfe ihn nicht bestrafte, indem sie ihn von Danielle trennte.

47

Danielle sah fassungslos zu, wie zwei Männer das Büro betraten. Sie waren älter als Jude, aber es war schwer, ihr tatsächliches Alter zu schätzen, da Werwölfe nicht so alterten wie Menschen.

„Hendrik? Lars?" Jude begrüßte sie überrascht. „Ich hätte nicht erwartet, dass ihr selbst auftaucht."

„Ja, nun ...", sagte einer der Männer und richtete dann seinen Blick auf sie und Eve. „Lasst uns allein."

Der Befehl wurde mit solcher Autorität ausgesprochen, dass sogar Eve ihm sofort Folge leistete. Nachdem sie das Büro verlassen hatten, schloss einer der Männer die Tür hinter ihnen. Einen Moment lang stand Danielle einfach nur da, ihr Kopf mit zu vielen Informationen überflutet. Sie war immer noch erschüttert von dem Schock, die Briefe zwischen ihrer Mutter und William gesehen zu haben, Briefe, die sie immer noch in der Hand hielt. Sie hatte nur ein paar Zeilen lesen müssen, um die ordentliche Handschrift ihrer Mutter zu erkennen, aber jetzt, wo so viel auf dem Spiel stand, musste sie alle lesen. Sie musste herausfinden, was zwischen ihrer Mutter und William passiert war. Und noch wichtiger, *wann* es passiert war. Das würde den entscheidenden Unterschied ausmachen.

Wenn sie recht hatte, würde das sogar Judes Problem mit der Allianz lösen.

„Die Briefe sind nicht datiert", murmelte Danielle vor sich hin. Wie sollte sie herausfinden, wann ihre Mutter sie geschrieben hatte?

„Deshalb dachte ich, sie wären von dir", sagte Eve in einem schroffen Tonfall. Fast so, als wollte sie sich entschuldigen, brachte es aber nicht über sich. „Jeder hätte gedacht, sie wären zwischen dir und ..."

Sie brach ab und drehte sich abrupt um.

„Eve, bitte", sagte Danielle und legte ihr eine Hand auf die Schulter, um sie aufzuhalten. „Bist du sicher, dass du die Briefe in Camerons Sachen gefunden hast und nicht in Williams?"

Sie drehte sich um und schnappte: „Natürlich bin ich mir sicher! Und wenn du mir nicht glaubst, frag Flora. Sie hat sie gefunden und mir gegeben!"

Ohne auf eine Antwort zu warten, rannte Eve durch die Eingangshalle und stürmte die Treppe hinauf. Danielle stand immer noch mitten in der Eingangshalle, starrte auf die Briefe und fing an, Seite für Seite zu lesen. Je mehr sie las, desto klarer wurde ihr, dass ihre Mutter in William verliebt gewesen war. Und wenn William in sie verliebt gewesen war, war es verständlich, dass er die Briefe all die Jahre aufbewahrt hatte. Warum waren sie dann unter Camerons Sachen gewesen? Wie waren sie in seinen Besitz gelangt? Hatte auch er vermutet, dass es sich um Liebesbriefe zwischen ihr und seinem Vater handelte? War das der Grund, warum Cameron sie immer mit Verachtung behandelt hatte? Oder hatte Cameron noch etwas anderes herausgefunden? Etwas, das ihm einen noch größeren Grund gegeben hatte, sie zu hassen?

Entschlossen, die Wahrheit herauszufinden, ging Danielle in die Küche. Wie erwartet, fing Priscilla gerade an, das Abendessen vorzubereiten.

„Priscilla?"

Sie sah auf. „Oh, Danielle." Sie wirkte erschöpft. „Ich kann nicht glauben, was heute alles passiert ist. Erst wäret du und Jude fast ums

Leben gekommen, dann Violet ... Und ich war es, die Jude gesagt hat, dass ich sie aus der Garage kommen sah."

Danielle legte ihre Arme um ihre Freundin. „Es ist nicht deine Schuld. Aber ich brauche jetzt deine Hilfe."

Sie schniefte. „Was brauchst du?"

„Du hast Camerons Sachen gepackt, als Jude mit seinen Leuten angekommen ist, oder?"

„Ja."

„Hast du alle Kartons in den Abstellraum gestellt?"

Sie zeigte auf die Tür. „Ja."

„Hast du sie beschriftet?"

„Klar. Flora wird total sauer, wenn Sachen nicht beschriftet sind."

„Gut. Hilf mir, Camerons Sachen durchzugehen."

„Wonach suchen wir?"

„Nach einem Brief von meiner Mutter an William." Sie zeigte Priscilla die Briefe in ihrer Hand. „Mindestens einer davon fehlt."

Und es war der wichtigste, denn sie vermutete, dass er den Grund enthielt, warum William sie ohne zu zögern in sein Rudel aufgenommen hatte.

Priscillas Augen weiteten sich. „Deine Mutter kannte William? Willst du damit sagen ..." Ihre Stimme verstummte.

„Ich weiß es nicht", antwortete sie auf die unausgesprochene Frage. „Das versuche ich gerade herauszufinden."

Gemeinsam verließen sie die Küche und gingen zum Abstellraum auf derselben Etage. Danielle öffnete die Tür und trat ein, Priscilla dicht hinter ihr.

„Die auf der linken Seite", sagte Priscilla und zeigte auf eines der Regale. „Und alles auf dem unteren Regal auch."

Danielle hob einen Karton hoch und reichte ihn Priscilla.

„Stell ihn im Flur auf. Dort haben wir mehr Platz."

Insgesamt gab es neun Kartons mit Camerons Habseligkeiten. Danielle kniete sich auf den Boden und begann, den ersten Karton zu durchsuchen. Priscilla tat es ihr gleich.

Die erste Kiste war voller Kleidung, und obwohl sie nicht damit rechnete, den Brief in diesem Karton zu finden, griff Danielle trotzdem in alle Taschen, um sicherzugehen, dass sie leer waren. Wie erwartet fand sie nichts darin. Sie warf die Kleidung zurück in die Schachtel und machte mit der nächsten weiter.

„Priscilla, bitte überprüfe auch alle Taschen", wies Danielle sie an.

„Klar", bestätigte diese, während sie weiter eine andere Schachtel durchsuchte. „Kann ich dich was fragen?"

Danielle warf ihr einen kurzen Blick zu. „Natürlich."

„Wenn der Brief, den du suchst, von deiner Mutter an William ist, warum durchsuchen wir dann Camerons Sachen?"

„Weil diese Liebesbriefe ...", sie zeigte auf die Briefe, die sie auf den Boden gelegt hatte, „... die Eve für Briefe von mir an William hielt, in Camerons Sachen gefunden wurden."

Priscilla starrte sie fassungslos an. „Du glaubst, er hat sie seinem Vater weggenommen?"

„Das ist möglich." Und das würde vieles erklären.

Als sie die nächste Schachtel durchsuchte, wurde sie von Priscillas überraschtem Aufschrecken unterbrochen.

Danielle drehte sich zu ihr um und sah, wie sie ein Stück Papier entfaltete. „Hast du ihn gefunden?"

Für einen Moment setzte ihr Herz aus, aber dann stieß Priscilla einen enttäuschten Seufzer aus. „Mist. Tut mir leid. Es ist nur eine Zeichnung von einem Motor oder so etwas. Es war in einer Jacke."

Danielle zwang sich zu einem Lächeln. „Schade. Aber keine Sorge, wir werden den Brief finden. Er muss hier sein."

Das war eher eine Aufmunterung für sich selbst als für Priscilla.

Auch die zweite Schachtel, die sie durchsuchte, brachte nichts. Vielleicht hatte sie sich geirrt. Vielleicht hatte William den Brief ihrer Mutter nach dem Lesen vernichtet. Vielleicht enthielt er etwas, von dem er nicht wollte, dass jemand anderes es erfuhr.

Der dritte Karton hatte ein paar Bücher und andere Unterlagen. Sie blätterte die Bücher durch, um sicherzugehen, dass alles, was zwischen den Seiten steckte, herausfallen würde. Aber in den Büchern waren keine Briefe versteckt. Es dauerte etwas länger, die Papierstapel durchzublättern; die meisten davon hatten mit dem Kauf einer Wohnung in San Francisco zu tun. Das überraschte sie nicht. Cameron hatte viele Nächte außerhalb des Anwesens verbracht.

Sie legte die Bücher und Papiere zurück in die Schachtel, schloss sie und griff nach der nächsten, als sie schnelle Schritte hörte. Sie schaute auf und sah Flora näher kommen.

„Ich habe gerade mit Eve gesprochen", begann sie. „Stimmt es? Waren deine Mutter und William ein Paar?"

Ihre Stimme klang scharf.

„Es sieht so aus", antwortete Danielle.

„Willst du damit sagen, dass du nichts davon wusstest?"

Der vorwurfsvolle Ton in ihrer Stimme ließ die kleinen Haare in Danielles Nacken zu Berge stehen, aber sie beschloss, nicht zu reagieren. Schließlich stand Flora wegen Violet unter enormem Stress.

„Nein, ich wusste nichts davon."

„Hmm." Sie zeigte auf die Kartons. „Was ist das alles?"

„Wir durchsuchen Camerons Sachen. Eve meinte, du hättest die Briefe darin gefunden."

„Ja. Und ich habe sie Eve gegeben. Du musst wissen, dass Jude ihr ein Ultimatum gestellt hat, damit sie ihre Behauptungen über dich bestätigt ..." Sie räusperte sich. „Nun ... ich schätze, das ist ziemlich schnell nach hinten losgegangen."

Danielle sagte nichts dazu. Es gab wirklich keine gute Antwort auf Floras Bemerkung.

„Und wonach suchst du jetzt?"

Sie sah keinen Grund, diese Information vor Flora geheim zu halten.

„Es gab noch einen weiteren Brief. Einen, den ich mitgebracht hatte, der von meiner Mutter an William gerichtet war. Ich muss herausfinden, was darin stand."

„Nun, wenn du den Brief mitgebracht hast, weißt du doch sicher, was darin stand."

Sie schüttelte den Kopf. „Ich habe meiner Mutter versprochen, ihn nicht zu lesen."

„Und du glaubst, Cameron hatte ihn?"

„Da er die Liebesbriefe hatte, ist es nicht weit hergeholt anzunehmen, dass er auch diesen bestimmten Brief hatte."

„Nun ..."

Flora wurde von Priscillas aufgeregtem Ruf unterbrochen. „Danielle, ist es das?"

Sie hielt einen Umschlag mit Williams Namen darauf hoch. Danielle erkannte die Handschrift sofort als die ihrer Mutter.

„Das ist er!"

Priscilla reichte ihr den Umschlag, und Danielle zog die Blätter Papier heraus, überrascht davon, wie schwer sich der Brief anfühlte. Als sie die beiden Blätter auseinanderfaltete, fiel etwas Schweres auf den Boden und verursachte ein lautes Geräusch von Metall, das auf Holz fiel. Sie warf einen kurzen Blick darauf. Es war ein langer Metallschlüssel.

„Was steht darin?", fragte Priscilla gespannt, und auch Flora trat näher und ging in die Hocke.

Danielle fand den Anfang des Briefes und las ihn, nahm jedes Wort in sich auf und hörte sogar die Stimme ihrer Mutter, als die Worte in ihrem Kopf widerhallten. Sie konnte den Schmerz und die Liebe ihrer Mutter hören, beides gleichermaßen stark. Und sie spürte das Herz ihrer Mutter, als sie William bat, sich um sie zu kümmern.

Danielle ließ den Brief auf ihren Schoß fallen, während ihr Tränen in die Augen stiegen.

„Was?", fragte Priscilla und griff nach dem Brief, aber Flora war schneller.

Sie hielt Flora nicht davon ab, den Brief zu lesen. Stattdessen wandte sie sich an Priscilla.

„William ist mein Vater."

Zuerst gab es nur zweimal ein leises Keuchen, eines von Priscilla, das andere von Flora.

„Oh mein Gott", rief Priscilla aus.

„Und Cameron wusste davon?", sagte Flora neben ihr. Es war eher eine Feststellung als eine Frage.

Ja, Cameron wusste es. Wann er die Wahrheit herausgefunden hatte, wusste Danielle nicht. Aber das würde die Feindseligkeit erklären, die er ihr in den letzten Monaten vor seinem Tod entgegengebracht hatte. Umso mehr, als sie nach der Explosion im Cottage in das Haupthaus gezogen war.

Bei dieser Erinnerung machte es in ihrem Kopf klick. Der Schlüssel!

„Oh mein Gott! Wo ist er hin?" Sie bewegte sich und suchte mit den Händen auf dem Boden neben sich, bis sie fand, wonach sie suchte. Sie nahm ihn und starrte ihn an.

„Das ist der Schlüssel."

„Welcher Schlüssel?", fragte Priscilla.

„Der verschwundene Schlüssel vom Kamin im Cottage." Sie drehte sich zu Flora um.

Flora starrte sie schockiert an. „Cameron?" Sie legte ihre Hand auf den Mund, als wollte sie sich davon abhalten, laut zu schreien. „Oh mein Gott. Er war es! Er hat die Explosion in deinem Cottage verursacht!" Flora legte ihre Hand auf ihren Arm und drückte ihn. „Es tut mir so leid, was er dir angetan hat. Er hat versucht, dich umzubringen, weil er wusste, dass du seine Halbschwester bist. Oh mein Gott, seine Gier kannte offensichtlich keine Grenzen."

Danielle ließ die Worte auf sich wirken. Cameron war nicht der Typ, der schnell aufgab. Wenn er schon einmal versucht hatte, sie umzubringen, würde er nicht einfach aufgeben, nur weil der erste Versuch nicht geklappt hatte. Er hätte es wieder versucht. Und wieder hätte er es wie einen Unfall aussehen lassen, damit sein Vater keinen Verdacht schöpfte.

Sie schnappte nach Luft, als ihr plötzlich alles klar wurde.

„Priscilla! Wo hast du die Zeichnung des Motors hingetan?"

Priscilla öffnete eine Schachtel und kramte darin herum.

„Welche Zeichnung?", fragte Flora.

„Diese hier", antwortete Priscilla und zog sie triumphierend aus der Schachtel.

Danielle nahm sie und entfaltete sie wieder. Sie schaute sie sich genau an, bis sie sicher war, dass sie wusste, was sie da sah. Dann schaute sie auf und traf auf die neugierigen Blicke von Flora und Priscilla.

„Das ist ein Ausdruck des Bremssystems eines Toyota Corolla."

Des Toyota Corolla, den sie heute Morgen in den Teich gefahren hatte.

Danielle schnappte sich den Brief von Flora. Sie musste ihn Jude zeigen. Damit würde sich alles ändern. Sie eilte an Flora und Priscilla vorbei.

„Wohin gehst du?", rief Flora ihr hinterher und folgte ihr.

Aber sie durfte keine Zeit verlieren. Ohne anzuklopfen, betrat sie Judes Büro. Zu ihrer Überraschung war der Raum leer. Ein Blick aus dem Fenster zeigte ihr, dass der Hubschrauber, der auf dem Rasen gelandet war, seinen Rotor wieder startete. Jude ging darauf zu, flankiert von den beiden Männern, die zuvor angekommen waren.

Wie konnten sie das tun? Wie konnten sie ihn einfach so mitnehmen, ohne ihm zu erlauben sich zu verabschieden?

Und wie hatte sie ihre Abreise übersehen können? Sie mussten die Vordertür benutzt haben, um nicht am Lagerraum vorbeikommen zu müssen. Sie wirbelte auf dem Absatz herum und wäre fast mit Flora zusammengestoßen. Ohne ihr Tempo zu drosseln, rannte sie an ihr vorbei. Sie stürmte den Flur entlang zum Umkleideraum und durch die Hintertür hinaus. Draußen rief sie Judes Namen.

„Jude! Nein!"

Aber der Hubschrauber war selbst für das ausgezeichnete Gehör eines Werwolfs zu laut. Mehrere von Judes Männern standen herum und sahen zu, wie sie ihren Teamleiter mitnahmen. Mason bemerkte sie und sie schrie: „Halte sie auf, Mason! Halte sie auf! Er darf nicht gehen!"

Mason schien sie ernst zu nehmen und rannte auf die drei Männer zu. Er war fast bei ihnen, als Jude plötzlich den Kopf drehte und stehen blieb und einen überraschten Blick mit seinem Cousin austauschte, der nun über seine Schulter zeigte.

Schließlich fiel Judes Blick auf sie und er drehte sich ganz um.

Auch die beiden Männer blieben stehen, drehten sich um und schauten verärgert drein. Aber das war ihr egal.

„Jude!", schrie sie und warf sich einen Moment später in seine Arme. „Du kannst nicht gehen!"

„Es tut mir leid, meine Liebste. Ich habe keine Wahl."

Sie schüttelte den Kopf und löste sich aus seiner Umarmung. Sie zeigte auf den Brief in ihrer Hand, und die beiden älteren Männer traten näher.

„Was ist das?", fragte Hendrick gerade laut genug, dass sie es trotz des Lärms der Rotorblätter hören konnte.

Sie sah ihm in seine strengen Augen. „Das ist der Beweis, dass Jude nicht gegen eure Befehle gehandelt hat. Er hat sich mit einer Gallagher-Tochter gepaart."

„Unsinn!", spuckte Hendrick.

„Danielle, was sagst du da?", fragte Jude.

„Das ist der Brief, den meine Mutter an William geschrieben hat. Ich bin seine Tochter, Jude. William wusste die ganze Zeit, wer ich war, noch bevor ich zu seinem Rudel kam."

Das Geräusch der Rotorblätter verstummte plötzlich. Anscheinend hatte der Pilot erkannt, dass es eine Verzögerung geben würde.

„Lass mich das sehen", sagte Hendrick und riss ihr den Brief regelrecht aus den Händen. Er überflog ihn schnell mit den Augen und sah dann auf. „Und wie soll ich überprüfen, ob der echt ist? Jeder hätte diesen Brief schreiben können!"

Einen Moment lang wusste sie nicht, was sie sagen sollte. Dann räusperte sich Lars.

„Ähm, Hendrick, ich denke, wir können Jude und seiner Partnerin Zeit geben, bis ein DNA-Test uns Gewissheit verschafft. Findest du nicht auch?"

Die beiden Männer sahen sich an.

Schließlich nickte Hendrick. „Okay."

Er sah sie an, und sie fühlte sich, als stünde sie vor dem Schulleiter, der sie des Betrugs bezichtigte.

„Wenn du wirklich William Gallaghers Tochter bist, dann kann Jude hier als Alpha des Rudels bleiben." Er warf Jude einen Blick zu. „Du hast Glück, dass wir nie festgelegt haben, dass deine Partnerin legitim sein muss. Ich schätze, du kannst William dafür danken, dass er ein Frauenheld ist. Es würde mich nicht wundern, wenn noch mehr Söhne und Töchter aus dem Nichts auftauchen."

„Danke, Hendrick, Lars", sagte Jude.

Sie sahen den beiden Ratsmitgliedern beim Einsteigen in den Hubschrauber zu, bevor sie zum Haus zurückgingen, damit der Hubschrauber starten konnte. Als der Lärm nachließ, umringten Judes Männer sie.

„Was sollte das denn?", fragte Mason.

„Ich glaube, ich lasse Danielle das erklären", sagte Jude und lächelte sie an.

48

Die Nachricht, dass Danielle Williams uneheliche Tochter war, verbreitete sich wie ein Lauffeuer unter den Bewohnern des Anwesens. Als Danielle erklärt hatte, was sie herausgefunden hatte, darunter auch, dass sie Beweise dafür gefunden hatte, dass Cameron nicht nur für die Gasexplosion in ihrem Cottage verantwortlich war, sondern auch die Bremsen ihres Autos sabotiert hatte, schwirrte Jude der Kopf.

Nachdem er erfahren hatte, dass die Liebesbriefe, die Eve gefunden hatte, zwischen Danielles Mutter und William ausgetauscht worden waren, war in ihm ein kleines bisschen Hoffnung aufgekeimt, dass Danielles Mutter sie zu William geschickt hatte, weil sie seine Tochter war. Aber bevor er die Gelegenheit gehabt hatte, mit Danielle darüber zu sprechen, waren Hendrick und Lars angekommen, und er hatte befürchtet, dass er keine Chance mehr haben würde, dieser Vermutung nachzugehen. Jetzt wurde ihm klar, dass er sich überhaupt keine Sorgen hätte machen müssen, denn Danielle war klug und hatte denselben Verdacht geschöpft und Maßnahmen ergriffen, um der Sache auf den Grund zu gehen.

Zurück im Haus zeigte Danielle ihm den Schlüssel für den Kamin in ihrer Hütte und den Ausdruck eines Schemas des Bremssystems ihres Autos, das sie in Camerons Habseligkeiten gefunden hatte.

Eine Sache war ihm jedoch noch nicht ganz klar.

„Aber Cameron ist tot. Er hätte die Bremsleitung vor seinem Tod durchtrennen müssen.“

Danielle nickte. „Genau das hat er gemacht. Ich hatte das Auto in den Wochen vor seinem Tod nicht benutzt. Er konnte nicht wissen, wann ich es wieder benutzen würde, also hat er einfach abgewartet. Selbst aus dem Grab scheint das Böse in ihm weiterzuleben.“

„Das heißt also, der Unfall hatte nichts damit zu tun, dass du meine Partnerin geworden bist.“

„Nein. Er hat versucht, mich umzubringen, weil er herausgefunden hat, dass ich seine Halbschwester bin, und so wie ich ihn kenne, hätte er nicht gerne auf einen weiteren Teil des Nachlasses verzichtet, auf den ich Anspruch gehabt hätte. Er hat sich oft genug darüber beschwert, dass er es hasste, drei Geschwister zu haben. Er sah sie an, als würden sie nur die Hände ausstrecken und sich das nehmen, was seiner Meinung nach nur ihm gehörte. Als ältester Sohn dachte er, er sei besser als die anderen.“

„Ich bin froh, dass er tot ist. Und noch froher, dass ich derjenige war, der ihn getötet hat. Ich wünschte, ich hätte ihn für das, was er dir antun wollte, noch viel mehr leiden lassen.“

„Jetzt ist es vorbei.“

Er drückte ihr einen Kuss auf die Lippen. „Nicht ganz. Ich werde meine Leute anweisen, jedes Auto, jede Maschine und jeden Kamin zu überprüfen, um sicherzustellen, dass Cameron nichts anderes sabotiert hat. Aber im Moment gibt es noch eine Sache, die ich erledigen muss.“

„Was denn?“

„Mich bei Violet entschuldigen und sie freilassen.“

„Lass uns das zusammen machen.“

Er nahm ihre Hand und sie gingen zum Keller. Violet war immer noch in ihrer Zelle. Flora hielt die Hände ihrer Tochter durch die Gitterstäbe, und Wendell, der die Gefangene bewacht hatte, steckte sein Handy wieder in die Tasche.

„Austin hat gesagt, dass es stimmt", sagte er zu Flora, bevor er ihn und Danielle begrüßte. „Das ist eine Erleichterung."

Jude nickte. „Das ist es wirklich. Den Schlüssel, bitte."

Wendell reichte ihm den Schlüssel, und er ging zur Zelle und schloss sie auf. Er öffnete die Tür und trat beiseite, damit Violet die Zelle verlassen konnte.

„Violet", begann er. „Ich entschuldige mich dafür, dass ich dich verdächtigt habe. Ich kann nur sagen, dass mich der Gedanke, dass jemand Danielle etwas antun wollte, blind gemacht hat, und du warst ein bequemer Sündenbock. Ich hätte früher erkennen müssen, dass du nicht die Art von Frau bist, die jemandem etwas antun würde. Es tut mir leid."

Violet hielt seinem Blick stand, während ihr Gesichtsausdruck zurückhaltend blieb. Er konnte fast sehen, wie ihr Verstand arbeitete. Würde sie ihm vergeben? Sie wechselte einen Blick mit Flora, als würde sie um Erlaubnis bitten, ihm entweder zu vergeben oder ihm zu grollen.

„Ich kann verstehen, dass du mir vielleicht nicht sofort verzeihen kannst, aber ich hoffe, dass wir mit der Zeit unsere Beziehung wieder reparieren können."

Danielle trat näher. „Violet, es tut mir auch leid, dass ich dich nicht verteidigt habe, obwohl ich wusste, dass kein bisschen Böses in dir steckt."

Violets Gesichtszüge wurden weicher und sie machte einen Schritt auf Danielle zu.

„Mama hat mir erzählt, dass du herausgefunden hast, dass es Cameron war, der versucht hat, dich umzubringen, nicht ich. Danke", sagte sie, bevor sie ihren Blick wieder auf ihn richtete.

„Ich weiß, wie es in deinen Augen aussah, aber ein Motiv, die Mittel und die Gelegenheit zu haben, reicht nicht aus, um ein Mörder zu sein. Man muss auch fähig sein zu töten. Ich bin vielleicht eine Werwölfin, und das Töten, um zu überleben, liegt in meiner DNA, aber aus einem anderen Grund zu töten ... Das habe ich nicht in mir."

„Das weiß ich jetzt", antwortete Jude.

Violet nickte. Mehr konnte er jetzt nicht sagen. Violet musste erst einmal verarbeiten, was passiert war, und er wusste, dass das Zeit brauchen würde.

Er trat beiseite, und Violet verließ mit ihrer Mutter an ihrer Seite den Raum. Er hörte ihre Schritte auf der Treppe.

„Tja, ich glaube, Glückwünsche sind angebracht", sagte Wendell mit einem Grinsen.

„Danke, Wendell." Er drehte den Kopf und sah Danielle an. „Ich bin heute nur knapp davongekommen. Ohne dich, Baby ..." Er wollte diesen Gedanken gar nicht zu Ende denken.

So viele Dinge hatten passieren müssen, um ihn an diesen Punkt zu bringen. Hätte Eve Danielle nicht beschuldigt, mit ihrem Vater geschlafen zu haben, hätte er nie von den Briefen erfahren und Eve ein Ultimatum gestellt, sie zu finden. Und hätte Danielle die Briefe nicht gesehen und die Handschrift ihrer eigenen Mutter nicht erkannt, hätte sie nie nach dem Brief gesucht, den ihre Mutter ihr gegeben hatte, um ihn William zu übergeben. Niemand hätte jemals erfahren, dass sie Williams Tochter war. Die Allianz der Werwölfe hätte ihn als Alpha abgesetzt, und seine Zukunft mit Danielle wäre ungewiss gewesen.

Seine Verbindung mit Danielle hatte eine Kettenreaktion ausgelöst, die niemand hätte vorhersagen können. Und irgendwie war alles gut ausgegangen. Das Schicksal hatte gesiegt.

49

Zwei Wochen später

„Danielle?"

Jude ging ins Schlafzimmer, um ihr die Neuigkeiten mitzuteilen, die er gerade gehört hatte. Es war früher Abend und die Sonne war schon untergegangen. Die Deckenlampen leuchteten das Schlafzimmer aus, aber es war leer.

„Danielle?"

„Im Badezimmer. Einen Moment bitte."

„Ich habe Neuigkeiten", rief er ihr zu.

Während er auf Danielle wartete, schloss er die Schlafzimmertür. Es dauerte noch ein paar Sekunden, bis Danielle auftauchte. Sie trug einen weißen Bademantel.

„Alles okay?", fragte er, überrascht, dass sie aussah, als wäre sie bereit fürs Bett, obwohl es noch nicht spät war.

Sie lächelte ihn an. „Natürlich. Also, was gibt's Neues?"

„Die DNA-Ergebnisse sind da."

Ein privates Labor, das von einem Werwolf betrieben wurde, der der Allianz der Werwölfe treu ergeben war, hatte den Test durchgeführt, wodurch die Ergebnisse niemals an die

Strafverfolgungsbehörden weitergegeben würden und Danielles Geheimnis gewahrt bliebe.

„Es ist bestätigt. Du bist Williams Tochter, nicht dass ich jemals daran gezweifelt hätte. Die Allianz der Werwölfe hat das Ergebnis offiziell akzeptiert und bestätigt, dass ich weiterhin der Alpha dieses Rudels bleiben werde."

„Ich bin so froh, dass alles geklärt ist."

Er zog sie in seine Arme. „Ich auch."

„Ich habe auch Neuigkeiten."

Er wich ein wenig mit dem Kopf zurück, um sie anzusehen.

„Was für Neuigkeiten?"

Anstatt zu antworten, steckte sie ihre Hand in die Tasche ihres Bademantels und holte einen Plastikstab heraus. Einen Moment lang wusste er nicht, was das war, aber dann wurde es ihm klar.

„Du bist schwanger! Wir bekommen ein Baby?"

Er konnte seine Freude kaum zurückhalten. Danielle schenkte ihm ein Kind. Sie gründeten eine Familie, und obwohl ihm klar war, dass er ihre Liebe nun mit einem Kind teilen musste, bereute er nichts, denn ihre Liebe war grenzenlos. Es würde genug Liebe für eine ganze Schar von Welpen geben.

Sie sah ihn an und ihre eisblauen Augen leuchteten wie Sterne.

„Es wäre ein Wunder gewesen, wenn ich nicht schwanger geworden wäre. Ich war läufig, als wir uns paarten. Und es verging keine Nacht, in der wir nicht miteinander schliefen."

Er grinste und hob sie in seine Arme.

„Du weißt genauso gut wie ich, dass kein Werwolf seine Hände von seiner Partnerin lassen kann, wenn sie läufig ist – oder überhaupt."

„Ich beschwere mich nicht."

„Gut."

Er trug sie zum Bett und legte sie darauf. So schnell er konnte, zog er sich aus und warf seine Kleidung auf den Boden. Es war ihm egal, dass das Abendessen fertig war und sie im Esszimmer erwartet wurden. Das Rudel konnte warten. Er konnte es nicht. Außerdem hatte er gerade keinen Hunger, jedenfalls nicht auf Essen.

Danielle öffnete ihren Morgenmantel. Darunter trug sie nichts. Ihre Haut schien zu glänzen. Er beugte sich über sie und streichelte ihren flachen Bauch. Bald würde er sein Kind dort spüren können.

Danielle senkte ihren Blick auf seinen Schritt. „Ich liebe es, wie schnell du hart wirst."

„Das ist alles dein Verdienst." Er atmete tief ein und nahm den Duft ihrer Erregung wahr. „Und ich liebe es, wie schnell du feucht wirst."

Sie biss sich auf die Unterlippe.

„Dann solltest du mich nicht länger warten lassen. Eine schwangere Frau wird schnell verärgert, wenn sie nicht bekommt, was sie will."

Er glitt auf das Bett und stützte sich über ihr ab.

„Nun, ich möchte mir den Zorn einer schwangeren Frau nicht zuziehen. Also werde ich wohl besser ihren Forderungen nachkommen."

Er führte seinen Schwanz zu ihrer Muschi und drang mit einem langen Stoß in sie ein.

Danielle schnappte nach Luft und ihre Augenlider flatterten.

„Ist es das, was du wolltest?", neckte er sie.

„Musst du das wirklich fragen?", murmelte sie, drückte ihren Kopf ins Kissen und bog ihren Rücken durch.

Er erkannte die Einladung und senkte seinen Kopf zu ihren Brüsten. Er leckte über eine harte Brustwarze, dann über die andere, was ihrer Besitzerin ein Stöhnen entlockte, während sie ihre Knöchel hinter seinem Hintern verschränkte, um ihn zu fesseln.

Bevor er begriff, was sie vorhatte, lag er auf dem Rücken und Danielle saß rittlings auf ihm. Er brummte zustimmend. Er liebte diese Position, weil er so seine Hände frei hatte und sie nach Herzenslust berühren und streicheln konnte.

Mit Danielle hatte er den Jackpot geknackt. Sie war in jeder Hinsicht die Richtige für ihn. Ihre Wärme und ihr Mitgefühl, das sie allen entgegenbrachte, waren der Kitt, den dieses Rudel brauchte. Und die Leidenschaft und Liebe, die sie mit ihm teilte, machten ihn stärker und befähigten ihn, die täglichen Herausforderungen der Führung dieses Rudels zu meistern. Er wusste, dass viele seiner Probleme mit den Gallaghers noch nicht vorbei waren, sondern lediglich unter den Teppich gekehrt worden waren, von wo aus sie jederzeit wieder auftauchen konnten. Er musste immer noch scharf aufpassen und war noch weit davon entfernt, das Vertrauen aller Rudelmitglieder zu gewinnen. Aber mit Danielle an seiner Seite hatte er eine Chance, dieses Rudel zu einem Rudel zu formen, bei dem jeder Werwolf stolz sein würde, ein Mitglied zu sein.

„Ich liebe dich jeden Tag mehr", gestand er und sah Danielle in die Augen.

„Du bist alles, was ich mir jemals gewünscht habe", antwortete sie und beugte sich zu ihm hinunter, sodass ihr Busen seine Brust berührte und ihre Lippen nur wenige Zentimeter von seinen entfernt waren. „Du gehörst mir."

Tief in seinem Inneren antwortete sein Wolf mit einem Knurren, und der Mann wiederholte es.

„Du gehörst für immer mir."

ÜBER DIE AUTORIN

Tina Folsom ist gebürtige Deutsche und lebt schon seit über fast 30 Jahren im englischsprachigen Ausland, seit 2001 in Kalifornien, wo sie mit einem Amerikaner verheiratet ist.

Mittlerweile hat sie über 50 Bücher in Englisch sowie Dutzende in anderen Sprachen herausgegeben.

https://tinawritesromance.com/language/deutsch/
tina@tinawritesromance.com

facebook.com/TinaFolsomFans

instagram.com/authortinafolsom

youtube.com/TinaFolsomAuthor